La saison des vendanges

*

Les gens de La Paulée

DU MÊME AUTEUR
AUX ÉDITIONS FLEUVE-NOIR

COLLECTION « GRANDS SUCCÈS »

Un homme est venu.
Le Chemin des mondes.
Le Papillon sur le sein.
La Mer, l'amour, la mort.
Les Cinq Prénoms de Marie-Pierre.
Le Monde oublié.

COLLECTION « ANTICIPATION »

Les Démoniaques de Kallioh.
Le Château des Vents infernaux.
Galax-western.
PLUM 66-50.
Les Androïdes du désert.
Tragédie musicale.
Syndrome apocalypse.
Vermine.
Malterre.
La Biche de la forêt d'Arcande (prix Julia Verlanger 1989).
Les Chroniques de Vonia.
Les Fleurs et le vent.
La Cité des Mille Plaisirs.
La Déesse de Cimbariah.
Le Monstre de Palathor.
Le Gouffre du volcan céleste.
Les Guerriers de glace.
Warrior.
Roche-Lalheue.
Symphonie pastorale.
Les Sortilèges de Maïn.
Interférences.
La Porte de flammes.
Le Prisonnier de l'Entre-deux-Mondes.
Les Pierres de lumière.

Hugues Douriaux

La saison des vendanges

*

Les gens de La Paulée

Roman

Plon

ISBN 2-259-19676-4.

Le Maurice

Blotti au revers de la falaise qui s'étendait du nord au sud de la région et lui donnait le nom de « côte », le hameau de Vivejoie-la-Luronne se composait d'une petite demi-douzaine de maisons, grosses fermes de pierre blonde attenantes les unes aux autres, mais refermées autour de leur cour centrale, n'offrant ainsi à la vue de l'étranger que le roide revers de leurs bâtiments où ne s'ouvraient que de rares et étroits fenestrons. La vie s'y écoulait, comme elle s'y était toujours écoulée depuis des siècles, en cette région de la Bourgogne du Sud, tout entière vouée à la culture de la vigne et à l'élevage du vin, nobles tâches remontant plus haut que l'Antiquité et qui, d'après le Glaude Theuvenot, étaient les seules qui pouvaient convenir à l'Homme libre.

Vivejoie-la-Luronne dépendait du village voisin de La Paulée, qu'on atteignait après avoir négocié les six virages serrés de l'étroite route qui longeait le pied de la côte, puis descendait vers la plaine de la Saône, à l'est, et la civilisation. À l'ouest, on devait franchir la falaise pour découvrir de vastes zones de friches et de forêts, avant de pénétrer dans le bassin houiller, là où les gens portaient tous des noms en « ski », car c'était des Poulouches — des Polonais —, arrivés là pour manger le pain des Français, même si l'on en connaissait deux ou trois qui s'étaient établis boulangers au bout de deux générations.

À Vivejoie-la-Luronne, comme partout ailleurs dans les bourgades et villages disséminés au cœur de la côte, on avait l'habitude de faire précéder le nom patronymique des gens, convenablement déformé de façon patoisante, par l'article défini. Cette habitude, marque indélébile de l'individualisme bourguignon, faisait le désespoir de mademoiselle l'institutrice, mais que voulez-vous, la pauvre était lyonnaise et, arrivée au village en 1925, elle demeurait ce qu'elle était : une étrangère de la ville nommée par l'administration. Pour preuve, treize années plus tard, elle ne parvenait toujours pas à faire rouler les *r* sur sa langue. Mais on l'aimait bien quand même. Et puis elle avait du mérite : elle réussissait toujours, bon an mal an, à mener quelques gamins jusqu'au certificat d'études, malgré les obligations du travail à la ferme ou à la vigne, et les tentations offertes par les bois, les friches et les pâtis.

Cette habitude faisait donc que, pour tous, Maurice Thévenot était « le Maurice Theuvenot ». Même au régiment, il en avait été ainsi. Il faut dire que le caporal chef de chambrée du Maurice, natif de Saulieu, était salé de tradition lui-même. Entre pays, on se comprend.

Le Maurice, tout comme son frère aîné le Lucien, était trop jeune pour avoir connu les glorieuses hécatombes de la Marne, de Verdun ou du chemin des Dames, qui avaient revêtu de noir nombre de femmes du village, et fait pousser sur la place de la mairie de La Paulée, de l'autre côté de la fontaine, le monument sur la plaque duquel s'alignaient vingt-huit noms. Vingt-huit pour une population de trois cent douze âmes. La gloire, ça se paie cher. Mais, pour l'heure, le Maurice avait d'autres chats à fouetter que de songer aux disparus de la guerre. Il se faisait beau...

Il releva donc d'un geste conquérant les extrémités de sa moustache gauloise, retroussa ses lèvres en une grimace assez semblable à celle de Suppositoire, ainsi que l'on surnommait le croisé de beagle et de basset du Paul Chantrault, lorsqu'il reniflait le pied frais d'une bête rousse de par les gaulis, et vérifia la blancheur de ses dents, qu'il avait soigneusement lavées du bout de son index trempé dans un peu d'eau de Botot additionnée d'une lichette de marc égrappé. Satisfait, il endossa son gilet. Le plus beau : celui brodé de petites fleurs. Après quoi il se coiffa de sa bâche — sa casquette — qu'il arrangea sur le dessus de ses mèches brunes et drues, et s'adressa, dans le miroir que trois clous rabattus fixaient sur le mur chaulé de sa chambre, un petit clin d'œil approbateur. Il se plaisait. Voilà qui était essentiel !

Le Maurice avait trente ans et il était plutôt grand pour un Bourguignon des côtes. Il avait une réputation à soutenir. Celle d'un « jigouaigneur », comme disaient les hommes avec un brin de jalousie dans la voix. Celle d'un « séducteur », traduisaient leurs femmes, du moins celles qui, d'aventure, en allant un jour se faire coiffer à la ville à l'occasion d'une grande fête — mariage, communion, enterrement — avaient eu l'occasion de jeter un regard — gêné — sur un vieux numéro de *Cinémonde* tout écorné, abandonné là dans un but de distraction didactique. Mais elles ne prononçaient ce mot étranger qu'entre elles, à voix basse, et en cachette des hommes. Moins à cause de leur éventuelle jalousie, du reste, que par peur de passer pour une créature « pas bien sérieuse » ou, pire, pour une « faignante ». Une épouse de vigneron des côtes, ça ne perd pas son temps à lire des revues. Ça travaille...

Mais ça n'empêchait pas, allez... Il y en avait toujours une ou deux, pas vrai... Et puis, à la sortie des bals... Et même sans chercher si loin, poursuivit pour lui-même le Maurice, avec un brin de vanité, une ombre de vergogne et un certain sentiment de reproche, le tout dans le désordre, mais en égales proportions.

Le Maurice quitta sa chambre et fut accueilli par un rogôme de café, de pain frais, de soupe au lard et de feu de bois, qui lui réjouit les narines et lui agaça la langue. Il hâta le pas pour se retrouver dans la grande salle de la ferme familiale. Le Néné Grugeon se trouvait là, qui lapait sa soupe, assis sur le banc, les coudes au milieu de la table, son éternel chapeau noir patiné par les ans enfoncé sur son crâne, à tel point qu'on ne distinguait de sa chevelure qu'une couronne de cheveux gris, mais ce n'était pas leur couleur naturelle : c'était celle de la crasse.

— Salut, le Néné, dit le Maurice en prenant place lui-même sur le banc entaillé de mille coups de couteau venus de la nuit des générations de Theuvenot. Ça va-t'y ?

Le Néné ne répondit que par un grognement. Comme tous les commis de ferme, René Grugeon parlait peu, s'il travaillait beaucoup. Depuis le temps qu'il vivait auprès des Theuvenot, il avait fini par faire partie de la famille. Mais il restait tout de même un employé, il le savait, et lui-même aurait été choqué s'il lui était venu l'idée saugrenue qu'il aurait pu un jour jaser avec les maîtres.

— Ho, Maurice, dit une voix. T'es donc ben beau !

Le Maurice tourna la tête et sourit à la femme âgée qui s'avançait vers lui, portant un bol de café fumant. Sa mère ne l'appelait pas « le » Maurice, sans doute parce que, pour elle, il restait son queulôt, son petit. Et tout gaillard qu'il était, le Maurice appréciait cette discrète marque de tendresse. Comme tous les Bourguignons des campagnes qui avaient réussi à échapper aux sirènes des usines de la ville, il conservait en son cœur l'amour traditionnel et paysan pour sa mère, aussi solide que discret, et qui se nourrissait, entre autres, du sentiment de respect. Car si, de par son caractère, le Maurice ne respectait plus certaines choses, sa mère restait, et resterait jusqu'à son dernier souffle, la personne la plus sacrée qui soit.

— Salut, la mère, répondit le Maurice en se penchant en arrière pour laisser sa génitrice le servir. Tu sais ben qu'aujourd'hui je vais à la ville.

— C'est vrai. J'y pensais plus... Te vas chercher l'Anne-Marie et le Jean-Bernard.

— Ouais... Le beuzenot !

Léocadie Theuvenot étouffa un petit rire, et s'éloigna pour revenir quelques instants plus tard, portant une assiette creuse emplie de soupe et une miche de pain entamée. Le Maurice sortit son couteau de sa poche, en déplia la lame et se tailla une épaisse tranche de ce pain de ferme que la mère pétrissait et cuisait elle-même, tradition qui commençait à se perdre dans ce pays de progrès qu'était la côte. Progrès, oui, il fallait bien en parler. La mère ne cuisinait plus depuis près de dix ans dans la cheminée, au fond de la pièce, mais à l'aide d'une cuisinière à bois et charbon — de terre — dont le tuyau coudé s'en allait disparaître sous le linteau de pierre de ladite cheminée. C'était laid, mais signe que les Theuvenot vivaient avec leur temps. Un autre signe, plus ostensible encore, était représenté par le massif poste de Téhessef, encaustiqué à faire cligner les yeux, et qui trônait sur la maie, à portée de main de la place du père, lequel, chaque dimanche, après les informations, imposait un silence absolu à toute la tablée, car c'était l'heure d'écouter la causerie de Mme Geneviève Tabouis. « Mesdames, messieurs... Attendez-vous à... et à dimanche prochain, pour les dernières nouvelles de demain »...

Le Maurice but une gorgée de café et attaqua sa soupe, y trempant son pain, qu'il coupait en gros dés. Tout comme le Néné, il mangeait bruyamment. Il aspirait sa nourriture mi-liquide et la faisant sonner entre ses lèvres, puis la grumait de la langue, des joues, des dents et du palais. Ce n'était pas de l'impolitesse, bien au contraire. C'était marquer avec respect que la soupe était bonne, qu'on avait du plaisir à la manger, et qu'on remerciait la mère pour l'avoir si bien mitonnée. La Cadie aurait très mal pris qu'on mangeât silencieusement la nourriture qu'elle confectionnait. De toute façon, il n'y avait que les malappris des villes pour croire qu'à table le silence est d'or.

Tout en lapant sa soupe au lard, le Maurice but son café additionné de marc, triple cocktail dont les vertus roboratives étaient avérées depuis des siècles. Avant qu'il en eût terminé, le Néné acheva son déjeuner et, sur un nouveau grognement, prit congé. Le travail l'attendait, comme il avait déjà pris les autres occupants de la ferme. Seul le Maurice y échappait pour la durée de la matinée, encore avait-il la meilleure des excuses : il allait à la ville, c'est-à-dire à Buxy, bourg sis à quinze kilomètres de Vivejoie.

— Ho, Maurice, dit la Cadie, de ses fourneaux, ça t'ennuierait pas de me faire les commissions ?

— Sûr que non, la mère, répondit le fils. Qu'est-ce tu veux ?

— Je t'a fait la liste, rétorqua la Cadie en tendant un morceau de papier couvert de belles lignes élégamment tracées de pleins et de déliés, à la plume Sergent-Major. T'y feras marquer sur le compte.

Le Maurice opina et empocha ladite liste, puis, après avoir essuyé son couteau sur la cuisse de son pantalon de velours, en avoir replié la lame et fourré l'ustensile dans sa poche, il se leva et sortit. Il avait hâte de se retrouver sur la route. Aller à la ville, ce n'était pas rien, surtout en cette période qui précédait les vendanges, où l'on était occupé autant que faire se peut, à nettoyer les tonneaux, à réviser le pressoir, et, pour les femmes, à préparer les montagnes de victuailles qui seraient englouties par l'équipe des coupeurs, au long de la quinzaine à venir.

Le Maurice traversa d'un bon pas la cour de la ferme. Du cuvage lui provenaient effectivement les échos du travail accompli par les autres mâles de la communauté. Il s'y dirigea, demeura un instant à froncer les sourcils, attendant que sa vue se fasse à la pénombre qui régnait dans le long et frais bâtiment, tout imprégné de vieilles senteurs de moût, de salpêtre et du parfum de la terre battue.

— Ho, clama-t-il, je vas à la ville. Qui qu'a besoin de queuque chose ?

En bon Bourguignon, il n'avait pas dit « quelque » mais « queuque ». Un sec vieillard, qui œuvrait au pressoir, se tourna vers lui, le regard impérieux.

— On a seulement besoin que te reviennes vite, peugnât, répondit-il. Y a du travail !

— Oui ! renchérit un second gaillard, plus jeune, qui ressemblait trait pour trait au Maurice, avec un je-ne-sais-quoi de plus mûr, mais également de plus résigné. Va pas encore courir les filles. Tu sais que le Bernard Tainturier il a dit comme ça qu'à force que tu tournes autour de sa femme, il va finir par te tirer un coup de fusil ! Et pas avec du gros sel !

Le Maurice demeura impassible, toisant son père et son frère sans rien dire. Si l'autorité du Glaude, le Vieux, le patriarche, le maître du clan, demeurait pour lui force de loi, il n'en était pas de même pour celle que son aîné, Lucien, tentait d'exercer à son endroit. Sans doute, un jour, Lucien serait-il le patron, mais, en attendant, il n'était que son frère, né par hasard trois ans avant lui, et, sans qu'il nie quoi que ce soit de ses qualités de travailleur, de vigneron ou tout simplement d'homme, Maurice trouvait souvent sa tutelle pesante. En fait, à trente ans, il en avait assez d'être le queulôt. Ça passait avec la Cadie. Ça ne passait plus avec les autres membres de la tribu.

— Le Bernard Tainturier, c'est rien qu'une grande gueule, répondit-il enfin. Le jour où il aura le culot de se mettre en face de moi, j'y casserai la tête, fusil ou pas fusil... Et puis d'abord, je tourne pas autour de la Lucette. Ça serait plutôt le contraire !

Lucien Theuvenot se contenta de répliquer par un grommellement indistinct et en retourna à la feuillette qu'il était en train de rincer à grande eau. Le Glaude répéta :

— Rentre vite !

Maurice se détourna, sortit du cuvage et marcha vers la Renault garée de l'autre côté de la cour. C'était un vieux modèle, une de ces « aérodynamiques » nées la décennie précédente, et dont l'aérodynamisme, précisément, avait été mis à mal lorsqu'on l'avait transformée en camionnette de labeur en l'affublant d'un plateau de char à bancs tronçonné aux cotes, en lieu et place de sa partie arrière. Mais la mécanique de ce monstre hybride fonctionnait bien, car le Camille Lachazé, un autre employé de la ferme, ancien ouvrier du PLM chassé de son administration pour avoir cassé la figure de son contremaître un jour de discussion syndicale, l'entretenait avec des soins maniaques, et l'engin démarra au premier coup de manivelle, se mettant à vibrer et hoqueter dans une promesse — déçue — d'imminente désintégration. Maurice s'installa à bord et démarra majestueusement, tandis que Tambour, le meneur de la meute du père, se mettait à donner de la voix, dressé les pattes avant contre le grillage du chenil. Le finaud savait que la saison s'avançait et que, bientôt, reviendrait le temps des rapprochés et des fermes sur le sanglier. Il s'impatientait qu'on l'emmène, en voiture, chez les cousins Jacquotot, qui vivaient dans les monts de l'Auxois, là où se déroulaient les plus belles chasses de l'automne et de l'hiver.

Mais il n'était pas encore temps de chasser, même si, traditionnellement, en allant à la vigne, on emmenait le douze et une poignée de cartouches bien cachés sous le banc du char, des fois qu'on rencontre un lièvre au passage, et juste histoire de faire la nique au Glaude Montcharmont, le garde champêtre. Le Maurice franchit donc le portail de la ferme et s'engagea sur la route qui, serpentant à travers les vignes, descendait la côte en direction de la plaine et de la ville. Il faisait beau depuis pas mal de jours, ce qui était bon pour le raisin, mais faisait lever derrière les roues de la Renault des nuages de poussière qui devaient être visibles jusque dans le Jura. Le Maurice traversa La Paulée en donnant de la corne, pour prévenir les chiens ensommeillés sur le chemin, mais aussi histoire de se faire remarquer. Car à quoi bon savoir conduire et se trouver au volant de la voiture familiale si personne ne s'en apercevait ? Voilà qui enlevait tout le sel de la chose.

Alors qu'il dépassait les dernières maisons du village, Maurice aperçut, par la vitre baissée, un pays qui, du bord de la route, le considérait, sa faux à la main. Il se rembrunit en reconnaissant le Bernard Tainturier. Il pesa plus lourdement sur le gaz et le dépassa sans le saluer, et sans que l'autre le salue. Il ne régnait pas une franche camaraderie entre eux. C'était même plutôt le contraire, mais cela n'avait rien à voir avec de prétendues avances de la part de Maurice envers la Lucette, l'épouse du Bernard. Cela remontait bien plus loin, si loin même qu'on ne savait plus guère pourquoi les familles Theuvenot et Tainturier se détestaient. Mais ce devait être pour de bonnes et solides raisons : questions de bornage, ou d'outils empruntés et non rendus, ou de bans des vendanges mal respectés. Bref, de quoi alimenter ces traditionnelles haines qui donnent tout leur relief aux querelles paysannes.

Il est vrai que le Maurice avait lutiné la Lucette Tainturier, l'été précédent, après la Saint-Jean. Mais comme ça, en passant. Par politesse, pouvait-on dire, parce que l'opulente épouse du Bernard avait du vague à l'âme... et le feu au cul. D'ailleurs, le Bernard était cocu, tout le monde savait ça. Mais c'était à lui, Maurice Theuvenot, que l'autre en voulait particulièrement. Sacré Bon Dieu d'histoires de femelles ! Pourquoi donc que la Lucette continuait à y faire les yeux doux, alors qu'elle comptait plus pour lui depuis longtemps...

Soudain, alors qu'il se trouvait à un bon kilomètre de La Paulée et qu'il longeait les alignements des vignes bordées de noyers et semées de pêchers, le Maurice aperçut, appuyée contre un murger, une bicyclette de femme qu'il reconnaissait entre toutes... La bicyclette de la Marinette, l'épouse du Lucien, sa propre belle-sœur. Son cœur se mit à battre plus vite et, presque malgré lui, il appuya sur la pédale de frein. La Marinette, c'était autre chose que la Lucette Tainturier. Pour dire le vrai, la Marinette, c'était sa bonne amie.

Les choses n'étaient pas toujours simples, à la ferme Theuvenot, productrice du cru fameux des « Grognards ».

La Marinette

La Marinette Theuvenot, née Marie-Antoinette Gautheron, se sentait tout équeûbie ce matin. Ça arrive de temps en temps aux femmes, et même une fois par mois, mais, ce jour, ce n'était pas ses « rassurantes ». Ça n'avait même rien à voir. Un certain Charles Baudelaire — dont elle avait vaguement entendu parler — avait écrit, au siècle précédent, des pages admirables à propos du « spleen », mais comme la Marinette n'avait jamais rien lu de ce monsieur — d'ailleurs, à l'école des sœurs où elle était allée jusqu'à quatorze ans, on n'étudiait ni ce M. Baudelaire, ni M. Verlaine, ni M. Zola, ni... — bref, la Marinette ne pouvait pas savoir ce qu'elle avait. Elle était équeûbie, voilà tout. Et ce n'était pas le fait de s'être levée aux aurores pour aller à l'herbe aux lapins qui la requinquait. Au contraire. Ça n'allait pas mieux, alors qu'elle entassait sa récolte en ballots et la nouait avec des fibres de raphia.

Un bêlement la fit se retourner. Jules, le bélier, la considérait aimablement, de l'autre côté du muret qui faisait suite à la cadole où elle s'était réfugiée pour prendre un peu de frais avant de se remettre en route et de parcourir, à force de coups de pédale, le bon kilomètre et demi qui la séparait de la ferme. Quand elle peinait sous le soleil, il lui arrivait de se demander pourquoi diable le clos se trouvait si loin du bourg.

Mystère des héritages paysans entrecroisés au cours des âges, les Theuvenot possédaient des terres disséminées aux quatre coins de la commune. Ça donnait de bons vins, aux saveurs de terroir variées, mais c'était d'un pratique pour travailler à la vigne !

La Marinette Theuvenot était ce qu'on pouvait appeler une belle femme. La taille bien serrée dans sa jupe bleue, le corsage blanc moulant sa poitrine généreuse — qu'elle ne cachait pas assez, comme le lui reprochait sa belle-mère, et, en effet, elle avait pour habitude de laisser ouvert le bouton du haut de ses chemisiers, ce qui laissait entrevoir le doux sillon entre ses seins —, elle possédait encore un éclat qui, pourtant, se fane vite chez les filles de la campagne, par la disgrâce du labeur acharné et du vent qui dessèche la peau. À l'aube de la trentaine, elle présentait une silhouette élancée, et le sport qu'elle pratiquait comme M. Jourdain faisait de la prose : sans le savoir, en abattant ses kilomètres quotidiens à bicyclette par les routes encaissées et sinueuses de la côte, lui avait fait don de jambes aux muscles d'acier et d'un fessier digne d'une pouliche de race. Et comme son mari, le Lucien, n'était pas un acharné de la chose, ne lui avait fait qu'une fille, l'Émilie, et qu'il n'apparaissait pas qu'il songe à assurer outre mesure sa descendance, elle pouvait raisonnablement espérer demeurer appétissante quelques années encore.

Cette pensée provoqua chez la Marinette un nouvel accès de vague à l'âme. Le Lucien travaillait tellement qu'il ne prenait plus le temps de seulement s'apercevoir qu'elle était belle, qu'elle se lavait les cheveux et qu'elle enfilait des biaudes propres, toutes choses qui la faisaient mal considérer par sa belle-mère, la Cadie ou par le Glaude, lequel ne disait jamais rien, mais laisser peser sur elle des regards qui lui faisaient monter aux joues le rouge de la colère. Pourquoi ses beaux-parents ne l'aimaient-ils pas ? Elle travaillait tout autant qu'eux, ne se plaignait jamais et se considérait comme une Theuvenot à part entière. Bien sûr, elle était de la ville ! Elle venait de Buxy, où le Lucien l'avait courtisée, un soir après bal, et, horrible déshonneur, l'avait mise enceinte avant le mariage. Mais enfin, à lui, personne ne reprochait rien. Et puis elle lui avait été loyale... jusqu'au moment où...

La Marinette soupira et souleva ses ballots d'herbe, gros volume mais poids léger, son humeur s'assombrissant encore un peu plus. Ses beaux-parents ne savaient pas. Ils ne pouvaient pas savoir. Et le Lucien non plus. Elle avait été prudente... ILS avaient été prudents. Mais tout était possible... Un hasard, une médisance... Mon Dieu, elle avait été folle de coucher avec le Maurice. Mais comment aurait-elle pu lui résister ? Et surtout, l'aurait-elle VOULU ? Avec tous ses défauts, son beau-frère était une des rares personnes qui, à la ferme, la considérât comme un être humain, comme une femme... Une jolie femme. Rien que cela, et sans qu'elle soit amoureuse de lui pour un sou, avait suffi pour qu'elle devienne sa maîtresse.

Un bruit de moteur, montant de la route en contrebas de la vigne, lui fit lever la tête. Elle se figea en voyant, justement, la Renault qui s'arrêtait devant le calvaire. Le Maurice était au volant, et son visage faisait une tache claire tournée dans sa direction.

La portière de la vieille voiture s'ouvrit et, pendant un instant, Marinette se demanda si c'était d'avoir pensé au Maurice qui l'avait fait apparaître devant elle. Un trouble certain l'envahit. Elle était sensible au charme de son beau-frère — aurait-elle couché avec lui s'il lui avait été indifférent ? — même si elle le considérait avec un peu d'agacement. Maurice semblait toujours en train de jouer un personnage, comme s'il ne se trouvait pas à sa vraie place, à la ferme, et cela aussi les avait rapprochés. Maurice vivait dans l'ombre de son frère et surtout de son père, le Glaude, et Marinette savait qu'il rongeait son frein. Elle savait aussi qu'il tremblait de suivre les traces de son oncle, l'Antoine, frère cadet du Glaude — d'où son surnom de Frérot — que la frustration, la solitude et l'absence de femme avaient, au long des ans, transformé en une éponge imbibée de vin blanc, et dont l'existence au domaine n'était qu'un impitoyable mariage entre l'ivrognerie et le travail. Marinette, qui était intelligente, présumait que c'était cette angoisse qui faisait du Maurice le coq de village qu'il était : un courraillou toujours en quête d'une bonne fortune... et d'un nouveau tracas.

Le Maurice claqua la portière derrière lui et, traversant la route, monta le long des rangs de vigne. Il était tout de beau vêtu, avec sa belle casquette, son gilet brodé et son pantalon bleu marine, et il lui souriait d'un air engageant. Marinette se souvint brusquement qu'il devait aller à Buxy, pour ramener sa sœur Anne-Marie et son jeune frère Jean-Bernard, lesquels allaient, comme chaque année, aider aux vendanges. Inexplicablement, elle ressentit une bouffée de jalousie en constatant que son beau-frère et amant s'était mis en frais de toilette. Espérait-il séduire AUSSI Anne-Marie ?

— Salut, la Marinette, dit le Maurice, dès qu'il se retrouva auprès d'elle. T'es donc partie bien tôt, ce matin...

Marinette ne répliqua pas. Depuis qu'ils étaient intimes, elle avait appris à lire dans les yeux de son beau-frère. Et ce qu'elle y lisait, en cet instant, ne lui plaisait pas. Elle admettait d'être une maîtresse, pas une bonne fortune honorée à la va-vite.

— T'es jolie tout plein, poursuivit le Maurice, qui marqua une courte hésitation, et ajouta : si qu'on allait faire un tour dans la cadole ?

Marinette réfléchit un instant et répliqua par une excuse bien féminine, mais qui avait fait ses preuves :

— J'y peux pas, le Maurice.

Maurice fronça les sourcils, et elle répéta :

— J'y peux pas...

Le regard de son vis-à-vis s'éclaira... pour se rembrunir aussitôt.

— Ah ben oui ! J'y comprends... C'est pas le bon temps.

Marinette ne renchérit pas. Même si c'était faux, ce n'était pas une chose dont une femme aimait parler. Le Maurice dansa d'un pied sur l'autre. Et puis soudain, un sourire salace éclaira ses traits.

— Si t'y peux pas d'une façon, dit-il, t'y peux peut-être d'une autre...

Il regardait fixement sa bouche et Marinette se sentit devenir écarlate, tandis qu'une honte subite la prenait toute. Ce que pensait le Maurice, ça se faisait... dans le secret du lit et à condition de n'y faire jamais allusion ouvertement. Et voilà que ce peugnât le lui demandait tout crûment, en plein au milieu du clos, au grand soleil ! Mais pour qui la prenait-il donc ? Pour une « fille » ?

— J'y peux pas comme ça ni autrement ! répliqua-t-elle, rageuse. Et d'abord il faut que je rentre, que sinon le Lucien et la Cadie y vont me poser des questions !

Elle ramassa ses ballots d'herbe à lapin et voulut s'en aller. Le Maurice avait l'air tout ébaubi. Il la saisit par son bras nu.

— Ben quoi, la Marinette, protesta-t-il, qu'est-ce qui te prend ? Tu fais la fière maintenant ?

— Je fais pas la fière ! riposta Marinette, vexée, tout en se dégageant. Je te dis que j'y peux pas, c'est tout !

Le Maurice devint tout rouge.

— T'y PEUX pas ou t'y VEUX pas ? gronda-t-il.

Marinette ne daigna pas répondre. Courant presque, elle dévala le coteau jusqu'à la route, attacha, les mains tremblantes de colère, son herbe sur le porte-bagages de sa bicyclette et, enjambant l'engin, elle partit, pédalant en danseuse, le long de la côte qui menait au village. Elle redouta un instant que le Maurice ne la rattrape en voiture et lui fasse une scène pire que celle qu'ils venaient de vivre. Mais non. Par-dessus son épaule, elle le vit qui restait planté là, à côté de la cadole, et qui soulageait ses nerfs en jetant des pierres aux moutons.

Marinette reprit son calme en abordant les premières maisons de La Paulée. Polie, elle salua la vieille Ernestine Cruchot qui clopinait en direction de l'épicerie, et serra sa droite pour laisser la place à l'autocar qui faisait la ligne de Chalon. Elle se demandait tout de même pourquoi elle avait aussi vertement rembarré son galant. Ce que le Maurice voulait, ils l'avaient déjà fait, même et surtout cette chose qui ne se disait pas, et elle y avait trouvé du plaisir. Alors... Sûr que le Maurice devait être en rage, et elle le connaissait assez pour en être ennuyée. Quand le Maurice était en colère, il faisait toutes les sottises imaginables. Il allait au bistrot, il buvait un coup de trop et il cherchait la bagarre. Si ça se passait à La Paulée, il n'y avait que demi-mal. On le connaissait et il se trouvait toujours quelqu'un pour aller prévenir le Glaude ou le Lucien, qui rappliquaient avec le Néné Grugeon ou le Lazare Ménager, et qui remmenaient l'autre mâchuré à la ferme avant que les choses tournent trop mal. Mais, ce jour, le Maurice allait à Buxy. Là-bas aussi, il y avait des bistrots... mais personne pour le faire tenir tranquille... Elle aurait mieux fait de le laisser s'amuser cinq minutes avec son cul, ça l'aurait calmé, et peut-être qu'elle, ça aurait fini par lui plaire... Enfin... ce qui était fait était fait !

Une pensée soudaine amusa la Marinette et la fit sourire. Ce qui n'avait pas été fait... pourrait toujours être fait une autre fois. Quand le Maurice était sur les nerfs, il se montrait un amant des plus vigoureux. Leur prochain tête-à-tête pourrait ne pas manquer d'intérêt...

Mais ces songeries quelque peu scabreuses quittèrent l'esprit de la Marinette aussitôt qu'elle attaqua les rampes qui menaient à la ferme. Pédaler de par les routes de la côte était une occupation tout à fait indiquée pour effacer les pensées impures de l'esprit des pécheresses, même les plus endurcies. Môssieu le curé n'avait sûrement jamais songé à ça lorsqu'il fustigeait, en chaire, les dangereux travers de l'époque dissolue où se perdait l'humanité en général et la France en particulier, fille aînée de l'Église comme chacun sait, mais point pour autant à l'abri du malheur, exemple le Front populaire, la disparition de Mermoz et, pour remonter plus loin, l'affaire Stavisky...

La Marinette franchit enfin le portail d'entrée de la ferme et, sans souffler pour autant, abandonnant sa bicyclette contre le mur de la grange, elle détacha ses ballots d'herbe et se dirigea vers les clapiers où les lapins attendaient leur manne. Elle leur distribua la nourriture fraîche, puis, enfin, se décida à aller affronter les durs yeux de la Cadie.

Cette dernière se trouvait derrière les fourneaux.

— Bonjour, la Mère, dit aimablement la Marinette, qui ajouta aussitôt, pour expliquer son absence : Je viens de l'herbe aux lapins.

Sa belle-mère ne répliqua pas, et la jeune femme alla se servir un bol de café. Elle avisa, sur la table, un amoncellement de légumes : poireaux, carottes, pommes de terre, navets et, tout à côté, le couteau à éplucher et son tablier. Elle se hâta d'avaler son café, puis, sans rien dire, elle alla s'asseoir et commença de travailler.

Le carillon de l'horloge, au fond de la salle, égrena sa mélodie, puis le mécanisme sonna dix coups. La journée était bien entamée. Mais pour la Marinette, comme pour toutes les femmes de toutes les fermes de la côte, elle n'était pas près de s'achever...

Marinette et sa belle-mère travaillèrent durant une bonne heure, assises l'une en face de l'autre, n'échangeant que de rares paroles. Parfois, les lèvres de la Cadie remuaient silencieusement et sa belle-fille devinait qu'elle récitait quelque prière à l'intention de quelque saint répertorié, à moins que ce ne fût plus classiquement un Ave, un Pater ou un Je vous salue, Marie. Pieuse, la Cadie priait ainsi, à tout moment, sans autre but précis que de s'occuper l'esprit. À moins que ce ne fût pour faire provision de religiosité « au cas où ». C'était une femme prévoyante, qui ne concevait pas que quelque chose vînt un jour à manquer. Ni cochon dans le saloir ni prières dans le registre sacré de saint Pierre, quelque part en paradis. À la fin, chacun en profiterait peut-être. Mais sûrement pas Marinette.

Soudain, peu après que l'horloge eut sonné les onze heures, un grand charivari se produisit dans la cour de la ferme. On entendit successivement l'écho d'un puissant moteur de voiture, qui n'avait rien à voir avec le teuf-teuf de la vieille Renault, puis d'allègres sonneries de corne, que ne parvinrent pas à couvrir les aboiements frénétiques de la meute tirée de sa torpeur. Enfin, ce fut le hennissement de bienvenue de Pomponnette, la jument, qui, comme à son habitude, étant de nature enjouée, saluait tout nouvel arrivant en l'appelant pour qu'il vienne lui offrir un picotin à l'écurie.

— Ah ! V'là les Boches..., grogna la Cadie en levant le nez de dessus ses épluchures de treuffes.

La Marinette ne fit aucun commentaire, mais, une fois de plus, sentit dans sa bouche le goût amer de la frustration. Pourquoi la mère ne lui avait-elle pas dit que les Boches allaient venir ? Sans doute parce qu'elle estimait que ça ne la regardait pas, elle, la bru. Pourtant elle était concernée comme les autres membres du clan. Ne serait-ce que par le surcroît de travail que cette visite allait lui apporter.

Les « Boches », c'était le couple Starkenschwanz, de Munich. Ils ne manquaient pas, chaque année, à la fin de l'été, de venir faire visite aux Theuvenot. Etrange coutume, qui n'était pas trop bien vue, mais le Glaude n'avait rien à faire des ragots que l'arrivée de ces ennemis héréditaires, en terre bourguignonne, provoquait au village, et, chose étonnante, pour une fois Marinette approuvait l'attitude de son beau-père. Elle-même les aimait bien, les Starkenschwanz. Ils étaient drôles, joviaux, bons vivants et l'épouse, Hildegarde, ne lui battait jamais froid.

L'amitié singulière entre le Glaude et Herr Karl-Sigfried Starkenschwanz remontait à la guerre. Trop âgé pour avoir été mobilisé au début du conflit, le Glaude avait néanmoins rejoint l'enfer de Verdun, lorsque, les jeunes classes ayant été décimées au combat, on avait fait appel à leurs aînés pour combler les vides. Le Glaude avait eu la chance, si l'on pouvait dire, de n'être que grièvement blessé lors de cette implacable boucherie, et cela lui avait valu, après plusieurs mois d'hôpital, de se retrouver démobilisé. Rentré à la ferme, boitant et décoré, il y avait trouvé un Boche, prisonnier de guerre, placé là pour remplacer les hommes qui, eux, mouraient pour le drapeau. Les premiers temps n'avaient pas été faciles, les deux hommes se méfiant l'un de l'autre, et conservant les réflexes que l'Histoire, aussi bien que l'embrigadement, avaient imprimés en eux. Mais le prisonnier, qui s'appelait Karl-Sigfried Starkenschwanz — comment un bon chrétien pouvait-il porter un pareil nom, on se le demande — avait quelque chose pour lui : sa correction vis-à-vis de la Cadie. Il se racontait en effet beaucoup de choses à propos de ces prisonniers qui ne se contentaient pas de seulement remplacer les hommes aux champs, mais qui poursuivaient cet intérim jusque dans le lit des vertueuses femmes françaises. Karl-Sigfried avait toujours fait preuve du plus grand respect envers « Frau Gadieee », et le Glaude avait apprécié cette attitude.

De plus, bien que captif, Karl-Sigfried était un homme de bonne composition, aimant la plaisanterie — pas toujours très fine, germanisme oblige — et, surtout, sachant lever le coude. Peu sectaire, il avait su remplacer la bière, rare au village, par le vin et ça, évidemment, ça ne pouvait que lui ouvrir le chemin de l'amitié du Glaude. Enfin, il y avait les communes souffrances qu'ils avaient endurées au front. Ils avaient découvert, un peu étonnés, que, sous l'uniforme feldgrau ou sous le bleu horizon, le sang coule toujours rouge — comme le bourgogne — et qu'un blessé jure « scheisse » ou « merde », ce qui veut dire exactement la même chose, lorsqu'une infirmière lui arrache son pansement encroûté de sang et que ça fait mal.

Tout cela avait fait que le Glaude et Karl-Sigfried étaient devenus des amis. De vrais, de solides amis, unis dans le travail comme dans la fête, et se moquant bien des racontars et du jugement des autres. Lorsque l'armistice avait été signé, les deux hommes s'étaient sentis également désemparés, devinant que l'heure de la séparation allait sonner. Et, en effet, Karl, libéré, était retourné en Bavière. Mais l'empreinte laissée en lui par deux années et demie de vie bourguignonne était ineffaçable. Outre qu'il avait continué de correspondre avec les Theuvenot, il avait créé à Munich une petite société d'importation... de vins de Bourgogne, dont il s'était fait l'un des plus ardents prosélytes en Allemagne. Et, ma foi, cette société avait survécu à la crise, et s'était même développée lors de la décennie. Opportuniste, soucieux de favoriser son commerce, et bien qu'il n'eût rien d'un fanatique racial, Karl-Sigfried s'était rallié aux idées nouvelles qui avaient fleuri, dans son pays, après l'accession au pouvoir du chancelier Hitler, mais cela n'était pas pour gêner trop le Glaude et la Cadie, dont les opinions politiques n'étaient pas franchement de gauche, comme chez la plupart des ruraux français, et qui, en bon Bourguignons salés, professaient un antisémitisme avéré, bien qu'ils n'aient jamais rencontré un seul Juif de leur vie !

Cinq années plus tôt, Karl s'était marié et, à présent, il rendait visite à ses vieux amis en compagnie de son épouse, une opulente personne aux nattes blondes peignées en macarons sur les côtés de la tête, et qui arborait en toutes circonstances un sourire réjoui et un dirndle encore plus décolleté que les chemisiers de la Marinette, ce qui offrait une vue imprenable sur deux seins à faire rêver tous les Maurice du canton ! Cette bonne Hildegarde avait adopté la francophilie de son époux et, lorsqu'elle venait à la ferme, elle s'occupait à travailler avec ses hôtesses, partageant leurs propos dans son français approximatif à l'accent aussi épais qu'une porte de grange, mais que son teint rose et ses dents blanches faisaient passer comme une lettre à la poste.

La Cadie déposa son couteau et se leva, essuyant ses mains à son devanté. Elle arborait une sorte de sourire retenu. Elle aussi était satisfaite d'accueillir les « Boches », mais elle ne voulait surtout pas le montrer. Afficher une satisfaction quelconque, même pour une aussi simple et naturelle raison que la visite d'amis, ne correspondait pas à son personnage. Elle marcha jusqu'à la porte donnant sur la cour. La Marinette hésita une seconde, puis décida qu'elle aussi avait tout de même le droit d'accueillir les Starkenschwanz. Elle abandonna donc son ouvrage et rejoignit sa belle-mère sur le pas de la porte.

Dans la cour, c'était un concert de cris et d'exclamations. Les hommes, maîtres et commis, avaient également interrompu le travail pour assister à l'événement. Le Glaude se tenait au premier rang. Juste derrière lui, le Lucien brandissait une mailloche dans les mains. En arrière-plan, le Frérot titubait, l'œil vague. Puis le Néné Grugeon, le Camille Lachazé et même le Pierrot « La Fouine », avec son air faux et sa grande ceinture de flanelle rouge. Tous admiraient la superbe voiture que Herr Starkenschwanz avait garée à équidistance du tas de fumier et des ruisseaux d'écoulement aux tanniques effluves qui s'échappaient du cuvage. C'était un rutilant cabriolet à la carrosserie bicolore, empoussiéré tout de même par les kilomètres parcourus de routes de la côte, ce qui ne lui enlevait rien de son caractère racé et imposant tout à la fois.

Herr Starkenschwanz avait ouvert la portière de son engin et en était descendu, levant les mains en signe d'allégresse. Marinette ne put s'empêcher de pouffer de rire devant le pittoresque du personnage. Le jovial Allemand arborait en effet un magnifique costume de son pays, c'est-à-dire qu'il portait un short de cuir à bretelles, une chemise blanche ornée de pompons — comme ses chaussettes — une cravate d'un beau vert éclatant et un petit chapeau de feutre orné d'une queue de blaireau. Marinette savait qu'il s'agissait là du costume bavarois traditionnel, mais lorsque ça vous était assené comme ça, sans prévenir, au sortir de la cuisine et un jour de vague à l'âme, il y avait de quoi en demeurer tout afeûtrie !

— Le Glaude ! s'exclama Herr Starkenschwanz, alors que le vieux chef du clan s'avançait vers lui. Gomment cela fa-t-il ?

Il agitait ses bras rondouillards laissés nus par ses manches retroussées. Le Glaude était moins expansif. En bon paysan bourguignon, il n'avait pas l'habitude de manifester ouvertement ses émotions. Mais le large sourire qu'il arborait, sous son nez de corbin et sa moustache grisonnante, et qui découvrait ses longues et vertes incisives, traduisait, mieux que des gestes, sa joie de retrouver son vieux camarade.

— Cré vingt dieux, le Karl ! grommela-t-il. T'en as donc, une ben belle auto !

Il roulait si effroyablement les *r* qu'un non-initié aurait eu bien du mal à le comprendre. Mais Karl-

Sigfried avait, à force, percé les secrets de l'accent bourguignon. Il sut répondre :

— Ja ! Ja ! z'est ma Pé-Eme-Douplefée ! Schön, nein ?

— Arrâte donc de causer boche ! T'y sais qu'j'y comprends rien !

Les deux hommes se serraient la main, tout en admirant le véhicule. Ils n'étaient pas les seuls. On n'avait jamais vu une aussi belle voiture dans toute la région. Le Camille Lachazé, en amoureux de la mécanique, osa même poser sa main calleuse sur une des ailes arrière.

— Eh ben, ragogna pour elle-même la Cadie, elles marchent bien, les affaires, en Allemagne...

Elle se rendit compte tout à coup que la Marinette se tenait juste derrière elle et se retourna, l'œil impérieux.

— Qu'est-ce t'y que vous attendez là ? gronda-t-elle. Y a la chambre des Boches à préparer. Dépêchez-vous ! Et pis vous reviendrez pour continuer à préparer la soupe !

Marinette pinça les lèvres, déçue, car à cet instant Hildegarde, l'épouse de Karl-Sigfried, descendait de voiture et jetait un aimable regard dans leur direction. Elle aurait aimé échanger quelques gentillesses avec elle. Mais sa belle-mère voulait se l'accaparer, bien entendu. Alors elle l'envoyait faire la bonniche...

Bonniche, la Marinette l'était depuis qu'elle avait troqué son nom pour celui de Theuvenot. Elle était habituée. Elle se détourna donc et, traversant la grande salle, alla ouvrir l'armoire à linge pour en sortir une paire de draps de lin, de ces draps raides et rêches comme de la toile à voile, que des ancêtres du Glaude ou de la Cadie avaient tissés cent trente ans plus tôt et qui, depuis, n'avaient pas été dépliés dix fois. Elle les emporta jusque dans la petite pièce au bout du couloir qui courait d'un bout à l'autre de la ferme, où, traditionnellement, étaient logés les Starkenschwanz lorsqu'ils demeuraient en Bourgogne. C'était une chambre plutôt monacale, très fraîche et ombreuse, où ne s'ouvrait qu'une fenêtre basse donnant sur les pâtis. Contre un des murs s'érigeait un monumental lit bourguignon, que surmontait un crucifix derrière lequel était glissé le traditionnel rameau de buis bénit. Un coffre, une armoire et un chromo représentant Notre-Dame de Lourdes complétaient l'ameublement. Apparemment, cela avait toujours contenté les Starkenschwanz. Quant au lit, Karl-Sigfried affirmait, avec un rire tonitruant, que personne ne pourrait jamais en venir à bout. Pas même Hildegarde et lui lorsqu'ils s'y amusaient un brin...

Avec cette efficacité silencieuse qui était devenue chez elle une seconde nature, Marinette fit le lit. Elle lissa la courtepointe brodée et tapa sur l'édredon afin de lui donner un gonflant de bon aloi. À ce moment, un frôlement se fit entendre derrière elle et elle se retourna. Une très vieille dame vêtue de noir, coiffée du traditionnel bonnet à tuyaux, le nez chaussé de lunettes aux verres aussi épais que des culs de bouteille, se tenait dans l'encadrement de la porte, toute petite et voûtée, et lui souriait de sa bouche veuve de toutes ses dents.

— Alors, ma p'tiote, dit la vieille dame, la voix fluette, mais qui ne tremblait pas, la Cadie t'a encore envoyée aux pelotes...

Marinette fixa l'ancêtre, sa gorge se nouant d'émotion. Elle s'approcha d'elle, la saisit doucement par le bras.

— Mémère Hyéhiette, lui dit-elle, pourquoi vous m'avez pas appelée si vouliez sortir de vot'chambre ?

— Oh, ma pauvre... T'en as déjà ben assez à faire pour venir t'endêver avec une vieille comme moi !

— Mémère Hyéhiette, j'm'endêve jamais avec vous. Y faut pas que vous marchiez toute seule, à cause de vos rhumatismes.

Les rhumatismes de mémère Hyéhiette, c'était en

fait une polyarthrite déformante qui lui mangeait les articulations et lui tordait le dos. À quatre-vingt-douze ans, la mère du Glaude était presque stropiate et n'y voyait plus guère, ce qui était pour elle un drame réel. En effet, pour une bonne partie de sa vie, et jusqu'à peu encore, elle passait son temps, entre autres tâches paysannes, à coudre, ourler, ravauder, broder des kilomètres de draps, de serviettes, de chemises, de bonnets, de robes. Sa vue ayant baissé, malgré les lunettes qu'elle portait désormais, elle avait beaucoup de mal à persister dans cet ouvrage, et cela lui manquait. Ce qui lui manquait aussi, c'était de ne plus pouvoir aller à la cueillette des simples, dans les bois et les collines, à cause de ses mauvaises jambes. N'importe quel Theuvenot de bon lignage en aurait eu le caractère aigri. Au contraire, mémère Hyéhiette était une personne douce, qui ne se plaignait jamais et qui, au contraire de la Cadie, avait tout de suite pris en affection la « fille de la ville » qu'avait ramenée à la ferme son petit-fils Lucien. C'était auprès d'elle que Marinette trouvait le seul réconfort qui lui soit accordé dans le foyer où elle vivait. Elle rendait donc sa gentillesse à la vieille mémé, s'occupait d'elle et, chaque fois que cela lui était possible — c'est-à-dire, hélas, rarement —, elle s'en venait lui tenir compagnie pour l'écouter raconter des histoires de son jeune temps. Car mémère Hyéhiette, si elle était diminuée physiquement, avait encore toute sa tête, une mémoire infaillible et un sens de la narration qui lui faisait relater, avec une verve bien bourguignonne, des histoires remontant à l'Empire, et même au-delà. Mémère Hyéhiette adorait révéler que son instituteur, lorsqu'elle était petite fille — car elle était allée à l'école, mais oui ! — était né sous Bonaparte. Le vrai... le premier.

— Qu'est-ce c'est-y donc qui gigouille comme ça, dehors ? demanda mémère Hyéhiette, alors que

Marinette la faisait doucement sortir de la chambre des Starkenschwanz.

— C'est les Boches, mémère. Ils sont venus, comme chaque année, pour les vendanges.

— Ah... Les uhlans !

Pour mémère Hyéhiette, qui n'avait que vingt-quatre ans lorsque s'était déroulée la guerre de 1870, les Allemands étaient alors des uhlans. En 1914, ils demeuraient des uhlans. Ils le resteraient à jamais. À vrai dire, tout en se montrant polie avec les hôtes de son fils, la mémé ne leur manifestait pas beaucoup de chaleur. Elle se souvenait trop de son frère aîné, qui avait chargé à Reichshoffen et n'en était pas revenu, et, par la suite, elle avait dû panser les plaies mal cicatrisées du Glaude, après Verdun. Cela faisait beaucoup, même pour un cœur aussi gentil que le sien.

— Mène-moi donc près de la cheminée, ma belle, reprit mémère Hyéhiette. J'ai envie d'un peu de compagnie...

— Comme vous voudrez, mémère. Appuyez-vous sur moi.

À petits pas précautionneux, la Marinette guida mémère Hyéhiette jusque dans la grande salle. La Cadie les vit survenir sans montrer grand plaisir. Elle n'osait jamais, devant sa propre belle-mère, même diminuée par les ans, se montrer aussi sévère qu'à son habitude avec sa belle-fille. Mémère Hyéhiette ne disait jamais rien, mais son regard presque aveugle et surtout son ouïe, aussi fine que celle d'un renard, enregistraient la moindre variation de l'atmosphère familiale et sa muette présence semblait affirmer, en toute circonstance, que l'harmonie de la vie était une notion essentielle, et que se montrer inutilement abrupt n'apportait jamais grand-chose de bon.

Cependant cela n'empêcha pas la Cadie de grommeler à l'adresse de la Marinette :

— Allez chercher les bagages des Boches ! Vous les mettrez dans leur chambre.

Marinette ne rétorqua rien et sortit dans la cour. Là, c'était encore et toujours des congratulations, des rires et des appréciations sur la « Pé-Eme-Touplefée ». Frau Starkenschwanz se tenait un peu en arrière de son tonitruant époux. Elle vit survenir la jeune femme, et lui adressa un bon et franc sourire, tout en lui tendant ses mains replètes.

— Matame Marinette ! s'exclama-t-elle. Che suis... gondende !

Les deux femmes s'étreignirent, échangeant une bonne fricassée de museau, et cela suffit pour faire réagir le Glaude.

— C'est bon comme ça ! gronda le vieux. Allez, bande de traignâs ! Y a encore du travail !

Les commis déguerpirent, retournant au cuvage. Lucien sembla vouloir demeurer auprès de son père et des visiteurs, mais le Glaude le tança :

— Je veux que t'ailles au bourrelier ! L'avaloir de la Pomponnette, o l'est tout revorché. Faut qu'y répare ça maintenant.

— Mais, le père, voulut protester Lucien, le Maurice a pris la voiture !

— Eh ben, t'as qu'à prendre le vélo ! Vas-y, j't'y dis !

Marinette détourna les yeux, humiliée pour son mari de la façon dont l'écartait son père. La réparation de l'avaloir de la jument aurait largement pu attendre un jour ou deux. Mais le Glaude, tel un avare, entendait rester seul pour partager l'amitié de Karl-Sigfried Starkenschwanz.

Résignée, la jeune femme saisit la valise que Frau Hildegarde avait déposée sur le sol et, malgré les protestations de l'Allemande, la porta jusqu'à la ferme, sur le pas de laquelle la Cadie la surveillait, les poings sur les hanches.

Le Lucien

Le Lucien pénétra dans l'écurie et alla décrocher le harnais de la Pomponnette, de la cheville où il était accroché au mur. La jument tourna la tête et s'ébroua pour se manifester à son attention. C'était une robuste alezane franc-comtoise de douze ans, dont le caractère amical en faisait la coqueluche de tous les enfants du hameau. Retroussant sa lèvre supérieure, elle adressa au Lucien un très aimable sourire chevalin qui la fit ressembler à M. Fernandel. Se laissant séduire, le Lucien s'attarda un instant à lui grattouiller le chanfrein, et la jument en péta d'aise. Mais son maître ne lui concéda pas pour autant une lichette d'avoine supplémentaire. L'avoine, ça coûtait cher, on ne la gaspillait donc pas. Un petit bout de pain rassis de temps en temps, à la rigueur, ou une carotte... quand on daignait les soustraire à la soupe ou à la pâtée du cochon.

L'avarice des Theuvenot n'avait rien d'exceptionnel ni de conscient. Elle ne différait pas de celle de tous les habitants de la côte. Confrontés depuis des générations à une vie difficile, sur des sols ingrats, dans une société où, durant des siècles, l'argent était si rare qu'on en dépensait le moins possible, les paysans ne laissaient jamais rien perdre et ne s'accordaient que peu de gâteries. Alors pensez... En accorder aux animaux !

La famille Theuvenot, travaillant la vigne, n'élevait que peu de bêtes. Outre la Pomponnette, elle possédait deux vaches laitières, le traditionnel cochon qui, du reste, vivait ses dernières semaines avant le rituel et automnal sacrifice, deux moutons et une basse-cour composée de poules, d'un coq, de quelques canards, d'un couple de dindons, d'oies, sans oublier les lapins de clapier. Pour clore le recensement de cette arche de Noé, citons deux ou trois chats plus ou moins errants et, bien sûr, la meute. Les Theuvenot possédaient quatre chiens corniauds, issus du mélange — qui devait beaucoup au hasard et à l'empirisme — de grands courants français, d'épagneuls et de fox. Ces grands échalas hirsutes n'avaient pas leurs pareils pour forlonger le sanglier, sans négliger pour autant de buissonner lorsqu'on s'en allait au perdreau ou au garenne, ce fléau des jeunes vignes et des potagers.

Bon an mal an, cette ménagerie — y compris les chiens, par l'intermédiaire de la chasse — ainsi que le potager et les arbres fruitiers fournissaient l'essentiel des besoins alimentaires de la tribu, qui parvenait quasiment à vivre en autosubsistance, sans se priver sur la quantité et la qualité, avantage de la condition de vigneron par rapport à celle des paysans des régions plus pauvres, comme les cousins Jacquotot. Il y avait même quelque surplus, qui était vendu au marché de Buxy, parfois de Chalon, ce qui rapportait de l'argent frais, soigneusement mis de côté pour faire face à des dépenses imprévues. En fait, comme la plupart des viticulteurs de la côte, les Theuvenot n'étaient pas pauvres. Mais, d'une part, les sous, quand on en a, on ne les montre pas et, d'autre part, ils étaient plus riches de terres que de numéraire. C'était la raison pour laquelle ils ne mettaient en circulation que peu de billets ou de pièces de monnaie.

Abandonnant la Pomponnette, le Lucien sortit le harnais au grand soleil et l'examina attentivement.

Le père n'avait pas tort. Il fallait que tout soit en bon état avant qu'on attaque les vendanges, gros travail de ce début d'automne, et l'avaloir de cuir portait une profonde entaille, signe d'usure. Une visite chez le bourrelier s'imposait. N'empêche... Le Lucien aurait bien aimé partager le coup de blanc avec les Boches. Mais puisque le père avait donné un ordre...

Lucien replia les sangles avec soin, de façon à ne pas les emmêler, et les fourra dans un sac. Puis, traversant la cour, il alla sortir son vélo de la grange, l'enfourcha et, portant son fardeau, il prit la direction du village. En un sens, aller « au » bourrelier lui faisait un genre de distraction. Pour un temps, il échappait à la routine de ses travaux à la ferme. Pendant que l'artisan serait occupé avec l'avaloir, il pourrait peut-être aller discuter le coup au bistrot. Ça ne lui arrivait pas souvent et, ces temps, le Lucien se sentait préoccupé. On parlait beaucoup, à la Téhessef, des problèmes qui agitaient l'Europe, quelque part en... comment déjà ?... en Tchécoslovaquie, où l'Allemagne revendiquait de protéger une minorité soi-disant opprimée par... les Polonais, non ? Toutes ces histoires étaient bien compliquées, et le Lucien redoutait qu'elles se terminent par une guerre. Il se souvenait parfaitement de celle qui avait ensanglanté le monde, un quart de siècle plus tôt. Il revoyait encore son père, de retour du front, à tel point diminué physiquement — et moralement — qu'il s'était demandé s'il redeviendrait l'homme qu'il avait toujours connu. Il avait, à cette époque, haï ce Boche que les autorités leur avaient imposé, et qui symbolisait, pour l'enfant qu'il était, l'ennemi exécré. Mais avec sa robustesse de sanglier, le Glaude s'était remis et avait repris, comme si de rien n'était, le travail aux vignes. Quant au Boche, il était devenu l'ami de la famille, et le Lucien avait du plaisir à le revoir. Mais il demeurait tout de même méfiant vis-à-vis des Allemands et n'accordait qu'une confiance très limitée à cet Adolf Hitler qui, outre-Rhin, pérorait et emplissait les ondes de propos belliqueux.

Lucien hocha la tête, tout en pédalant. Ces problèmes étaient bien lointains. Il en avait de plus immédiats : le Maurice, qui, à coup sûr, devait être en train de faire l'imbécile à Buxy... et la Marinette, qu'il voyait, jour après jour, se refermer sur elle-même.

Lucien arriva à La Paulée, en traversa la place, ombragée de marronniers, et alla arrêter son vélo devant l'échoppe du bourrelier. Il y pénétra, et fut accueilli par des senteurs de cuir et de ligneul. Le bourrelier était un vieux bonhomme, qui ne sortait guère de son taborgniau et qui, à la longue, avait fini par ressembler à la matière qu'il travaillait. Il était tout racorni comme une pièce de cuir, une « momie », disaient les gens instruits, mais ses doigts, comme ceux de mémère Hyéhiette il y avait encore peu de temps, vous réalisaient des chefs-d'œuvre dignes des plus grands compagnons. Hélas, dans la région, il était le dernier de sa race. Nul ne savait au juste quel âge il avait, mais ce dont personne ne doutait, c'est que du jour de sa mort il ne serait pas remplacé. Où porterait-on, alors, pour qu'ils soient réparés, les traits, colliers et étrivières ? Dans certaines exploitations de la plaine de Saône, à ce qu'on disait, on avait commencé à remplacer les chevaux par des tracteurs mécaniques. Vingt ans auparavant, déjà, les faucheuses Cormick avaient provoqué le chômage des journaliers qui se louaient pour les foins et les moissons. Tous ces pauvres gars n'avaient plus eu comme solution que d'aller travailler en usine. On y revenait toujours...

Le remplacement de l'avaloir de la Pomponnette n'était pas un travail très compliqué, et le bourrelier s'y attela séance tenante. Lucien en profita pour retraverser la place, à pied cette fois, et pousser la porte du bistrot.

Il n'était pas un fanatique des cafés. L'exemple de son oncle Antoine le prévenait de toute tendance à l'alcoolisme et, de toute façon, il n'avait pas trop de temps pour fréquenter ce genre de lieu. Mais il appréciait, à l'occasion, de poser ses fesses devant une table et de boire un verre d'un blanc qui n'avait pas été produit par sa famille. Et puis il pouvait causer avec des pays, au lieu de remâcher éternellement ses pensées sous sa casquette.

Manque de chance, l'établissement était presque vide. Comme chez les Theuvenot, la plupart des mâles du village travaillaient à la préparation des vendanges et ne s'accorderaient une pause qu'à la fin du jour. Le Lucien se retrouva donc à boire seul, après avoir échangé quelques propos de pure politesse avec le Sandrot Bergelin, le patron du café, qui lui avait apporté son aligoté. Il se retrouva également en face de ses soucis.

Qu'est-ce qui avait bien pu se casser entre la Marinette et lui ? Elle n'était pas si éloignée, l'époque de leurs feux. Il se souvenait encore des émois qui lui chauffaient les reins lorsqu'il lui effleurait en catimini, du bout des doigts, l'arrondi de l'épaule ou, plus vertigineux encore, le velouté de la cuisse, les soirs à la veillée, quand, assise à côté de lui dans la pénombre, elle écartait les jambes pour enserrer la panière emplie de pois à écosser, et que son genou frôlait le sien, comme une invite. Il revivait le choc qu'il avait autrefois ressenti lorsqu'il l'avait rencontrée, au marché de Buxy, et qu'elle avait dardé sur lui, sans rien dire, ses immenses yeux bleus aux reflets vert d'eau. Dénouant difficilement le nœud qui lui serrait le leutot, il avait osé lui parler. Elle l'avait écouté, ses pommettes se teintant de rose, mais le regard clair et pétillant d'une lueur qui l'avait bouleversé.

Il revivait aussi cette soirée au bal, dans la moiteur d'un bel été, quelques semaines plus tard. Ils avaient dansé tous les deux, sans qu'aucun s'intéresse seulement à un autre cavalier ou une autre cavalière. La nuit était belle et la chaleur de leurs corps avait fait naître en eux le même désir, la même soif d'un amour aussi naturel, leur sembla-t-il, que la caresse de leurs mains ou les sourires qu'ils échangeaient, les yeux dans les yeux. Ils avaient quitté le bal. Les pâtures n'étaient pas si éloignées pour qu'ils les rejoignent en quelques pas. Là, il l'avait couchée sur l'herbe encore gorgée de la chaleur du jour et, tout simplement, ils s'étaient donnés l'un à l'autre. Elle avait à peine dix-sept ans, elle était toute neuve. Lui n'avait connu que les services de filles tarifées, alors qu'il était soldat. Leur union les avait révélés l'un à l'autre. Il avait su lui dire : « Je t'aime » et elle lui avait répondu : « Je t'aime aussi... »

Le Lucien vida son verre, ses tempes battantes de souffrance et de frustration. Pourquoi n'avaient-ils pas su attendre, puisqu'il était évident qu'ils étaient faits l'un pour l'autre et qu'ils avaient décidé de se marier ? Deux mois après cette nuit de folie, la Marinette se trouvait dans la pire des situations qui soit pour une jeune fille. Il avait bien fallu l'avouer à la famille. De ce jour, la Cadie avait détesté sa future belle-fille, ne lui cachant ni son mépris ni le fait qu'elle la considérait comme une intrigante qui s'était fait engrosser pour rentrer dans le clan. Ce n'était pas vrai, mais Marinette avait très mal vécu — et continuait à vivre mal — cette situation. Et lui, Lucien, n'avait pas eu le courage de défendre sa femme en face de sa mère — et de son père, qui considérait l'évolution des événements de son petit œil froid qui ne cillait jamais. Soumis depuis son enfance aux volontés de ses géniteurs, il n'avait pas su trouver le courage nécessaire pour s'opposer à eux.

Le Lucien se redressa et torcha sa moustache d'un revers de main. Il avait honte de sa faiblesse de caractère, de son indécision. Il se disait parfois qu'il virait berdin. Mais, là encore, il manquait du courage nécessaire pour aller au fond des choses, provoquer l'incident et crever une bonne fois l'abcès.

Lucien posa une pièce de monnaie sur le dessus de la table et sortit du café, sans même saluer le Sandrot qui, de son comptoir, l'avait regardé boire sa topette sans le quitter des yeux un seul instant. Il retourna chez le bourrelier. Il préférait encore attendre, dans l'odeur de l'atelier, à regarder œuvrer le vieux maître, plutôt que de rester tout seul au bistrot et finir par se bourrer la gueule.

Le travail était presque terminé, et il n'eut pas à attendre longtemps.

— Tu m'y marques sur le compte, dit-il à l'artisan en récupérant le harnais restauré.

— Te ragogne pas les sangs pour ça, mon gars, répliqua le vieux. J'y sais !

Le Lucien reprit son vélo et regagna la ferme. Lorsqu'il y arriva, il aperçut, appuyé contre le mur, devant l'entrée, la propre bicyclette du Glaude Montcharmont, et fronça les sourcils d'étonnement. Qu'est-ce que le garde champêtre venait faire là ? Est-ce que par hasard un des commis avait été poser des collets et qu'on l'avait dénoncé ? Ces beuzenots en auraient été bien capables !

Le Lucien s'avança, mais, avant qu'il pousse la porte de la grande salle, celle-ci s'ouvrit et le Glaude, son père, apparut et marcha vers lui.

— Ton frère a encore été faire des conneries ! Le Glaude Montcharmont vient de m'avertir qu'on a TÉLÉPHONÉ de Buxy jusqu'en mairie. L'Maurice s'a foutu dans une bagarre ! Faut que t'ailles le chercher, c'peugnât !

Le Lucien ouvrit de grands yeux. On avait téléphoné ! Alors ça ! C'était bien la première fois qu'un pareil événement se produisait et qui concernait la famille.

— Mais, l'père, s'écria Lucien, comment tu veux qu'y aille le chercher ? C'est lui qu'avait pris la voiture !

— M'sieur Karl, y va t'emmener !

— Ja ! intervint Karl-Sigfried, qui était sorti à son tour. Che vous emmène, Lucien ! Che suis très heureux de vous rentre service !

Lucien hocha la tête, quelque peu dépassé. Le Maurice, impliqué dans une bagarre ! Ça n'avait rien de surprenant. Mais que son inconduite lui offre l'occasion de faire une balade dans la superbe voiture des Boches, alors ça, ça valait son pesant de beursaudes !

— Et où qu'il est, le Maurice ? demanda-t-il.

— Où tu veux qu'y soit ? riposta aigrement son père. Au poste, pardi !

— Bon... J'y vas...

— Et vous ramènerez l'Anne-Marie et le beuzenot !

La Marinette sortit sur le pas de la porte.

— Lucien, s'écria-t-elle en tendant à son époux un gros morceau de pain et du lard, t'as même pas eu le temps de manger...

Le Lucien saisit la nourriture. Son regard accrocha celui de sa femme. Une espèce de lumière brillante illuminait ses yeux et, une fois de plus, il la trouva très belle. Bien trop pour le lourdaud qu'il était.

— Merci, la Marinette, dit-il avec presque de l'humilité dans la voix.

— Alors ? Tu te dépêches ? cria la Cadie, du pas de la porte.

Lucien baissa la tête et, tout en suivant Herr Starkenschwanz vers la « Pé-Eme-Douplefée », il mordit dans le pain et le lard. Mais leur saveur lui parut amère. Oh ! Ce n'était sûrement pas la Cadie qui avait mal salé la viande. Sa mère ne ratait jamais rien et l'avait fait comprendre à sa bru dès que celle-ci avait mis les pieds à la ferme...

La voiture de Herr Starkenschwanz démarra sans

qu'il fût besoin de s'arc-bouter sur une manivelle, et Lucien, impressionné, en oublia pour un temps ses soucis. Il se carra sur son siège et en flatta discrètement le grain, du plat de la main, tandis que l'Allemand, manifestement satisfait de faire goûter à son passager français les qualités de l'industrie automobile de son pays, accélérait et franchissait, au grand émoi des poulets baladeurs, le portail de la ferme. Le Lucien hocha la tête en voyant défiler les vignes de chaque côté de la route. Il n'avait jamais imaginé qu'on puisse rouler aussi vite. C'était autre chose qu'avec la Renault. Si tout ce qui se fabriquait en Allemagne était de la même veine...

Lucien loucha dans la direction de son conducteur, hésita une seconde et posa enfin la question qui lui brûlait les lèvres :

— Dites, m'sieur Karl, interrogea-t-il, qu'est-ce donc qui se passe, dans vot'pays, en ce moment ? Est-ce qu'on va avoir la guerre ?

Karl-Sigfried parut très surpris par cette question. Il tourna brièvement son visage vers le Lucien. Sa peau était rose, son regard bleu et ses cheveux volaient au vent de la vitesse. Lucien regretta ses paroles. Comment ce gros bébé avec son éternel et large sourire pourrait-il redevenir un ennemi ? C'était inconcevable.

— La guerre, Lucien ? rétorqua Karl. Mais non ! Pourquoi la guerre ? Le Führer ne désire que la paix !

— Mais... ce qui se passe en ce moment...

— Ach ! Il s'agit seulement d'un problème avec la Tchécoslovaquie... Ces gens oppriment nos frères les Sudètes ! Le Führer désire les protéger... Gomme fous, Français, fous disiez à propos des Alsaciens et des Lorrains !

Lucien n'avait jamais imaginé que l'Allemagne puisse considérer un territoire étranger à son sol comme ses parents, il s'en souvenait, considéraient l'Alsace-Lorraine occupée. L'argument de Herr Starkenschwanz ne manquait pas de logique.

— Ne soyez pas en souci, Lucien, poursuivit Karl-Sigfried. Si le Führer obtient satisfaction, il ne cherchera d'ennuis à personne ! En Allemagne, nous nous souvenons de la guerre ! Nous ne désirons pas revivre tous ces malheurs. Gell... J'étais dans les tranchées, comme le Glaude... Plus jamais ça, Lucien. Plus jamais...

Karl-Sigfried secouait si véhémentement la tête que Lucien en fut quelque peu rasséréné. Il n'avait aucun doute sur la sincérité de l'ami de son père. Si tous les Allemands pensaient comme lui, le monde resterait en paix. Et puis, après tout, si l'Allemagne désirait protéger les Sudètes, en quoi cela le concernait-il, lui, un paysan de France ?

Le Lucien étouffa un soupir et s'absorba dans la contemplation du paysage. Il songea à son frère. Mais pourquoi donc le père l'avait-il envoyé, lui, chercher l'Anne-Marie et le Jean-Bernard ? Il le savait bien : chaque fois qu'il lâchait le Maurice sans surveillance, ça faisait des histoires...

Le Maurice

La rebuffade qu'il avait reçue de la part de la Marinette avait mis le Maurice en rage. Ce beurdal n'avait pas l'habitude que les filles l'envoient au pâtis lorsqu'il désirait les « arranger ». Jamais encore Marinette ne lui avait fait ça. Jamais aucune fille, d'ailleurs, ne lui avait jamais fait ça ! Pas à lui ! Non mais !

Comme la Marinette l'avait redouté, le Maurice, pendant un instant, avait été sur le point de foncer vers la Renault et de faire demi-tour pour la rattraper et lui faire comprendre qu'il n'appréciait pas, mais alors pas du tout, comme disait la chanson, « de se la remettre... », mais il s'était souvenu à temps que le Bernard Tainturier veurdait dans le coin. Si ce peugnât les surprenait en pleine scène de ménage, La Paulée tout entière serait au courant de l'incident avant la fin du jour. Et si le Maurice était un peu con quand il s'agissait de femmes, il n'était tout de même pas assez fou pour risquer que son frère apprenne qu'il était l'amant de son épouse. Le Maurice n'avait aucune envie de provoquer la colère de Lucien. Il le connaissait, son aîné. C'était un homme calme, qui ne parlait pas beaucoup et qui, au contraire de lui, détestait la baston. Mais il l'avait déjà vu se bagarrer, quand des gars d'autres villages venaient provoquer ceux de La Paulée, après le bal. Forcé à se battre,

Lucien frappait très dur, tout comme un sanglier au ferme ! Maurice ne tenait pas à devoir un jour affronter un gibier de ce genre.

C'est pourquoi il se contenta de passer sa colère en bombardant le Jules et la Julie de cailloux et de mottes de terre. Puis, lorsque les deux moutons se furent enfuis avec des bêlements de protestation, il redescendit le long des ordons jusqu'en bas de la vigne, grimpa dans la Renault et redémarra, faisant grincer la malheureuse boîte de vitesses qui n'y était pour rien.

La colère du Maurice ne s'apaisa pas, durant tout le temps qu'il fallut pour effectuer les quinze kilomètres jusqu'à Buxy. Bien au contraire. Maurice avait le crâne épais, plein d'os comme tout bon Bourguignon, et, quand une idée y tournait en rond, il lui fallait du temps pour s'en échapper. En outre, à penser comme ça, on a vite fait de se monter les sangs. Le Maurice passait en revue tout ce qu'il avait dit ou fait à la Marinette, qui avait pu l'indisposer et la pousser à lui refuser... Mais il ne trouvait rien à se reprocher. La dernière fois qu'il l'avait saillie, la Marinette, dans le fouanot, il l'avait fait tortiller du cul comme une lice en chaleur !

— Sacré bon Dieu..., soupira le jeune homme, revivant avec une acuité quasi charnelle ces instants qu'il avait volés à la rudesse du travail aux champs.

Ça l'avait pris d'un coup, alors qu'ils étendaient l'andain pour le faire sécher au soleil avant de le botteler. De voir la Marinette penchée sur son grand râteau à faner, son corps souple se déhanchant dans les mouvements qu'elle faisait pour rassembler les épis, il avait cru qu'il devenait fou. Il ne pouvait plus détourner son regard de ce cul qui s'agitait sous son nez, et que le tissu de la jupe soulignait et moulait au point qu'il s'était demandé si cette gourgandine ne le faisait pas exprès, juste pour l'aguicher. Les commis aussi reluquaient sournoisement leur patronne, et il avait eu envie de leur casser la gueule. C'était à lui qu'elle appartenait, la Marinette ! Enfin... à lui et à son frère.

Avant la fin du jour, Marinette s'en était repartie à la ferme, parce qu'elle devait traire les vaches. Deux minutes plus tard, le Maurice avait prétexté que sa lame de faux était gauchie et qu'il devait retourner lui donner du fil, parce qu'il avait oublié sa pierre à aiguiser. Il s'était hâté, sur le chemin, pour rattraper sa belle-sœur. La mâtine avançait vite. Mais, poussé par son envie d'elle, il avait marché encore plus vite. Il l'avait rejointe juste devant le fouanot. Il ne lui avait rien dit. Il l'avait prise par le bras, il avait entrouvert la porte de la bâtisse, poussé la Marinette le nez dans le foin, troussé haut sa jupe. Il avait cru que ses yeux allaient lui jaillir des orbites lorsqu'il avait pu apercevoir sa culotte de coton que la sueur avait marquée d'un sillon humide...

Elle devait en avoir sacrément envie elle aussi, la Marinette, parce qu'elle lui avait joué une drôle de java, pendant qu'il la possédait ! Elle avait remonté sa jupe devant sa figure et elle en mordait le tissu pour contenir les cris et râles qui montaient de sa gorge. Mais pour le reste...

— Nom de gu..., râla Maurice, s'agitant sur le dur siège de la Renault, les reins en feu à l'évocation de l'étreinte animale qui les avait réunis, si brève qu'ils en avaient terminé avant que l'angélus ait fini de sonner au clocher de La Paulée, mais si intense qu'elle lui avait coupé les jambes pour le restant du jour. Et dire que ça s'était passé au début de l'été ! Ils étaient à présent en septembre et il l'avait à peine arrangée deux autres fois, la Marinette. Alors, pourquoi, cré vingt dieux, s'était-elle refusée tout à l'heure ? Aujourd'hui aussi, elle aurait dû en avoir autant envie que lui, non ?

La Renault était enfin arrivée à Buxy. Mais au lieu de traverser le bourg et de prendre la route de Bissey, là où vivait la famille Gautheron, le Maurice avait arrêté son engin sur la place, non loin de la tour médiévale qui élevait son clocheton au-dessus des autres toits. Il en était descendu et s'était dirigé droit vers le bistrot le plus proche, celui du René Comtassot. De penser au cul de la Marinette, ça lui avait donné une telle fièvre qu'il fallait qu'il boive un coup. D'urgence...

Maurice entra dans le café en faisant voler le rideau de perles de bois qui était censé empêcher les mouches d'investir le lieu. Mais Maurice se fichait des mouches comme de sa première chemise. Il fonça en direction du comptoir, claqua de la main sur le bois sombre artistiquement orné de kyrielles d'anneaux, marques indélébiles du rouge ordinaire servi dans ce genre de lieu, et gueula :

— J'ai soif !

Il y avait là une dizaine de gaillards. Ils tournèrent du même mouvement leurs têtes en direction de cet étranger qui osait élever la voix en plein milieu de leur territoire. Le Maurice ne parut pas faire attention à eux. Il claqua à nouveau sur le comptoir et, enfin, le patron apparut à une porte basse qui, manifestement, donnait sur une cave. Il tenait cinq bouteilles dans chacune de ses énormes mains, exploit courant chez les professionnels de cette époque, mais qui s'est bien perdu depuis.

— Voilà, voilà..., grommela le René Comtassot en jetant un regard placide vers l'agité qui s'impatientait devant son comptoir. C'que ce sera ?

— Du blanc ! répondit le Maurice, rogue. Pas une topette ! Une chopine entière !

Le René Comtassot connaissait le Maurice, qui s'arrêtait toujours chez lui lorsque, de passage à Buxy, il désirait s'en jeter un. Il l'avait catalogué depuis longtemps. On dirait, de nos jours, qu'il l'avait classé comme un « fouteur de merde ». Mais, à l'époque, on n'employait que le vrai patois, celui qui trouvait ses racines dans l'âme celte à l'origine de tout Bourguignon salé. Le Maurice pouvait donc être un « peugnât », un « gnaulû », un « berdin », mais surtout un « beugneur ». Aussi ce fut avec une placidité affectée, destinée à faire baisser son excitation, que le bistrotier lui tendit sa bouteille et un verre. Mais la mauvaise humeur du Maurice était bien trop enracinée pour se laisser amadouer par une aussi piètre manœuvre. Bouteille et verre furent arrachés des doigts du Comtassot, puis, sans un merci ni un regard aimable, Maurice alla s'asseoir à une table. Il se servit un verre, qu'il descendit d'un seul coup de leutot. Après quoi il tourna ses regards en direction des autres consommateurs, les dévisageant avec une insolence provocatrice parfaitement étudiée.

Là encore, et bien que chacun se fût aperçu de son manège, il ne lui fut pas répondu. C'est que la conversation, en cet instant précis, portait sur un sujet sérieux. Il se disait que M. Daladier avait pris des contacts avec son homologue britannique, M. Chamberlain, et que tous deux comptaient, avec l'appui de l'autre Macaroni, Mussolini, faire comprendre à l'Allemand fou, Hitler, qu'il devait se calmer...

Le Maurice écouta un moment tous ces fins politiques discuter le bout de gras, échangeant arguments et contre-arguments, avançant des stratégies plus élaborées les unes que les autres, mais qui visaient à un seul but : éviter une nouvelle guerre. Là-dessus, tout le monde était d'accord.

Dans son coin, le Maurice était d'accord aussi. Il ne tenait pas plus à partir se battre contre les Allemands qu'aucun des quarante millions d'habitants que comptait la France. Mais dans son état de frustration, il se décida à intervenir :

— Ça va être la guerre, j'vous l'dis, moi ! On va tous crever !

Son intervention provoqua le silence parmi le

groupe des consommateurs. À nouveau, on dévisagea l'étranger, mais, cette fois, ce fut avec un agacement marqué qu'un des politologues de comptoir, un blond au front bosselé dont les traits rudes trahissaient à l'évidence qu'il n'en était pas à sa première bagarre, se décida à réagir :

— Et qu'est-ce que t'en sais, toi ? grommela-t-il. Et d'abord, d'où qu'tu viens ?

— J'suis de Vivejoie ! Et moi, j'les connais, les Boches ! J'en vois tout l'temps à la ferme ! Eh ben, j'vous dis : ces gens, y sont trop forts ! On a laissé faire leur Hitler, là ! Eh ben, ça va nous rev'nir dans la gueule un beau jour, qu'on a pas fini d'en baver !

Le Maurice vida son verre, très satisfait de son analyse de la situation politique, et se resservit. Il répéta :

— Bon Dieu, oui, on va l'avoir, la guerre. On va tous partir à l'armée, et nos salopes de femmes nous feront cocus. Vous sentez pas déjà vos cornes qui vous démangent su l'creuteu ?

La provocation était évidente et nul ne s'y trompa. Alors que le Maurice se carrait sur sa chaise, le blond au front bosselé se leva et, d'une démarche appuyée, s'approcha de lui.

— Qu'est-ce t'as à dire sur nos femmes, toi ? l'apostropha-t-il.

Le Maurice lui rendit son regard sans baisser les yeux.

— J'dis qu'elles sont des salopes ! Les femmes, c'est toutes des garces ! Et t'as ben une tête à être le premier des cocus !

Le blond émit un grondement et son poing partit en direction du visage du Maurice. Mais ce dernier savait à tel point comment les choses se passaient dans ces circonstances, qu'il avait déjà effacé son buste, et le coup passa au-dessus de son crâne. Sans perdre de temps à vouloir se relever, le Maurice riposta, d'un sec uppercut que n'aurait pas désavoué un professionnel du ring. Le blond le reçut au foie, se cassa en deux en hoquetant et tomba à genoux. Alors seulement, d'un coup de reins, le Maurice envoya balader sa chaise et se leva, pour faire face à la ruée des compagnons de sa victime.

En un clin d'œil, la bagarre battit son plein. Face à dix adversaires, le Maurice savait bien qu'il n'avait aucune chance de l'emporter, mais ça n'avait pas d'importance. Ce qu'il voulait, c'était défouler le trop-plein d'agressivité qui bouillonnait en lui depuis que Marinette l'avait envoyé paître. Là, il était servi ! Les gars de Buxy étaient tout aussi teigneux que ceux de La Paulée, et très heureux de rosser un étranger. Le Maurice encaissa donc une belle série de coups de poing, mais il en distribua lui-même avec une réjouissante ardeur, et plusieurs nez se retrouvèrent pissant le sang, tandis que deux ou trois incisives s'en allaient voler sur le plancher de bois brut du café.

Savate et boxe, le tout assaisonné à la sauce paysanne, ça fait circuler le sang, et couler aussi, parfois. Et ça casse également le mobilier. À cause de cette casse, le René Comtassot se décida à intervenir. Voir des gars se chicorner chez lui, ce n'était pas la première fois. Mais lorsqu'il en fut pour deux tables et trois chaises, il décida que c'était assez. Il remua son énorme masse de derrière son comptoir, s'approcha de la mêlée et, à grands coups de latte, s'affaira à séparer les combattants. Il y parvint sans peine, vu sa carrure et la force qu'il mettait à cogner. Les jouteurs reculèrent, meurtris et gémissants, massant leurs côtes endolories ou frottant leurs yeux au beurre noir. Ne restèrent sur le plancher que le Maurice et le blond, qui s'étaient offert un tel coup de boule qu'ils en étaient KO tous les deux.

— Foutez-moi le camp, tous ! gronda le patron.

Il lui fut obéi sans barguigner. Mécontent de constater que deux des trublions ne pouvaient — et pour cause — obtempérer, le René Comtassot entreprit d'emplir une bassine d'eau pour les réveiller. Mais, alors qu'il s'apprêtait à leur en jeter le contenu dessus, le rideau de son établissement s'écarta et deux gendarmes apparurent. Le René étouffa une petite grimace de dépit. Il n'aimait pas trop voir les bourres entrer chez lui. Il était bien assez grand — la preuve — pour faire régner l'ordre dans son bistrot. Mais quelqu'un, au-dehors, avait dû entendre les échos de la bagarre et, la volaille passant dans le coin, avait fait du zèle.

Les bleus considérèrent le tableau : tables renversées, chaises brisées, le Maurice et le blond allongés l'un à côté de l'autre, qui geignaient et remuaient faiblement et le René Comtassot qui s'apprêtait à les doucher. Le gendarme Kellerman — un Alsacien — repoussa son képi en arrière et siffla sous sa moustache.

— Eh bien, patron, dit-il, on dirait que ça a bardé, chez vous !

Le René haussa ses larges épaules.

— Une simple bagarre d'ivrognes, grommela-t-il. Pas de quoi en faire un plat.

— Ils se sont bien arrangés ! Vous les connaissez ?

— Ouais... Le moustachu, c'est le Maurice Theuvenot, de Vivejoie-la-Luronne. L'autre, le blond, je sais pas trop... Il a juste dû venir une fois ou deux chez moi.

— Lequel a commencé ? questionna l'autre gendarme.

— Oh ! J'en sais trop rien... Moi, les clients, je les surveille pas. Du moment qu'y payent leurs verres.

— Justement. Pour les dégâts, vous portez plainte ?

Le René Comtassot se mordilla la moustache.

— Non. J'm'arrangerai... Vous inquiétez pas pour ça.

Le gendarme parut déçu. Il fixa d'un air rogue les deux allongés, qui reprenaient lentement conscience.

— En tout cas, on les embarque, dit-il. Désordre dans un lieu ouvert au public, ça leur fera du bien de cuver leur cuite au poste ! Dumoulin, donnez-moi un coup de main...

C'est ainsi que le Maurice se retrouva assis sur une dure planche de bois mal équarri, derrière des barreaux, lorsque son esprit s'éclaircit enfin. Il n'était pas seul. Le blond se trouvait assis à côté de lui et roulait des yeux encore vagues, tout en marmonnant des propos incompréhensibles.

Le Maurice le fixa un instant, puis découvrit, de l'autre côté de la grille, le dos d'un gendarme fort occupé à taper, avec un doigt, sur une machine à écrire. Bon ! Il se trouvait au poste. Ce n'était pas la première fois. Il remua son épaule droite. De Dieu, il ne savait pas qui c'est qui l'avait cogné, mais il y était allé de bon cœur ! Il avait mal partout. Il vérifia, de la pointe de la langue, qu'aucune de ses dents ne lui manquait. C'est qu'il y tenait, à son râtelier ! Avec un sourire en deuil, il aurait sûrement moins plu aux femmes !

Par association d'idées, il songea à Marinette. Mais toute son agressivité l'avait quitté. Il se sentait calme, comme reposé. C'était toujours comme ça. Une bonne bagarre, ça lui remettait les idées en place.

Il se tourna vers le blond qui, justement, le regardait. Ils se jaugèrent un instant, les yeux dans les yeux. Puis, spontanément, le Maurice tendit la main à son voisin.

— Salut, dit-il. Moi, j'm'appelle Theuvenot... Maurice Theuvenot. Tu cognes fort, mon pays ! Ça fait plaisir de se chicorner avec des qui sont pas des lavettes !

Le blond considéra la main tendue, hésita une seconde, puis la saisit avec un sourire quelque peu grimaçant.

— Salut ! Moi, c'est Stablinsky... Daniel Stablinsky !

— T'es un Poulouche ?

Le Blond se renfrogna.

— Ouais... Pourquoi ? Ça te défrise ?

— Pas du tout, mon pays ! C'est seulement que vous autres, les Poulouches, vous veurdez plutôt du côté du Creusot...

Le Stablinsky eut un petit rire.

— C'est pas le même Creusot ! dit-il finement.

— Hein ?

— J'travaille au PETIT Creusot, à Chalon. Je suis chef d'équipe à l'atelier de fraisage. Mais j'avais des jours. Alors je suis venu à Buxy pour aider aux vendanges... Toi aussi, tu cognes dur, l'Maurice. Mais dis donc... Pourquoi qu'tu m'as cherché ?

Le Maurice poussa un profond soupir.

— Parce que je suis un couillon. Tu sais, à propos des cocus... Ben, t'as pas une tête de cocu, ça non ! Et moi non plus, j'suis pas cocu... Mais c'est parce que j'ai pas de femme. Les femmes, elles veulent plus se marier des paysans. Alors j'me retrouve tout seul... Et j'en veux à ceux qu'ont une payse qui leur chauffe le lit. Voilà pourquoi j't'ai cherché...

Le Polonais blond eut un nouveau rire et frappa sur l'épaule du Maurice.

— Alors fallait pas, mon gars ! Moi non plus, j'ai pas de femme. J'me chauffe mon lit tout seul. Oh, remarque... De temps en temps, y a bien une femelle qui vient me tenir compagnie, mais j'en ai pas encore trouvé une qui veuille bien prendre un nom en « sky » !

Le Maurice hocha la tête d'un air docte.

— J't'y ai dit : toutes des garces !

Ils rirent à nouveau, de si bon cœur que le gendarme de faction se tourna vers eux et les considéra.

— Eh ben alors, vous v'là copains, tous les deux, après vous être fichu sur la gueule, grommela-t-il avec un si bel accent bressan que les deux compères en rirent d'autant plus fort. Ce serait-y pas que vous êtes subséquemment en train de vous fout'de moi ?

— Non, mon pays ! s'écria le Maurice en s'essuyant les yeux. On se fout pas de toi ! Mais t'as ben raison ! On s'a fichu sur la gueule et maintenant on est potes ! C'est beûtiau, pas vrai ?

— Tellement beûtiau qu'vous allez rester ici l'temps d'cuver vot'pinard ! Et maintenant fermez-la, que je termine mon rapport !

Il s'en retourna à sa machine à écrire. Dans son dos, le Maurice se mit à le singer, agitant ses deux index dans l'espace, au-dessus d'un clavier imaginaire, tout en roulant des yeux si blancs et en tirant une langue si longue que le Daniel Stablinsky en repartit d'un long rire silencieux, à s'en tenir les côtes.

Mais le sens de ses responsabilités revint au Maurice qui, après quelques instants de pitrerie, reprit, à l'endroit de leur gardien :

— Écoutez voir, m'sieur le brigadier, j'sais que j'ai déconné, et j'vous en demande pardon, mais y fallait que j'aille chercher l'Anne-Marie et le Jean-Bernard Gautheron, route de Bissey, pour les ramener à la ferme, chez l'père, à Vivejoie. Vous... hem... vous pourriez pas les faire prévenir que... vous m'avez fichu au trou ? Y pourraient s'inquiéter...

Le gendarme ne réagit pas et le Maurice, penaud, allait réitérer sa requête. Mais l'homme au képi, bien que Bressan et par là même l'ennemi de sang d'un vigneron des côtes, devait être un bon bougre, car, se retournant, il toisa l'emprisonné et grogna :

— Les Gautheron, route de Bissey ?

— Oui... C'est ça même, monsieur l'brigadier...

Le gendarme se leva, remontant son ceinturon sur sa bedaine.

— J'suis pas brigadier, dit-il. Mais je vais voir ça...

Il sortit de son bureau, et Maurice poussa un soupir. Daniel Stablinsky lui bourra l'épaule une seconde fois.

— Ça a pas l'air d'aller, mon neveu...

— Ben non... C'est pas la première fois que je fais l'con. Tu connais pas mon père. Y va m'en jouer une drôle, quand je serai rentré à la ferme.

— T'en jouer une ! À ton âge ?

— À mon âge ou à celui de mon frangin, c'est pareil. Le Glaude, c'est pas un commode... (Le Maurice hésita une seconde, avant de poursuivre, d'une voix emplie d'amertume :) Tu sais, mon pays, un jour, je quitterai la ferme. J'ai rien à y faire, qu'à attendre d'y devenir un soûlot, à me pogner les jours où j'me sens trop seul, ou bien... non, rien. C'est pas des choses à dire.

Daniel Stablinsky considéra longuement son voisin de geôle.

— Eh ben, dit-il, l'jour où tu seras décidé, t'auras qu'à venir au chantier, à Chalon. J'te ferai embaucher. Y a du toujours du travail pour un qu'est pas faignant !

Maurice dévisagea le Polonais, étonné.

— Tu ferais ça ? interrogea-t-il.

Le Daniel leva sa main droite.

— Parole ! Un gars comme toi qu'a été capable d'étendre un Stablinsky d'un seul coup de boule, c'est à la vie, à la mort !

Très étonné, le Maurice fixait le regard bleu du Poulouche, son front bosselé, ses traits rudes, et il sentit tout à coup un sentiment bizarre l'envahir. Dans sa vie, il n'avait jamais trop su ce que signifiait le mot « amitié ». Mais voilà que, tout par un coup, il le comprenait. Et ça lui faisait chaud partout. Il se fendit d'un large et vrai sourire.

— C'est vrai, ça, le Daniel, dit-il plus bas. Toi et moi, c'est à la vie, à la mort.

Et parce qu'il était ému, Maurice demanda, tout en frottant ses côtes endolories :

— Où donc que t'as appris à cogner comme ça, mon neveu ?

Le Polonais bomba le torse.

— En jouant au rugby au Creusot. J'étais en équipe première avant d'aller travailler à Chalon. Troisième ligne ! J'ai joué avec les Matthieu, les Kazorowski, Bzoukevitch et le Kiki Lémond. Ça te dit rien, ça ?

— Et comment que ça me dit. C'est queuque chose !

Daniel éclata de rire.

— Que j't'en raconte une bien bonne, mon pays. Un jour, on jouait contre le Racing. Une mêlée à dix mètres. On la tourne. Elle s'effondre ! Les deux paquets d'avants empilés les uns sur les autres. On se chicornait en s'arrangeant pour que l'arbitre il y voie rien. Tout par un coup, v'là que j'vois une main juste devant mon nez. J'me dis : « Toi, mon gars, tu vas la sentir passer ! » Alors j'la mords... Et ben dis donc, c'était la mienne !

Le Maurice en rigola aux larmes...

L'Anne-Marie et le Jean-Bernard

Ah ça, l'Anne-Marie Gautheron, on peut dire que c'était une drôle de fille ! Une qui faisait jaser comme elle, à Buxy, on n'en connaissait point. Suffisait qu'elle passe dans les rues, et on se retournait dans son dos, on ricanait, ou bien les mémères se mettaient à se causer à l'oreille, tout en aiguisant leur langue et en amorçant la pompe à fiel. L'Anne-Marie Gautheron s'en fichait comme de ses premières culottes — affûtiau qu'elle ne portait d'ailleurs pas souvent sous ses jupes, certains notables du bourg pouvant témoigner de la chose !

L'Anne-Marie, c'était une femme qui craignait ni les autres femmes ni les hommes, et encore moins les racontars. Elle avait vingt-cinq ans, elle vivait à la ferme de ses parents, mais seule, dans une annexe qu'elle s'était aménagée pour elle-même, et elle menait la vie qu'elle voulait. Une vie qui ne ressemblait à celle d'aucune des autres femmes de son âge, et qui faisait causer.

D'abord, l'Anne-Marie, elle avait de l'instruction. C'est-à-dire qu'elle avait continué à l'école plus loin que le certificat d'études, on ne savait pas très bien jusqu'où exactement, et la mâtine entretenait volontairement le doute sur son niveau scolaire. Ce qui était sûr, c'est qu'elle causait aussi bien que l'instituteur et qu'elle remplissait les télégrammes, à la poste, où elle travaillait, sans faire de fautes d'orthographe et sans hésiter sur les mots, ce qui impressionnait vivement ceux qui la regardaient faire, et pour qui « pomme de terre », ça doit ben prendre un ou deux *h* aspirés. Mais c'était pas tout. En plus, elle fumait... Mais oui ! On la voyait la cigarette au bec, des cigarettes qu'elle ne roulait pas, mais qu'elle achetait toutes préparées en paquets, et ça ne la faisait pas rougir le moins du monde. D'ailleurs elle n'avait pas de vergogne, cette fille. Elle emmenait des hommes chez elle et il se chuchotait qu'elle ne refusait jamais les « petits cadeaux » qu'il lui faisaient en échange de ses faveurs.

Bref, à Buxy et aux environs, on considérait l'Anne-Marie comme une putain... ce qui, dans une certaine mesure, n'était pas tout à fait faux, car, sans se faire payer à proprement parler, les cadeaux, elle ne les refusait pas. En fait, elle aimait surtout les hommes pour le plaisir qu'elle pouvait en retirer, leur argent ne représentant pas à ses yeux une valeur essentielle. Mais, quoi qu'il en soit, ce n'était pas une personne qui laissait les autres indifférents.

En plus, cette luronne était jolie comme un cœur. Rousse naturelle, avec une peau laiteuse semée de taches de son, les yeux verts qui vous fixaient avec l'air de vous défier de vérifier tous les racontars à propos de son absence de sous-vêtements, elle possédait une poitrine à damner Sa Sainteté le pape Pie XI, et qu'elle ne se privait pas de mettre en valeur en portant des corsages décolletés — plus encore que ceux de sa sœur Marinette — dès que les beaux jours le permettaient.

Comme on peut l'imaginer, l'Anne-Marie Gautheron était haïe des femmes du bourg, adorée des hommes, et faisait la honte de sa famille, mais elle s'en moquait bellement car son seul grand amour était celui de sa liberté. C'est vrai qu'elle était un peu tout ce qu'on disait, mais elle menait sa vie comme elle l'entendait et ne se sentait éclaboussée par aucune des mesquineries du monde bien-pensant qui l'entourait.

Cela ne l'empêchait pas d'avoir du cœur. Elle s'occupait avec une maternelle sollicitude de son jeune frère de quinze ans, Jean-Bernard, que tout un chacun qualifiait de beuzenot parce qu'il avait des idées simples, qu'il était gobe-lune et qu'il ne voyait le mal nulle part. Ce n'était pas un idiot, loin de là, mais Anne-Marie le sentait désarmé en face de ce fameux monde, et cela suffisait pour qu'elle le prenne sous son aile et veille à ce que nul ne profite de son naturel d'enfant pour lui faire des misères. Elle sortait alors ses griffes et ceux qui se trouvaient à endêver le gamin avaient intérêt à battre en retraite vite fait... Elle avait moins la possibilité de s'occuper de sa sœur aînée, la Marinette, parce que cette dernière était mariée et échappait donc à sa vigilance. Mais elle se rongeait les sangs, chaque fois qu'elle la voyait, en constatant qu'elle s'étiolait lentement, entre une belle-famille qui la détestait et un mari trop lâche pour prendre sa défense. Elle savait que, pour sa sœur, ses visites étaient comme une bouffée d'air. Marinette pouvait retrouver un peu de l'atmosphère qui avait été la sienne jusqu'au jour de son mariage, et elle en profitait pour se laisser dorloter. Anne-Marie, qui n'était pas une faignante, effectuait une partie de son travail à la ferme et, surtout, elle s'arrangeait pour river son clou à la Cadie et même au Glaude. C'était d'ailleurs un fait étrange. Ces deux-là, si durs avec leur belle-fille, filaient doux devant sa grande gueule. Ils n'en pensaient sûrement pas moins, mais elle s'en fichait complètement.

Un autre qui filait doux — et elle sourit en pensant à lui —, c'était le Maurice ! Chaque fois qu'ils se voyaient, ce grand berdin tentait sa chance et, à chaque fois, elle le remettait en place. Non pas qu'il lui déplaise. Au contraire, il était plutôt bien de sa personne et, finaude, elle se doutait qu'au lit, ce devait être une affaire. Mais il jouait tellement son rôle de coq de basse-cour qu'il l'horripilait et que, par principe, elle le repoussait. S'il avait été moitié moins con, il se serait aperçu qu'il faisait fausse route, et il y aurait beau jeu qu'elle serait entrée dans sa couche. Seulement voilà... Il ne comprenait rien à rien... comme tant d'hommes.

En tout cas, ce jour, il devait venir les chercher pour les vendanges, elle et le Jean-Bernard, et il n'arrivait pas. Il était plus de trois heures du tantôt et il aurait dû être là en milieu de matinée. Qu'est-ce qu'il fichait encore ? Il avait rencontré une payse ou une chopine de blanc ?

Irritée, car elle prenait précisément ses vacances pour aller aider aux vendanges chez les Theuvenot et que ça faisait un jour de perdu, l'Anne-Marie escalada les marches de l'escalier extérieur qui menait à la galerie desservant les chambres de la demeure familiale et poussa la porte de celle de son frère. Jean-Bernard était plongé dans le lecture d'un illustré, et, passionné, ne leva même pas les yeux vers elle. Anne-Marie embrassa du regard le petit univers de son cadet. Punaisées aux murs s'étalaient des photographies de Jean Mermoz et d'Antoine de Saint-Exupéry et, au milieu de l'amoncellement des *Pieds Nickelés* et des *Bibi Fricotin*, trônaient deux ou trois revues éditées par le mouvement des Croix de Feu. Anne-Marie se désintéressait de tout ce qui touchait à la politique, mais ce n'était pas le cas de son jeune frère. Jean-Bernard avait lu des livres de Maurras et de Péguy, et elle n'était pas sûre qu'il y ait compris grand-chose, mais il répétait volontiers certains slogans émis par des hommes politiques condamnant les agissements de Léon Blum et de sa clique et, sur une carte d'école, il rapportait soigneusement les progrès de l'armée du général Franco en Espagne.

— Jean-Bernard, descends, dit Anne-Marie.

L'adolescent s'arracha à sa lecture.

— Il est là, l'Maurice ? interrogea-t-il.

— Non, mais tu vas pas rester tout le jour à rien faire. Viens avec moi, on a des pois à écosser.

Docile, Jean-Bernard suivit sa sœur en bas de l'escalier. Mais, juste au moment où ils allaient se mettre au travail, la vieille Renault des Theuvenot apparut et s'arrêta dans la cour de la ferme.

— Enfin ! s'écria l'Anne-Marie en abandonnant ses paniers de pois. On peut dire qu'il y a mis le temps !

Elle sortit, sourcilla en constatant que ce n'était pas le Maurice qui se trouvait au volant de la vieille guimbarde, mais le Lucien, lequel, pourtant, bien qu'ayant son permis, n'était pas porté sur la conduite des autos. Sa surprise redoubla lorsqu'elle vit une autre auto s'arrêter derrière la Renault, une voiture étrangère dont elle ignorait la marque, et qui était immatriculée en Allemagne. Le Maurice s'y trouvait, à la place du passager, et il baissait le nez d'un air pas vraiment faraud.

— V'là aut'chose ! maugréa Anne-Marie en se carrant les poings sur les hanches.

Elle s'avança. Lucien ouvrit le portière de la Renault et en descendit. Il suait sang et eau.

— Et alors ? l'apostropha Anne-Marie avec son franc-parler habituel, vous avez été faire une partie de tarots ou quoi ?

— Penses-tu ! grommela Lucien, qui ajouta en montrant son frangin du bout du pouce. C'est encore le Maurice. Y s'est chicorné au bistrot. On a dû aller le chercher au poste, et le brigadier, il était pas chaud pour le laisser partir. L'a fallu discuter un bon moment !

Anne-Marie se retint de rire. Elle ne s'était pas gourée : le Maurice avait encore fait des siennes. Elle s'approcha de la seconde voiture. Elle reconnut alors seulement son conducteur. Elle l'avait déjà rencontré, à l'occasion de vendanges précédentes. Il était aimable, rigolo et, malgré leur différence d'âge, elle le trouvait intéressant. Mais il n'avait jamais eu l'air de songer qu'il pourrait, sans arrière-pensée, s'offrir avec elle une petite aventure champêtre dénuée de conséquences, et sans doute fort agréable...

— Matemoiselle Anne-Marie ! s'écria le Herr Starkenmachin, avec un sourire qui lui mangeait les oreilles, fous êtes toujours aussi rafissante !

— Bonjour, m'sieur Karl ! lui répondit la belle. Alors cette fois, il a fallu que vous veniez tirer ce grand sifflet de taule !

Elle dévisageait, ironique, son piteux beau-frère. Maurice haussa les épaules et lui cligna un œil poché.

— Qu'est-ce tu veux, l'Anne-Marie, grommela-t-il, on s'amuse comme on peut...

Anne-Marie le consola d'un sourire. C'est vrai qu'il jouait souvent au con, le Maurice, mais est-ce qu'il avait beaucoup d'occasions, à la ferme, de démontrer ses qualités ?

— Ta famille est pas là ? interrogea le Lucien, qui l'avait suivie.

— Eh non... Ils sont tous repartis aux champs, quand ils ont vu que vous n'arriviez pas. Mais ça n'a pas d'importance. On va y aller. Il est déjà tard ! Je vais chercher nos affaires.

Elle retourna à la ferme et sortit son jeune frère de ses pois. Ils se saisirent chacun d'une musette et Anne-Marie, fermant la porte derrière elle, alla déposer la clef sous une pierre, derrière la soue à cochon.

— T'as qu'à monter avec m'sieur Karl, dit-elle au Jean-Bernard qui fixait la « Pé-Eme-Touplefée » avec des yeux éblouis. Ça vous ennuie pas, m'sieur Karl ?

— Nein ! Pas du tout ! rugit l'Allemand avec un rire. En foiture, cheune homme !

Anne-Marie marcha vers le Renault... et s'aperçut alors que Lucien en fixait le volant, le visage contracté, de la sueur coulant sur son front. Elle comprit tout de suite.

— Ah, dit-elle, conduire, c'est pas ce qui te plaît le plus, hein, Lucien ?

— C'est que... j'ai pas trop l'habitude. Ça me revorche tout. Mais le brigadier il a dit qu'y fallait pas laisser faire le Maurice...

— Eh ben, t'as qu'à me laisser conduire, moi !

Le Lucien darda des yeux effarés vers sa belle-sœur.

— Quoi ! s'exclama-t-il. Toi... tu...

— Oui ! J'ai passé mon permis l'hiver dernier... Et je l'ai eu du premier coup ! Alors laisse-moi conduire. Moi, j'aime ça !

Tout ébaubi, le Lucien se glissa à la place passager. Pas peu fière de son petit effet, Anne-Marie s'installa au volant et, par le fait, enclenchant la première, démarra en douceur. La BMW s'ébranla à sa suite.

Très droite, Anne-Marie prit la route de Buxy. En fait, elle se sentait tendue. C'est vrai qu'elle avait brillamment réussi l'examen du permis de conduire, mais, depuis, ses parents ne possédant pas de voiture, elle n'avait plus eu l'occasion de pratiquer, et elle redoutait de faire une fausse manœuvre, de caler ou, pire encore, de renverser un piéton peu habitué à découvrir une femme au volant. Elle s'appliqua donc. La lueur qu'elle voyait briller dans les yeux de son beau-frère la récompensait de ses efforts. Elle résolut même d'enfoncer un peu plus le clou. Alors qu'ils abordaient le centre du bourg, elle dit au Lucien, montrant sa musette :

— Tu serais bien brave de m'allumer une cigarette...

Comme elle s'y attendait, le Lucien ouvrit à nouveau de grands yeux. Mais, cette fois, il ne dit rien et, fouillant parmi les affaires de sa belle-sœur, qui avait ralenti, histoire que personne, le long de la rue, ne perde rien de la scène, il en tira le paquet de Gauloises d'Anne-Marie, son briquet à essence et lui alluma une cigarette. Il la lui passa, elle se la ficha entre les lèvres et aspira ostensiblement. Elle ne faisait pas semblant. Elle avalait la fumée. Elle s'esclaffa soudain, égaillée par une pensée saugrenue. Elle venait de songer à sa réputation, au bourg... Pour sûr que les commères qui la considéraient en cet instant allaient raconter, avec des tours de phrases bien hypocrites, bien bigots, qu'il n'y avait pas que la fumée du tabac qu'elle avalait. Eh bien, au diable ces grenouilles de bénitier !

— Qu'est-ce qui te fait rire ? interrogea le Lucien, étonné par son accès d'hilarité.

— C'est sans importance !

À l'arrière de la BMW, Jean-Bernard ne tenait pas en place. Il gigotait de droite à gauche, rebondissait des fesses sur la vaste banquette et adressait de grands signes à tous les passants qu'ils pouvaient croiser. Il ne regrettait qu'une chose : que m'sieur Karl ne dépasse pas la Renault des Theuvenot pour rouler plus vite et que le vent lui siffle aux oreilles. Mais bah, c'était quand même quelque chose, une virée dans une pareille auto, même à moins de soixante à l'heure !

N'y tenant plus, il s'appuya contre le dossier du Maurice, pour mieux s'adresser au conducteur.

— Elle est belle, vot'auto, m'sieur Karl ! s'écria-t-il. Elles sont toutes comme ça, les autos, en Allemagne ?

Karl-Sigfried bomba le torse et lui adressa un petit regard amical dans le rétroviseur.

— Ja, mon garçon ! Nous avons les meilleures autos du monde ! Les Mercedes, les Auto-Union, elles gagnent tous les grands prix ! J'ai assisté à la première course sur le circuit de l'Avus, à Berlin, le jour de l'inauguration par le Führer ! C'était une grande fête... Ja ! Kolossal !

Karl-Sigfried s'efforçait de soigner son accent guttural, pensant sûrement que le garçon aurait du mal à le comprendre. Mais Jean-Bernard comprenait parfaitement.

— Ça doit être beau, en Allemagne, m'sieur Karl, dit-il, pensif.

L'enthousiasme patriotique de Karl-Sigfried atteignit à son comble.

— Wunderbar ! s'exclama-t-il. Très beau, oui. Depuis que le Führer dirige le pays, tout a changé ! L'Allemagne est redevenue une grande nation. Tout est propre. En... en ordre, Ja ! Tu sais que les garçons comme toi, ils peuvent apprendre à piloter des avions...

— Quoi ? Piloter des avions ?

— Ja ! Il y a des clubs de vol à voile...

— Vol à voile ? Qu'est-ce que c'est ?

— Ce sont des avions sans moteur.

— Sans moteur ! Et ça vole ?

— Pien zûr ! Un avion à moteur les remorque en l'air, et puis il les lâche. Les planeurs ils volent alors comme des oiseaux, avec le vent !

Jean-Bernard était stupéfait. Il n'était pas le seul. Malgré l'appréhension qu'il avait de se retrouver en face du Glaude, Maurice écoutait de toutes ses oreilles. Ravi de ce double auditoire, Karl-Sigfried reprit ses explications :

— Tous les garçons et les filles d'Allemagne, ils font partie d'organisations de jeunesse ! Ils font du camping dans les montagnes, en été. Ils font du ski en hiver. Tout ça donne des athlètes ! Aux cheux Olympiques, l'Allemagne s'est couverte de gloire. Ja... même si un... nègre il a gagné quelques médailles, c'était un... accident. Le Führer a écrit dans *Mein Kampf* que la race elle doit être forte. Gell... la race allemande est forte. Mais toi aussi, Chean-Bernard, tu es fort... Combien tu mesures ?

— Un mètre soixante-seize, m'sieur Karl.

— À... quinze ans, che crois ?

— Oui. Quinze ans.

— Eh bien, en Allemagne, tu pourrais être un chef de patrouille dans les Hitlerjugend ! Tu apprendrais le maniement d'armes et tu finirais par piloter un avion, comme je te l'ai dit.

Les yeux de Jean-Bernard brillaient. Des feux s'y étaient allumés.

— Un jour, j'irai en Allemagne ! s'écria-t-il. Moi aussi, je serai chef de patrouille !

— Ach ! Che te le souhaite, approuva Karl-Sigfried avec un gros rire, puis, se tournant vers son voisin : et vous, Maurice, vous ne voudriez pas venir en Allemagne un jour ?

Le Maurice secoua la tête, la mine sombre.

— Moi, m'sieur Karl, ça serait déjà beau si je pouvais aller plus loin que Chalon. La seule fois où j'ai quitté la ferme du père, c'est quand j'ai fait mon service. (Il ricana.) Si nos deux pays y se font encore une fois la guerre, alors là, sûrement que je partirai à nouveau. Mais ça me plaira pas. Ah non... ça me plaira pas !

— Mais pourquoi qu'on se ferait la guerre, le Maurice ? demanda Jean-Bernard, de l'arrière de la voiture.

Maurice haussa les épaules, réfléchit un instant et répondit :

— Parce que les hommes sont tous des cons, mon gars... Oublie jamais ça... Tous des cons, et qu'y sont jamais foutus d'voir comment qu'y doivent faire pour être heureux !

Le Claude Montcharmont

— Tuss', v'là l'Bartali !

À ces mots, les gamins du village qui occupaient les derniers jours des grandes vacances à chasser les pies et les merles au tire-balle, sans grand succès d'ailleurs, s'accroupirent en haut de la falaise, derrière les buissons, logeant leurs lance-pierres dans leurs culottes courtes, pour ne pas se faire remarquer du « Bartali ».

Derrière la petite crête qui menait au calvaire, on vit tout d'abord un képi, une tête, une moustache grise, une vareuse bleue et une plaque qui, miroitant au soleil, projetait à chaque mouvement du cycliste des éclairs lumineux semblables à ceux que les jeunes garçons envoient dans les yeux des filles à l'aide d'un fragment de glace, pour les aguicher.

Le garde champêtre, la journée terminée, regagnait sa fermette avec toute la majesté d'un garde républicain à cheval ! Il avait clairement entendu le cri d'alarme des garçons. Il aurait préféré Lapébie à Bartali, mais bah... Il pensait que ces garnements avaient bien de la chance de pouvoir s'amuser pendant ces belles journées de l'automne bourguignon, alors, autant les laisser vanter le nom du champion italien. Il fallait parfois se montrer indulgent.

Claude Montcharmont, benjamin d'une fratrie de sept, fils d'un petit meunier veuf, le « ch'ti feurluquet da meulé », comme on l'appelait à l'époque, n'avait pas eu une enfance aussi riante. À leur âge, pendant les grandes vacances, il était loué pour la nourriture et une paire de sabots neufs à un fermier de son Morvan natal et les repas étaient plus souvent chou sans lard que lard sans chou ! Mais ce n'était pas une raison pour en vouloir aux jeunes générations, crédié !

À l'école communale, le fils Montcharmont avait passé avec succès son certificat d'études, puis, un peu cultivateur, un peu meunier, un peu bûcheron, un peu braconnier, il était parvenu à l'âge de courir conscrit et, en 1904, ce fut le départ pour le service militaire, trois ans ramenés par chance à deux en 1905. Une paille !

Cela lui avait permis de connaître la grande ville : Dijon. Vous pensez : autre chose que son canton de Saint-Léger sous Beuvray et même autre chose qu'Autun, où il allait une fois l'an à la foire de la Saint-Ladre avec son père. Dijon... Une ville immense, des rues interminables, des jardins, de grandes et hautes maisons qui lui donnaient le tournis quand il voulait en apercevoir les toits. Et des tramways ! Ah, les tramways...

De retour en Morvan, Claude Montcharmont avait pris une femme : la fille de l'épicier-mercier du village, tout en continuant ses petits métiers d'avant. Mais ensuite, 1914. La guerre ! Expédié aux Dardanelles, blessé, rapatrié... Quand il rapportait cet épisode de sa vie, c'était de façon lapidaire, mais avec ce sens de l'humour et du raccourci typiquement bourguignon, en qu'on ne comprenait bien qu'entre Saône et Morvan : « J'suis parti en Salonique et rev'nu en convalescence ! »

Enfin, pour lui, le cauchemar s'était achevé le trente novembre 1918. Mais il avait vu le monde. Le moulin, la terre à gratter chez les autres et pour les autres, cela ne l'intéressait plus vraiment. Nanti de son certificat d'études, de son grade de sergent-chef, de ses blessures et de sa médaille militaire, il s'était sans trop de mal retrouvé garde champêtre à La Paulée. Quelle satisfaction ! Il représentait la Loi et l'Ordre, une vraie consécration, pour lui.

Claude Montcharmont, homme tranquille et plutôt débonnaire, était semblable à la plupart de ses frères ruraux de cette époque. Pas monarchiste, pas vraiment républicain, pas citoyen, il était français, tout simplement, et même gaulois et surtout morvandiau ; pour le reste partisan de l'ordre, mais aussi de vertus toutes simples, telles que le courage, la justice et le travail. Dans son panthéon personnel figuraient Vercingétorix, à cause des Romains, Saint Louis, à cause du chêne et des infidèles, et le maréchal Pétain, à cause des Prussiens qu'il avait vaincus. « Tous des moustachus, disait-il. Comme moi ! », et si, d'aventure quelque malappris s'avisait de lui dire que Saint Louis n'avait peut-être pas une très grosse moustache, Claude, superbe, toisait l'insolent et répliquait :

— Oui, sans doute, mais s'il l'avait voulu, il aurait pu !

Le Claude Montcharmont descendit la petite route qui longeait le calvaire, juste en face du clos des Grognards, qu'appartenait au Glaude Theuvenot — en a-t-il des sous, çui-là ! — puis il tourna dans un étroit chemin à main gauche et arriva calmement en la cour de sa petite ferme. Une boule de poils haute sur pattes, à la queue tronquée mais qui battait la charge, galopa à sa rencontre, faisant sonner un récri que renvoya l'écho le long des teuhs.

— Tout beau, le beau, oui, t'es un beau chien. Du calme, Flambeau !

Le chien s'attarda une longue minute à faire des joies à son maître, qu'il désespérait de ne plus jamais revoir, dès lors que l'ingrat humain l'abandonnait pendant plus d'une demi-heure, puis, cette formalité accomplie, retourna à sa niche. Libéré, le Claude Montcharmont rangea son vélo sous l'appentis, enleva son tambour du porte-bagages où il le fixait avec grand soin avant de partir faire sa tournée, et il vint biser sa femme Eugénie — que tout le monde appelait Ninie — laquelle, assise sur un banc près de la porte, écossait des haricots.

— Ah, te v'là, Claude ! dit la Ninie. Le tantôt s'est bien passé ?

C'était sa façon à elle de se renseigner sur les faits divers du village. Et son époux ne se gênait pas pour les lui relater, bien au contraire. Sa vieille, il l'aimait toujours, comme aux premiers temps, et causer avec elle, c'était le bonheur. Surtout s'il s'en était effectivement passé... Mais il n'allait pas le lui révéler de but en blanc. Il fallait toujours appâter l'auditeur.

— Oh, grommela le garde, rien d'exceptionnel ! (Il marqua un temps et poursuivit, une petite lueur amusée brillant dans sa prunelle de porcelaine.) Plutôt si ! Les gendarmes de Bussy — il prononçait à la manière locale où l'on ignore dédaigneusement la consonne X, trop peu bourguignonne pour être honnête —, ils ont arrêté le cadet des Theuvenot qui se battait chez le Comtassot. Ils ont même téléphoné à la mairie ! L'a fallu que j'aille prévenir le Glaude.

— Oh la la ! gloussa la Ninie, je vois ça d'ici !

— J'te prie de croire qu'il était pas content, le vieux ! Ah, ma pauvre, ce cadet-là, il finira mal. Le bistrot, les filles, la bagarre... Enfin, qu'est-ce tu veux... Ils l'ont jamais tenu ! Ah, au fait (c'était la deuxième nouvelle que Claude se réjouissait d'annoncer à la Ninie, et pas la moins intéressante), le Glaude, il a aussi ses copains prussiens — pour le garde champêtre, tous les Allemands étaient des Prussiens, avec ce que cela impliquait de péjoratif : des suppôts de Guillaume II, quoi. Après, j'ai vu môssieu le curé sur la place. Alors on a causé...

— Ça vous aurait pas donné soif, de causer ensemble ? se moqua gentiment Ninie.

— Ben oui. On a bu un coup d'aligoté pas ch'ti, chez l'Sandrot. Mais on a causé sérieusement... Les événements... La guerre qui vient peut-être.

— La guerre, Claude ? murmura la Ninie d'une voix changée. T'y crois vraiment ?

— Ben... Comme j'l'ai dit à môssieu le curé, si à la place du Daladier et du grand Angliche empêtré avec son parapluie et son chapeau melon, on envoyait le Maréchal au chancelier Hitler, il saurait lui esspliquer qu'il faut pas faire la guerre aux Français, et le chancelier, il comprendrait. Mais les socialisses, ils ont envoyé l'Maréchal en Espagne, où qu'il conseille Franco pour la façon d'gouverner son pays... Ambassadeur, qu'ils ont dit, ces jocrisses ! Marche donc... La vérité vraie, c'est parce qu'ils l'aiment pas, l'Maréchal et qu'ils le craignent, qu'ils l'ont envoyé là-bas !

Claude Montcharmont réfléchit un instant et reprit, pénétré de ses certitudes :

— Faut pas oublier d'abord qu'Hitler, il le respecte, l'Maréchal, et d'une ! Ensuite, l'chancelier, il est autrichien de naissance, pas prussien, et puis il a fait la guerre, il a été blessé, décoré — comme moi — il a sûrement pas envie que ça recommence, l'abattoir !

La Ninie l'écoutait, attentive, ses doigts continuant, tout seuls sans doute, d'écosser les faviaux.

— Hitler, il est allé en Allemagne mettre de l'ordre. Y fallait bien. Mais il est autrichien, j'y redis. Les Autrichiens et les Français, y se sont toujours estimés, oui ! Y a eu Anne d'Autriche, Marie-Antoinette et Marie-Louise. S'ils estimaient pas les Français, y z'auraient-y donné leurs filles aux rois et à l'Empereur, les Autrichiens ? Pas vrai ? Et c'est pareil pendant la guerre... Leur empereur Charles, il a demandé deux fois l'armistice, mais le Clemenceau — un socialisse — il a jamais voulu ! Jusqu'au bout, qu'il disait. Et c'est comme ça qu'y a eu des centaines de mille de morts en plus.

— Voui... Et c'est pour ça qu't'as appelé not'cochon Georges !

— Ah ouais ! Georges... comme l'Clemenceau... Parce que tu vois, la Ninie, c'est bien ça, les socialisses : près du peuple, qu'ils disent. Tu parles, que j'ai dit à môssieu le curé ! Ils veulent le pouvoir pour prendre les sous des riches et écraser les pauvres. Des bolcheviks, quoi !

Le Claude Montcharmont eut un ricanement de souverain mépris à l'endroit de tous ces « socialisses », cause des maux qui accablaient la France, l'Europe, le monde et, sans aucun doute, bien qu'il n'y songeât point, la lune et la planète Mars. Patiente, la Ninie l'écoutait. Ce n'était pas la première fois que son époux se déchaînait ainsi, mais, ce soir, il était particulièrement bien parti. Sûr que l'aligoté du Sandrot Bergelin devait y être pour quelque chose.

— Ah oui, près du peuple ! Le Clemenceau, il est allé chasser le tigre chez les princes hindous, sur un éléphant, même qu'il a été si malade là-dessus qu'a fallu qu'il se fasse traîner en chaise à porteurs, qu'on aurait dit Louis XIV ! C'est vrai ! J'ai vu les photos dans l'*Illustration* ! Eh ben tu verras, la Ninie, ça va faire pareil ! Depuis trente-six, y a plus rien qui soye d'aplomb ! Et môssieu le curé, il est bien d'accord avec moi. Faut l'dire... Moi, la calotte, j'm'en méfie. Mais cet homme-là, il est comme moi. Tous les deux, on a connu les infidèles, lui en Afrique comme missionnaire, et moi aux Dardanelles comme soldat !

Pendant cette brillante péroraison, le Claude avait quitté sa vareuse, débouclé ses leggins, ôté ses brodequins et, en chaussons de lisière, il alla changer de pantalon, non sans rectifier au passage la parfaite symétrie des douilles d'obus gravées « souvenir de Verdun » sur la tablette de la cheminée et vérifier l'horizontalité du cadre où brillait sa médaille militaire, décoration qu'il portait avec fierté, ainsi que celle qui commémorait les Dardanelles, chaque 14 Juillet et 11 Novembre, devant le monument aux morts.

— Je vais jeter un coup d'œil aux poules et aux lapins, et porter la marmite à Georges, dit-il enfin tout en enfilant ses sabots et en coiffant sa casquette...

Ainsi s'écoulait la vie, paisible, pour Claude Montcharmont, entre son carré de choux — 365, un chou par jour — son carré de treuffes et sa petite ménagerie. Tout en travaillant, il continuait de discourir, un peu pour la Ninie, un peu pour lui-même, et surtout parce qu'il était jovial, bavard et quelque peu hâbleur, comme tout vrai Bourguignon.

— Ah ! demain, y va falloir que j'aille en mairie, voir Mademoiselle Rosette, l'institutrice. Comme elle est secrétaire de mairie, elle doit connaître le ban des vendanges. C'est une brave petite. Elle instruit bien les gamins, ils apprennent et ils sont respectueux envers les aînés. Rien à voir avec ces maîtres d'école qu'ont choisi le métier pour trois raisons : juillet, août et septembre... Elle fait son travail sérieusement. Bien sûr, elle n'est pas d'ici, mais... Et puis je dois repasser chez môssieu le curé. Il doit me prêter des livres.

— Des livres ? Môssieu le curé ?

— Mais oui, ma pauvre... Des livres !

Le garde champêtre était un grand amateur de lecture. Parmi ces lectures, on pouvait citer le catalogue de la Manufacture, où la page des yeux de verre pour animaux empaillés le fascinait, *Le Chasseur français*, *Le Courrier de Saône-et-Loire*, qu'il lisait de la première à la dernière ligne, dame il faut bien se tenir au courant des choses, et puis aussi de « vrais » livres, des livres d'écrivains, comme il disait. La Vérence, Maurras, Flaubert et Balzac, Hugo, Lamartine — un Bourguignon, s'pas ! — mais pas trop Zola. « Y a trop de négligence là-dedans, et la négligence mène à la barbarie », affirmait le Claude, péremptoire.

Ninie écoutait toujours son croquemitaine de mari, dont la voix finissait par la bercer d'une torpeur qui, se mêlant à la douceur de cette fin de jour, lui procurait un profond bien-être. Comme elle l'aimait son homme ! Et comme il l'avait rendue heureuse, d'un bonheur simple et sans faille, tout au long de son existence. Un bonheur qui culminait pour eux deux, devenus vieux, lors de leur visite hebdomadaire à leur fils Marcel. Ce dernier était représentant à Chalon, disait Ninie en se rengorgeant, aux autres femmes du village, qui n'ignoraient rien du fait, bien évidemment, mais y faut bien parler, et quel meilleur sujet de conversation que les enfants... Elle poursuivait en relatant qu'il s'était acheté une auto neuve « aérodynamique », elle aussi : c'était à la mode, une Peugeot 302. D'ailleurs le catalogue de la marque, que Claude conservait soigneusement, montrait des dessins en couleur du bolide, avec en exergue cette forte pensée : « Du vent de la vitesse est né le profil de Peugeot. »

— Et ça, c'est aut'chose que le tacot des Theuvenot et même que l'auto des Prussiens !

Quand ils allaient à la ville, Ninie éclatait d'aise sur la banquette recouverte de Whipcord (c'était écrit aussi dans le catalogue). Le « petit » les emmenait faire des courses, ou bien ils rendaient visite à l'oncle Alphonse, qui tenait un beau café avec une terrasse surélevée d'où qu'on voyait les passants, au coin de l'avenue de la Gare et de l'avenue Boucicaut. Lors de ces occasions, la Ninie, qui, d'ordinaire, était toujours vêtue de noir, dame, avec des grandes familles, on ne sort jamais d'un deuil, poussait la coquetterie jusqu'à se vêtir d'une robe neuve et à se coiffer d'un chapeau assorti, ce qui, évidemment, faisait un peu sourire le voisinage. « À son âge, la Ninie ! Ça serait-y qu'elle se prend pour une jeune ? »

Et voilà ce qu'était la vie de Claude Montcharmont, somme toute assez tranquille, se partageant entre ce qu'il appelait la patrouille entre les chemins des hameaux — il faut bien veiller à tout quand on a des responsabilités — quelquefois l'apéro et la partie de tarots avec les copains, plus rarement une partie de quilles (on est Morvandiau ou on ne l'est pas), la rédaction du rapport journalier, la causette avec Mademoiselle Rosette ou Mônsieu le curé. À la fin de la journée, la soupe avalée, la Ninie et le Claude écoutaient les nouvelles au poste de Téhessef, prenaient le frais sur leur banc d'hiver, Flambeau ronflant à leurs pieds. En hiver, avec des châtaignes frigolées dans la casse et un petit blanc, ça réchauffait le cœur et les mains, et c'était la béatitude. Puis, après un dernier regard sur le village où régnaient l'ordre et le calme — grâce à lui — Claude Montcharmont allait se glisser sous l'édredon, avec la fierté du devoir accompli. Il sombrait bientôt dans le sommeil, bercé par des rêves de vielle, qui est, comme chacun sait, l'instrument de musique le plus harmonieux qui soit en ce monde.

La Cadie et l'Émilie

Bien que le gros du travail ne dût commencer que le surlendemain, pour la Cadie, les vendanges étaient déjà entamées. Depuis des jours et des jours, elle avait « planifié », « dispatché » et « prévisionné » son affaire, comme on dirait en notre temps de technocrates s'enivrant de mots qui n'ont pas de sens. C'est-à-dire qu'elle avait composé ses menus et stocké — encore un horrible mot — au cellier tout ce qu'il lui faudrait pour nourrir la petite armée de cueilleurs et porteurs qui allaient, deux semaines durant, collecter le trésor traditionnel de la famille Theuvenot : le raisin.

Nourrir des vendangeurs, ce n'était pas une mince affaire. L'équipe partait dès l'aube, pour se trouver sur place sur les coups des huit heures. C'est dire qu'elle, la Cadie, se levait à la nuit noire, pour faire chauffer la soupe, préparer le café, couper le pain et le lard, et sortir le fromage gras et la crème. Après le départ des hommes, elle devait tout nettoyer et s'attaquer au repas du midi. Si le carré de vigne qu'on vendangeait n'était pas trop éloigné, l'équipe revenait manger à la ferme. Les hommes étaient crottés, fatigués, affamés, et il ne fallait leur en promettre ni sur la nourriture solide ni sur le vin. Ils bâfraient, accoudés à la grande table, dans leurs vêtements boerbeux s'il avait plu, ou blancs de poussière s'il avait fait sec.

Tout juste s'ils avaient consenti à poser leurs sabots à l'entrée. Les femmes les servaient, sans s'asseoir avec eux, parce qu'il fallait faire vite. La dernière bouchée avalée, le Glaude donnait le signal du départ en repliant son couteau et en se levant. Alors on repartait...

Si le carré de vigne était trop éloigné, la Cadie leur portait le manger sur place, en poussant la charrette. C'était alors un repas froid, mais tout aussi reconstituant, et composé principalement de cochonnailles : persillé, saucisson, pâté de tête, cotti, lard, jambon cru et cuit, avec une bonne dizaine de miches de pain et les bouteilles de blanc. La charrette était lourde, et la Cadie n'avait plus ses jambes de vingt ans, mais elle n'avait jamais failli à porter la marande à ses hommes. S'il s'était murmuré un jour que la Cadie Theuvenot nourrissait mal les siens, elle en « serait été à tel point vergogne » qu'elle n'aurait plus osé aller à la messe le dimanche !

Le tantôt, la Marinette et l'Anne-Marie restaient une heure ou deux sur place pour aider à la coupe. La Cadie leur concédait cette « distraction » parce que c'était deux jeunesses, et parce qu'il fallait bien que jeunesse se passe. Mais elle, elle rentrait — avec la charrette heureusement vide — et, aussitôt à pied d'œuvre, elle se remettait au travail. C'est qu'il fallait aussi s'occuper des bêtes : nourrir les poules et le cochon, qui devait prendre le plus de gras possible en vue de remplacer son prédécesseur de l'an passé, dont on dévorait précisément les ultimes réserves lors des vendanges ; nourrir également les chiens, ce à quoi la Cadie se consacrait avec autant de soins que pour les hommes, car c'était des chiens de valeur, incomparables à la chasse, et le Glaude n'aurait pas toléré qu'ils ne fussent pas à leur meilleure forme le jour de la première battue au sanglier. Heureusement que l'Émilie, qui n'avait pas encore repris l'école, s'occupait de l'herbe aux lapins, sinon il y aurait eu cette corvée supplémentaire.

Quand elle avait fini de s'occuper des bêtes, la Cadie pouvait s'affairer un peu au ménage. Elle faisait du nettoyage, mais pas les chambres, car ç'avait été le rôle de la Marinette et de l'Anne-Marie, le matin même. Mais il en restait assez à faire, marche ! C'est fou ce que ça peut salir un homme. Alors dix, vous pensez, et qui travaillent à la vigne, avant que de rentrer après l'angélus pour décharger les ballonges emplies de raisin, remplir le pressoir et donner le premier tour de vis... Tout ça les menait sur le coup des sept heures et demie, huit heures, les mâles du clan.

Mais bien avant cela était revenu pour la Cadie, la Marinette, l'Anne-Marie et même l'Émilie, l'instant de se remettre en cuisine pour le repas du soir, jonglant avec les coquelles et les guindrôles dont les cleûques laissaient échapper de fabuleux rogômes. Là, il fallait en donner plus encore, car c'était vraiment du solide que les vendangeurs exigeaient. Et lorsqu'on faisait le repas de paulée, c'était carrément grandiose. On attaquait par la soupe, puis par quelque mise en bouche comme la meurette de tanche ou le pâté de brochet mayonnaise. Ensuite on passait aux choses sérieuses : après l'omelette au lard ou aux treuffes et à l'ail, c'était le bourguignon avec le gratin, ou bien le pot au feu, ou bien la potée aux choux et aux saucisses fumées, voire, pour faire plaisir aux Starkenschwanz, une choucroute, mais arrangée à la manière Theuvenot, bien entendu. On passait ensuite au rôti ou au gibier (braconné comme de bien entendu). Suivaient le fromage fort, bien affiné à la goutte, les petits chèvres, secs ou frais et même, car les Theuvenot avaient un vague parent jurassien, le comté fruité et la cancoillotte. Après tout ça, on n'avait plus qu'à passer au dessert : le flan de riz, le claque-bitou — le fromage blanc à la crème pour les non-initiés —, les tartes aux prunes, aux pommes, le gâteau de Savoie, le tout bien évidemment nappé de l'éternelle crème épaisse, sans laquelle aucun repas bourguignon n'aurait valu la peine qu'on en parle. De son côté, le Glaude sortait les bouteilles, suivant une progression savamment dosée : l'aligoté en entrée, puis le passetougrain, lesquels précédaient le pinot pour la viande et, en guise de couronnement, il posait sur la table deux ou trois bouteilles sans étiquette, dans leur cocon de poussière et de toiles d'araignées pieusement préservées par ses bons soins. Alors que s'installait le silence, avec un sourire matois que cachait mal sa moustache, le vieux susurrait :

— Çui-là, c'est du bon ! (Comme si les autres avaient été mauvais.) Z'allez m'en dire des nouvelles !

En fait, on ne disait pas grand-chose, mais les claquements de langue, les murmures entendus et les regards allumés dardés sur les verres qu'on élevait à hauteur des yeux et qu'on mirait dans la lumière de l'ampoule électrique ou des flammes du foyer avant de grumer le nectar par petites gorgées et lapements sonores, étaient suffisamment explicites. Le Glaude savourait son petit succès tout en affirmant que « çui du père, c'était encore aut'chose, mais que l'phylloxéra avait tout rebeuillé et qu'on ferait plus jamais du vin comme avant ». Après quoi, il allait chercher les bouteilles de prune ou de marc, lesquelles n'avaient jamais vu l'ombre d'un indirect, et n'en étaient que meilleures.

Mais la Cadie et les autres femmes de la ferme, y compris Frau Starkenschwanz, ne participaient déjà plus à ces dégustations. Elles s'étaient attelées à la vaisselle, qu'on faisait encore dans l'abreuvoir, à l'extérieur — sans omettre de verser dans un seau les reliefs des agapes pour le cochon. Lorsque enfin les assiettes, verres, plats et soupières étaient propres, la nuit était tombée depuis longtemps. Les femmes rentraient discrètement dans la grande salle, pour tout ranger, non sans surveiller l'état d'éthylisme de leurs hommes, qui s'avançait de plus en plus, à se demander si tous ces gaillards seraient capables de se lever le lendemain. C'était du reste la Cadie qui décidait de clore la soirée, en se plantant devant le Glaude et en le considérant sans rien dire, mais l'œil impérieux. Alors le vieux se torchait une dernière fois la moustache et déclarait, d'une voix de rogomme :

— Bon... C'est pas tout, mais o l'est temps...

« O » l'était temps, en effet, et nul ne discutait la décision du maître. On se levait et, les commis souvent titubants, l'un soutenant l'autre, on s'en allait retrouver le lit pour un repos bien mérité, sans rêves, sinon sans remugles, prélude à une nouvelle journée tout aussi remplie, pour les uns et pour les autres, que celle qui venait de s'achever.

La Cadie avait toujours connu cette vie, et ne concevait guère qu'il en existât une autre pour les femmes. C'était peut-être pour ça, et sans qu'elle en eût conscience, qu'elle gardait l'œil soupçonneux envers sa bru. Marinette n'était pas de la même essence. La Cadie ne pouvait certes pas lui reprocher d'être irrespectueuse, ou faignante, mais elle ne lui faisait pas confiance. Cette trop belle fille n'était pas, et ne serait jamais une véritable femme de vigneron. Un jour, tôt ou tard, ça éclaterait, et alors le Lucien, son fils, serait malheureux. À l'avance, la Mère, qui adorait ses garçons, se faisait du mauvais sang et en voulait à la future coupable.

En attendant, dans son coin de la salle, la Marinette travaillait, aussi dur qu'elle, et la Cadie ne trouvait rien à lui redire. La porte s'ouvrit tout à coup et l'Émilie entra. La Cadie s'adoucit. Elle adorait sa petite-fille, même si elle ne lui faisait pas trop de bises, la reprenait impitoyablement au moindre index fourré dans le nez et surveillait d'un œil sourcilleux — le même que sa bru, du reste — la propreté de ses mains au moment de se mettre à table. Elle savait lui pardonner d'être une « enfant de sept mois », et fille qui plus est. Il faut dire qu'Émilie avait une façon bien à elle de mettre sa mémé dans sa poche. Il lui suffisait de la regarder et de lui faire « son » sourire. Alors le cœur de la vieille dame devenait tout afeûtri et ses mains pleines de corne, aux ongles plus durs que des griffes, se faisaient légères comme un duvet pour prodiguer des caresses.

Il était d'ailleurs bien difficile de résister à son charme, à l'Émilie ! Elle le savait et elle en abusait, la future jeune femelle. Elle promettait. À bientôt treize ans, c'était une gamine adorable, et qui annonçait une beauté qui éclipserait celles de sa mère et de sa tante Anne-Marie. Elle avait la blondeur d'un emblavement de froment en juillet, juste avant les moissons, mais, en contraste et de façon assez surprenante, des yeux noirs comme le jais, qui étaient capables de transpercer n'importe quel commis s'attardant à contempler sa silhouette de fruit vert sautillant dans les pâtis, mais aussi de refléter l'amour qu'elle portait aux siens. Grande pour son âge, élancée, les jambes longues comme celles d'un poulain, elle voyait depuis peu le devant de ses biaudes se gonfler de deux petits œufs sur le plat dont elle n'était pas peu fière. En proie à une grande gêne, avec moult circonlocutions, quelque temps auparavant la Cadie l'avait entreprise afin de lui expliquer certains mystères cycliques et féminins qui, sous peu, commenceraient à lui endêver l'existence. Mais la Marinette était passée avant elle : l'Émilie n'ignorait rien de ces mystères, et les attendait même avec une certaine impatience. Vexée d'avoir été prise de cours par sa bru, la Cadie avait grommelé, pour sauver la face, quelque chose dans le genre :

— Quand que t'auras trop mal, mémère Hyéhiette, elle saura ben t'y faire passer. T'y demanderas ses tisanes...

— Ou un peu d'aspirine, mémé ! s'était gentiment moquée la gamine, qui vivait avec son temps.

La Cadie avait battu en retraite, incapable de soutenir la dialectique de sa petite-fille...

— Où donc qu't'étais encore passée ? grommela la Cadie, histoire, cette fois, de passer avant Marinette.

— Regarde, mémé ! s'écria l'Émilie en ramenant devant elle ses mains, qu'elle avait cachées dans son dos.

Elle brandit triomphalement un grand panier d'osier, débordant de girolles et même de quelques cèpes, annonciateurs de la poussée qui aurait lieu lorsque l'automne serait bien installé.

Marinette s'approcha de sa fille, soupçonneuse :

— T'es sûre qu'y a rien que des bons ? interrogea-t-elle.

— Mais oui, maman, répondit la fillette avec l'infinie patience des enfants confrontés à l'étroitesse de vue de leurs parents. Les champignons, j'les connais tous !

Elle vida le contenu du panier sur la table, et un parfum d'humus et de forêt vint s'ajouter aux effluves de la soupe qui mitonnait sur un coin de la cuisinière. Malgré elles, la Cadie et la Marinette se penchèrent du même mouvement pour inspecter la récolte de la petite. Leurs épaules se touchèrent et elles se reculèrent d'instinct. Mais elles ne purent s'empêcher d'échanger un regard. Toutes deux n'étaient pas peu fières de la science mycologique de l'Émilie. La gamine avait raison : il n'y avait là que des bons. Et en une quantité qui permettrait d'ajouter une sacrée omelette au menu du soir.

— C'est-y pas Dieu possible ! s'écria mémère Hyéhiette, qui s'était approchée en claudiquant et qui, malgré sa mauvaise vue, avait saisi une des girolles pour l'examiner sous toutes les coutures. Mais où donc qu't'as trouvé ça, petiote ?

— Les coins à champignons, ça doit rester un

secret ! triompha l'Émilie. Tu m'y as toujours dit, mémère !

Elle éclata d'un rire frais, mais l'aïeule lui adressa un sourire finaud.

— Ça serait pas juste en haut des teuhs, là où que la falaise elle se fend en deux au-dessus de la cadole ?

Émilie ouvrit une bouche ronde et devint toute rouge. Mémère Hyéhiette gloussa de rire.

— Moi aussi, petiote, j'ai couru les collines, souffla-t-elle en retournant s'asseoir sur sa chaise, devant le feu.

Déconfite, l'Émilie fixait son arrière-grand-mère.

— Bon, dit Marinette à sa fille. Eh ben, tes champignons, y te reste plus qu'à les nettoyer !

La fillette hocha la tête, prit un couteau et s'installa à table, non sans avoir au préalable déplié une feuille du *Courrier de Saône-et-Loire*, le journal local, « pour point faire de saletés ». Elle entreprit d'équeuter ses girolles et cèpes et de les couper en deux, les essuyant pour les débarrasser de la terre qui les souillait, mais s'abstenant soigneusement de les laver, parce que, comme chacun sait, laver des champignons, ça donne de la bouillasse quand on les cuit...

Oui, les coins à champignons, c'était un secret. Mais l'Émilie en avait un autre, de secret, qu'elle ne partageait qu'avec une seule personne à la ferme : sa maman. Ce tantôt, elle n'était pas allée qu'aux champignons. Elle était également allée à la danse !

C'était Mademoiselle Rosette, l'institutrice, qui lui apprenait à danser. Une fois par semaine, en cachette, Émilie se rendait chez l'enseignante et là, sous la direction de Mademoiselle, elle s'initiait à l'art des entrechats, du jeté-battu et des pointes, tandis que son professeur l'accompagnait en jouant de son piano droit, unique bien hérité d'une famille de mélomanes provinciaux, et dont certaines notes auraient impérativement nécessité l'intervention d'un accordeur. Mais on était à La Paulée, et des accordeurs, il n'y en avait qu'à Chalon. Et puis de toute façon, le piano était de si modeste facture que l'on ne pouvait espérer de miracles. Mais tel qu'il était, cet instrument suffisait à l'Émilie pour qu'elle s'envole dans ses rêves de devenir un jour une artiste, loin du village, des vignes et du cul des vaches, qui sait, peut-être à Paris...

L'Émilie, ça l'avait prise un an plus tôt, sa lubie, après qu'on l'eut amenée, événement mémorable, au cinéma ambulant du Baptiste Girardot qui, une fois tous les trois mois, passait à La Paulée et offrait, en plein air, à la population locale, de contempler sur un écran de toile tendu entre les marronniers de la grand-place, les aventures de Clark Gable, Fernandel, Raimu, Jouis Jouvet, et de Mmes Garbo, Veronica Lake ou Marlène Dietrich. C'est en pleurant devant les jeux de scène de Mlle Oranne Demazis, dans *Marius*, qu'Émilie avait eu LA révélation. Elle serait artiste de cinéma !

Il n'était, bien sûr, pas question de révéler un pareil fantasme à pépé ou mémé, ni même papa, et ce ne fut qu'après de longues hésitations, et de manière très détournée, que la petite osa s'en ouvrir à sa mère. À son grand étonnement, Marinette lui répondit :

— N'importe quoi, ma chérie, qui te fasse quitter cette vie d'esclave !

Confortée par cette approbation maternelle, Émilie avait cherché à savoir comment elle pourrait bien faire pour réussir dans son rêve. Impossible de jouer la comédie à Vivejoie ou La Paulée, la chose ne serait même pas venue à l'idée de qui que ce soit. Quant à aller à la ville pour suivre des cours... Ce fut encore Marinette qui trouva la solution :

— Commence toujours par faire de la danse. Ça sera un début !

— De la danse ?

— Oui. De la danse classique. Quand j'avais ton âge, j'ai vu un ballet, au théâtre, à Chalon, où ton pépé et ta mémé Gautheron m'avaient emmenée. C'était si beau... Essaye. Si tu danses bien, tu pourras peut-être faire autre chose après.

— Mais où est-ce que je pourrais faire de la danse, maman ? avait interrogé Émilie, perplexe.

— À ce que j'ai entendu dire, Mademoiselle Rosette, ton institutrice, elle saurait.

Mademoiselle Rosette, en effet, « savait ». Elle avait elle-même un peu dansé, dans sa jeunesse, et ne songea pas à refuser de donner des leçons particulières à l'Émilie Theuvenot. Elle appréciait cette petite fille intelligente, éveillée et travailleuse, ayant sans doute décelé en elle les qualités potentielles qui en feraient peut-être l'enfant dont elle rêvait depuis son début de carrière dans l'enseignement : celle qu'elle mènerait jusqu'au baccalauréat.

Depuis deux ans donc, chaque jeudi tantôt, l'Émilie poussait subrepticement la porte de l'école, pénétrait dans l'établissement, montait à l'étage, toquait à la porte du petit appartement de fonction de Mademoiselle Rosette et, là, troquait ses vêtements de paysanne pour un tutu que l'institutrice lui avait cousu elle-même, et une paire de chaussons de danse commandés tout exprès à Lyon, qu'elle laissait à la garde de celle qui, tout en étant sa maîtresse d'école, était devenue sa grande amie. Ce tutu défraîchi et ces chaussons constituaient pour Émilie le plus fabuleux des trésors. Mais, plus encore peut-être, ils représentaient les clefs qui lui ouvriraient la porte d'un autre monde, un monde où l'on ne curait pas les soues à cochon, où l'on ne s'échinait pas à porter des seaux de lait aussi lourds que vous, et où les mains restaient fines et blanches.

Alors que l'Émilie s'affairait sur ses girolles et ses cèpes, Frau Starkenschwanz apparut. Après déjeuner, elle était restée un long moment dans sa chambre, pour faire une sieste, le voyage depuis Munich l'ayant fatiguée. Reposée, les joues roses, mais les yeux encore gonflés de sommeil, la brave Allemande s'extasia avec des « schön », des « herrlich », en voyant la récolte de la fillette, et s'assit aussitôt auprès d'elle pour l'aider. Elle se mit à bavarder avec la Cadie et Marinette, puis, quand ce fut fini avec les champignons, elle se joignit aux deux femmes pour les aider à préparer le repas du soir.

On entendit alors le bruit des moteurs de la Renault et de la BMW. La Cadie abandonna son ouvrage et se précipita sur le pas de la porte, signe qu'elle avait été anxieuse tout l'après-midi à cause des frasques du Maurice, même si elle n'avait pas voulu le montrer. Marinette se tendit imperceptiblement. Après la scène de la matinée, à la vigne, elle appréhendait de se retrouver en face de son beau-frère et amant, même si elle présumait qu'après son séjour au poste, le bougre ne se montrerait pas trop flambard.

Marinette n'eut guère le temps de vérifier ses présomptions. À peine l'écho des moteurs se fut-il éteint qu'on entendit la voix du Glaude. Le père souhaitait à sa façon la bienvenue à son galapiat de fils !

— Ah ! Te v'là enfin ! T'es content d'toi, spèce de peugnât ! Boug'de ch'tit couillon ! T'apprendras donc jamais rien ! Mais qu'est-ce t'as donc sous l'creutôt ? L'a encore fallu qu't'ailles t'fourrer dans des emmerdes ! Môssieu joue les fier-à-bras ! Môssieu emmerde tout l'monde ! On perd du travail à cause d'môssieu...

Le Glaude était vraiment en colère. D'ordinaire, il savait se dominer et évitait de tancer son cadet devant les commis. Mais cette fois, la coupe était par trop pleine et, bien que le Néné Grugeon, le Camille Lachazé, le Jean-Breule et le Pierrot la « Fouine », avancés à la porte du cuvage, ouvrissent toutes grandes leurs oreilles, il y allait de bon cœur. La

Cadie et la Marinette n'en perdaient rien. L'Émilie non plus...

Tout à coup, la mémé se retourna vers la petiote.

— L'Émilie, dit-elle, va chercher les vaches ! Ça va être l'heure de la traite.

— Mais... c'est trop tôt ! protesta la fillette.

— Fais ce que te dit ta grand-mère, ordonna Marinette, d'un ton sans réplique.

La petite ragogna, mais, habituée à obéir, se leva et disparut par la porte du fond de la grande salle. La Cadie adressa un bref regard à sa bru, qui ne détourna pas les yeux.

Dans la cour, ça continuait de barder. Le Maurice subissait l'algarade, la tête basse, blême et les poings serrés. En arrière-plan, Herr Starkenschwanz et le Lucien, mais aussi l'Anne-Marie et le Jean-Bernard semblaient bien ennuyés d'être les témoins de l'humiliation publique du jeune homme.

Le Glaude cessa enfin de hurler. D'un geste brutal, il montra le cuvage. Comme par enchantement, les commis disparurent.

— Pisque t'as fait le con, tu travailleras plus tard que les autres ! gronda le vieux. Et c'soir, t'auras qu'à bouffer tout seul ! J'veux point t'voir à la table ! Allez ! File !

Sans rien dire, Maurice se dirigea vers le bâtiment. La Cadie se retourna. Marinette put voir ses yeux qui brillaient de larmes contenues. Alors ce fut plus fort qu'elle. Elle fit un pas vers la vieille dame et, lui posant une main sur l'épaule, elle murmura :

— Allons, la Mère... Ce n'est pas si grave.

Les yeux de la Cadie s'embuèrent un peu plus. Un instant, la farouche matriarche parut sur le point de s'adoucir. Mais ses prunelles redevinrent dures, et elle se dégagea brutalement.

— Vous, mêlez-vous de ce qui vous regarde ! répliqua-t-elle d'une voix tremblante de colère et de chagrin.

L'Émilie était sortie, mais elle ne s'était pas éloignée pour autant. Contournant le corps de bâtiment principal, elle était revenue par l'arrière afin d'assister à la fin de la scène, cachée dans un coin de mur. Elle aimait bien son tonton Maurice. Elle avait deviné qu'il avait dû faire une bêtise, mais elle ne comprenait pas pourquoi pépé Glaude le disputait comme ça, devant tout le monde. C'était évidemment la raison pour laquelle sa grand-mère et sa maman avaient voulu l'éloigner, et elle s'en voulut un peu de se montrer indiscrète. Elle était gênée pour son oncle de tous les noms d'oiseau dont le Glaude le traitait. Finalement, maman et mémé avaient raison. Elle ferait mieux d'aller musarder auprès de l'Hortense et de la Daudiche, les deux vaches pies noires de la famille...

Comme elle allait s'éloigner, elle s'entendit héler :

— Oh, l'Émilie !

Elle se retourna. Jean-Bernard avait dû repérer sa frimousse blonde, dans son encoignure, et s'en venait vers elle. Elle s'immobilisa, et une étrange rougeur lui monta aux joues. Elle n'avait pas revu le jeune garçon depuis les dernières fêtes de la Saint-Jean, et elle le trouva changé. Il était si grand, si bien découplé, qu'elle pouvait presque le considérer comme un homme.

— Où qu'tu vas, l'Émilie ? demanda Jean-Bernard.

— J'm'en vais en champ les vaches.

— J'peux venir avec toi ?

Émilie en tressaillit de plaisir. Se retrouver en compagnie de celui qu'elle considérait comme son cousin, bien qu'il fût en réalité son oncle — mais oui — par le jeu des alliances, voilà qui effaçait l'impression désagréable que lui laissait le spectacle de l'engueulade du Maurice.

— Oh oui, Jean-Bernard ! s'exclama-t-elle. Je s'rai bien contente !

Jean-Bernard lui adressa un large et heureux sourire, qu'elle lui rendit. Ils s'éloignèrent de la ferme, côte à côte, sans parler. À la dérobée, l'Émilie contempla la haute silhouette du garçon. Il paraissait si fort, et pourtant elle le devinait fragile. Elle savait qu'on le qualifiait de beuzenot, et elle n'aimait pas ça. Il était tout simplement moins méchant que les autres.

Alors qu'ils quittaient la route pour emprunter un chemin de terre serpentant au milieu des vignes, Jean-Bernard fit quelque chose qu'il ne lui avait encore jamais fait : il lui prit la main et la garda dans la sienne. Un peu surprise, Émilie la lui abandonna bien volontiers. Jean-Bernard n'avait pas les paumes moites et elle sentit la pression de ses doigts autour des siens.

La démarche allègre, les deux adolescents s'enfoncèrent au milieu des ordons et des pâtis. Ni l'un ni l'autre ne parlait.

Jean-Bernard rompit le silence le premier. Regardant Émilie, il dit soudain, d'un ton de profonde admiration :

— C'que t'es devenue belle, l'Émilie ! J'en connais point qui soit plus belle que toi !

Émilie se sentit devenir cramoisie, mais en même temps, un grand plaisir l'envahit. Elle ne sut quoi répliquer, et baissa la tête comme pour contempler le bout de ses sabots. Elle sentait sur elle le poids du regard de Jean-Bernard. Soudain, elle voulut lui dire son secret :

— T'sais, souffla-t-elle, un jour, je s'rai actrice de cinéma !

Il y eut un grand silence et, tout à coup, au fond d'elle-même, Émilie prit conscience que la réponse de Jean-Bernard allait être d'une importance capitale. Elle releva le nez et fixa, interrogative, le visage ouvert du garçon. Celui-ci hocha la tête.

— Eh ben, dit-il, moi j'irai t'voir tous les samedis à Chalon, à la Scala !

Émilie eut envie de l'embrasser !

Mais elle n'osa pas...

Le Camille Lachazé

Le Camille était ému. Ému... comme chaque jeudi, depuis bientôt six mois. Il n'y avait rien à faire, il ne pouvait s'empêcher de trémuler comme un collégien. Et pourtant... Lui ! Lui ! Le fier-à-bras, la « grande gueule », comme on disait jadis à l'atelier. Le seul qui eût à son actif un délégué du personnel et un contremaître. Par contre, ça lui avait coûté... Sa place, tout d'abord, car si la hiérarchie de la puissante compagnie PLM tolérait qu'un simple ouvrier rossât un « trublion » syndicaliste (N'oubliez pas, chers actionnaires, que ces agitateurs sèment la perturbation parmi nos employés), elle n'admettait pas que l'intéressé usât de semblables arguments face à l'un de ses représentants. Et c'est bien ce qu'il était advenu... Il est vrai que le Camille avait la tête près du bonnet et qu'il ne fallait pas l'em..., comme lui-même l'affirmait fort et clair.

Quand on vous fait une mauvaise réflexion, on encaisse. À la dixième, on commence à râler. À la vingtième, on ne se contrôle plus et la main, ben... elle part toute seule. Ah la la ! Le spectacle ! Vous auriez dû voir ça ! La tête du Pierre-Marie Voiturier, le nez en sang, assis sur son gros cul devant toute l'équipe. Ah ! Ça valait le déplacement !

En fait, ça valait surtout la révocation, car le résultat de ce brillant pugilat ne s'était pas fait attendre :

une convocation au bureau du chef de dépôt et puis viré... Comme un malpropre !

Adieu, le PLM, l'atelier, les copains ! Adieu, les locomotives, ces sacrées bécanes qu'il bichonnait avec tant de soin. Adieu cette odeur de métal et de graisse chaude, la chaleur de l'acier qu'on forge, le bruit des machines-outils et des coups de marteau...

Mais surtout adieu la paye ! Et là... pas pareil. Bien sûr, le Camille faisait toujours partie de la « famille » des cheminots... Ses potes, il les revoyait, après le boulot — LEUR boulot — chez la Marcelle, au bistrot « La Petite Vitesse », qu'est presque en face du dépôt. Et il est vrai que plus d'un l'admirait sincèrement — bourrer le pif de ce gros con de Voiturier, fallait oser ; tout le monde avait eu envie de le faire, depuis le temps qu'il faisait suer l'équipe, mais de là... chapeau ! — malheureusement, le respect de la caste, ça ne nourrit pas son bonhomme, et pour retrouver du travail, c'était une autre paire de bretelles !

Pendant deux mois, le Camille avait tenté sa chance, vivotant sur ses économies, mais il avait fallu se rendre à l'évidence : il était grillé sur la place de Chalon. Déjà qu'au départ, les patrons n'aiment guère les cheminots — tout juste des faignants qui donnent de mauvaises idées aux autres ouvriers — alors un cheminot renvoyé, c'est le diable en personne ! Il a dû tuer père et mère pour en arriver là... Pas de ça chez nous !

Son pécule fondant comme neige au soleil, le Camille avait réfléchi. L'alternative était, somme toute, assez simple. Il pouvait tenter sa chance dans la Grande Ville, en l'occurrence Dijon ou Lyon, mais il n'y croyait guère. Nul doute que les patrons, dijonnais ou lyonnais, aient des accointances avec leurs homologues chalonnais, et si l'un d'entre eux se renseignait sur son pedigree, il serait vite servi. De toute évidence, ça sentait l'impasse.

Revenir au pays ne l'enchantait pas trop. Il avait quitté La Paulée onze ans plus tôt, dès sa démobilisation, pour goûter aux « joies » de la ville. Il n'y était guère retourné, sinon pour revoir ses parents. Mais, en vingt-cinq, l'Auguste Lachazé avait cassé sa pipe, et l'Eugénie, sa « maman Génie », comme il l'avait toujours appelée, avait rejoint l' Homme de Sa Vie au cimetière trois ans après. Depuis, ses visites au bourg se limitaient à la Toussaint, pour fleurir leur tombe et, fin mars, pour saluer l'oncle Gaston à l'occasion de son anniversaire, et ses deux abrutis de cousins, le Ferdinand et l'Henri Lachazé, qu'étaient bien braves, mais qu'avaient pas inventé l'eau chaude. Aller voir des frères et sœurs, ce n'était pas un problème : y en avait pas.

Mais bon... Entre deux maux, autant choisir le moindre. Un beau matin de mai 1933, Camille, qui avait vendu les jours d'avant ses quelques meubles, avait pris congé de sa logeuse et était descendu en gare de Chalon où, comble de la déchéance, il avait dû payer son billet de train.

L'arrivée en gare de Buxy s'était voulue discrète, mais là, pas de chance. Cet arteûte de Joseph Descombins, tout fringant dans son uniforme de chef de gare, jouait sur le quai le maître de cérémonie. Le Joseph ! Son ennemi intime... Onze ans plus tôt, ils ne pouvaient se retrouver dans un bal sans se chicorner, et ça avait commencé à la communale, car Joseph, autre natif de La Paulée, avait, selon Camille, « une tronche à attirer les baffes » ! Leur enfance, puis l'adolescence n'avaient été qu'un conflit permanent. À tel point qu'à l'âge de quatorze ans, les deux antagonistes, ayant eu chacun l'opportunité d'adhérer à l'aventure du Chemin de Fer, avaient choisi deux services radicalement différents, l'un optant pour le Matériel, l'autre pour l'Exploitation... afin d'être sûrs de s'éviter.

Mais le monde est petit, comme chacun sait, et

Camille, plus de cinq ans après, se souvenait des phrases prononcées par son comité d'accueil :

— Ha, l'Cambouis ! (c'était son surnom à La Paulée : dame ! un ouvrier, c'est pas toujours très propre !) On dirait qu'tu r'viens avec la queue entre les jambes !

Camille garda le silence.

— C'est sûr qu'tes exploits, y z'en ont fait causer plus d'un, au pays, continuait l'autre, qui, en bon imbécile, confondait le calme de son ennemi avec de la pusillanimité. Mais ça n'a étonné personne, tu penses ! On t'connaît ! Qu'est-ce tu vas fiche, maintenant ? Je pense pas que ton oncle y va te garder chez lui à rien fout' pendant cent sept ans... Et tu pourras même pas venir dreumer dans la gare. J'la tiens propre, moi, et j'veux pas qu'y ait des vagabonds qui s'installent !

Camille se sentait bouillir, mais il se contint.

— C'est mon affaire, répondit-il, et j'ai pas besoin des remarques d'un propre-à-rien comme toi... Je vais seulement te dire une chose : t'es beau, l'Joseph, dans ton uniforme de chef de gare, et des chefs de gare, j'en ai connu un paquet. Tu vas pas me croire, mais y z'étaient tous cocus ! Tous, j'te jure... Sauf un... Et l'seul qu'est pas cocu, l'Joseph, eh ben, c'est toi ! Et t'y seras jamais. Tu sais pourquoi ? Pacque t'es tellement peuh, tellement con et tellement méchant qu'y a pas une femme au monde qui voudrait s'encombrer d'un outil comme toi. Et c'est ça qui nous différencie... Mais peut-être ben qu'tu connais pas le sens du mot « différencier »... Alors, un conseil : apprends à lire et achète-toi un dictionnaire !

Assez satisfait de sa diatribe, le Camille avait tourné les talons, superbe, laissant l'autre comme un piquet, plus rouge qu'une pivoine, et foudroyant du regard les quelques voyageurs témoins de l'algarade, qui ne pouvaient s'empêcher de rigoler...

Le retour du fils prodigue en son village s'était fait

à pied, sous un franc soleil. Mais on ne tua pas le veau gras en son honneur — ni le cochon, tradition qui eût été plus bourguignonne. L'oncle Gaston lui avait indiqué sa chambre, et le premier repas en famille s'était déroulé dans une atmosphère plutôt pesante.

Néanmoins, Camille s'était très vite adapté à sa nouvelle situation. Les gestes appris dans son enfance étaient revenus tout naturellement, et ses talents de bricoleur, mais surtout de mécanicien intéressaient particulièrement les Pauléens. Il faut dire que ces « foutues machines », qu'elles soient agricoles ou automobiles, se répandaient un peu partout et que pour de bons campagnards, traditionalistes comme seuls peuvent l'être des Bourguignons salés, les histoires de moteur et de transmission, c'était de l'hébreu... Alors un « pays » qui s'y connaissait, et qui ne rechignait pas au labeur, c'était un vrai trésor. D'autant plus que ledit trésor disposait d'un outillage d'importance, patiemment « emprunté » aux ateliers PLM au fil des ans. C'était d'ailleurs ce qui lui avait le plus « pesé », au sens propre du terme, lors de son voyage de retour, car, hormis quelques vêtements, il n'avait rapporté que ses outils et ses livres préférés.

Camille avait ainsi monnayé ses talents durant quelque temps, dépannant équitablement vignerons et agriculteurs, ignorant de façon calculée l'indifférence mêlée d'hostilité qui régnait entre ces deux catégories socioprofessionnelles. Au bout de quatre mois, c'était le Glaude Theuvenot en personne qui lui avait proposé une embauche. Fin renard, le vieux avait vu les avantages qu'il y aurait vis-à-vis des autres familles à s'assurer l'exclusivité des services du mécano du village. En plus, il fallait quelqu'un pour s'occuper de la Renault qu'il venait d'acheter, parce que ses fils n'étaient manifestement pas préoccupés par la technique, et la technique, le patriarche le sentait, c'était l'avenir...

Camille avait sauté sur l'occasion. Pour deux raisons : d'une part, l'hospitalité de l'oncle Gaston commençait à lui peser, d'autant qu'il versait au vieux rapace un « loyer » prohibitif, mais, surtout, vivre chez le Glaude, au hameau de Vivejoie, ça l'éloignerait du village, et en particulier de la maison du Bernard Tainturier !

Faut dire que dès son retour, presque par hasard d'ailleurs, le Camille avait revu la Lucette Guillemaut, sa conscrite, qu'avait marié le Bernard — quelle idée, elles ont, des fois, les bonnes femmes ! On n'oublie pas un amour d'adolescence, d'autant que la Lucette portait sa post-trentaine avec une grâce indéniable — même si un peu rustique. Elle était encore plus affriolante qu'avant, avec des rondeurs moelleuses... et toujours aussi portée sur la chose, la bougresse ! Tant et si bien qu'en moins de pas longtemps, le pauvre Bernard avait ajouté une paire de surandouillers à la magistrale ramure qu'il portait déjà, encore plus beau qu'un quatorze corps en forêt de Châtillon ! Malheureusement, quelque précaution que l'on prenne, tout finit toujours par se savoir, dans un village, et les regards assassins du Bernard, ainsi que certaines réflexions sur les « coups de fusil qui se perdront pas toujours », proférées à haute et intelligible voix dans le bistrot du Sandrot Bergelin, avaient incité l'écornifleur à prendre un peu de recul...

Bref, le Camille avait rejoint le clan Theuvenot. Le « Cambouis » s'y était facilement intégré. Son impertinence naturelle était assez bien acceptée par la famille, et il était l'un des rares, sinon le seul des commis à oser contredire le maître, sur des sujets qui engageaient l'avenir de la ferme. On écoutait et respectait — mais oui — son avis, on l'adoptait parfois, on en discutait toujours, à tel point qu'entre le Glaude et lui on se consultait d'un simple regard en coin, et qu'il régnait une sorte de relation d'égal à égal... mais qu'aucun des deux protagonistes n'aurait osé avouer... Avec les fils, c'était différent. Certes, le Lucien était travailleur, mais un peu trop borné au goût de l'ancien ouvrier, et pas assez « couillu ». Quant au Maurice, c'était le « chien fou » de la famille, plus préoccupé de ce qu'il ferait le samedi suivant que de régir les problèmes des vendanges, de l'entretien des cuveaux, et de tout le reste...

Côté sentiment, Camille gérait au mieux sa liaison — assez épisodique — avec la Lucette, et profitait des absences du Bernard pour assumer, le plus discrètement possible, ses instincts de mâle — même que la Lucette, cette cochonne, après quelques réticences, lui avait accordé un endroit secret de son anatomie que son propre cornard de mari n'avait jamais eu l'heur d'honorer... elle le lui avait avoué en rougissant. Un autre détail qui amusait énormément le Camille, c'est qu'avec le temps, le Bernard s'était persuadé que le principal auteur de ses infortunes conjugales s'appelait, réputation oblige, Maurice Theuvenot. On ne prête qu'aux riches, jamais aux plus malins... Oh ! le Cambouis se doutait bien que, dans son dos, la Lucette le cocufiait également, et qu'elle avait d'autres galants sur le feu, mais du moment qu'il ne s'agissait pas de cette andouille de Joseph Descombins, ça ne le dérangeait pas. La jalousie ne faisait pas partie de ses défauts, pourtant nombreux...

Pour l'heure, le Camille ne revivait pas le passé. Il pensait surtout à la soirée qui l'attendait. D'un geste sec, il boucla sa sacoche de cuir épais, une vraie sacoche de roulant, gagnée des années auparavant à la « Petite Vitesse », à l'issue d'une partie de tarot restée dans toutes les mémoires Péélémistes, face à un roulant du dépôt de Perrigny, qui croyait un peu trop à sa chance... et qui trichait moins bien que lui. Cette sacoche était devenue son petit coffre-fort, car il y rangeait ses biens les plus précieux. Ce soir-là, son viatique contenait les deux livres empruntés quinze jours plus tôt à Mademoiselle Rosette, l'instruisoute... non, l'institutrice, c'est plus respectueux... et surtout ses copies. Eh bien, oui... Ses devoirs, des épreuves de français, de calcul et d'histoire géographie que mademoiselle lui mitonnait depuis six mois maintenant. Et côté correction, elle ne lui faisait pas de cadeau ! Aussi intransigeante, elle était, qu'avec les garnements qui fréquentaient son école.

C'était-y pas Dieu possible, songeait-il parfois, qu'à trente-neuf ans, il en soit réduit à se creuser la cervelle sur des problèmes de trains qui se croisent à telle heure — lui, un ancien cheminot ! — ou à compulser fébrilement tel ou tel bouquin pour savoir qui avait perdu la bataille de Castillon en 1453, ou dans quel pays de Nègres le Nil prend sa source... Mais, après tout, c'était lui le demandeur...

Le plus difficile, c'étaient les lois... enfin, le droit, comme disait Mademoiselle Rosette... « Nul n'est censé ignorer la loi ! » Curieux, tout de même : dans sa bouche, cette phrase ne l'avait pas choqué. Et pourtant il ne l'aimait pas trop. Combien de fois ne l'avait-il pas entendue proférée, ou plus exactement beuglée, par le Glaude Montcharmont, quand le garde enfourchait son vélo — parfois péniblement — à l'issue d'une soirée bien arrosée chez le Sandrot, et qu'il regagnait sa fermette sous les quolibets, défi vivant aux lois, justement, mais de l'équilibre.

Mais si nul n'est censé l'ignorer, pour la comprendre, cette bon Dieu de loi, faut s'accrocher ! Les juristes, comme ils aiment s'appeler entre eux, possèdent un curieux langage, et comme, en cas de problème, c'est toujours eux qu'ont raison, il vaut mieux savoir les comprendre.

Alors le code civil, le code du commerce, il se les était farcis. Ce n'était pas une sinécure, mais quand il faut, il faut ! Eh oui, il fallait ! Car, en plus d'un certain niveau de culture générale, un minimum de connaissances légales était indispensable à la bonne marche du Projet...

Le Projet, avec un « P » majuscule... L'ambition d'une nouvelle vie. En fait, il n'y avait que Rosette et lui qui le connaissaient. Et il savait que Mademoiselle ne le trahirait pas...

Le bruit d'une porte qui s'ouvrait le fit se retourner, et il vit le Jean-Breule (de son vrai nom Lazare Ménager), pénétrer dans la pièce des commis, comme on appelait chez les Theuvenot la salle principale de l'annexe jouxtant la maison de maître, où logeaient les employés de la ferme.

— Alors, l'Cambouis, dit le Lazare de sa voix inimitable, tant il roulait les *r* et avalait la moitié de ses mots. On est prêt pour sa petite virée du jeudi soir ?

— Comme tu dis, mon Jean-Breule, on est prêt !

— Alors c'est décidé, tu restes pas... Y a pourtant la fête, ce soir. La Cadie elle va mettre les petits plats dans les grands pour fêter les Boches, et on va tous s'en foutre plein la gueule !

— J'ai prévenu le Glaude et la Cadie que je serai pas là. Pour sûr, ils étaient pas trop contents, mais bon... Ils me connaissent. Et puis j'vais te dire... Ce soir, le cœur y serait pas.

— Pourquoi donc ?

— J'ai vu l'Maurice, tout à l'heure, derrière le fouanot. Tu sais quoi, mon Jean-Breule, eh bien, il chialait !

Jean-Breule ouvrit des yeux ronds.

— Tu déconnes !

— Pas du tout. Y s'en est pris une sévère, le gamin, et ça lui a fait quelque chose. À moi aussi, ça a fait quelque chose.

— C'est pas tes affaires !

— Tout juste. Mais n'empêche... C'est un homme

fait, et on traite pas un homme fait comme le Glaude il l'a traité. Surtout devant le monde... Bon, ça va... Assez causé de ça. Pour ce soir, t'auras qu'à boire ma part !

— C'est vrai qu'tu picoles plus ! J'ai du mal à y croire.

— Exagère pas. Je picole moins, c'est tout.

Le Jean-Breule avança son mufle, reniflant bruyamment, et Camille se recula un peu, vaguement écœuré par l'haleine et le fumet très particuliers qu'exhalait son compagnon.

— Et en plus, il s'est lavé, le gandin ! poursuivit le commis. Ah, mon Cambouis, t'as ben changé depuis c'printemps !

— Écoute, Lazare, se laver, c'est pas trop difficile, et le Néné et toi, vous feriez bien de vous y mettre de temps en temps. C'est vrai, quoi, les gars ! On vous voit plus arriver, on vous SENT arriver, c'est de pire en pire. Vous êtes toujours ârrié à vous plaindre que les femmes elles vous regardent pas, mais faut les comprendre, les pauvres ! Vous ressemblez plus à une cabane de chiottes qu'à des hommes normaux. Vous avouerez qu'y a guère de quoi faire battre le cœur d'une fille à marier !

— J'ai pas besoin de ton avis ! se renfrogna le Jean-Breule. Môssieu fait le malin ! Môssieu va faire le Jacques au lieu de rester avec les copains, eh ben, vas-y ! On te retient pas ! (Puis, sa voix se faisant inquisitrice.) Mais dis donc, l'Cambouis, c'est laquelle ? Oh, c'est pas la Lucette ! Depuis l'temps que tu la connais, tu te mettrais pas en frais pour son cul ! Alors, c'est qui ? La fille au Sandrot Bergelin ?

— La Brigitte ? T'es fou !

— Pourquoi ? Elle est pas mal ! Elle a une de ces paires de nichons...

— Elle louche !

— Et alors ? Si tu te la fais par darré, t'y vois pas les yeux.

— C'est pas elle.

— Alors c'est l'Angèle Taillefer ? Me dis quand même pas que c'est la veuve de Môssieu le comte ? Et pis d'abord, qu'est-ce qu'y a, dans ta foutue besace ?

Camille tapota la sacoche, un petit sourire en coin.

— Ce qu'il y a dedans, ça sert à faire causer les bavards, et quant à tes brillantes supputations...

— Mes quoi ?

— Laisse tomber ! Je vais être plus clair... Des luronnes que t'as dites, c'est aucune, mon Lazare... Et puis d'abord, qu'est-ce qui te fait penser que c'est une femme, que je vais retrouver ? Hein ?

Suffoqué, le Jean-Breule se mit à rouler des yeux comme des boules de billard.

— Oh, l'Cambouis ! C'est pas vrai... Pas toi !

Camille éclata de rire.

— Bien sûr que non, nigaud ! Je te charrie, c'est tout !

— Sale con, va ! Ah, la trouille que tu m'as foutue... Quand j'pense que ta piaule elle est à côté de la mienne !

— Ouais... et que j't'entends ronfler et péter comme un gouri toutes les nuits... Mais sois tranquille, mon gars. Tu peux dormir en paix. Y a aucun risque de ce côté-là !

— Pfouu... J'préfère ! Et pis franchement, l'Cambouis, ça m'aurait embêté que tu sois dev'nu un bougre... Bon, allez... J'te pose plus de questions. Va la retrouver, ta dulcinée, puisque ça te tient à ce point-là. On sait pas qui c'est, mais en tout cas, je peux te dire que ça fait causer, dans ton dos. Que même le Glaude et la Cadie se demandent... Et l'Pierrot, c'est encore pire. Il donnerait sa paye pour savoir !

— La « Fouine », il est prévenu ! Si c't'espèce de raqueûlot vient me chercher des poux dans la tête, il sait ce qui l'attend ! J'aime pas que des fouille-merde dans son genre s'occupent de mes affaires. Si y s'montre trop curieux, je pourrais devenir méchant. Et là... t'es au courant.

Ah, ça oui, Lazare était au courant. Il se rappelait d'un bal, à la Saint-Jean 1935, où le Cambouis, tout seul et bien en rogne, avait boxé trois ouvriers des Brasseries de Chalon, qui étaient descendus à Buxy pour casser du plouc. Il n'avait pas eu besoin d'aide, et les trois flambards avaient vite rejoint la ville, pleurant leurs dents perdues et, pour deux d'entre eux, soutenant à pleines mains leurs parties génitales savamment meurtries par des coups de genou bien assenés... Même qu'après, le Camille était tout merdeux. Il lui répugnait de se bagarrer avec des ouvriers, des frères de classe. Mais bon... D'une part c'étaient trois VRAIS crétins, d'autre part, lui, il était redevenu paysan. Enfin... presque.

— Fâche-te pas, l'Cambouis. Tu sais bien que l'Pierrot, c'est pas l'mauvais gars !

— Un peu trop curieux à mon goût. C'est déjà beaucoup.

— Mais t'es un vrai ours, dans ton genre ! Ta chambre est toujours fermée à clef, quand t'es pas dedans. Avec nous, tu causes, oui, on rigole bien, même. Mais tous ces soirs où que tu t'enfermes dans ta carrée pour y faire Dieu sait quoi, ou que tu files comme le vent, les jeudis, sans rien dire à personne... Et pis tu rentres au beau milieu de la nuit en faisant le moins de bruit possible... Eh ben, on se demande ce que tu fiches et où qu'tu vas. Mais ça... Môssieu a ses secrets, et pour nous en dire quèque chose, on peut se fouiller !

Camille regarda son collègue et lut dans ses yeux une sorte de frustration jalouse. Brave Lazare, aussi dévoué et fidèle qu'un bon gros chien de berger... L'ancien du PLM prit entre ses deux grosses paluches la main du Jean-Breule et il la serra, très fort... Sa voix résonna, bizarre... Émue, quelque part.

— Je vais te confier quelque chose, mon camarade, mais faut me jurer de rien dire à personne. Surtout pas au Pierrot, et encore moins au Glaude et à la Cadie.

— T'as ma parole ! Vas-y. (Saisi par l'intensité du moment, le Lazare avait l'air, pour une fois, d'être sérieux, voire même attentif.)

— Eh bien, voilà... Je vais pas rester ici. Je finirai pas ma vie comme commis de ferme. J'vais vous quitter. Quand et comment, je sais pas encore. Mais j'ai un projet. Ça fait trois ans que j'y travaille, et ça prend corps, mon cadet... De plus en plus, même...

Le Jean-Breule était abasourdi.

— Tu... tu vas nous quitter, balbutia-t-il, comme pour s'assurer, en les prononçant lui-même, du caractère irrémédiable de ces paroles.

— Je serai pas loin, va, répliqua Camille. On pourra facilement se revoir et boire le canon ensemble, comme maintenant, mais... je serai chez moi... et mon propre maître !

— Ben ça... ben, ça...

Maintenant qu'il avait commencé, Camille avait envie de donner des détails à son vieux camarade.

— Je suis pas tout seul, pour monter ce projet, reprit-il. Depuis six mois, il y a une femme qui m'aide...

— Ah ! Nous y v'là ! (Lazare souriait largement.) C'est bien une femme !

— Eh oui... Et cette femme, je l'aime... Sincèrement... à en être équeûbi ! Mais devant elle, je suis comme un couillon, j'arrive pas à en placer une, à lui dire. J'en crève, mais je peux pas... Pourquoi ? J'en sais rien... Ça doit te faire rire. (Non, ça ne faisait pas rire Lazare.) Parce qu'avec ma grande gueule, d'habitude, je m'en sors toujours, quand y s'agit de causer, et pis avec les femmes, je me démerde plutôt bien. Mais là...

Camille s'interrompit, se mordillant les lèvres. Il s'en voulait d'avoir la langue si longue. C'était pas possible d'être aussi bête. Mais, nom de Dieu, qu'est-ce qui lui prenait ? Tout balancer à un gars comme le Jean-Breule... Tout ce qu'il taisait depuis trois ans. Et, pire encore, il évoquait Rosette. Sans la nommer, bien sûr, mais son collègue, il avait beau être pas bien cuit, il pouvait deviner...

— Je sais pas pourquoi j'te dis tout ça, grommela l'ancien ouvrier.

— Parce que tu gardes dans le dedans trop d'choses et depuis trop longtemps, répondit le Jean-Breule avec simplicité. Un jour ou l'autre, y faut bien qu'ça sorte. On se doutait tous que t'étais pas dans ton assiette, et que tu mijotais quelque chose. Maintenant, je sais. Et j'te comprends. La vie qu'on mène, ici, elle est pas rose tous les jours, même si on est pas trop malheureux. Mais c'est vrai que t'es pas encore vieux, mon gars. C'est normal qu't'aies envie d'aller voir ailleurs. Tu peux encore, alors vas-y ! Pour le Néné, l'Pierrot et moi, c'est foutu. On a passé l'âge... Et pis ton secret, tu peux être tranquille. J'l'enterre et les autres y z'en sauront rien. (Lazare cracha par terre) J't'y jure !

Camille fixait son vis-à-vis avec reconnaissance. Jamais il n'aurait cru que le Jean-Breule fasse preuve d'une telle noblesse d'esprit.

— T'es un vrai pote, Lazare, dit l'ouvrier. J'l'avais toujours su, mais aujourd'hui, je m'en rends vraiment compte.

— C'est parce que tu regardes pas assez les autres. T'y sais pas. Tes idées, elles t'embrouillent tellement la tête que tu vois pas les gens autour de toi... Allez, mon cadet, file vite retrouver ta chérie. Oublie pas que faire attendre une fumelle, c'est jamais bon !

Le Jean-Breule se détourna. Camille le suivit des yeux, ému, puis, sa sacoche à l'épaule, il sortit. Il avait hâte d'atteindre le village.

Le Camille et Mademoiselle Rosette

De Vivejoie à La Paulée, la route n'était pas très longue, à condition d'emprunter le chemin communal, mais pour le Camille, c'était hors de question. La route passait devant les fenêtre de la mère Ponceblanc, cette vieille taupe qui occupait son temps à pider tout le monde, et qui était à l'affût du moindre ragot. Elle passait ensuite devant le bistrot au Sandrot Bergelin, ce qui ne valait pas mieux, car, à cette heure, le Pierrot-la-Fouine devait y être assis, un œil sur son ixième canon, et l'autre dardé sur la place du village, à observer tout ce qui y bougeait. Question curiosité, entre ces deux « guette-au-trou », c'était bonnet blanc et blanc bonnet. Donc, si on veut la discrétion, des gens pareils, on les évite.

Pour ce faire, Camille descendit par les sentiers, traversant le bois de Bernachoux, et passant derrière les vignes du Tatave Petitjean. Il emprunta ensuite le chemin des Chalevaches, qui aboutissait au mur du cimetière. Sans se soucier des morts qui, de toute manière, par cette belle journée de fin d'été, devaient prendre le soleil du fond de leurs tombes, Camille serpenta entre stèles et croix, puis il sauta par-dessus le caveau de la famille Tronchu, traversa une venelle ombragée de marronniers et enjamba la clôture qui le séparait du jardinet amoureusement entretenu par Mademoiselle Rosette. Après une course rapide et s'être assuré qu'aucun regard furtif n'était à l'affût, il monta l'escalier derrière l'école et toqua à la porte du petit logement de fonction de l'institutrice. Il souriait. Prendre toutes ces précautions, utiliser de ruses de Sioux pour rejoindre sa muse, c'était un peu gamin, mais il y tenait. D'abord parce qu'il avait en lui, presque obsessionnel, le désir de rester discret, mais aussi parce que ce jeu de piste l'amusait. C'était un attachant prélude à leurs rencontres...

Une voix claire s'éleva de l'autre côté de la porte :

— Un instant. J'arrive...

L'huis s'ouvrit, et Rosette se trouva — enfin — en face de lui. Un gracieux sourire éclairait ses traits.

— Bonsoir, Camille, dit-elle.

Le Cambouis ne répliqua pas. Lui-même souriait, et il se disait qu'il devait avoir l'air d'un vrai beuzenot. Mais, comme chaque fois qu'il découvrait la jeune femme, il était salement secoué. Bon Dieu qu'elle était belle, et gentille... Une madone... Oui, c'était ça : une madone...

Il est vrai qu'il émanait de Rosette un charme certain. Cette grande femme, mince et élancée, avait conservé ses cheveux longs, à la mode d'autrefois, qu'elle arrangeait en chignons assez compliqués, plutôt stricts. Mais, ce soir, elle les avait dénoués, et ses boucles châtain clair cascadaient sur ses épaules. Cela lui allait à ravir, et mettait en valeur son regard. Ah, son regard... Une couleur bizarre, une sorte de jaune avec des reflets verts... Des yeux de chat...

« Un Botticelli », pensait Camille. Il se rappelait de ce nom barbare car, un peu plus tôt, parmi ses lectures, il était tombé par hasard sur une reproduction d'un tableau peint par ce type — encore un Rital, avec un nom pareil ! — et il avait longuement admiré le personnage central, une femme — nue — qui paraissait extraordinaire... et inaccessible.

Et Rosette était là, devant lui, encore plus désirable que d'habitude... Alors il restait planté comme un piquet, il se sentait comme un con, mais c'était plus fort que lui...

Rosette lui agrippa doucement le poignet, mais avec une fermeté qui acheva de le troubler.

— Entrez vite, reprit-elle. Nous avons du travail...

Son cœur battant comme celui d'un gamin, Camille suivit la jeune femme, s'enivrant sans retenue de son agréable silhouette, pourtant trop sagement engoncée dans une stricte robe bleue qui lui allait bien mal. Chaque fois, c'était devenu une sorte de rite, de réflexe conditionné. Il reluquait Mademoiselle Rosette en marchant derrière elle jusque dans la petite pièce qui servait de salon, et il revivait leur rencontre...

Leur VRAIE rencontre, devrait-on dire, car depuis son retour à La Paulée, cinq années plus tôt, Camille avait maintes fois croisé Mademoiselle dans les rues du village. De prime abord, elle n'avait guère éveillé son intérêt : belle femme, certes, mais tellement réservée, tellement différente des autres payses... Et puis elle ne se mêlait pas beaucoup à la population villageoise — même que la mère Taillefer disait d'elle qu'elle faisait la « fière », ce qui était faux — tant elle était absorbée par les deux missions qu'elle assurait tel un sacerdoce : enseigner à des générations de cancres que le mètre-étalon, c'est pas un cheval, que hibou-chou-genou-joujou-bijou-pou-caillou, ça prend un X au pluriel, que AOF, c'est l'abréviation du nom de l'empire français (ah, ce savoir laïc et républicain !), et tenir avec un sérieux irréprochable le secrétariat de la mairie.

Ses apparitions publiques étaient rares : les cérémonies « officielles », tels le 14 Juillet, le 11 Novembre, la réception que chaque année Madame la Comtesse organisait pour la Saint-Michel dans les jardins du château et, naturellement, la grande fête de l'école, qu'elle gérait de main de maître (pardon, de maîtresse) le premier dimanche de juillet. Et pour un gars comme le Cambouis, ces petites sauteries, ça ne présentait guère d'intérêt.

Il fut donc bien surpris de l'apercevoir, Mademoiselle Rosette, au bal de la Saint-Vincent, patron des vignerons, en ce frais samedi de janvier 1938, où il s'était rendu — car cette fête, par contre, il n'était pas question de la manquer ! Le bal se tenait dans la grande salle des fêtes de La Paulée, et Camille, y pénétrant, entrevit la jeune femme, de dos, qui devisait avec Germain Pelletier, le premier adjoint. Qu'est-ce qu'elle fichait là ? Il haussa les épaules... Après tout, c'était son affaire... Il reporta son attention sur les danseurs, et surtout vers l'orchestre. C'est que la musique, il aimait ça... bien qu'il ne fût pas fichu de tirer un son harmonieux du moindre instrument... Oh, autant le raconter ! Il avait tenté de jouer de la mandoline, autrefois, sur un instrument gentiment prêté par son pote, le Louis Juillet. On peut dire qu'on avait bien rigolé, ce jour-là, à la Petite Vitesse ! Que même la Marcelle (et c'était rare) était passée de l'autre côté de son comptoir, l'avait pris par l'épaule et lui avait dit, entre deux rires : « Tu sais, Grand, y a des choses qu'on est doué pour, et pis... des autres ! Toi, ton truc, c'est la clef de douze et la fraiseuse, mais c't'outil-là, colles-y tout d'suite un géranium dedans, ça t'f'ra plus d'profit ! » Cette remarque avait stoppé net, chez Camille, ses velléités artistiques naissantes.

N'empêche qu'il aimait toujours écouter de la musique et ce soir-là, l'orchestre du bal, il était pas composé de manchots. Les gars étaient venus de Buxy. Il y avait le Mimile Tissier, le roi de l'accordéon, le Roger Guillot, qui jouait de la trompette comme un dieu, et aussi de cette chose bizarre qu'on appelait un... saxophone, le P'tit Jules Bidault, qui était venu avec son « jazz » — c'est ainsi que l'on surnommait le curieux enchevêtrement de tambours, timbales et grosse caisse qui, quelques décennies plus tard prendrait le nom de batterie — et enfin le Jean-Marie Desbrosse, qui jouait du violoncelle — une espèce de machin qui ressemblait à un violon qu'aurait trop grandi, en tout cas le Jean-Marie devait être le seul gars de tout le canton à savoir se dépatouiller avec un monument pareil !

Nom de Dieu, ils assuraient, les bougres ! Ils te vous enchaînaient les danses. Polkas, valses, mazurkas, scottish, tout se suivait à un rythme endiablé — comment qu'y faisaient pour s'y retrouver et tout juste le temps de s'arroser la meule entre deux morceaux... Pour sûr, on s'amusait bien...

Et pourtant, quand bien même il appréciait leur virtuosité, Camille avait l'esprit ailleurs. Alors que les autres commis s'égaillaient dans la foule, à la recherche d'une bonne aventure ou, plus prosaïquement, du canon de rouge qui finirait à coup sûr leur soirée, il se tint en retrait. Pour une fois, il n'avait pas envie de s'adonner à la bagatelle. Il avait du vague à l'âme. Sa liaison avec la Lucette avait tendance à s'essouffler. Pourquoi ? Il aurait été bien incapable de le dire. La lassitude, peut-être, ou l'habitude... Ou bien le fait de posséder une femme qui, quoi qu'on en dise, était mariée et dont il savait bien qu'elle accordait ses faveurs à d'autres qu'au Bernard et à lui... Dans le fond, avec la Lucette, tout le monde était cocu... Mais la vérité vraie c'était surtout que le Projet n'arrêtait pas de lui courir dans la cervelle. Ça mûrissait, ça prenait de l'ampleur... Un an auparavant, c'était un rêve qu'il faisait. Presque inaccessible. Mais à force... Ça devenait une aventure presque jouable...

Et puis zut ! Ce soir, le Projet, Camille décida de le ranger dans un coin de son caberlot ! C'était la Saint-Vincent, les occasions de guincher n'étaient pas trop nombreuses au village, alors profitons-en, sacrebleu ! Mais avec qui ? Bon sang, voilà qu'il n'arrivait pas à se lancer sur le parquet pour une petite polka. Qu'est-ce qui lui arrivait, enfin ?

Camille détourna son attention de l'orchestre et contempla les danseurs. Il fit semblant de ne pas voir les regards pressants que lui adressait l'Angèle Taillefer, laquelle était embringuée dans une valse en compagnie d'un Maurice Theuvenot visiblement bien excité. Elle devait chercher un galant plus calme, la fifille. C'était pas une expansive ! Le Camille la connaissait bien : brave, gentille, travailleuse, mais pas très fûfûte et collante comme pas deux. En plus, pour couronner le tout, si on voulait que chaque famille de La Paulée soit au courant de quelque chose, il suffisait de lui parler au creux de l'oreille... À éviter, donc !

Ce fut par le plus grand des hasards — mais en est-on bien sûr ? — que Camille s'intéressa au petit groupe qui, sagement assis à une table, devisait de concert. C'était quasiment une réunion de notables, songea le Cambouis avec amusement. Tous ceux qui occupaient une place prépondérante dans la vie de la commune se trouvaient là, devant leur verre de guignolet. Il y avait Monsieur le Maire, Madame la Comtesse, Germain Pelletier... et Mademoiselle Rosette. Presque malgré lui, Camille fixa l'institutrice. Comme si cette dernière l'avait senti, elle leva la tête... et leurs regards se croisèrent. Camille se sentit tout bête. Il se dandina sur place, son épaisse moustache se fendit d'un sourire, et il inclina légèrement la tête.

Mademoiselle Rosette lui rendit son salut et Camille en fut tout chaûdi.

— Ben, v'là aut'chose, marmonna-t-il entre ses dents. Est-ce qu'elle deviendrait humaine ?

Il réprima un haussement d'épaules. Mais non ! Il se faisait des idées. Elle était si froide, si lointaine... « Allez ! Oublie ça, mon gars ! »

Troublé, il se détourna, se força à regarder la

buvette... et ce qu'il vit alors ne lui plut pas, mais alors pas du tout...

Figurez-vous que deux individus, manifestement ivres, braillaient à qui mieux mieux des chansons paillardes, s'assenaient, entre deux éclats de rire avinés, de grandes claques sur l'épaule... et fixaient Mademoiselle Rosette avec rien de moins que de l'insolence. Ç'aurait été n'importe qui d'autre, déjà, au Cambouis, ça lui aurait hérissé le poil. Mais là... C'était encore pire. Car les deux ivrognes, c'était le Joseph Descombins, accointé avec son abruti de cousin, l'Henri Lachazé. Décidemment, c'était complet !

— Manquait plus que ces deux cons, grommela Camille. Je crois qu'il va finir chaud, ce bal...

Il ne croyait pas si bien dire. Comme si, précisément, ses pensées avaient eu le pouvoir de faire naître l'inévitable, le groupe des notables s'égailla à cet instant précis, laissant Mademoiselle Rosette seule à la table, écoutant l'orchestre avec un plaisir évident. Camille hésita. Oserait-il aller l'inviter pour une prochaine danse ? Fichue hésitation... Il vit tout à coup le Joseph fendre la foule d'une démarche mal assurée et se diriger vers la jeune femme, son comparse demeurant au comptoir, y rigolant bruyamment. Camille jura entre ses dents, furieux contre lui-même, furieux contre le monde entier... mais surtout furieux contre le Joseph. C'était-y pas Dieu possible que ce couillon, qui était ronflé comme une queue de pelle, allait embêter la demoiselle ? Ah mais non ! Pas de ça, Lisette ! Si, dix secondes auparavant, le Cambouis hésitait sur la conduite à tenir, cette fois il n'hésita plus... C'était décidé ! En avant toute !

Camille parvint à la table de Mademoiselle Rosette quelques instants après le Joseph, et foudroya d'un œil noir son ennemi intime, lequel débitait à l'institutrice un compliment à sa façon, la voix pâteuse et entrecoupée de gloussements ridicules.

Mademoiselle Rosette était extrêmement gênée. Elle ne s'était pas attendue à ce qu'un poivrot vienne lui dire qu'elle était « une brâment jolie payse », et qu'il allait « lui offrir l'grand frisson si qu'elle voudrait ben guincher avec » et même encore deux choses qui lui avaient amené le rouge au front. Elle n'avait pas imaginé qu'elle devrait un jour faire face à un rustaud qui l'« attaquerait » de façon aussi directe... et grossière. Elle en était à chercher d'urgence une réponse qui, tout en restant polie, lui permettrait d'éconduire l'importun... quand son regard croisa pour la seconde fois celui de ce M. Lachazé, qu'elle avait déjà remarqué — il travaillait chez M. Thévenot, elle le savait, semblait plutôt réservé et, elle l'avait appris avec surprise, ne s'adonnait pas à la boisson ce qui était une grande qualité. Elle comprit alors que son problème allait être réglé. Un émoi inattendu l'envahit, et elle attendit avec un intérêt certain la suite des événements.

Le Cambouis inspira un bon coup et posa sa lourde patte sur l'épaule de l'ivrogne.

— J'ai l'impression, Joseph, que t'embêtes les dames, dit-il d'une voix étrangement calme — un peu trop, d'ailleurs, pour un qui l'aurait connu. Tu ferais mieux d'aller voir ailleurs...

Le Descombins, surpris, se retourna d'un coup. Quand il identifia son empêcheur d'ivrogner en rond, un rictus de haine déforma son visage.

— Qu'est-ce tu viens m'emmerder, pauv'bredin ? riposta-t-il. C'est pas tes affaires. Tu te barres, ou sinon...

Camille s'était attendu à cette réaction, et demeura de marbre.

— Je me barrerai pas... Je te répète que tu es en

train d'ennuyer une dame, et que ça se fait pas. Je veux que tu te calmes et que t'arrêtes de faire l'andouille.

— C'est la bagarre qu'tu cherches, sac à merde ?

Le Joseph s'était légèremenr reculé et serrait les poings, prêt à cogner. Camille avait frémi sous l'insulte, mais il semblait toujours aussi serein — semblait. En fait, il espérait sincèrement calmer l'autre abruti sans trop de casse. Mais il se demanda s'il pourrait y arriver. Rien de pire qu'un con qui a trop bu et qui se croit costaud.

— Non, Joseph, je veux pas me battre... surtout devant une dame. Y a pas eu de chicorne dans ce bal, et je tiens pas à ce que ça démarre. T'es saoul, et pas qu'un peu, mais c'est pas grave tant que tu fais pas ch..., que t'ennuies pas les autres. Le mieux que t'as à faire, c'est de retrouver l'Henri et d'aller vous finir où vous voulez, chez le Bergelin ou ailleurs... mais pas ici. Et surtout, arrête d'em... bêter ceux qui sont venus là pour s'amuser... Maintenant, si tu veux vraiment qu'on règle nos comptes, on le fera, parce que c'est vrai que, depuis cinq ans, tu m'as tellement cassé de sucre sur le dos que je commence à en avoir assez et que j'aimerais bien qu'on s'explique une bonne fois pour toutes... Mais pas ce soir...

Le visage dur, le regard flamboyant d'autant plus qu'il luttait pour rester calme, Camille se pencha vers Joseph, lequel marmonnait des « trou d'balle, enfoiré, merde d'chien » dans sa moustache, mais semblait incapable de les articuler ouvertement.

— Ça sera quand tu veux et où tu veux, reprit le Cambouis, à la seule condition qu'il y ait pas de témoins et surtout pas de couteau... Parce que je te connais, Joseph. J'sais de quoi t'es capable quand t'en prends plein la tronche... Et maintenant, ça va comme ça ! Tu vas débarrasser l'plancher. Pour le reste, tu sais à quoi t'en tenir !

Camille avait parlé, mais il n'était pas vraiment

satisfait de lui. Il se sentait maladroit. Comme déclaration de guerre, y avait pas mieux. Lui aussi, il avait dégoisé devant la demoiselle. Mais il en avait tellement sur le cœur, concernant le Joseph ! Ça devait sortir tôt ou tard. Eh ben, voilà. C'était sorti...

La haine du Joseph sortit aussi. L'homme jeta sa veste à terre et se mit maladroitement en garde. Il écumait.

— C'est tout d'suite qu'on va les régler, les comptes, espèce de fumier !

Un petit groupe d'hommes et de femmes — bien sûr —, attiré par les éclats de voix, s'était formé autour des deux adversaires, avide de se repaître des suites de l'incident. Au premier rang s'affichait un Maurice très énervé, prêt à en découdre pour aider le commis de son père. Les autres commis s'approchèrent à leur tour.

— Vas-y, l'Cambouis ! brailla Maurice. Bourre-lui la gueule, à ce connard !

Camille était atterré. Tout ce qu'il avait voulu éviter était en train de se produire et lui retombait dessus. C'était sa faute ! Il aurait dû se montrer plus... diplomate. Mais allez donc vous montrer diplomate avec un Joseph Descombins !

Le commis se tourna vers le fils de son patron.

— Je t'en prie, Maurice, te mêle pas de ça. C'est mon problème et je veux pas t'embringuer là-dedans.

Le cadet des Theuvenot opina à regret. De son côté, Descombins continuait de proférer insultes et menaces, d'autant qu'il s'était rendu compte, même en proie aux brumes de l'alcool, que son copain Henri avait rejoint le groupe des observateurs.

— Alors, grande gueule, éructa le Joseph, tu te dégonfles ? T'as les foies ? T'es brâment un moins-que-rien... Mais ça, on l'savait déjà ! Pour s'faire virer du PLM, faut vraiment être le dernier des derniers... On en a ben la preuve, trou du cul !

Cette dernière vacherie, Camille la redoutait. Elle

était arrivée. C'en était trop. Il ne pouvait plus ne pas réagir. Il se tourna vers l'institutrice, la mine sombre.

— Faut m'excuser, mademoiselle, murmura-t-il, mais cet imbécile a été trop loin. Je dois me défendre.

Pour sa part, Rosette ne savait quelle contenance adopter. Elle était profondément indignée de voir ces deux coqs en venir aux mains devant tout le monde. Indignée et gênée, car elle savait à quel point les langues du coin étaient agiles, et ne manqueraient pas de souligner sa présence à la bagarre sur le point de se déclencher. Mais, dans un petit coin de sa tête, elle se sentait secrètement flattée. Son instinct de femme — et un peu sa vanité, aussi — lui disait que, malgré le sérieux antagonisme qui régnait entre les deux hommes, elle était quelque part à l'origine de ce conflit. Si elle n'avait pas été là, ces messieurs se seraient à coup sûr très soigneusement évités. Mais voilà... Elle était là... Avec surprise, elle se rendit compte qu'elle en était... assez satisfaite ! Ce qui se passait ne lui déplaisait pas totalement.

Elle décida d'attendre, elle aussi, la suite des événements.

Tout s'enchaîna très vite. Le Joseph, au comble de l'excitation, fonça sur son adversaire, lequel n'esquissait toujours pas le moindre geste. On put croire que les grands moulinets de l'ivrogne allaient faire mouche, mais, au dernier moment, Camille para facilement ses coups de poing maladroits... et enchaîna lui-même.

Ce fut alors du grand, du très grand Cambouis en pleine action, et les témoins du pugilat purent jurer, plus tard, qu'ils n'avaient pas tout vu, tant l'ancien cheminot fut rapide. Toujours est-il que le Cambouis ceintura son adversaire, lui bloquant les bras le long du corps, tandis que ses solides paluches se réunissaient derrière les lombaires de Joseph. Avec un grognement, Camille se mit à serrer. Fort... Très, très fort... Les connaisseurs apprécièrent cette rare figure de l'art de la chicorne. Elle s'appelait le baiser de l'ours, et d'autant mieux nommée que Camille, sur certains points, pouvait présenter une certaine ressemblance...

En proie à un début d'asphyxie, paralysé, le Joseph chercha vainement une goulée d'air. Se penchant légèrement en arrière, Camille le souleva du sol. Un « oh » de stupeur passa sur la foule des spectateurs. On entendit même distinctement le Maurice qui appréciait :

— Vingt dieux, l'a beau être plus tout jeune, l'Cambouis, y sait encore y faire !

Camille continuait de serrer. Rosette était fascinée par la vue de ces deux hommes, torse contre torse, l'un en train d'étouffer l'autre. Le Grand avait la sueur aux tempes, mais il poursuivait son effort. Il haleta cependant :

— Alors, Joseph... Tu te calmes ?

Descombins n'était plus en état de se défendre. Mais sa haine lui redonna un brin de force. Il réussit à cracher au visage de son adversaire. Surpris, ce dernier relâcha son étreinte. Descombins se retrouva à terre, tentant d'aspirer l'air qui lui manquait.

Un flot de colère submergea Camille. Ce salaud ! Il avait osé lui cracher à la gueule ! Et devant tout le monde, encore ! Ça se payait cher, une vacherie pareille !

Rosette, assise sur sa chaise, sentit que son défenseur n'était plus lui-même. Elle intervint alors, pour la première fois. Elle tendit le main et cria :

— Monsieur Lachazé, je vous en prie ! Restez calme !

Camille la fixa, clignant les yeux. La lueur égarée qui y brillait, l'instant d'avant, s'éteignit. Le gaillard hocha imperceptiblement la tête. Il se pencha et, froidement, remit le Joseph sur ses pieds, le soulevant par le devant de sa chemise, laquelle émit un craquement.

— La demoiselle me demande de rester calme, dit-il, d'une voix glaciale, mais contenue, qui impressionna la foule. T'as de la chance... Tout de même, avant qu'on se quitte...

Il n'y eut qu'un coup de boule, un seul, mais alors un beau... Un de ceux qu'on assène quand on trouve que son adversaire n'est pas digne de morfler une vraie beigne d'homme...

Descombins demeura KO debout, les yeux révulsés. Camille s'apprêtait à le déposer sur le sol quand il sentit qu'on lui tombait sur le dos. Il sut qui c'était sans même devoir se retourner. L'Henri oubliait toute relation familiale et venait au secours — un peu tard — de son copain. Sous le choc, Camille lâcha sa victime, qui s'effondra avec la grâce d'une vache crevée. Il fit le dos rond, sous la grêle de coups, heureusement approximatifs — ce crétin d'Henri n'avait jamais su se battre —, que lui assenait son cousin, lequel haletait comme un sanglier forcé.

À nouveau, ce fut très rapide. Le Maurice, qui s'apprêtait à intervenir, n'eut même pas à le faire. Un coup de coude vicieux au creux de l'estomac coupa net l'Henri sur sa lancée. Puis Camille se retourna et balança deux gifles à son cousin — non pas des baffes, mais bien des gifles, sèches et sonores, une sur chaque joue, comme lorsqu'on tance un gamin turbulent. Et, par le fait, entre deux hoquets, ce fut bien comme un gamin que l'Henri réagit :

— Spèce de salaud, glapit l'homme. J'vas l'dire au père !

Il y eut une bordée de rires, parmi la foule, et le Cambouis, presque attendri par tant de sottise, darda un regard ironique sur sa victime.

— Ouais, fais ça, persifla-t-il, et il va t'en remettre deux autres, pour t'être conduit comme un couillon ! C'était pas tes affaires, cousin, et t'as eu que c'que tu méritais. Maintenant, tu vas te coltiner l'autre sac à vin et vous allez débarrasser le plancher. On est là pour s'amuser et on a pas besoin de se faire chauffer les oreilles par des connards bourrés dans vot'genre, et qui foutent le bordel ! Alors... EXÉCUTION !

Camille avait gueulé cette fois, et Henri comprit que son cousin en avait vraiment marre. Penaud, il se pencha, empoigna le Joseph par son col de veste et le tira vers la sortie. Camille se tourna alors vers les spectateurs, les toisa, l'œil impérieux.

— Le spectacle est terminé, clama-t-il. Chacun retourne danser... à moins qu'il y ait d'autres amateurs...

La foule se dispersa, ravie d'avoir un bon sujet de conversation pour les temps à venir. Camille soupira et se tourna vers Mademoiselle Rosette. L'institutrice avait les pommettes très rouges. Elle lui rendit le regard qu'il lui adressa. Le Cambouis ne se sentait pas très fier. Lui qui se considérait quelque peu différent des autres paysans, il venait de se comporter comme le premier butor venu. Qu'allait donc penser cette femme ? Il attendit quelques instants, haussa les épaules et grommela, d'une voix mal assurée :

— Je... m'excuse. Je ne voulais pas ça... J'espère que vous me croyez.

Il n'en dégoisa pas plus. Il ne pouvait pas...

Rosette dévisageait Camille, en proie à des sentiments contradictoires. Elle hésitait entre le rembarrer pour sa conduite et le remercier pour son aide. Mais, considérant ce grand bonhomme planté devant elle, la mine déconfite, qui la faisait irrésistiblement penser à un de ses élèves, au tableau, et qui n'aurait pas appris sa leçon, elle ne put effacer tout à fait le petit sourire qui lui vint aux lèvres. Elle comprenait intuitivement que cet homme n'était pas qu'une brute de village soucieuse d'étaler sa force et que, sous ses dehors de prime abord rugueux, se cachait évidemment autre chose : un homme qui, en cet instant, n'était absolument pas sûr de lui et paniquait presque. Elle hocha la tête... et montra une chaise à son interlocuteur. Celui-ci hésita, et s'y assit, très raide, du bout des fesses.

— Monsieur, dit-elle, c'est moi qui devrais m'excuser pour être à l'origine de cette... algarade. Mais je vous remercie pour votre intervention. J'avoue que l'individu que... vous venez de... corriger, me faisait un peu peur. Je ne savais pas trop... jusqu'où il espérait aller.

Camille sourit d'un air résigné.

— Trop loin de toute façon, mademoiselle. Joseph Descombins, déjà à jeun, il est bête et méchant. Alors, avec un coup dans le nez... Moi aussi, j'ai eu... « un peu peur »... lorsqu'il vous a entreprise. C'est que je le connais. Je sais ce qu'il vaut.

— Vous avez l'air de vous détester, tous les deux.

— Lui me déteste... Moi..., c'est autre chose. Je le méprise. Pour être franc, il y a plus de vingt-cinq ans qu'on s'asticote, tous les deux. Depuis l'école, en fait...

— Ici ? À La Paulée ?

— Mais oui... Dans la même salle de classe où vous enseignez aujourd'hui. J'ai jamais bien compris pourquoi le Joseph m'avait pris en grippe, mais ça s'est fait comme ça. J'crois que nos deux familles ne s'entendaient pas bien. Pour quelles raisons ? Alors là... Peut-être une histoire d'héritage...

— Vous êtes parents ?

— « Cousins par la jambe gauche », comme on dit... Parents éloignés, si vous préférez... C'est pour ça qu'au début, quand on était mômes, je me souviens, j'ai pas trop regimbé. Mais un jour, il a dépassé les bornes. Pendant une récréation, je lui ai collé une beigne. Seulement... je me suis pas contrôlé, et le Joseph s'est retrouvé dans les pommes. J'avais onze ans, je me rappelle bien. Cette beigne, il l'a jamais avalée. Alors, depuis, nous deux, c'est la guerre. Durant toutes ces années, il a jamais arrêté de me chercher...

— Et pas vous ?

— Oh, je suis pas un saint, c'est vrai, mais je crois tout de même que je suis moins teigneux que lui. On a bien dû se chicorner une cinquantaine de fois, seuls ou en groupe, mais c'était toujours lui qui me provoquait... Sauf ce soir. Je ne voulais vraiment pas (et il insista sur ces mots) qu'il vous ennuie...

Rosette était perplexe. Elle n'avait quère l'habitude qu'un homme vienne lui balancer tout à trac ses souvenirs d'enfance. Ce gaillard était-il un second « prétendant » qui prenait des détours avant d'en venir au fait ? Dans ce cas, l'homme saurait très vite à quoi s'en tenir, quand bien même il l'avait défendue. Après ses émotions de la soirée, elle n'avait qu'une envie : regagner son logement et tout oublier...

Camille continuait de parler. Mais il se tut soudain, réalisant qu'il se livrait, qu'il en disait trop. Il hésita. Détourner la conversation devenait primordial. Il essaya de prendre un ton plus léger.

— Vous allez dire que ça ne me regarde pas, mademoiselle, mais j'aimerais vous poser une question...

— Allez-y, monsieur Lachazé.

Le Cambouis se mordilla les lèvres, peu habitué à ce qu'on ne l'appelle pas par son surnom. Mademoiselle Rosette l'avait déjà appelé « monsieur Lachazé » au cours de la bagarre.

— Vous savez comment que je me nomme ?

Rosette sourit.

— Tout le monde vous connaît, au village. Il est vrai qu'on vous désigne plus souvent par un autre nom, mais il est assez facile de connaître votre état civil... surtout quand on est secrétaire de mairie. Alors, cette question ?

Camille hésita, pas trop content de lui. « Et voilà,

pensait-il, t'es encore passé pour un branque. Bon... tu peux plus tourner autour du pot, maintenant. Décide-toi ! » Il se racla la gorge.

— Je ne voudrais surtout pas me montrer indiscret... Je ne sais pas comment dire... Mais... on n'a pas trop l'habitude de vous voir fréquenter les bals... Alors j'étais un peu surpris que vous soyez ici, ce soir. C'est tout...

Rosette commençait à s'amuser. Elle qui n'était certes pas méchante, éprouvait un plaisir certain à voir ce gaillard, si conquérant, autoritaire, fier-à-bras même, quelques instants plus tôt, bafouiller comme un gamin pris en faute. Elle eut une réaction très féminine et instinctive : elle résolut de pousser plus loin son avantage...

— Vous pensez donc, monsieur Lachazé, dit-elle, que mon métier d'institutrice m'oblige à porter le voile comme une religieuse ? Estimez-vous que je n'ai pas le droit de me distraire de temps en temps, comme tout un chacun ?

— Non, non, pas du tout ! se récria le Cambouis, rougissant du menton aux oreilles. Je ne voulais pas dire ça ! Je suis confus, mais... c'est seulement que...

— Que quoi ?

Camille s'en voulait férocement, à présent, d'avoir eu la langue trop longue. Mais ce qui était fait... Il secoua la tête.

— Rien, laissez ! répliqua-t-il d'une voix attristée. Je me conduis comme un imbécile. Je ne sais pas ce que je dis. Il vaut mieux que je retourne danser. Excusez-moi encore.

Il se leva, tourna le dos à la jeune femme figée, fit deux pas.

Ce fut au tour de Rosette d'être gênée. Elle avait blessé son interlocuteur, elle s'en rendait bien compte. Elle s'en fit le reproche. Il était venu lui prêter assistance, l'avait sortie d'un très mauvais pas, alors que rien (ou presque) ne le forçait à le faire...

— Monsieur Lachazé, s'écria la jeune femme, attendez un instant !

Camille lui fit à nouveau face, le regard méfiant et Rosette crut lire en lui. Désirait-elle en remettre une couche, l'humilier un peu plus ? Elle lui fit un sourire d'excuse.

— Si je suis ici, c'était à la demande de Monsieur le Maire et de M. Pelletier. Ils estiment que je dois me mêler un peu plus aux festivités de la commune... parce que, voyez-vous... je suis d'ordinaire un peu... timide et... c'est vrai : je ne sors pas beaucoup. Voilà la réponse à votre question. Votre curiosité est satisfaite ?

Camille était très étonné par l'aveu de l'institutrice. Elle, timide ! Une enseignante ! Une petite voix murmura dans sa tête : « Et pourquoi pas ? » Il se radoucit.

— Oh... je ne suis pas si curieux, mademoiselle, dit-il, rendant son sourire à Rosette. En tout cas... c'était bien... que vous soyez venue. J'ai eu plaisir à... à vous parler. Bien... Il ne me reste plus qu'à vous dire bonsoir...

Maladroitement, il tendit la main à la jeune femme. Il aurait bien aimé lui tourner un compliment un peu mieux ficelé, mais il s'en sentait incapable. Rosette regarda sa main, ne lui tendit pas la sienne. Il était près de paniquer, lorsqu'elle murmura d'une voix changée :

— Monsieur Lachazé... si j'osais..., je vous demanderai un service.

Il ne put cacher son étonnement.

— Je vous en prie...

— Après toutes ces émotions je voudrais rentrer chez moi, mais... je ne suis pas tranquille... parce que...

Machinalement, Camille coula un regard vers le

comptoir. Joseph et Henri n'étaient plus en vue. Cependant...

— Vous craignez que les deux autres peugnâts vous cherchent à nouveau des noises ?

— Eh bien, pour dire le vrai... oui. J'ai peur de leurs possibles réactions et je ne souhaiterais pas les rencontrer au coin d'une rue.

Camille tenait là une occasion rêvée de redorer son blason et se sentit content comme un gamin.

— Vous avez raison. Il serait plus prudent que je vous raccompagne.

— Ce serait gentil !

Camille réfléchit un instant.

— Agissons avec méthode. Les gens nous regardent. Vous les connaissez et vous savez ce qu'ils sont capables de raconter. Je voudrais pas qu'on leur donne du grain à moudre... Si ça vous va, je vais sortir le premier et je vous attendrai dehors, au bout de la place... Mettons d'ici dix minutes, un quart d'heure, vous me rejoindrez et je vous raccompagnerai jusqu'à l'école.

Rosette lui fit un large sourire.

— Voilà une délicate attention, monsieur Lachazé, dit-elle, et je vous en remercie. Nous ferons comme vous avez dit. À tout à l'heure, donc...

Ils se serrèrent ostensiblement la main et, tournant les talons, Camille sortit de la salle de bal.

Camille traversa lentement la place et alla s'adosser à la fontaine. Là, songeur, il piocha dans son paquet de gris et se roula une cigarette. Il attendit, patient, revivant par la pensée les événements qui s'étaient succédé tout au long de cette soirée mouvementée.

Son attente se prolongea un bon moment. Enfin, il entendit claquer les talons de la jeune femme. Il se retourna d'un bloc, jetant son mégot incandescent, et sourit, tout étonné de s'apercevoir qu'il était très nerveux et que son cœur battait fort. Rosette marchait vite, courait presque.

— J'ai... j'ai préféré attendre un peu plus, dit-elle, d'une voix essoufflée. Je vous demande pardon !

— De rien... Vous avez bien fait !

Ils se regardèrent, sans rien dire. Camille fut heureux de ce simple regard, de ce silence. Il avait eu peur qu'elle ne vienne pas. Oh, il n'attendait rien de ce tête-à-tête ! Juste passer un moment agréable à discuter avec une femme qu'en temps normal il n'aurait sans doute jamais côtoyée. C'était déjà beau, pour un simple commis de ferme !

— Eh bien... allons-y, dit-il.

Ils se mirent en marche, silencieux. Soudain, une idée traversa l'esprit de Camille. Et s'il lui parlait du Projet ?

Il n'avait pas prémédité la chose, et pourtant, aussitôt, il pressentit que ce serait une bonne idée. L'institutrice était une personne savante, ouverte. Elle pourrait le conseiller... Pourtant... Est-ce que cela ne l'ennuirait pas de l'écouter ? Elle avait tant d'autres choses à faire... Il fronça les sourcils, jeta un regard de biais vers sa compagne. Rosette avait le visage à demi penché, mais elle sentit son regard et le lui rendit. Alors il fit semblant de regarder derrière eux.

— Personne ne nous suit, grogna-t-il. J'aime mieux ça...

Rosette acquiesça.

— La soirée aura été agitée, dit-elle.

— Je suis le premier à le regretter...

— Allons, ça n'a plus d'importance...

Il s'en voulut qu'ils bavardent aussi inutilement. Il décida brusquement de se jeter à l'eau.

— Mademoiselle Rosette, dit-il, est-ce que je peux vous parler de quelque chose ?

Elle lui fit face, et il la sentit aussitôt sur la défensive. Il se hâta de poursuivre :

— C'est... c'est rien de personnel, rassurez-vous ! Mais... figurez-vous qu'il y a quelque chose qui me trotte dans la tête depuis longtemps... et j'en ai jamais parlé à personne. Mais je crois... qu'à vous, j'peux en causer... (Il se tut brièvement, furieux que son trouble le fasse bafouiller.) Voilà : je ne resterai pas commis de ferme toute ma vie... Comme vous savez peut-être, je répare depuis longtemps tout ce qui est mécanique à des lieues à la ronde, pour les uns et les autres... Alors... J'aimerais bien me mettre à mon compte et ouvrir un garage à Buxy... Vous croyez que j'pourrais faire ça ?

Rosette le fixa longuement, et il crut deviner qu'elle s'était attendue à un autre genre de déclaration. Il sentit son visage se mettre à le brûler. Heureusement qu'il faisait sombre. Elle ne pourrait pas se rendre compte de sa confusion...

Il y eut un assez long silence, puis Rosette prononça des paroles qui coulèrent dans l'âme de Camille comme un baume.

— Et pourquoi donc ne pourriez-vous pas le faire, monsieur Lachazé ?

Camille dansa d'un pied sur l'autre.

— C'est que... pour faire ça, il faut connaître des tas de choses... Avoir de l'instruction. Et moi, de l'instruction... j'en ai pas de trop. L'école, j'aimais bien... mais il a fallu que j'aille travailler, après mon certif. La famille était pas riche, vous comprenez...

— Je comprends, dit Rosette d'une voix très douce, si douce que Camille en eut des frissons le long du dos.

Les deux jeunes gens se dévisageaient. Rosette fit alors quelque chose à laquelle Camille ne se serait jamais attendu. Elle lui saisit la main droite et murmura :

— Monsieur Lachazé, si vous le voulez, je serai très heureuse de vous aider à compléter votre instruction. Pourquoi ne viendriez-vous pas me voir, à l'école, après vos heures de travail ? Je vous apprendrai les notions qui vous manquent... Je suis du reste persuadée qu'il ne vous en manque pas tant que cela.

C'est ainsi que tout avait commencé. La proposition de Mademoiselle Rosette, Camille l'avait acceptée du fond du cœur — de ses tripes, même ! Il avait quitté l'institutrice devant sa porte, balbutiant un « Merci encore, et... à jeudi » embarrassé, puis il avait regagné Vivejoie, la tête dans les nuages.

Il y avait un peu plus de huit mois... Déjà... Depuis, le Cambouis n'avait manqué aucun rendez-vous... sauf un ! Mais ç'avait été un cas de force majeure : un foutu jeudi d'avril, la Rosengard du Raymond Nicot avait emplâtré une borne Michelin au carrefour de la route de Bissey. On n'avait jamais vraiment su qui, de la borne, de la voiture ou du Raymond, était responsable de l'accident ; toujours est-il que le digne conducteur devant le lendemain matin négocier un prêt au Comptoir national d'escompte de Paris (agence de Chalon-sur-Saône), il était hors de question qu'il s'y présentât sans son automobile, question de standing. Ce fut donc Camille, grassement payé il faut l'avouer, qui passa la soirée et une bonne partie de la nuit à remettre d'équerre une direction récalcitrante et à rendre une forme acceptable à une aile passablement pliée...

Mademoiselle Rosette

Rosette avait parfaitement conscience, tout en marchant vers son « salon », que, derrière elle, Camille se rinçait l'œil sur sa silhouette. Pour tout dire, cela ne la dérangeait pas. Bien au contraire. Femme, intuitive donc, elle savait très bien que ce n'était pas le seul intérêt pédagogique qui amenait M. Lachazé chez elle. Avec honnêteté, elle s'avouait que ce n'était pas non plus ce simple intérêt qui la poussait à le recevoir. Depuis huit mois qu'ils se connaissaient, elle avait réfléchi à ces étranges relations qui s'étaient nouées entre eux. Qu'elle fût amoureuse de Camille, elle l'avait très vite compris — à son grand étonnement, car elle croyait bien que ce sentiment, après ce qu'elle avait vécu dix années plus tôt, lui serait désormais interdit. Mais qu'en était-il en ce qui le concernait, lui ? Elle ne lui était pas indifférente, bien évidemment, sinon il ne serait pas venu chaque jeudi pour l'entendre le reprendre comme un gamin à propos de son orthographe, ou de ses lacunes en grammaire, ou bien disserter avec elle de textes législatifs filandreux. Mais alors, qu'attendait-il pour se déclarer ? Était-il timide, ou trop fier et redoutait-il de sa part une rebuffade ? Il aurait bien dû se rendre compte qu'elle était prête à l'entendre... Au fond, avec ses muscles, sa hâblerie bien bourguignonne et sa façon de vouloir afficher à tout moment sa virilité, il n'était pas très sûr de lui, ce garçon. D'ailleurs si, à presque quarante ans, il n'avait pas trouvé de compagne, c'était bien qu'il y avait un problème quelque part. Ma foi, ce problème, Rosette ne désespérait pas de le résoudre... Elle avait même sa petite idée sur la façon de procéder...

Parvenus dans la salle à manger, ils s'installèrent, comme à leur habitude, face à face autour de la table ronde. Rosette posa sa main à plat sur plusieurs copies empilées, et prit une mine professionnelle. Son ami attendait, grave, anxieux, même. Elle se permit un mince sourire.

— C'est très bien, Camille, dit-elle, sur le même ton qu'elle employait pour féliciter un bon élève, puis elle ajouta, avec une note d'amusement dans la voix : Vous butez tout de même sur la règle de concordance des temps. Il faudra que nous y travaillions un peu. Mais pour le reste... Je vous avais bien dit qu'il ne vous manquait que peu de chose pour que votre instruction soit à la hauteur de vos ambitions.

Camille souriait, visiblement soulagé. Il ouvrit sa besace, en sortit ses cahiers.

— Mes devoirs, dit-il. La dis... sertation, ce n'était pas facile...

— Si vous le voulez, nous en parlerons plus tard... Je voulais vous dire : j'ai une bonne nouvelle pour vous. J'ai enfin réussi à mettre la main sur les deux livres que vous m'aviez demandés. Ça n'a pas été facile. J'ai dû aller jusqu'à Chalon pour me les procurer.

— Vous n'avez quand même pas fait le voyage exprès pour ça ? s'enquit Camille avec gêne.

— Non. J'ai profité d'une démarche à la sous-préfecture, sur la demande de Monsieur le Maire, pour courir les librairies. Pour le roman de M. Brasillach, je n'ai guère eu de problèmes, mais pour trouver l'étude de ce monsieur... Sorel, ce fut plus malaisé. C'est au quatrième magasin que j'ai pu en obtenir un exemplaire... Voici donc vos livres, et aussi la monnaie sur ce que vous m'aviez avancé.

Tout en parlant, elle poussait sur la table deux volumes et sept francs en billets et pièces. Camille caressa du regard les tranches de ces livres tant attendus, en murmura machinalement les titres : *Comme le temps passe* et *Réflexions sur la violence*. Rosette le fixait, attentive.

— Vous m'excuserez de me montrer indiscrète, reprit-elle, mais je me suis permis de les feuilleter. À première vue ces deux livres paraissent différents par la forme, mais le fond est assez proche. J'ai tout de même été un peu... déconcertée. Robert Brasillach fait preuve de sensibilité, de poésie, alors que ce M. Sorel est un radical, hostile à la société. Ces livres, que représentent-ils pour vous ?

Camille n'hésita pas :

— Le danger qui nous pend au nez, répondit-il, se renfrognant imperceptiblement.

Rosette était ravie d'amener son compagnon sur ce terrain. N'était-ce pas le meilleur moyen de lui faire oublier sa réserve, que de lui faire parler de ce qui le tenait à cœur ?

— Mais encore ? insista-t-elle.

— Eh bien... vous savez ce que c'est que le fascisme, non ?

— Évidemment ! Je connais même plusieurs familles italiennes qui ont dû fuir le régime mussolinien et qui ont émigré en France.

— Il n'y a pas qu'en Italie, que le fascisme est au pouvoir. En Allemagne aussi... et bientôt en Espagne. C'est dangereux, Rosette ! Le fascisme, c'est la haine, le nationalisme outrancier, le racisme... On sait pas jusqu'où ça peut nous mener. Alors, pour mieux le combattre, je crois qu'il est urgent de bien le connaître. Même en France, on n'est pas à l'abri de ce genre d'idées !

Rosette approuva de la tête.

— Vous voulez parler de la... Cagoule. Je suis de votre avis. Ces gens me font peur.

Rosette et Camille demeurèrent un instant silencieux, perdus dans leurs pensées.

— J'ai gardé pas mal de copains, au PLM, reprit Camille. Douze ans d'atelier, ça s'oublie pas. On se revoit, on cause. Entre ceux qui poussent à la grève, par solidarité avec les « frères espagnols » et certains chefs qui serrent la vis au nom de la « morale » et du « sens du devoir », moi, je les renvoie dos à dos. Je crois que d'un côté et de l'autre, ils se gourrent. On fait rien de bien par la force.

— Et pour en revenir aux deux livres ?

— Eh bien, Brasillach, c'est un fasciste. Sorel, lui, c'était un socialiste, un dur, comme Jaurès, Léon Blum... Ce que j'arrive pas à avaler, c'est comment les uns se sont justement servis des théories des autres pour bâtir leur doctrine. C'est ça, que je veux comprendre. Ça ne vous intrigue pas, vous ?

Rosette s'était rembrunie. Les paroles de Camille éveillaient en elle une impression désagréable. Elle ne répliqua pas. Alors Camille s'enhardit... un peu comme elle l'avait espéré.

— Depuis qu'on se voit, dit-il, et qu'on parle, je crois que je commence à vous connaître un peu mieux. Vous aimez la paix, Rosette, la justice, l'honnêteté... Pour ça, je vous admire. Vous êtes bonne !

— Et vous... pessimiste.

Camille réfléchit un instant. Rosette attendit sans impatience. Elle était satisfaite que son « élève » se laisse enfin aller à parler... même si la discussion ne prenait pas exactement le tour qu'elle avait espéré.

— Pessimiste ? Je ne sais pas... J'observe et j'écoute. Quand les journaux arrivent à Vivejoie, je les lis. Quand le Glaude allume la Téhessef, comme il dit, je l'écoute... même que pour ça je suis obligé de faire taire les autres commis... En ce moment, on cause de la conférence qui se tient à Munich... Moi, ce que je crois, c'est qu'on a fait un drôle de salmigondis, en Europe, après la guerre, qu'on a tracé des frontières à la mords-moi le..., n'importe comment, et ça n'arrange pas la façon de vivre ensemble pour les nations. Ça se bat, ça s'assassine... comme le roi de Yougoslavie, chez nous, il y a quatre ans... les « oustachis »... Nom de Dieu, et dire qu'on va peut-être se faire la guerre avec l'Allemagne à cause de ces gens-là ! Vous avez raison... ça me rend pas optimiste.

— Mais que pouvons-nous y faire, vous et moi ?

— Pas grand-chose, j'en ai peur... Mais si chacun prenait conscience du danger, réagissait ? Alors là... (Camille haussa les épaules) Je sais ce que vous pensez : je rêve. Le jour où tous les braves gens se lèveront pour demander la paix, la justice, la liberté... c'est pas pour demain !

Rosette eut un sourire empli d'indulgence.

— J'avais bien deviné que vous étiez un peu anarchiste !

Camille lui rendit son sourire.

— Je n'en fais pas mystère. Et... c'est tout ce que vous avez deviné sur moi ?

Rosette le regarda longuement. Elle s'efforça de maîtriser sa voix, pour répondre d'un air détaché :

— Cela et d'autres choses encore... Quand on vous connaît un peu et qu'on s'intéresse aux gens, ce n'est pas trop difficile de déchiffrer vos pensées... monsieur Ravachol. Par exemple, en ce moment, je crois que vous avez trois grosses préoccupations.

Camille la fixa d'un air méfiant. Elle lui rendit son regard. Elle se trouvait bien hardie ce soir. Sûrement qu'il devait, lui, la trouver radicalement différente de ce qu'elle était habituellement. Lorsqu'il parla, ce fut sur un ton de plaisanterie — forcée.

— Et c'est quoi, mes préoccupations, madame la... psychologue ?

Elle apprécia qu'il se souvienne de ce mot qu'elle lui avait fait découvrir, et le replace à si bon propos.

— La première, c'est votre projet, encore et toujours. Comme j'ai participé à sa conception, je sais où nous en sommes... je veux dire, où VOUS en êtes.

— Vous pouvez garder le «nous». Sans votre aide, je n'aurais pas pu y arriver, ça, c'est sûr !

Rosette sourit, et ils restèrent un moment silencieux, songeant à ce qu'ils avaient réalisé en ces quelques mois.

— L'outillage qui me manquait..., commença Camille.

— ... est commandé. Le bail pour votre atelier...

— ... est signé. Et surtout, la banque m'a accordé mon prêt...

— ... grâce à la caution de Madame la Comtesse !

Camille et Rosette s'interrompirent et pouffèrent de rire, songeant, sans qu'ils aient besoin de le préciser l'un et l'autre, à la scène d'anthologie qu'ils avaient jouée, tous deux — après l'avoir longuement répétée — à la digne vieille dame, lui, jouant le brave ouvrier, quelque peu emprunté, qui parlait d'esprit d'entreprise, du désir de s'élever dans la société en montant son affaire, elle l'appuyant en arguant de son ambition, de son opiniâtreté au travail, de son courage, et les deux ensemble, finalement, ensevelissant leur interlocutrice sous des termes techniques, savants, irréfutables, et qui ne lui avaient même plus laissé le loisir de respirer !

— En fait, marmonna Camille, cette brave femme était charmante. Je n'imaginais pas qu'un noble puisse se montrer aussi gentil, compréhensif. Je n'ai même pas eu trop à en rajouter.

Camille énonçait cela avec une grande conviction naïve, qui amena un nouveau sourire sur les lèvres de Rosette. C'était fou ce qu'elle pouvait sourire, depuis qu'elle le connaissait, ce M. Lachazé !

— Pour en revenir à votre projet, reprit la jeune

femme, il se tient... et cela induit votre seconde préoccupation : comment allez-vous annoncer à M. Thévenot votre intention de le quitter ?

Camille baissa le nez, assombri.

— Vous avez bien deviné. J'attends la fin des vendanges pour prendre le Glaude à part et lui lâcher le morceau. Je veux essayer de le ménager, d'y aller doucement... En plus, il s'en est passé une belle, avec le Maurice et ça va pas très bien, à la ferme. Alors je suis bien sûr qu'il va pas apprécier, le Vieux... (Camille se secoua, comme s'il voulait chasser la désagréable perspective de ce qui l'attendait.) Et ma troisième préoccupation ?

Rosette ne répondit pas tout de suite. Elle avait fait en sorte que la discussion en arrive à ce point précis, mais, à présent, elle avait peur. Elle était irritée, également. Mais il fallait qu'elle en ait le cœur net. Qu'elle cesse de se bercer de chimères au cas où...

Elle regarda Camille bien en face. Il semblait anxieux.

— Votre troisième préoccupation... c'est moi !

Camille n'avait pas répliqué. Presque brutalement, Rosette se leva, passa dans sa cuisine, en revint portant une cafetière. L'ancien ouvrier n'avait pas fait un mouvement. Il demeurait la tête basse, et Rosette se prit à regretter d'avoir parlé... Si son sentiment n'était pas payé de retour ? Elle souffrirait encore un peu plus... pour rien. Pour avoir cru en un homme... à nouveau. Elle servit le café. Elle le prenait avec un sucre, lui, sans rien. Elle touilla son breuvage. Elle se sentait lasse.

— C'est vrai, dit enfin Camille. Je me préoccupe de vous... mais « préoccuper », c'est pas vraiment le mot... Je pense à vous.

— Et « penser », c'est vraiment le mot ?

Camille la fixa, déconcerté. Rosette se sentait rougir et elle s'en voulut.

— Très bien, murmura-t-elle en portant sa tasse à ses lèvres. Oubliez ce que j'ai dit !

— Non ! Qu'est-ce que j'ai fait, qui va de travers ?

Rosette poussa un soupir.

— Ce que vous avez fait ? Mais rien... Justement, vous n'avez rien fait ! De la part d'une « grande gueule », comme vous aimiez à vous décrire quand nous nous sommes rencontrés, je trouve que c'est un peu décevant !

— Où voulez-vous en venir ?

Rosette se leva, le feu aux joues.

— Oh zut, Camille ! cria-t-elle. Est-ce que c'est vraiment à moi de déclarer la première que nous nous aimons, tous les deux ?

Camille demeura pétrifié. Rosette haussa les épaules et se rassit.

— Voilà... Je l'ai dit... à votre place, puisque vous ne vous décidez pas à faire le premier pas ! Nous ne sommes plus des enfants. Vous êtes dans l'année de vos quarante ans, et moi, j'aurai bientôt... (Elle se tut, son œil pétilla et elle se fendit d'un fin sourire. Elle avait l'occasion de reprendre l'avantage.) Mais, au fait, d'après vous, quel est mon âge ?

Elle vit l'ancien cheminot qui se raidissait et elle en fut bien contente. À ce petit jeu qu'ils étaient en train de se jouer, il était après tout normal que lui aussi, un moment où l'autre, se sente mal à l'aise.

— Ce ne sont pas des choses qu'on demande à une dame, bougonna le Cambouis.

— Ne retournez pas le problème ! C'est la dame qui vous le demande, alors ne vous défilez pas ! (Sa voix se fit plus douce, enjôleuse.) Je veux que vous me le disiez !

Camille se mordait la moustache. Ses pensées étaient tellement claires que Rosette dut se retenir pour ne pas lui caresser la joue — pas encore ! Ce devait être tempête sous son crâne, au Grand ! Il devait se demander si elle cherchait à le piéger, se dire qu'il ne fallait pas qu'il se plante. Surtout pas... Il devait faire appel à ses souvenirs, calculer mentalement... Voyons... elle est au village depuis treize ans... ses années d'École normale... peut-être un poste avant d'arriver à La Paulée... Tout ça nous faisait...

Il répondit, la voix légèrement enrouée :

— Eh bien... je dirai... que vous avez entre... trente-deux et... trente-six...

Elle secoua la tête, amusée, mais impitoyable.

— Non non ! Je veux une réponse précise. C'est trop facile, autrement.

Il tordit le nez, reprit :

— Alors, c'est trente-deux !

Rosette éclata de rire.

— Vous êtes gentil, Camille, mais c'est faux ! Je vous donne une seconde chance. Ne soyez pas galant, mais sincère.

— Je suis loin du compte ?

— Pas trop. Disons que vous êtes dans la fourchette.

— Alors... trente-cinq.

— Gagné ! Je les aurai dans un mois !

— Et... j'ai gagné quoi ?

— Ceci...

Vive, Rosette se pencha vers Camille, et lui posa sur les lèvres un baiser rapide, pudique, presque un frôlement. Camille voulut le lui rendre, mais elle s'était déjà reculée. Elle le fixa sans rien dire, anxieuse. Il était tout... revorché, comme disaient les Pauléens. Mais il ne disait toujours rien, et elle ressentit une horrible angoisse. S'était-elle trompée ? Cet homme n'éprouvait-il rien pour elle ? Se seraitelle humiliée en vain ? En ce cas, dans les minutes qui allaient suivre, M. Lachazé comprendrait qu'elle n'était pas un jouet ! Et la porte n'était pas loin !

Comme s'il avait lu, dans son regard, qu'elle n'attendrait plus très longtemps, Camille parut se secouer. Il lui saisit la main.

— Vous avez raison, Rosette, murmura-t-il. Nous ne sommes plus des enfants. C'est vrai que... Vous savez... ce n'est pas une chose que j'ai l'habitude de dire. Faut pas m'en vouloir... Mais... vous... vous êtes... une femme merveilleuse... et... je...

Elle l'interrompit :

— Je vous aime, c'est si difficile à dire ?

— Eh bien... non... Je vous aime... je vous aime... je vous aime... Combien de fois est-ce que vous voulez l'entendre ?

Rosette baissa la tête, la gorge serrée par un étau délicieux.

— Mille fois... ou une seule.

— Alors voilà : je vous aime, Rosette !

Il l'attira vers lui. Elle se laissa aller. Du bout de ses gros doigts trapus, aux ongles ras et endeuillés, quelques efforts qu'il ait pu faire pour les nettoyer, il lui releva le menton et, enfin, il posa ses lèvres sur les siennes...

Quand ils se désunirent, ils demeurèrent un long moment à se regarder, de très près. Camille rompit le silence.

— J'arrive pas à y croire..., balbutia-t-il. Vous... et moi... C'est... trop beau ! Je pensais... Vous étiez tellement... lointaine... j'aurais jamais cru... que...

Elle lui posa sa petite main sur la bouche.

— Pourquoi parler, Camille ? murmura-t-elle avec tendresse. Tu cherchais quelqu'un... Moi aussi. Nous nous sommes rencontrés... C'est comme ça. Et c'est bien...

Rosette posa son front contre la large épaule de son ami. Elle ressentait une sorte de vide, qui l'emplissait toute, et qui n'avait rien à voir avec du désarroi. C'était un vide qui avait des allures de merveilleux. Des pensées tourbillonnèrent dans son esprit. Son passé lui revint, fugitivement. Mais elle le chassa. Il n'avait rien à faire avec eux. Ce soir, il n'existait plus.

— Je t'ai tout de suite eu dans le cœur, murmura-t-il alors à son oreille, la tutoyant à son tour. Mais c'est au fur et à mesure de nos rencontres, que je me suis rendu compte... de tout... ce que c'était. Les jeudis, tu sais... c'est devenu encore plus beau que les dimanches... Mais je savais pas comment te dire... Ça non ! Je savais pas...

Rosette se dégagea doucement, mais ce fut pour lui passer la main dans les cheveux.

— Qu'est-ce que ça peut faire ? On le sait, maintenant...

— On l'a toujours su.

— C'est vrai...

Rosette se leva. Camille la regarda. La jeune femme sourit.

— Je suppose que tu n'oseras pas non plus le dire, alors je vais le dire moi-même... J'ai envie qu'on soit l'un à l'autre... Tout de suite !

Camille rougit. Il ébaucha un geste gourd... mais se détendit. Il se leva, la reprit dans ses bras.

— Moi, c'est depuis des semaines, que j'ai envie... J'en crevais...

Avec fureur, Rosette se haussa sur la pointe des pieds pour l'embrasser. Puis, haletante, elle le tira par la main en direction de sa chambre.

La Marinette et le Lucien

À la ferme, c'était tôt le matin, une fois par semaine, que les femmes procédaient à la « grande toilette », celle où, l'une après l'autre, en un strict ordre hiérarchique, elles se déshabillaient dans un coin de la grande salle, à côté de la cuisinière, derrière un drap étendu sur la corde à linge, à l'abri de tout regard masculin. La Cadie passait toujours la première. Elle mettait de l'eau à chauffer, dans une bassine, et en emplissait un cuveau de fer étamé, puis elle se dénudait, non sans darder des regards soupçonneux par-dessus le drap, en direction de tous les coins ombreux de la longue pièce, susceptibles de cacher des esprits aussi malins que voyeurs, à l'affût de son intimité que les ans et les travaux avaient pourtant quelque peu flétrie. Ensuite elle y allait au savon de Marseille et au gant de toilette, énergiquement mais sur un rythme rapide, car elle ne désirait qu'une chose : se rhabiller au plus vite. Demeurer nue trop longtemps, voilà qui était un péché grave !

Quand elle en avait fini, elle croisait la Marinette, qui arrivait pour prendre sa suite. Elles échangeaient un froid regard, et, la Cadie quittant la pièce, sa bru faisait alors quelque chose qui, si la vieille l'avait su, lui aurait valu ses foudres : elle jetait l'eau usée et en faisait chauffer une autre bassine. C'était qu'il n'était pas question pour elle, ni pour l'Émilie juste après, de se laver dans l'eau savonneuse de la mémé. On n'était plus au Moyen Age ! On vivait moderne. On se lavait propre !

À son tour, Marinette enlevait sa chemise de nuit et, tout aussi énergiquement que sa belle-mère, mais en prenant un peu plus son temps, elle se lavait. Elle ne surveillait pas les coins d'ombre, mais redoutait également qu'on la surprenne dans le plus simple appareil, ce qui ne s'était jamais produit, car les hommes de la famille — les commis, eux, dormaient dans l'annexe — savaient que ces instants matinaux étaient réservés aux femmes et se seraient bien gardés — même le Maurice — de venir les déranger.

Lorsqu'elle était à la ferme, comme en ces jours, Anne-Marie s'arrangeait pour arriver la troisième, avant que Marinette en ait terminé. Elle se glissait derrière le drap, et les deux sœurs bénéficiaient alors du rare privilège de se parler l'une à l'autre sans témoin, et de pouvoir ainsi se faire leurs confidences. Le lendemain du mémorable jour de l'engueulade du Maurice, la Marinette apprit de la bouche même de sa cadette que cette dernière vivait présentement une liaison avec le premier clerc du notaire de Buxy, ce qui, sans la satisfaire pleinement sur le point du sentiment, car le monsieur, plus très jeune, n'était pas des plus vigoureux, lui assurait des petits à-côtés confortables sur le plan matériel.

— Mais, objecta la Marinette sur un ton gêné, ça... ça ne te fait rien de... de...

L'Anne-Marie considéra son aînée d'un œil ironique.

— ... de recevoir des cadeaux ? Eh bien, si tu veux le savoir : non, ça ne me gêne pas. Je ne vois pas pourquoi je ne profiterai pas des largesses de tous ces messieurs. Je ne leur demande jamais des sous pour coucher avec eux. Mais s'ils veulent m'en donner, je les prends. Tu les refuserais, toi ?

Marinette ne répondit pas. Anne-Marie sourit.

— T'as les cheveux pleins de savon. J'vais te les rincer ! (Elle fit couler de l'eau sur la tête de sa sœur.) Tu sais, ça peut servir de coucher avec des hommes. Si je n'avais pas couché avec le brigadier de gendarmerie, le Maurice, il serait encore au trou, en ce moment. (Elle pouffa de rire.) C'est rien qu'en souvenir du bon vieux temps qu'il l'a laissé partir !

Marinette ne répliqua pas. Anne-Marie reprit, plus durement :

— Regarde-toi donc, ma pauvre Marinette ! Tu vois comment tu vis ? T'es la bonniche de la Cadie, tu trimes du matin au soir et tu couches même plus avec ton homme... Oh ! C'est pas la peine de sursauter. Tu crois que j'ai les yeux dans ma poche ? Alors dis-moi : qui c'est qu'est la plus heureuse de nous deux ? Toi, la femme honnête, ou bien moi, la putain ?

Les épaules de Marinette s'affaissèrent.

— Anne-Marie, souffla-t-elle, je... je ne suis plus une femme honnête. J'ai... j'ai un amant.

Il y eut un silence. La Marinette reprit, encore plus bas :

— C'est le Maurice !

Dans son dos, Marinette entendit sa sœur siffler entre ses dents.

— Eh ben ça ! grommela Anne-Marie. Eh ben ça...

Marinette se retourna et fixa sa cadette d'un air implorant.

— C'est mal, je sais... mais... Tu dis vrai. Avec le Lucien... y a plus rien... Alors un jour... le Maurice...

— T'as pas à t'excuser, la coupa sa sœur. Que t'aies pris un amant, moi, je te dis bravo ! Mais que t'aies choisi l'Maurice, alors là... T'aurais pu t'en prendre un autre. C'est pas un homme sérieux.

En proie à une grande lassitude, la Marinette sortit du cuveau et commença de s'essuyer dans un rude drap qui lui servait de serviette.

— Il n'y avait que lui, Anne-Marie, murmura-t-elle. Rien que lui...

— Eh oui, soupira la cadette. Rien que lui... De toute façon, dans c'pays, t'auras jamais rien que lui, ton mari et le Glaude et la Cadie... Jusqu'à ce que tu sois vieille, ma pauvre !

Tout le jour, les paroles de sa sœur tournèrent dans un coin de la tête de Marinette. Mais la jeune femme avait tant à faire qu'elle n'eut trop le loisir de s'y attarder. Les hommes achevaient la préparation et le nettoyage des feuillettes, des foudres, des tonneaux, ainsi que des panières et des hottes dans lesquels on chargerait le raisin. Même M'sieur Karl se mêlait de la chose, avec une réjouissante et teutonne ardeur.

Après l'engueulade qu'il avait reçue la veille, et qui s'était même poursuivie plus tard dans la soirée, le Maurice travailla avec une sombre énergie, muré dans un silence boudeur, et ne vint pas, oh que non, conter fleurette à sa belle-sœur. Tout juste s'il lui jeta quelques regards au passage, et encore, point trop appuyés. Visiblement, le bougre se tenait à carreau.

L'après-midi, les hommes sortirent le grand char du hangar et, tandis que le Cambouis et le Néné en graissaient les essieux et en vérifiaient les membrures diverses et la barre de frein, les autres chargèrent les grandes sapines où l'on entasserait le raisin. Puis ils alignèrent les hottes, paniers et seaux, serpettes et sécateurs, destinés aux travailleurs, et frottèrent au sable quelques lames où s'étaient impudemment incrustés des points de rouille.

Dans l'écurie, Pomponnette avait compris ce qui se passait et se montrait aussi nerveuse que lorsqu'elle était en chaleur « et qu'o d'mandait l'étalon », hennissant, donnant du sabot et tirant sur sa longe. Le Jean-Bernard et l'Émilie finirent par la sortir, lui montèrent sur le dos et partirent faire un tour le long des chemins, histoire de la calmer. C'était amusant de les voir comme ça, le gamin devant et la petiote derrière le tenant par la taille, tous deux juchés sur le large dos de la jument, leurs cuisses nues tentant tant bien que mal d'enserrer les flancs rebondis de l'animal. La Marinette en éprouva une singulière impression. C'était encore des enfants, mais peut-être plus tout à fait quand même. Est-ce que c'était convenable, de les laisser partir comme ça ensemble ? Allons... Qu'est-ce qui lui prenait ? Le Jean-Bernard et l'Émilie ! Elle déraisonnait !

Le repas du soir fut plus animé que celui de la veille, où avait plané l'ombre du Maurice et de ses couenneries. Plus ou moins rentré en grâce, le cadet des Theuvenot fut admis à table, et s'y comporta de façon à peu près naturelle, bien que ne faisant pas preuve de son habituelle hâblerie. Karl-Sigfried et le Glaude tinrent le crachoir à sa place, racontant des souvenirs de la guerre, échangeant des considérations sur la vie de tous les jours en France et en Allemagne, et tombant d'accord pour affirmer que personne ne voulait se battre contre son voisin, d'un côté ou de l'autre du Rhin.

La marande s'acheva assez tôt. Les vendanges commençaient le lendemain et il fallait être en forme. Les femmes firent la vaisselle, Marinette envoya Émilie au dodo, Anne-Marie l'y accompagnant, car tante et nièce couchaient dans le même lit. Le Jean-Bernard, lui, devait se contenter d'une couche à l'annexe, avec les commis, ce qui ne lui déplaisait pas du tout, car il pouvait ainsi s'initier aux plaisanteries des vrais hommes, dans une atmosphère de joviale bonhomie, des bordées de « cré vingt dieux ! » proférés à chaque détour de phrase et des salves de pets annonciateurs de ces grands concours qu'organisent les bidasses, à la caserne, et qui vous forment si bien le caractère.

La Cadie et Marinette se retrouvèrent seules en la grande salle.

— Il est tard. Allez donc vous coucher, la Mère, dit Marinette. Je vais finir de ranger.

La Cadie darda un regard soupçonneux en direction de sa bru, mais elle devait être bien lasse, car, sans barguigner, elle marmonna un vague « b'soir » et s'éclipsa en direction de la chambre où le Glaude, en chemise, devait déjà s'étirer entre les plumes.

En éloignant sa belle-mère, Marinette appliquait une stratégie à laquelle elle avait réfléchi tout le jour. Il fallait qu'elle regarde les choses en face : son aventure avec Maurice ne l'enchantait pas, quand bien même elle lui apportait quelque réconfort charnel. Elle aimait toujours Lucien, et, ne possédant pas le caractère de sa sœur, elle ne pouvait assumer sa liaison sans se sentir effroyablement coupable. Et puis, songeait-elle, si son mari ne se montrait plus assidu auprès d'elle, c'était peut-être aussi un peu de sa faute. Est-ce qu'elle en faisait assez pour le garder, son Lucien ? Mettre des biaudes décolletées, c'est pas tout. Faut aussi les agacer, les hommes.

Marinette attendit donc quelques instants, puis, quand elle fut sûre que personne ne reviendrait, elle gagna le fameux coin à côté de la cuisinière. Elle s'y troussa, retira sa culotte, et procéda à une toilette sourcilleuse qu'elle compléta, mais oui, en tirant d'un tiroir du buffet un petit flacon d'eau de lavande destinée à parfumer le linge. Audacieuse, elle s'en aspergea le bas-ventre, tout particulièrement là où, comme disait la Cadie « l'diable il a donné aux femmes c'qui rend fou les hommes ». Même que ça la piqua !

Lorsqu'elle en eut terminé avec ces inhabituelles ablutions, Marinette, un très net sentiment de honte au fond du cœur, hésita durant de longues secondes. Était-ce vraiment sérieux, ce qu'elle se proposait de faire ? Qu'est-ce que diraient les gens s'ils se doutaient... Et puis crotte ! L'Anne-Marie elle le faisait bien sans que ça la gêne seulement, et elle, la Marinette, personne ne se douterait jamais. Si vraiment ça lui revorchait trop les sangs, elle n'aurait qu'à aller à confesse. Malgré ses airs redoutables, et quand bien même avait-il vécu en Afrique chez les sauvages, Môssieu le curé n'était pas un cannibale ! Il n'allait pas la manger !

Marinette ne se reculotta donc pas, et ce fut le derrière nu sous sa jupe qu'elle gagna la chambre à coucher où, depuis treize ans qu'elle était mariée au Lucien, elle avait tenté tant bien que mal d'imprimer sa touche personnelle, pour en faire le seul havre d'intimité de son couple, à la ferme.

Lucien se trouvait là, encore debout. Le torse nu, il se savonnait devant la grande glace à trumeau fixée au mur de la chambre, avance sur leur futur héritage, quelque peu piquée par endroits, à la dorure parfois même effacée, mais bien pratique tout de même.

Marinette marcha sans hésiter droit vers son mari, qui la vit arriver et darda sur elle, dans le miroir, un regard interrogateur. Il lui tournait le dos : elle vint s'appuyer contre lui, remonta ses mains jusqu'à ses épaules, et, appuyant son front contre sa peau, elle murmura :

— Je t'aime, mon Lucien...

Par tous les dieux, c'était vrai ! Marinette n'avait jamais été aussi sincère. Son cœur se gonflait, dans l'attente de la réaction de son mari. Celui-ci, elle le sentit, s'était contracté. Il ne bougea tout d'abord pas. Elle leva les yeux pour fixer le reflet de son visage. Lucien avait les mâchoires serrées. Sa main droite, qui tenait le pain de savon, s'était immobilisée à mi-hauteur de sa poitrine.

Marinette répéta :

— Je t'aime...

Elle le poussa aux épaules pour qu'il se tourne. Il lui résista une seconde, comme s'il ne comprenait pas ce qu'elle désirait, lui céda enfin. Ils se retrouvèrent face à face. Elle lui enleva le savon des mains, le laissa choir dans la cuvette de porcelaine. Comme malgré lui, Lucien posa ses deux larges pognes sur ses hanches. La Marinette ferma les yeux.

— Mets tes mains sous ma jupe, souffla la jeune femme.

Elle pouvait sentir son homme qui frémissait. Il lui fit penser à un animal sauvage, farouche, sur le point de s'enfuir. Avait-il donc peur d'elle, qu'il ne voulait pas se laisser apprivoiser ?

— S'il te plaît, mon Lucien...

Il tremblait... mais, collée contre lui, elle se rendit compte qu'il la désirait. Elle sentit enfin ses mains bouger, descendre en direction de sa croupe. Elles agrippèrent le tissu de la jupe et commencèrent à le remonter, lentement... Elles se firent tout à coup fébriles, la troussèrent... et découvrirent ses rondeurs dénudées !

Le Lucien en eut un hoquet.

— Nom de gu ! s'exclama-t-il, en ouvrant des yeux ronds. La Marinette, t'as... t'as point de culotte !

— Ben non..., comme tu vois, roucoula la jeune femme, avec un petit rire — tout de même assez gêné. T'aimes pas ça ?

— Nom de... nom de..., continuait de souffler le Lucien.

Ses mains hésitèrent une seconde... et puis entreprirent de pétrir le fessier tout nu de la Marinette avec une si vigoureuse ardeur que la belle en glapit, ravie de ces voies de fait, mais effrayée à l'idée des bleus qu'elle y porterait le lendemain. Mais pour reconquérir un mari, que ne ferait-on pas ?

— Oh ben, la Marinette, murmura Lucien, le nez dans les cheveux de sa femme. Oh, la Marinette ! Crédié... c'que j'ai envie de toi !

— Moi aussi, Lucien, j'ai envie de toi...

Le Lucien agrippa sa femme à pleins bras, la souleva du sol et la porta sur le lit...

— T'es belle, Marinette, murmura Lucien en regardant sa femme alanguie sur le drap, un bras replié sous la nuque, ses cheveux épars sur le traversin. T'es belle... et pis tu sens bon ! (Il rit.) Tu sens bon partout partout !

Marinette ouvrit les yeux et rendit son regard à son mari. Elle n'avait pas mis de chemise et elle reposait, nue. Elle se sentait bien. Si bien... Il y avait tellement longtemps que Lucien ne l'avait pas honorée comme ça, et donné autant de sentiment. Elle caressa sa joue râpeuse de barbe.

— Lucien, demanda-t-elle, pourquoi la Cadie, elle ne m'aime pas ?

Lucien se rembrunit, et Marinette regretta d'avoir posé cette question. Elle ne voulait pas gâcher ces instants de bonheur qui vibraient encore autour d'eux et les réunissaient.

— Non, reprit-elle. C'est rien. J'y ai pas dit !

Mais elle l'avait dit et Lucien, avec un soupir, se laissa aller sur le dos. Lui aussi était nu, et Marinette, gênée à présent qu'ils n'étaient plus en train de faire l'amour, remonta les couvertures sur leurs deux corps.

— J'y sais pas, Marinette, répondit Lucien au bout d'un long moment. J'y sais pas...

Marinette songea que puisqu'elle avait commencé, il valait mieux aller jusqu'au bout.

— La Cadie, je la respecte, dit-elle. Je sais tout ce qu'elle fait à la ferme. Et puis c'est ta mère... Mais moi aussi, j'en fais... Alors, pourquoi elle me dit jamais une amabilité, un mot gentil ?

Le Lucien eut un petit rire — jaune.

— Tu sais, même à moi, elle m'en dit pas souvent, des amabilités.

— Oui, mais elle t'aime. Ça se voit... Et c'est normal, puisque t'es son garçon. Mais en te mariant, moi, je suis devenue sa fille. Alors ? Est-ce que c'est parce que j't'ai pas donné un fils ?

Le Lucien se mordilla la moustache.

— J'y sais pas trop, Marinette. Peut-être ben... La Cadie, elle a ses idées, qu'elle en cause pas souvent.

Marinette se leva sur un coude et rapprocha son visage de celui de son mari.

— Et pourquoi qu'on le lui donnerait pas, son petit-fils ? murmura-t-elle.

Lucien dévisagea sa femme, ébahi.

— Tu voudrais un autre enfant, la Marinette ?

— Pourquoi pas ? (Elle s'interrompit et rougit.) Dis donc... On l'a peut-être ben mis en route ce soir...

Les deux jeunes gens pouffèrent de rire. Marinette se pelotonna tout contre son Lucien.

— Pour être sûr... faudrait y refaire...

— Ça, tu l'as dit, ma jolie ! Mais tu crois qu'j'y pourrai encore ?

Il la regardait en coin, avec des yeux de paysan madré qui rappelèrent à Marinette ceux du Glaude lorsque le vieux désirait quelque chose, mais qu'il attendait que son interlocuteur se dévoile le premier. Elle rendit ce même regard à son mari... et se souvint tout à coup de ce que le Maurice aurait bien voulu qu'elle lui fasse, la veille. Une subite chaleur lui envahit le visage.

— Attends, chuchota-t-elle, tu vas y pouvoir...

Elle embrassa le torse de son mari et, lentement, sans se redresser, descendit vers les dures barres de ses abdominaux, qu'aucune mauvaise graisse ne venait empâter. Il était beau, le Lucien. Elle était fière d'être sa femme !

Ils firent l'amour une seconde fois, et de façon aussi plaisante que... variée. Puis ils restèrent allongés l'un contre l'autre, immobiles, attendant patiemment que le sommeil les gagne. Mais le sommeil ne venait pas. Leurs pensées se mirent à vagabonder. Et alors, Marinette, sans même qu'elle s'en rendît compte, prononça exactement les mots qu'il n'aurait pas fallu :

— Tout ce que je voudrais, murmura-t-elle, comme pour elle-même, c'est que de temps en temps, tu me défendes contre la Cadie...

Elle s'interrompit, consciente, à l'instant, de son erreur. Elle avait senti le corps de son époux se contracter contre le sien. Elle essaya comme elle put de faire machine arrière :

— J'te demande pas de te fâcher contre ta mère, Lucien ! s'écria-t-elle. Crois pas ça... Mais... juste un petit mot...

Le Lucien restait silencieux. Marinette attendit un long moment, puis, avec un soupir, elle se tourna sur le côté, le dos vers son mari. Les yeux grands ouverts, elle fixa longuement une lézarde qui courait le long du mur de la chambre.

— Tu m'fais le coup de l'hôtel du Cul tourné ? déclara abruptement le Lucien, acerbe.

Deux larmes débordèrent sur les joues de Marinette.

— C'est pas gentil, Lucien, ce que tu viens de dire, murmura la jeune femme. Et pis c'est pas juste.

— Et qu't'aimes point ma mère, c'est juste ?

Marinette se retourna brutalement vers son mari.

— C'est pas moi qu'aime pas ta mère, Lucien. C'est elle qui m'aime pas.

— La Cadie, c'est la Cadie ! Toi, t'es ma femme !

Fustigée, Marinette eut beaucoup de mal à ne pas éclater en reproches. Mais elle venait de comprendre qu'elle s'y prenait mal. Jamais Lucien ne s'élèverait contre sa mère, pour elle, sa femme.

— Je suis la mère de ta fille, gronda-t-elle. Moi aussi, je mérite qu'on me respecte !

Lucien se mordilla les lèvres.

— Écoute... C'est trop tard pour causer d'ça. Y a du travail, demain. Éteins la lumière. C'est l'heure de dormir. Et pis faut comprendre...

— Quoi ?

— Faut comprendre...

— Oh, je comprends, va...

Marinette se leva et alla enfiler sa longue chemise de nuit. Puis, le regard figé, elle revint se coucher auprès du Lucien, qui l'avait regardée faire, soupirant.

— Pourquoi que tu t'es rhabillée, Marinette ? demanda-t-il, de sa voix trop humble qu'il employait lorsqu'il se sentait humilié et qu'elle détestait.

Elle évita de le regarder.

— Je veux bien que d'être toute nue pour que tu me couvres, dit-elle. Mais pas pour dormir près de toi. Ça me gêne...

Le Frérot et le Maurice

L'Antoine Theuvenot, le « Frérot », posa d'une main quelque peu hasardeuse la bouteille de goutte dont il venait d'absorber une bonne lichette en guise de regingôt vespéral. Depuis quarante ans, il ne s'endormait jamais sans s'être administré ce viatique, ce qui, après tout, n'est ni plus ni moins nocif que les gélules ou comprimés de Tranxène et autres Stilnox dont tout un chacun fait usage de nos jours dans l'espoir de trouver le sommeil, précieux bien s'il en est. Et puis, au moins, le marc de Bourgogne, c'était un produit naturel, qu'avait point eu besoin des chimistes ou des ingénieurs pour qu'on le concocte, crédié ! Juste le raisin, qu'est un cadeau du bon Dieu, le soleil, le feu, qui sont peut-être ben aussi des espèces de sortes de divinités, comme y croient, les païens, et pis l'alambic de bon cuivre, qu'avait été autrefois fabriqué par l'Eusèbe Giraudet, le dinandier, et c'est comme ça que le Frérot y vous sortait du 55° au bout du serpentin, et c'était le meilleur somnifère du monde. Et quant aux éventuels dégâts causés à son foie, à part celui du sanglier dans la gruyotte, le Frérot avait toujours méprisé cet organe qu'on pouvait même pas sentir battre.

Ce soir pourtant, même après sa lichette d'égrappé, le Frérot ne se coucha pas. Il resta un long moment assis sur son lit, en chemise, la tête basse, la couronne de ses cheveux gris jaune filasse toute hérissée, et ses mains noueuses posées sur ses genoux maigres. Un léger tremblement les agitait, dû sans doute, pour une bonne part, à l'éthylisme chronique du vieillard, mais aussi à l'appréhension qui le tenaillait à l'idée de ce qu'il s'apprêtait à faire.

Eh ben oui, le Frérot avait peur. Il avait peur parce que, pour la première fois de sa vie peut-être, il avait pris une décision propre, savamment mûrie tout au long des dernières heures, et qui touchait au quotidien de la ferme. Ça ne lui était jamais arrivé. Depuis si longtemps qu'il vivait dans l'ombre du Glaude, son aîné — depuis toujours, en fait — il ne se souvenait même pas d'avoir un jour décidé quelque chose tout seul, ou pris une initiative, ou même songé autrement que décidait le chef du clan. Mais cette fois, c'était pas pareil. Cette fois, ça ne le concernait pas, lui. Ça concernait l'gamin. Et l'gamin, il l'aimait bien. Alors il avait rassemblé tout son courage, vidé une bouteille d'aligoté, liché sa goutte... Et maintenant, il avait peur.

Tant pis. Y fallait y aller !

Le Frérot se redressa donc et, glissant ses pieds noueux dans de vieilles pantoufles dont les déchirures laissaient voir d'interminables orteils dix fois démis et autant de fois requinqués sans même l'intervention du rebouteux, il alla ouvrir silencieusement la porte de sa chambre. Il faisait sombre dans le couloir, que n'éclairaient qu'à peine, à l'autre extrémité, les reflets du feu déclinant de la cuisinière de la Cadie, dans la grand-salle. Mais le Frérot n'avait pas besoin d'y voir. Se serait-il retrouvé aveugle, il connaissait si bien les lieux qu'il n'aurait même pas heurté un meuble en se déplaçant.

Il écouta un instant les mille petits bruits nocturnes de la maison. Lui parvinrent les ronflements du Glaude et de la Cadie, dans leur chambre contiguë à la sienne. Lui parvinrent également d'autres échos, plus surprenants, qui lui amenèrent un sourire étonné sur les lèvres. Pas de doute... Ça venait de la chambre du Lucien et de la Marinette. Le Frérot eut un petit ricanement silencieux. Ça serait-y qu'ces deux-là y z'auraient eu envie de s'refaire des jigouaigneries ?

Le Frérot s'avança jusque devant la porte du jeune couple et, sans vergogne aucune, y colla son oreille, puis, se baissant, il jeta un regard par le trou de serrure. Son sourire s'élargit. Eh ben ! Y s'en donnaient à cœur joie, les galopins ! Il resta un petit instant à contempler leurs ébats, puis se redressa et s'éloigna à pas de loup. Tant mieux, tant mieux ! Le Frérot approuva de la tête. Y z'avaient bien raison de se donner du bon temps, le Lucien et sa Marinette. Y en avait point de trop, à la ferme, alors qu'y s'démènent les jambonneaux, c'était la meilleure des choses qu'y pouvaient faire !

Mais le sourire du Frérot s'effaça au bout de quelques pas, son souci d'avant lui revenant à mesure qu'il approchait de la chambre du Maurice.

Le vieux s'arrêta devant l'huis, qu'il considéra, la mine défaite. Une seconde, la tentation le tarauda de faire demi-tour, de rentrer chez lui et d'y retrouver sa bouteille. Mais non, bordel de Dieu ! L'allait pas se dégonfler au dernier moment ! Il serra le poing et frappa. Assez discrètement, tout de même, pour éviter de déranger la maisonnée.

Si discrètement que, devant l'absence de réaction, il allait frapper de nouveau, lorsque la porte s'ouvrit.

— L'oncle ? s'étonna le Maurice. Qué qu't'as ? T'es malade ?

— Non. J'veux t'causer, répondit le vieux.

— À c't'heure ?

— Et quand tu voudrais que j'te cause ? On en a t'y le temps, dans la journée ?

— Ben..., entre !

Maurice s'effaça et le Frérot pénétra dans le repaire

de son neveu. Ça devait faire tout un tas d'années qu'il n'était pas entré dans une autre chambre que la sienne, ou la grande salle, à la ferme, et le vieil homme se sentit comme en visite. Il jeta un regard sur ce décor inconnu de lui, et s'étonna de le trouver propre et bien rangé. À côté de son taborgniau, qui sentait le rance, les pieds et le vieux, c'était presque luxueux. Le lit était défait, mais pas en garaille, et le Frérot put même apercevoir un livre, retourné sur la courtepointe. Le Maurice, il lisait au lit. Ben ça ! Qui l'aurait cru ?

— Site-te, l'oncle, dit Maurice en montrant au Frérot l'unique chaise au paillage fatigué qui, avec une monumentale armoire, le meuble de toilette et le lit étroit et haut ainsi que sa cantine de soldat, constituaient son ameublement usuel.

Le Frérot obtempéra. Maurice alla s'asseoir au bord de son lit et fixa son oncle, interrogatif. Le vieux clapa machinalement des mâchoires.

— T'as soif ? s'enquit le Maurice avec un sourire.

— Oh non, répondit le vieux, ce qui provoqua une mimique étonnée de la part de son neveu, mimique qui s'accentua lorsque le Frérot ajouta : J'ai bien assez borgé, dans ma vie, pour pouvoir rester un moment l'gueulot sec.

Le Maurice attendit. Son oncle avait baissé la tête et froncé ses sourcils broussailleux, comme s'il se concentrait sur ce qu'il voulait dire. Cela sortit enfin :

— Justement, gamin. C'est à cause de ça que j'veux t'causer... (Le Frérot leva la tête et regarda son neveu bien en face.) Faut point que tu finisses comme moi, l'Maurice. Alors prends tes cliques et tes claques, et fous le camp tant qu'tu peux encore.

Stupéfait, Maurice fixa son oncle. Le Frérot se pencha vers lui, ses mains serrées l'une contre l'autre.

— Regarde-moi, mon gars... Qu'est-ce donc que j'suis ? Un vieux soûlot, un moins-que-rien, un qu'a jamais eu de bonne femme et qui va crever que personne y s'en rendra seulement compte. Toi, t'es jeune. Alors, dedieu, fais point la même connerie qu'moi ! Quitte c'te ferme ! Va-t'en à la ville, prends-y une bonne femme et fais-y vite deux loupiots. Quand qu't'auras une famille, tu seras vraiment un homme. Mais ici, t'es rien de rien, et t'seras toujours rien de rien... Comme j'ai toujours été !

Le Maurice s'était statufié. Son oncle eut un faible sourire.

— Le Glaude, c'est pas l'mauvais bougre. Oh, j'sais bien, il est plus vite pour engueuler les autres que pour leur dire des goguenettes. Et toi, mon pauv'gars, t'en as pris pour ton grade, hier. T'l'avais mérité, mais enfin, si on peut point faire une fois ou deux l'con quand on est jeune... Moi, tu vois, j'ai jamais eu l'courage de faire le con, et jamais eu celui de m'en aller. La vérité vraie, c'est qu'j'ai toujours eu peur d'la vie. C'était facile, d'rester à la ferme et de travailler avec le Glaude. Alors j'suis resté... et j'ai travaillé. J'ai travaillé tout ma putain d'existence, gamin, et j'crèverai en travaillant. Y a pas une payse qu'a voulu m'chauffer mon lit, alors, des fois, quand j'le trouvais trop froid, je m'souviens que j'me mettais à chialer. Et j'buvais... Mais ça l'a jamais rempli, Maurice. Jamais... Pas plus les chougneries que l'pinard.

Le Frérot se tut, le nez baissé, les mains toujours jointes. Son neveu le considérait, le visage durci, mais les yeux brillants. Jamais le cadet du Glaude ne s'était ainsi laissé aller à dire à quelqu'un ce qu'il avait sur le cœur. Nul n'ignorait ce qu'avait été sa misérable existence, mais, chez les paysans, qui avait jamais prétendu s'occuper des affaires d'un autre, fût-ce pour lui témoigner un peu de compassion, ou lui demander si par hasard il avait besoin qu'on l'aide ? Au reste, il n'était pas non plus venu à l'idée du Frérot d'aider qui que ce soit, et pourtant, au long des ans, il en avait vu, des détresses humaines. Mais non, personne... Sauf le Maurice, en ce jour, et seulement parce que le Maurice, il était de son sang, et qu'un seul ivrogne dans la famille, pensait le vieux, ça suffisait.

Le Maurice posa sa main sur son bouquin, le tripota, le repoussa.

— Tu veux que je m'en aille, l'oncle ? Tu l'veux vraiment ?

Le Frérot haussa les épaules.

— Oh, mon gars, tu f'ras bien c'que tu veux... Mais penses-y. Tu peux encore t'amuser parce que t'es jeune. T'y seras pas toujours. Regarde-moi bien... T'as envie d'finir comme ça ?

— Ça non, l'oncle !

— Alors y te reste qu'à t'en aller. La ferme, tu l'auras jamais. Le Glaude, y commandera jusqu'à ce qu'y tombe raide mort, et pis ça s'ra l'tour du Lucien. L'attend que ça, le Lucien... Mais il attendra longtemps, marche !

— Mais moi...

— Toi, t'as rien à attendre. Juste à dev'nir un vieux con comme ton oncle.

Le Maurice dévisagea son vis-à-vis. Il avait du mal à exprimer tout ce que la confession du vieil homme avait éveillé en lui d'émotion, de compassion et de honte. De regret, aussi... Pas pour lui-même. Des regrets pour ce qu'aurait pu devenir Antoine Theuvenot, et qui ne s'était jamais réalisé.

— T'es pas un vieux con, l'oncle, dit-il. Ça non !

Le Frérot émit un petit rire de crécelle. Il hésita un instant, puis, de ses mains tremblantes, il défit le col de sa chemise et l'ouvrit sur son torse tout en nerfs, en tendons et en crasse.

— Regarde, gamin...

Le Maurice se pencha et aperçut, au milieu du foisonnement gris des poils une sorte de balafre pâle.

— J'm'ai tué, grommela le Frérot. Mais j'm'ai loupé.

— Quoi ?

— On l'dit pas dans la famille, parce que ça fait pas bien... Mais j'ai essayé, un jour... avant vot'naissance, au Lucien et à toi. J'sais toujours pas pourquoi j'me suis pas pendu. J'me serais pas raté. Non... J'm'ai foutu un coup de serpe. Bordel, c'que ça m'a fait mal ! J'le sens encore. Et ça pissait pire que l'cochon quand on le saigne. J'aurais dû crever. Mais y s'est trouvé que l'Glaude il est arrivé avant que j'me soye vidé d'tout mon sang. J'sais pus trop c'qu'y m'a fait, mais j'me suis réveillé à l'hôpital de Chalon, et j'suis point mort. Le Glaude, il a raconté des histoires comme quoi c'était un accident. J'crois pas qu'on l'a cru pour de bon, mais qu'est-ce que ça pouvait foutre ? J'suis revenu à la ferme, et j'ai pus jamais recommencé. À la place, j'ai picolé...

Maurice avait écouté son oncle, très surpris. Pas vraiment apitoyé, car des histoires de suicidé, on en trouvait à foison, dans les campagnes, et ça n'émouvait pas grand monde, mais étonné que le Frérot ait eu une histoire à raconter. Ainsi donc ce vieil ivrogne avait eu un passé ! Le Maurice l'avait toujours connu entre deux chopines, l'avait des dizaines de fois ramené à la ferme quand il s'effondrait dans un fossé pour y cuver son blanc, et l'avait plus qu'à son tour traité de vieux soûlot et de propre-à-rien. Voilà t'y pas qu'il découvrait que c'était aussi un homme, avec de la sensibilité dans son cœur. Une sensibilité qu'il étalait avec lui, mais surtout pour lui. Maurice, ça lui donnait à penser. Son histoire, elle commençait comme celle du Frérot. Et le vieux arrivait juste à temps pour essayer de le sauver. Pas qu'il ait eu envie de se foutre un coup de serpe... Mais mourir, une ou deux fois, c'est vrai, le Maurice, il y avait pensé, quand il avait un gros coup de flou. Le canon de son douze dans le bec, une cartouche de neuf grains pour le sanglier, presser la détente avec l'gros eurtault...

— L'oncle, murmura le jeune homme, ça me revorche tout, ce que tu me dis là !

— Oh, mon gars, faut pas être revorché ! Ma vie, elle est comme j'l'ai faite. C'est seulement que ça me ferait vergogne qu'la tienne, t'la fasses pareille. Être paysan, c'est pas une façon pour un jeune comme toi. Tu peux faire l'ouvrier, à Chalon, au Creusot ou ailleurs. C'est pas c'qu'y a d'mieux, à c'qu'on dit, mais au moins, t'auras une vie... Et une femme à toi... À toi, tu comprends... Pas une que t'auras prise à un autre !

Le Maurice sentit son cœur lui manquer, et se pencha vivement vers son oncle, le souffle court.

— L'oncle, de qui que tu parles ? interrogea-t-il d'une voix blanche.

— Oh ben... d'la Lucette Tainturier... ou d'une autre, j'sais pas... À Vivejoie ou à La Paulée, y a pas de filles à marier. Alors si t'en as une, de femme, c'est que tu l'auras prise à quelqu'un. Faut pas s'amuser à ça, Maurice. Ça fait trop de mal et ça donne d'la haine.

Maurice baissa la tête, muet. Le Frérot le regarda un instant, puis soupira.

— Bon... J't'ai dit ce que j'voulais te dire. Maintenant, c'est vrai qu'j'ai soif. Si que t'avais une petiote goutte à filer à ton vieil oncle...

Le Tambour

Le premier des chiens du Glaude s'appelait Tambour. C'était un grand vautrait, corniaud comme tous ces chiens de la campagne, maintes fois croisés, cousinés et mélangés au cours des générations, parce qu'ils sont bons pour le cochon, ou le lapin, ou la bécasse... N'importe quel éleveur ayant pignon sur rue aurait hurlé à l'hérésie et, de fait, il venait parfois au monde, dans les portées, des individus tarés, mais pour eux, la solution était simple : le baquet d'eau à la naissance, ou bien le coup de fusil, un peu plus tard, lorsqu'il s'avérait que l'animal ne se déclarait pas. Alors, pourquoi se soucier des races et de leur supposée pureté ? L'important, c'était le nez de l'animal, son récri, son endurance et son mordant.

Tambour avait neuf ans, ce qui commençait à faire un peu beaucoup pour le courre au cochon et à la bique, mais ne diminuait en rien ses qualités de nez et son intelligence cynégétique. Il avait une compagne : Trompette, presque sa conscrite, puisqu'elle allait sur ses sept ans. Aussi noblement bâtarde que le Tambour, elle offrait, dans sa robe, des reflets argentés et cela la faisait ressembler aux mémères du pays, qui, les veilles de fêtes carillonnées, lorsqu'elles ressortaient de chez la Mélanie Chabert, la coiffeuse du bourg, se retrouvaient avec une sorte de casque antique blanc bleuté, entièrement frisoté et du plus bel effet.

La meute se complétait de deux jeunots, fils et fille de Tambour et de Trompette : le Clairon, ainsi nommé pour l'harmonie de son organe, à la fois rauque, sonore et éraillé, qu'on ne pouvait confondre avec aucun autre, et la Musette, parce qu'autant finir avec un instrument de musique, dès lors qu'on a commencé. C'étaient au départ deux chiots « qu'avaient été promis à l'Ugène, ou ben au Piarre, mais comme, depuis, le Glaude avait eu des mots avec ces deux-là, y avait plus été question de donner d'aussi bon chiens à ces deux peuhs, alors y z' étaient restés à la farme ! ».

L'époque des vendanges, le Tambour l'aimait bien. Le vieux chien avait haleté durant tout l'été, à l'ombre de sa niche, à l'intérieur du chenil, mais il commençait à faire moins chaud. Certains petits matins, surtout lorsque le ciel était clair, étaient même frisquets et humides, et, s'il arrivait qu'ils réveillent quelque rhumatisme importun, ils rendaient le Tambour tout content. Le chien humait les senteurs de l'automne. De fait, la nature changeait de couleurs, de fragrances, et les activités des maîtres ne faisaient qu'exacerber l'impatience de l'animal. Les bruits accélérés des sabots, les exclamations, les cris, il accompagnait tout cela de piaulements et de gnouferies étouffés et, allongé dans son coin de chenil, il surveillait d'un œil impérieux chaque allée et venue du Glaude. Résonnait le roulement des barriques, futailles et autres benattons sortis dans la cour et lavés à grande eau. Voilà que s'étendait alentour une forte odeur de vinasse et de moisi, s'ajoutant aux senteurs de terre et de poussière mouillées, au bruit des marteaux et autres outils... Pour Tambour, Trompette « qu'était tout émoustillée comme si qu'elle allait être en folie » et les deux jeunots, qui supportaient mal d'être enfermés, tout cela annonçait le retour d'un temps heureux : celui de la chasse. Pas trop tôt ! Après tout un été au chenil, à fainéanter et à se faire roussir le poil au soleil, on allait pouvoir se dégourdir les pattes à courir dans les mouilles derrière le vieux Noir qui se moquait des chasseurs du canton depuis quelques années maintenant : un sanglier, solitaire naturellement, qui pouvait bien faire ses cent vingt ou cent trente kilos, au vu de l'écartement de ses pinces. Dans son obscur entendement animal, le vieux chien espérait que son maître serait suffisamment vif pour courir encore moult interminables chasses, dans cette belle forêt qui les appelait de plus en plus fort, tous les deux, au fil du temps qui s'écoulait. À vrai dire, pour Tambour, chien fidèle, il ne pouvait y avoir que le Glaude sur qui compter, à la ferme. D'abord, c'était lui qui l'avait dressé tout petit, lui apprenant l'art de la chasse à pied, la chasse des pedzouilles — pas forcément la moins efficace. C'était lui qui l'avait fait se déclarer sur le boquin, le brocard et le cochon. C'était toujours lui, le Glaude, qui lui offrait de ripailler avec les tripes fumantes d'une bête rousse, après qu'il lui eut ouvert le ventre et coupé les suites. C'était encore lui qui, à la fin de la journée, alors qu'il soufflait, couinait et gémissait, lui retirait un à un les pignolos plantés dans le poil rude de sa moustache, une moustache qui ressemblait à celle du vieil homme penché sur lui. Le Glaude lui passait un onguent sur ses coussinets en feu, puis le grattait entre les deux yeux et lui murmurait, d'une voix qu'il n'avait dû employer qu'une seule fois avec sa Cadie, le soir de leurs noces : « Ouais, l'Tambour... T'es un bon chien... », et ça, c'était une chose qu'en son âme animale, le vieux brave conserverait jusqu'à sa mort.

Eh oui, tout comme lui, le Glaude n'était plus très jeune. Mais l'homme savait encore faire le pied dans le petit matin constellé de gelée blanche, choisir les bonnes traces, que lui, Tambour, relevait, et décider d'attaquer les plus fraîches, les plus odorantes, prenant le sens du vent et écoutant les chuchotis sylvestres. Il savait lancer la meute sur la bonne voie, interpréter à l'oreille tout ce qui se passait dans les combes, comprendre les récris des courants et se placer en fonction de ce chant, prêt à tirer au débuché du ragot ou de la laie — à condition que cette dernière ne soit pas suitée. Et sa main, qui ne tremblait pas, ne faiblissait jamais pour aligner le douze à chiens de la Manufacture — un vrai bon, acheté avant la guerre — et décocher la gerbe de chevrotines serties à la ferme, juste au bon endroit, au défaut de l'épaule. Le cochon faisait la culbute, râlait deux ou trois coups en gigotant, et lui, Tambour, surgissait le premier pour le mordre voluptueusement à la crinière ou au groin, et confirmer ainsi, par cet acte sacrificiel, que le couple homme-chien, une fois de plus, l'avait emporté sur la bête sauvage.

Certains soirs d'hiver, lorsque le froid était particulièrement vif, le Glaude laissait son Tambour sortir du chenil, entre les grillages duquel la bise « veurdait dru », et l'admettait dans la grande salle commune, le temps de la veillée. Alors, pour le grand chien, c'était pure félicité. Tambour se précipitait devant la cheminée, le plus près possible du bois de charme ou de foyard, qui brûlait en sifflant, en faisant de grandes flammes tournoyantes, et même, de temps en temps, provoquant des gerbes d'étincelles vives comme feu d'artifice. Le chien se couchait de tout son long, la tête entre les pattes, et se laissait engourdir par la chaleur du foyer, dans un bien-être sans pareil. La Cadie posait dans un coin de l'âtre une grande casse en tôle noircie et perforée, et faisait cuire les châtaignes. Il arrivait que le maître en dépiaute une, dise « Oh, l'Tambour ! » et la lui jette vivement. Le chien la happait d'un coup de gueule infaillible — et savourait l'extase de la nourriture offerte de la main même du dieu.

À la suite de cela, bercé par le ronron de la voix du vieux et le crissement de la sertisseuse, enivré par le parfum des bourres grasses, de la poudre, et des châtaignes rôties, Tambour s'endormait. L'on pouvait deviner, aux tressaillements de ses pattes, à ses petits jappements, qu'il était parti bien loin — au fond d'un bois immense, à la poursuite d'un sanglier de légende.

Le Tambour possédait aussi et surtout une qualité : un flair hors du commun. Et c'était ce flair qui lui apprenait une chose, en ce jour. Y avait une femelle en folie au bourg. Une femelle qu'était pas sa Trompette. Alors le Tambour se dressa dans son chenil et commença à humer le vent. Il avait beau être un vieux corniaud, il restait assez vert pour semer encore des tas de p'tiots dans le canton.

Les commis

Le lendemain, donc, les vendanges commencèrent. On débutait en coupant les blancs. Ensuite on passerait aux rouges, car les laisser prendre le soleil quelques jours de plus, ça ne pouvait leur faire que du bien, et si en plus il s'y mettait un peu de pourriture noble... Comme le répétait à tout bout de champ le Jean-Breule en s'adressant au Camille : « On va couper les pinots rouges ! », et de rire tout seul à ce trait d'esprit, pendant que l'objet de cette fine plaisanterie, malgré son athéisme, levait les yeux au ciel et prenait Dieu et Bakounine à témoins que, depuis 1933 qu'il était revenu au pays, il l'entendait, celle-là, au moins vingt fois par jour pendant les deux semaines des vendanges — il y avait même eu une recrudescence au moment du Front populaire.

On vendangeait tout d'abord une petite vigne située près de la ferme, qui bénéficiait d'un bon ensoleillement, à flanc de coteau, mais sur un terrain si raide qu'à la fin du jour, les queuches étaient toutes dolentes et que les travailleurs souffraient des écagnarts. On pouvait alors, au retour chez le Glaude, assister à l'intéressant spectacle des commis baissant leurs pantalons boerbeux, et même leurs caleçons, exhibant bien innocemment leur tuyauterie, tout ça pour se frictionner mutuellement avec de l'eau-de-vie où mémère Hyéhiette, avec sa science venue du siècle précédent, avait mis à macérer, en prévision de cet instant, certaines « harbes » dont elle avait le secret, et qui allaient lever le mal des os et de la viande.

Malgré sa rudesse, cette première journée se déroula sous le signe de la bonne humeur. Même le Maurice rigolait entre ses ordons, tout en échangeant quelques propos avec l'Anne-Marie et la Marinette qui, de tradition, vendangeaient toujours dans les rangs à côté du sien. Mais le plus intéressant était que Karl-Sigfried, au labeur lui aussi, chantait en travaillant, comme les nains de ce film fameux, qui avait fait s'émerveiller toute La Paulée lorsque le Baptiste l'avait projeté, et qu'était dessiné tout en couleur et qui bougeait : Blanche-Neige, ça s'appelait. Les chants n'étaient cependant pas les mêmes. M'sieur Karl entonnait en effet, fortissimo, des marches militaires de son pays, et chacun pouvait alors se rendre compte à quel point la langue allemande était faite pour ce genre musical. Même les merles, les corneilles et les pies en étaient équeûbis ! Des fois, Vieux-Louis, le seul grand-duc survivant encore dans la région, et qui perchait dans la forêt dominant la côte, en était troublé dans son sommeil diurne, et protestait en hululant douloureusement, blessé qu'il devait en être en sa foi patriotique de hibou français.

Il n'était pas le seul. À la dixième ou vingtième fois que Karl-Sigfried entonnait *Erika* ou *Ein Heller und ein Batzen*, la patience des commis s'épuisait, et les représailles commençaient.

Le Cambouis ouvrait les hostilités. Il jetait un regard alentour pour s'assurer que chacun allait le voir faire — chacun sauf m'sieur Karl, bien entendu — et, d'un geste vif, il balançait sur le chanteur la grappe de raisin qu'il venait de couper. Le fruit s'écrasait avec un « floc »sonore sur la chemise de l'Allemand, la constellant d'un beau soleil couleur rubis, et Karl-Sigfried, coupé dans ses trémolos martiaux et tudesques, se redressait en proférant un « was ? » réprobateur. Le Cambouis avait déjà replongé le nez dans son rang de vigne et, pendant que la Marinette et l'Anne-Marie, toute rouges, s'efforçaient de ne pas rigoler trop fort, il s'affairait avec sa serpette. M'sieur Karl se remettait au travail, attendait quelques instants, reprenait son chant interrompu... et recevait une seconde grappe, lancée cette fois par le Néné Grugeon, ou le Pierrot la Fouine, ou le Maurice, voire même par la Marinette ou sa sœur, d'humeur folâtre toutes deux.

Ce manège se répétait tant que Karl-Sigfried chantait, c'est-à-dire assez longtemps, car le bougre faisait preuve d'une obstination toute germanique, et le répertoire des marches militaires allemandes est infini. Au bout d'une heure, l'hôte du Glaude dégoulinait de jus de raisin, mais sa bonne humeur n'en était pas affectée. Tout ça n'était que « blaisanderie pien vrançaise », et il ripostait, un peu au hasard d'ailleurs, et avec moins d'adresse. Cependant, la fin de ce jeu était toujours la même. Un moment, M'sieur Karl se redressait inopinément, et surprenait... le Jean-Breule, ou bien le Jean-Bernard, une grappe à la main, et tout penauds de s'être fait prendre. Il éclatait de rire et les menaçait d'un doigt levé en s'écriant :

— Ach, bédids goquins... Fous allez tonner un peu plus de dravail à la Gadie ! Z'est elle qui fa devoir laver tout ça !

Et c'était vrai. Alors on se calmait, chacun de son côté. Karl-Sigfried mettait une sourdine à ses débordements musicaux, et on cessait de le bombarder... au moins pendant une heure. Car le naturel...

Au début du tantôt on vit survenir, le long du chemin, celui que chacun attendait en fait depuis le matin, et dont l'absence commençait à étonner.

C'était un petit homme sec, vêtu d'une vieille veste à la couleur indéfinissable, un chapeau de feutre gondolé enfoncé sur un visage couturé de rides, bien qu'il ne fût pas celui d'un vieillard. Il portait deux besaces, une sur chaque hanche, les sangles entrecroisées sur la poitrine, et marchait en trébeulant, s'appuyant sur une longue canne de coudrier dont il frappait sèchement le sol à chaque pas.

— Eh ben ! s'écria le Néné Grugeon, qui l'avait vu le premier, v'là t'y pas l'restant d'la colère du diable qu'o s'amenot !

Chacun s'interrompit dans son labeur et fixa l'arrivant, tandis que des exclamations de bienvenue retentissaient :

— Oh, le Titisse, t'as oublié qu't'es un faignant ?

— Ça serait-y qu'te fais des infidélités à tes collets ?

— T'as senti l'odeur d'la soupe de la Cadie ?

— Comment ça s'fait qu't'as pas le Glaude Montcharmont au cul ?

Mais tous ces cris moururent tout net lorsqu'on vit une seconde silhouette apparaître derrière celle du Titisse : celle d'une femme. Le Titisse Perraudin, on le connaissait bien. Tous les ans, il venait se louer chez le Glaude pour les vendanges, y abattant du reste une somme de travail qui ne le cédait en rien à celle des commis attitrés. Personnage solitaire, encore plus attaché aux landes et aux forêts qu'un sanglier, personne ne se souvenait l'avoir vu en compagnie d'une payse. Or voilà qu'il arrivait suité par une femelle, laquelle, en plus, poussait une voiture d'enfant. Ça serait-y que le monde se mettait à tourner à l'envers ?

Même le Glaude avait interrompu son travail, et le Frérot, qui était porteur, demeurait juché en haut de son échalle appuyée à l'arrière du char, penché de côté pour verser le raisin dans la ballonge. Comme à son habitude, l'aimable Pomponnette souhaita la bienvenue aux arrivants en hennissant, puis, en guise de cadeau d'accueil, elle leva la queue et laissa choir entre ses postérieurs quelques belles boules de crottin bien luisant.

Le Titisse Perraudin n'était pas peu satisfait de son petit effet. Il s'avança, se découvrit et, tenant haut son chapeau, s'écria :

— Salutas, la compagnie ! C'est moi que v'là !

Puis il attendit, tandis que la femme immobilisait son charroi trois pas derrière lui et, son visage reflétant une certaine crainte, se tenait coite, une main serrée sur la poignée du landau, une autre agrippant convulsivement la sangle de son vieux sac patiné.

Le Glaude, en tant que chef du clan, s'approcha le premier.

— Salutas, le Titisse, répondit-il au trimardeur. Alors, te viens pour gagner queuques sous ?

— Oui, l'Glaude. T'as d'l'embauche ?

— Ça peut s'faire... Mais dis donc, mon gars, t'es point tout seul, c't'année...

Le Titisse n'attendait que cette question, bien entendu, et chacun put le voir bomber le torse.

— C'est que j'vis plus tout seul, l'Glaude, répondit-il, puis, se tournant vers la femme, il lui ordonna, d'une voix dure : Amène-toi, qu'on te voye !

La femme obéit, et leva le nez pour subir l'examen. Elle ne semblait pas être âgée, et pourtant ses traits ne reflétaient plus aucun éclat. Ils n'étaient pas laids, mais une sorte de voile en gommait tout relief et, dans ses yeux noisette, ne se lisait aucune lueur, sauf celle de l'appréhension. Tout dans sa silhouette, comme dans la coupe de ses méchants vêtements ou dans le foulard défraîchi qui coiffait ses cheveux jaunes, trahissait une résignation morne, une espèce de fatigue face à l'existence. Chacun, la dévisageant sans vergogne, comprit que cette payse ne devait pas avoir l'habitude de sourire très souvent.

— C'est la Rolande Dupaquier, expliqua le Titisse, comme si ce simple nom devait tout éclaircir.

Le Glaude ne dit rien. Ni bonjour ni salut. Ses petits yeux étaient froids et durs comme silex, et sa bouche ne souriait pas. Le Titisse reprit :

— Elle vit avec moi. Elle a eu bien du malheur. Mais c'est pas une faignasse. Elle saura faire sa part...

— Et c'est quoi, qu'elle sait faire ? interrogea le Glaude.

— Elle sait tout faire... Et quand je dis « tout », c'est TOUT !

La Rolande baissa à nouveau la tête. Dans leur ordon, Marinette et sa sœur échangèrent un regard. Elles avaient saisi. Il ne manquait en effet pas de ces trimardeurs qui, un jour, prenaient une compagne, mais qui avaient l'esprit assez large, si l'on pouvait dire, pour ne pas s'offusquer si cette compagne, au hasard des routes et des fermes où ils se louaient, servait de fille à tout le monde, moyennant quelque rétribution. Ce n'était pas vraiment du proxénétisme — d'ailleurs on ne connaissait pas ce mot, sur la côte — mais ça y ressemblait tout de même un peu. Ces femmes, on ne leur parlait pas, mais comme elles étaient bien utiles pour soulager les ardeurs des célibataires, on les tolérait donc. En tout cas, les commis avaient saisi eux aussi. Il suffisait de voir les regards de loup qu'ils dardaient sur l'arrivante pour deviner à l'avance que, ce soir, le Titisse encaisserait la comptée.

— Eh ben alors, qu'elle parte à la ferme, décida le Glaude. Elle lavera le linge de la Cadie !

— T'entends, toi ? souligna le Titisse à l'endroit de la Rolande. Vas-y tout de suite !

La femme se remit en route, poussant toujours son landau. On put voir alors que la voiture n'abritait pas de bébé. Elle était seulement chargée jusqu'à ras bord de tout un bric-à-brac d'objets hétéroclites, sans compter les bouteilles de rouge, une miche de pain entamée et un énorme saucisson. Tant mieux. À la ferme, on tenait pas tant que ça à entendre brailler un marmot.

Rolande Dupaquier se rendit donc à la ferme, où elle fut accueillie par la Cadie, sortie sur le pas de sa porte pour toiser l'étrangère.

— C'que vous voulez, vous ? s'enquit la vieille.

— J'suis la Rolande du Titisse Perraudin, répondit l'arrivante. Vot'Glaude, y m'a dit de venir faire la lessive.

La Cadie fixa l'inconnue. Un seul regard lui avait suffi pour la jauger. Une pas grand-chose, qu'elle était tentée d'éconduire sans autre forme de procès. Mais si le Glaude lui avait dit qu'elle pouvait faire sa lessive, elle pouvait faire sa lessive. Il n'était pas question pour la Cadie d'aller contre les ordres de son mari. Et d'ailleurs c'est vrai qu'elle en avait une montagne, de lessive à laver. Et comme la Marinette et sa sœur, la putain, étaient à la coupe...

— Attendez là, grogna la Cadie.

Elle rentra dans la maison, et alla, à pleine brassée, quérir le linge sale. Elle ressortit. Rolande attendait, docile. La Cadie chargea le linge sur une brouette. Puis elle rentra pour ramener le pain de savon, le battoir et une brosse de chiendent.

— Le lavoir est plus loin sur la route, dit-elle.

— Où que j'peux mettre mes affaires ? se contenta de demander la femme.

— Dans l'fouanot. C'est là qu'vous dormirez avec le Titisse.

Sans sourciller, en personne habituée à obéir sans discuter, la Rolande alla ranger son landau à tout faire devant le hangar à foin, puis, empoignant les mancherons de la « beurouette », elle s'en alla le long de la route, suivant les indications de la Cadie, qui la surveilla par la fenêtre jusqu'à ce qu'elle eût disparu.

Au lavoir, deux autres femmes de Vivejoie étaient affairées, et toisèrent silencieusement l'arrivante. La Rolande les salua d'un indifférent bonjour, enleva sa veste et, s'agenouillant devant la margelle polie du lavoir, en chemise, commença de travailler. Ce n'était pas la première fois qu'elle lavait le linge des autres, et elle savait comment s'y prendre. Les commères, qui surveillaient ses moindres gestes, en furent pour leurs frais. Au reste, très rapidement, elle se désintéressèrent de l'inconnue. De toute façon, elle n'était pas du village. On n'allait donc pas faire la causette avec elle.

Ça ne dérangeait guère la Rolande. Comme l'avait dit le Titisse, c'était une créature « qu'avait eu des malheurs », et ces malheurs, l'endurcissant, l'avaient rendu insensible à l'indifférence de ses semblables. Et puis les femmes comme elle, ça ne se plaignait pas.

En fait, rien de ce qui lui était arrivé n'était vraiment original. Issue d'une famille de charbonniers de la forêt d'Ouche, si peu instruite qu'il lui fallait de longs instants et de gros efforts pour signer son nom, elle avait été placée dans les fermes dès son enfance, travaillant dur et ne recevant pour salaire qu'une soupe, trois sous aussitôt reversés à sa famille, et des taloches du matin au soir. Devenue femme, occupant le plus bas échelon de la hiérarchie paysanne qui régissait la vie bourguignonne, elle avait bien évidemment subi le sort des filles de ferme de son temps en devenant la pratique de tous les mâles vivant sous les toits où elle travaillait. Les premières fois, elle avait pleuré, parce que les hommes y z'étaient brutaux et qu'elle avait mal. Ensuite, elle avait laissé faire.

Mais à force de laisser faire, et sans les conseils d'aucune mémère à propos des tisanes qui font passer les enfants non désirés, elle n'avait pas tardé à connaître le déshonneur. Dès que son ventre s'était arrondi, on l'avait chassée de la ferme. Elle était rentrée dans sa famille mais, là aussi, elle n'était plus la bienvenue. Une fille perdue, une fille de rien, ça n'a pas ni père ni mère ! Alors Rolande était repartie sur les chemins. Elle avait eu la chance, si l'on peut dire, d'être arrêtée pour vagabondage, ce qui lui avait permis d'accoucher à l'Hôtel-Dieu de Dijon, établissement toujours plus confortable que le creux d'un fossé. Autre chance, son enfant était mort presque aussitôt, et elle-même s'était sortie d'une de ces fièvres puerpérales qui, d'ordinaire, ne pardonnaient pourtant pas. Rendue à la liberté, elle avait repris son existence de fille de ferme, plus ou moins prostituée, dans d'autres régions de la province, où l'on ne la connaissait pas. Rien n'avait changé pour elle, si ce n'est que sa fièvre l'ayant rendue stérile, elle ne risquait plus rien en vendant son « divertissouère » aux hommes. Mais une pareille vie, ça vous use n'importe qui et, à trente ans à peine, Rolande Dupaquier était devenue une femme sans âge, dont le seul espoir était, chaque soir, de trouver une soupe et un toit, et dont tous les biens tenaient dans l'antique landau qu'un jour de grande bonté, alors qu'elle était enceinte, une « dame de la ville », vivant dans une résidence secondaire sur la presqu'île des Branlasses, aux Sétons, et chez qui elle avait — déjà — lavé le linge, lui avait offert en plus de ses quarante sous de salaire.

L'hiver précédent, Rolande avait rencontré le Titisse Perraudin. L'une crevait de faim sur la route, grelottant dans la froidure des premières gelées, et l'autre avait vendu du gibier en fraude dans une auberge, ce qui, le vin blanc et la bonne humeur aidant, l'avait rendu aimable. Le Titisse entraîna donc la Rolande dans sa cadole, lui offrit la soupe et la mit dans son lit. Puis, le lendemain, après le café, il lui flanqua une trempe, et lui donna ses chemises et ses pantalons à repriser. Alors la Rolande, pleine de gratitude envers le Seigneur, sut qu'elle avait enfin trouvé un homme.

Oh, bien sûr, c'était un drôle d'homme ! Il ne lui racontait pas d'amabilités et, quand il avait bu un coup de trop, il ne se gênait pas pour lui claquer le museau. En plus, dans les fermes où elle le suivait, il laissait les commis se servir d'elle selon leur bon vouloir et pour moins cher qu'au bordel, à la ville. Mais la Rolande, des beignes, elle en avait tellement reçu qu'elle ne les sentait même plus, et quant aux attentions des hommes, elle attendait que ça se passe, ensuite elle allait s'accroupir sur l'abreuvoir, mesure hygiénique essentielle que les sœurs, à l'Hôtel-Dieu, toutes filles de Dieu qu'elles soient, lui avaient vivement conseillé de pratiquer désormais après le déduit.

Sans rien connaître de ce qu'avait pu être la vie de la Rolande Dupaquier, les commis, du premier coup d'œil, avaient tout su d'elle. Ou plutôt en avaient deviné l'essentiel, qui seul les intéressait. C'est pourquoi une sorte d'atmosphère électrique les habita jusqu'à la fin du jour. Ils travaillèrent avec une ardeur telle que le carré de vigne fut achevé une heure plus tôt qu'avait prévu le Glaude. Karl-Sigfried lui-même avait eu du mal à suivre, et n'y était parvenu — il manquait bien sûr d'entraînement — qu'en s'abstenant de barytonner ses bien-aimées marches. Il geignait à fendre l'âme et se frottait le bas du dos, à l'image du Pierrot la Fouine — mais chez celui-là, c'était naturel, depuis qu'un jour un barrault, à demi vide heureusement, lui avait roulé sur les rognons.

Le Glaude n'était pas enchanté de cette célérité. Perdre une heure, c'était perdre des sous. Mais il était trop tard pour qu'ils s'attaquent à une autre vigne. Maussade, il se résolut donc à donner le signal du retour à la ferme, se consolant en décidant qu'il ferait d'autant plus travailler son équipe au cuvage, où il y avait, de toute façon, toujours de quoi s'occuper.

La Pomponnette remorqua avec ardeur son char chargé des deux ballonges emplies à ras bord de raisin. Le fruit était beau, et l'année promettait. Le Glaude, assis sur le banc, les rênes à la main, tournait de temps en temps la tête, comme pour s'assurer de la réalité de ce début de récolte. Voyait-il déjà ce raisin se changer en bouteilles, puis en bon argent, ce n'était pas certain. Il aimait la vigne pour elle-même, et l'idée ne l'effleurait même pas qu'il ne fît pas le plus beau métier du monde. Karl-Sigfried s'était installé à côté de lui, en sa qualité d'invité. Les commis, Jean-Bernard et le Titisse Perraudin marchaient derrière. Les femmes les avaient précédés, avançant d'un bon pas, et l'on ne vit bientôt plus que les taches claires de leurs chemisiers sur la route. Quand le char vira pour pénétrer dans la cour de la ferme, elles étaient déjà rentrées. Celle que l'on vit, ce fut la Rolande, qui revenait du lavoir, agrippée aux mancherons de sa brouette, et courbée en avant à cause du poids de tout le linge mouillé qu'elle ramenait. Les bavardages des commis cessèrent, comme la femme passait devant eux. Mais la Cadie apparut, et cela coupa court à toute velléité de grivoiserie.

— La Rolande, dit la patronne, t'vas aller suspendre l'linge darré la farme. Y' a des pinces !

Il y avait en effet des pinces, derrière la ferme, et les étendoirs : de solides fils de fer tendus entre de non moins vigoureux piquets. Rolande se mit à y disposer les draps, chemises et caleçons auxquels elle avait rendu une blancheur de bon aloi. La Cadie trouva évidemment un prétexte pour passer dans le coin. C'était en réalité pour vérifier la qualité du travail. Elle ne trouva rien à redire. Au contraire. Elle-même ne faisait pas mieux. Elle toisa la Rolande Dupaquier et, événement extraordinaire, grommela :

— Y est bien.

Puis elle s'en fut. La Rolande n'avait même pas sourcillé. Compliments ou engueulade, pour elle, ça ne valait pas plus.

Comme le Glaude l'avait décidé, l'équipe, sauf Karl-Sigfried, qui n'était tout de même pas un commis, ni le Jean-Bernard, parce qu'il était trop jeune, travailla jusqu'à ce que le soleil effleure l'horizon au-dessus des teuhs. Puis elle regagna l'annexe, afin d'y faire un brin de toilette succinct en attendant l'heure proche de la soupe.

Le Pierrot la Fouine se décida. Tournant son visage étroit en direction du Titisse, il lui jeta un regard en coin et dit, d'une voix trop plate pour être tout à fait honnête :

— Dis donc, l'Titisse, on dirait qu'ta payse elle met du cœur à son ouvrage. Mais est-ce qu'elle a du sentiment ?

Le Titisse se lavait sous les bras, à l'eau froide, et il attendit un instant avant de répondre :

— Sûr qu'elle en a, mon gars !

— Rien qu'en la pidant, ajouta le Jean-Breule, on s'dit qu'elle doit avoir aussi un bon coup de reins !

— Ça peut aller...

Il y eut un silence. Chacun savait à quoi s'en tenir, mais il n'entrait pas dans la dialectique paysanne d'aller droit au but.

— Et pis elle est pas ch'tite, ta Rolande, reprit le Pierrot. C'est une belle fille. J'suis sûr qu'elle a de beaux nénés !

— Pas vilains...

— Et son cul, y doit bien t'remplir les mains, non ?

— Faut pas s'plaindre...

Il y eut un nouveau silence.

— Moi, j'aimerais bien m'chauffer la brioche avec une payse comme ta Rolande, soupira hypocritement le Néné Grugeon. Mais j'avos point d'femme...

Le Titisse dévisagea le commis. Sans sourire, il répliqua :

— Ça peut s'arranger...

Le Pierrot, le Néné et le Jean-Breule interrompirent leurs ablutions et se rapprochèrent de leur compère. Ce dernier ricana.

— J'suis point jaloux, pour de vieux copains comme vous. Mais tant qu'vous pratiquerez la Rolande, a pourra pas s'occuper d'moi... Ça s'paye, ça !

— Combien ? demanda le Pierrot, subitement impatient.

— Cent sous chacun.

Les commis grimacèrent.

— C'est pas donné, protesta le Néné.

— Non..., c'est vendu ! intervint Camille, qui avait suivi toute la conversation sans y prendre part.

Les autres se tournèrent vers lui, surpris par ses paroles.

— T'en es pas, l'Cambouis ? s'étonna le Jean-Breule.

— Oh non ! répliqua l'ancien du PLM. J'en suis pas ! Vos histoires de putasserie, vous vous les ferez sans moi !

Une mauvaise lueur passa dans les yeux du Titisse, mais le trimardeur n'insista pas. C'est qu'il connaissait le Camille et sa réputation de cogneur. Et puis si le gars avait des états d'âme, qu'est-ce qu'il en avait à fiche ?

— Môssieu a peut-être ce qu'il lui faut ailleurs ! glousse le Jean-Breule, finaud, mais un regard du Cambouis lui fit à temps se souvenir qu'il avait promis de ne pas avoir la langue trop longue, et il bredouilla. Bah ! C'que j'en dis, moi...

Il en revint au Titisse, et grogna :

— Bon... Va pour cent sous.

— Et pour c'prix, interrogea froidement le Pierrot, qu'est-ce qu'on peut lui faire, à la Rolande ?

Le Titisse haussa les épaules.

— Vous y f'rez ben c'que vous voudrez. Moi, j'm'en fous !

Les trois commis échangèrent un regard et, du même geste, portèrent la main à leur poche de pantalon, tandis que Camille leur tournait ostensiblement le dos...

Ce fut un étrange concert de halètements étouffés, après le repas du soir, alors qu'ils étaient sortis faire une dernière promenade avant le coucher, qui attira l'attention de Jean-Bernard et d'Émilie. Ça venait du fouanot. Les deux adolescents échangèrent un regard interrogateur et, sans rien dire, se tenant par la main, s'approchèrent de la bâtisse. Ils écoutèrent et distinguèrent, au milieu des gémissements, d'incompréhensibles paroles, qui ressemblaient à des injures : « Boug'd'salope... acrée morue... pouffiasse... » Ils échangèrent un nouveau regard, et l'Émilie haussa les sourcils en signe d'ignorance. Mais, mettant un doigt sur ses lèvres, elle entraîna son camarade vers l'arrière du bâtiment, là où une large échelle, appuyée contre le mur, permettait d'accéder à la haute embrasure par laquelle on hissait le foin. Elle se mit à y grimper, avec une agilité de fille de la campagne, et Jean-Bernard la suivit, le nez sous ses jupes, et tout équeûbi, levant la tête, de distinguer, malgré la pénombre, l'éclat blanc de la culotte Petit Négro et les deux fuseaux musclés des cuisses de la petiote.

Ils passèrent par le trappon ouvert et se retrouvèrent au sommet du fouanot, assaillis par le fabuleux parfum de l'herbe séchée. Les rauquements continuaient de résonner, et les deux enfants s'avancèrent dans le foin, précautionneux, se serrant l'un contre l'autre. Ils découvrirent alors un bien intéressant spectacle. La Rolande du Titisse Perraudin se trouvait là, en compagnie du Néné Grugeon, du Jean-

Breule et du Pierrot la Fouine et, pour dire le vrai, le groupe était bien occupé.

Petits paysans, Émilie et Jean-Bernard savaient depuis longtemps comment faisaient les animaux pour se monter dessus. Mais c'était la première fois qu'ils pouvaient voir des humains en train d'en faire autant. La même rougeur leur monta aux joues, et, instinctivement, ils se serrèrent encore plus étroitement l'un contre l'autre, épaule contre épaule.

Ils demeurèrent un moment à observer la scène. Ce qui paraissait très étonnant, songeait Émilie, c'était que la Rolande du Titisse ressemblait à l'Hortense ou à la Daudiche, quand on les menait au taureau. Toute nue, à quatre pattes, ses nichons pendouillant sous son torse, elle ne remuait pas plus que les braves vaches, et c'était le Pierrot, en train de la couvrir, qui bougeait, et qui soufflait, et qui la traitait de tous les noms, et qui jurait comme un païen, tandis que ses deux collègues contemplaient le tableau, assis sur une botte de foin, leurs pantalons aux chevilles, en se passant une bouteille de rouge.

Un mouvement du Jean-Bernard tira l'Émilie de sa fascination. Tournant la tête, elle se rendit compte que son compagnon avait glissé une main sous lui, et son épaule remuait par à-coups contre la sienne. La petite ne comprit pas ce que le garçon était en train de faire, mais, d'instinct, elle sut que ce n'était pas quelque chose de convenable. Et soudain, elle prit conscience que regarder les commis et la femme, ce n'était pas convenable non plus. Dans son esprit flamboya la terrible image de Môssieu le curé, avec sa barbe d'ogre et ses yeux implacables, à qui elle serait obligée d'avouer, samedi prochain à confesse — pour pouvoir communier à la messe du dimanche — le péché qu'elle était en train de commettre. Une vague de panique la submergea. Elle donna un brusque coup d'épaule à Jean-Bernard, qui interrompit son petit jeu et la regarda, quelque peu chaviré. D'un sec mouvement de la tête, elle lui fit signe qu'il fallait qu'ils s'en aillent. Jean-Bernard ouvrit la bouche, en une muette protestation, mais elle insista et, comme d'habitude, il lui céda. Tout aussi silencieux qu'ils avaient été pour s'avancer, ils reculèrent dans le foin, et, quittant le hangar, ils redescendirent l'échelle.

Ils se regardèrent un instant. Émilie avait honte, mais se sentait également toute remuée, sans savoir pourquoi, et les yeux de Jean-Bernard étaient étranges.

— Faut rentrer, dit nerveusement la petite. L'est tard et on va s'faire gronder !

Jean-Bernard hocha la tête, se mordit les lèvres.

— Faut... faut que j'pisse, avant !

Il se détourna et alla se planter trois pas plus loin, face au mur. Figée, Émilie l'observa, et vit son bras qui bougeait, très vite.

Elle ne comprenait toujours pas ce qu'il faisait, Jean-Bernard, mais elle fut sûre d'une chose : il pissait pas...

Le Titisse Perraudin et le Charles Roberjot

Le Titisse Perraudin était l'un des derniers d'une race en voie de disparition. Trimardeur de son état, louant ses services au hasard des routes, il avait été un jour catalogué comme vagabond dans un rapport de gendarmerie de sa Bresse natale. Car bressan il l'était, un « Peutrot » donc, mais en réalité son ascendance était interlope. Ses ancêtres étaient en effet des gens du voyage, et bien qu'ils eussent remisé la roulotte tribale et cessé de courir les routes des décennies plus tôt, tout un chacun affirmait que le sang ne pouvait mentir et que, donc, ses façons de s'amuser avec la loi, le Titisse en avait hérité à la naissance.

Le Titisse ne connaissait pas son âge : au début de ce siècle, les camps volants n'étaient pas déclarés à la mairie, mais il pensait aller sur sa quarantaine. Sa seule école avait été, dès son plus jeune âge, la maraude, la pêche et le braconnage et son prénom, ou plutôt son surnom, il le devait à ses talents de pêcheur de grenouilles — des titisses en bressan. Avec pour tout matériel une tige de noisetier coupé à l'aide de son vieil Opinel, un bout de ficelle et une « piau » de grenouille, un sac de jute en bandoulière, il savait s'approcher sans bruit des bords de n'importe quelle mare et, son vieux chapeau enfoncé sur les yeux, voilà qu'il commençait le concert. « Coa coa ! » qu'il faisait. Un coup de poignet, l'appât tombait juste sous le nez de la titisse intéressée. De petits soubresauts lorsque la bestiole mordait, et la v'là qui se retrouvait illico dans le sac garni d'un peu d'herbe mouillée pour assurer la bonne conservation des prises. Ensuite, défaites et assemblées par six sur des branchettes de sureau, les grenouilles allaient faire la joie des restaurateurs.

Pour le Titisse, point de saison ni de dates d'ouverture. Pêche et chasse étaient ouvertes toute l'année et ses collets en fil de cuivre de récupération piégeaient nombre de lapins, de perdreaux, de grives, et même parfois un lièvre. Et quand ça ne donnait pas, il y avait toujours quelque part un clapier mal surveillé qui perdait d'un coup ses deux plus gras pensionnaires.

Le Titisse venait chaque année à La Paulée pour les vendanges. Certes le vieux Theuvenot était un gueulard pas toujours tendre avec le personnel, mais un Peutrot, ça a l'habitude de se faire siffler aux oreilles et puis, si la paillasse était dure, à la ferme la table était toujours bien mise, en marande et en boisson. Ça le changeait de son ordinaire, à lui qui était plutôt gourmand — sans négliger les sous que le patriarche lui comptait soigneusement, mais honnêtement, à la fin de chaque saison.

Le Titisse participait, à sa façon, à la bonne tenue de la table de la Cadie. Ce matin-là, il décida que l'heure était venue, avant que les travaux à la vigne lui donnent mal au dos, d'aller courir les chaumes et les bois à la recherche d'un beau gibier qu'il offrirait à la vieille.

Il s'éveilla avant l'aurore, se leva de sa paillasse, sans un regard pour la Rolande revenue de s'être fait saillir par les autres gnaulûs, ramassa ses vêtements et ses godillots et sortit du fenil, plus silencieux qu'une ombre. La nuit était encore obscure et silencieuse, peuplée d'à peine quelques bruissements que seul un Titisse pouvait identifier. Le froid saisit le maraudeur, qui enfila rapidement son pantalon, boucla sa large ceinture et endossa sa veste rapiécée, une veste qui avait dû faire l'orgueil d'un chasseur de son clan, quelques décennies auparavant. Il fila rapidement, prenant bien garde à n'éveiller ni la meute dans son chenil ni les poules dans la basse-cour.

Un sourire étirant ses lèvres sous sa moustache de trimardeur, le Titisse s'enfonça dans l'obscurité. Les heures à venir allaient être exaltantes, comme toutes celles qu'il consacrait à la braconne, mais non dénuées de risques. Car le Titisse avait deux ennemis jurés, à La Paulée. Le premier, évidemment, c'était Claude Montcharmont, le garde champêtre. Mais lui, c'était un ennemi « normal », héréditaire, en quelque sorte. L'autre, c'était pire...

L'autre, c'était le Charles Roberjot. Celui-là, le Titisse le haïssait... et le redoutait, car c'en était un de sa race.

*

Dans sa petite maison — plus que modeste, voire délabrée — située près de la falaise, à environ une demi-lieue du centre du village, Charles Roberjot, à peine éveillé, s'étira en bâillant bruyamment. Puis, ses brodequins non lacés aux pieds, le pantalon jadis bleu déjà enfilé, mais les bretelles pendantes, les pans d'une chemise douteuse sur les brailles, il s'affaira dans ce qu'il considérait comme une cuisine, à préparer son petit déjeuner.

Le cadre de vie du Charles ne payait pas de mine : deux chaises branlantes, deux tables boiteuses, un buffet bancal, un poêle rond qui avait possédé trois pieds lors de ses belles années, mais dont l'un d'eux était maintenant remplacé par deux briques. Le tuyau qui en sortait, après de nombreux méandres, évacuait la fumée par la fenêtre — dans ce but, une des vitres avait été remplacée par un morceau de tôle, ce qui rendait désormais l'ouverture des battants impossible, mais baste !, un réchaud à alcool, une lampe à pétrole au verre noirci et crasseux, une pierre d'évier sous la fenêtre, et dont l'écoulement s'effectuait par un trou dans le mur directement sur le sol de la cour, quelques bonbonnes qui trainaient dans un coin... La chambre, ou plutôt ce qui en tenait lieu, était en harmonie, et sur le lit défait, un chien bâtard de griffon, l'œil mi-clos, suivait chaque mouvement de son maître, aux aguets. Pour ce qui était des commodités, la nature y pourvoyait. Tout ce décor disparaissait sous une espèce de velours beige grisâtre, d'aspect soyeux, qui n'était autre qu'une couche de poussière pour le moins décennale. Les seuls objets propres du logis constituaient en le calendrier des postes — dame, il n'avait que neuf mois — et surtout les trois fusils de chasse accrochés au râtelier et qui étaient, eux, méticuleusement nettoyés. Il y avait également, cachée sous le lit, du côté de la ruelle, une caisse vierge de poussière. C'était la boîte aux trésors du Charles : des cartouches, du fil de cuivre, de laiton, d'acier, quelques pièges... L'occupant des lieux avait des distractions bucoliques qui ne le faisaient guère apprécier du garde champêtre...

Charles Roberjot, la cinquantaine, un début d'embonpoint, une légère claudication qui ne l'empêchait pas de se déplacer discrètement et rapidement dans les sous-bois, n'avait pas eu une vie très facile. Né à Montagny, à quelques kilomètres de La Paulée, dans une famille miséreuse, il en était parti, fâché avec le reste de la tribu pour une question d'héritage — on avait sans doute voulu le priver d'une faucille ébréchée ou d'une hache au tranchant défectueux lors du partage.

Aussi avait-il tenté l'aventure à la ville : Chalon. Quelques petits métiers bien mal payés et puis, un jour, il s'était retrouvé matelot sur une flûte, faut dire qu'il fréquentait assidûment le café de la Marine, et qu'il avait eu des exemples.

Mais panser les chevaux, dormir dans un placard de deux mètres carrés à l'avant du bateau, parfois même hâler la péniche à la cordelle, ce n'était pas pour lui. Sa brillante carrière de navigateur fluvial s'était finalement achevée le jour où, sans doute quelque peu éméché, il avait projeté le capitaine d'un bateau dans la Saône, sous les applaudissements des platières qui, assistant à la rixe, rythmaient les coups des deux antagonistes avec leurs battoirs.

Alors il était revenu, pas dans son pays — on a sa fierté — mais à La Paulée. Là, les paysans s'étaient accommodés de son caractère rugueux, de son aspect et même de son odeur. Il rendait de petits services à chacun, contre une honnête rétribution, et puis, période ou pas, on pouvait toujours lui commander un lièvre, un lapin, quelques truites ou des écrevisses pour le dimanche suivant... et cela, bien entendu, n'était pas pour améliorer les liens « d'amitié » qu'il entretenait avec le Glaude Montcharmont.

Après avoir torché du bout des doigts un bol en faïence — ébréché —, Charles le remplit à moitié de gnôle et y ajouta des morceaux de pain. Il laissa le mélange infuser quelques minutes, puis absorba ce breuvage éminemment roboratif, avec des éructations satisfaites. Le bol vidé, il enfila les pans de sa chemise dans son pantalon, ajusta ses bretelles, frisa ses moustaches d'une main sûre, et vint frotter le coin d'une vitre de la fenêtre paralysée pour jeter un coup d'œil à l'extérieur de son antre.

Le jour était à peine levé, quelques écharpes de brume s'étiraient dans la vallée.

— Va faire une belle journée, marmonna le Robert, car, comme tous les solitaires, il avait l'habitude de soliloquer, et il continua d'inspecter le paysage familier. Il eut tout à coup un sursaut.

— Vingt dieux de vingt dieux, gronda-t-il. Le Titisse ! C'est le Titisse, que j'vois. C'gnaulûs y s'cache ! Pour sûr qu'y part à la braconne.

S'ensuivit une longue litanie de jurons, puis le Robert reprit, s'adressant à son chien qui avait relevé le nez.

— Tu te rends compte, Trouduc — c'était le nom du chien —, c'est encore lui ! À toutes les vendanges, ce Ventre-Jaune y revient ! Ce bouffeur d'gaudes qui nous vole not'gibier !

Il était tellement indigné, le Robert, qu'il en oubliait de se caler l'estomac de ses habituelles rondelles de saucisson, suite logique de sa trempusse, car, pour notre rustique gastronome, « canon et saucisson fait marande ».

Il y avait urgence. Charles enfila sa veste de chasse, noble vêtement usé sous le harnois, autrefois marron noir, mais dont les plis luisants avaient pris une intéressante patine gris foncé tirant sur le verdâtre, puis se coiffa de son chapeau, attribut difforme, tout aussi camouflé que la veste. À la suite de quoi il siffla Trouduc et sortit silencieusement de chez lui.

— J'vas voir où c'est-y qui pose ses collets, c't'argonnier-là, c't'espèce de malhonnête, grommela-t-il. (Il se ravisa.) Non ! J'vas aller trouver le Glaude Montcharmont pour l'mettre en garde — ce qui, compte tenu de la profession dudit Glaude, était une évidence.

*

À la même heure, dans sa coquette maison, le Glaude Montcharmont, après avoir brossé képi et vareuse, briqué boutons et plaque au Miror en protégeant le tissu avec la patience, ciré leggins et brodequins, taillé sa moustache avec soin, fit la bise à la Ninie, boucla son ceinturon, et sortit son vélo de sous l'appentis.

— À t'ta l'heure, Ninie, claironna-t-il. Oui, je sais ! Je ramènerai le pain, la farine et du sucre ! Ça fait quatre fois que tu me le dis depuis c'matin !

Et Glaude, droit comme un i sur sa bicyclette, partit pour faire sa « patrouille ».

Vers le calvaire, à sa grande surprise, il vit le Charles Roberjot qui, de toute évidence, l'attendait. Il s'en frotta presque les yeux. C'était l'eau qu'avait rendez-vous avec le feu, pas possible !

— Bonjour, Môssieu Montcharmont ! s'exclama le Robert, avec un large sourire de fayot professionnel.

— Bonjour, Roberjot, répliqua le Glaude qui, en ami des animaux, ajouta pour le chien qui le fixait, une oreille dressée, l'autre aplatie, ce qui lui donnait un air rigolo : Salut Trouduc ! (Le garde reprit, pour le possesseur dudit Trouduc :) Qu'est-ce tu fiches ici, à c't'heure ? Ce serait-y par hasard qu'hier soir t'aurais pas retrouvé le chemin de ton bivouac et qu'tu te serais cogné dans la croix ?

— Mais non, Môssieu Montcharmont. Je me promène à la fraîche avec l'Trouduc, c'est tout !

— Vouais... C'est peut'être vrai ! La carnassière de ta veste est bien plate.

Le Roberjot était la parfaite image de l'innocence et dardait sur le garde des yeux de martyr chrétien injustement accusé de sorcellerie ou, pire encore, par quelque barbare empereur païen.

— Mais, Môssieu Montcharmont, comment qu'elle pourrait être remplie ? C'est pas encore l'ouverture d'la chasse ! (Montcharmont devenant tout rouge, le Roberjot se hâta d'ajouter :) Vous avez vu ? Les Boches, y sont chez les Theuvenot. Et pis y a aussi du drôle de monde, vous savez bien...

— Écoute, Charles, dis-moi ce que tu veux me dire, mais cesse de me faire perdre mon temps, avec ton air franc comme un âne qui recule !

— Eh ben, y en a qui sont pas venus uniquement

pour les vendanges. J'dis ça pour c'gars qu'est d'empi !

Le braconnier avait conservé de sa carrière navale les expression des mariniers de Saône. D'empi, c'était la rive gauche du fleuve, la Bresse, la Franche-Comté, le Saint Empire romain germanique le pays des Huns, pour tout dire, et le riaume, la rive droite, c'était le royaume, la France, quoi !

Le Glaude se pinça la base du nez entre deux doigts noueux, et toisa le dénonciateur.

— Écoute, Charles, maugréa-t-il, si tu veux me dire que le Titisse est revenu avec une dame qu'a pas bon genre, je le sais déjà. C'est mon rôle. Et qu'il est revenu surtout pour braconner, je le sais aussi... Mais que ça soit toi qui me le dise, alors là, mon gars, c'est l'hôpital qui s'fout de la charité ! Les collets que j'ai trouvés dans une trace au fond du bois, y a huit jours, le Titisse il était pas encore là ! Alors qui c'est qui les avait posés, hein ? J't'y demande !

— Ça, je sais point, Môssieu Montcharmont. Il a des fois des gens bizarres qui passent par ici... Des qui sont en roulottes !

— Oui, mais ils ne stationnent pas, les camps volants que tu causes ! Ils ont appris à me connaître... Maintenant, Roberjot, mets-toi ça dans un coin de ta tête : je suis là pour faire respecter l'ordre et la loi, et j'y ferai ! Et un braconnier, qu'y soit du pays ou pas, il subira les foudres de c'te loi ! T'as bien compris ! Alors merci de tes renseignements, mais t'avise pas de serrer de trop près le Fernand, avec ou sans fusil, ni à goner dans les ruisseaux pour en sortir les truites... Tu m'as suivi, Charles ? Bon... Il faut que je continue ma patrouille, mais souviens-toi : je t'ai à l'œil. Fais pas de conneries ou tu connaîtras la gendarmerie de Buxy. C'est moi qui te le dis ! Sur ce, salut ! Et salut aussi, Trouduc ! T'es plus honnête que ton maître !

Très satisfait d'avoir tancé son vieil ennemi, Glaude

Montcharmont s'éloigna en pédalant noblement. Au fond, pensait-il, le Charles Roberjot n'avait pas tort. Les gens d'empi n'étaient pas fréquentables. Le Titisse, il aurait à le surveiller de très près...

De son côté, ledit Roberjot s'en fut, claudiquant de plus belle, comme si cela pouvait inciter le garde, si des fois celui-ci jetait un regard par-dessus son épaule, à se montrer indulgent.

— Quel vieux con, ce Montcharmont ! grommela-t-il entre ses dents. Y sait même point faire la différence entre les gens biens et les autres... Si c'est comme ça, c'est moi que j'vais me l'payer, l'Titisse ! Et pis ça sera bien fait. Allez ! Viens-t'en, mon Trouduc !

Charles Roberjot regagna donc sa masure, son Trouduc sur ses talons. Il ne s'y attarda pas et en ressortit armé d'une solide trique de cornouiller, qu'il soupesa en ricanant.

— De toute façon, on peut rien me dire ! gloussa-t-il. J'boite, moi ! Et ma canne, eh ben, elle m'aide à marcher !

Il s'engagea dans le chemin creux qui courait au bas de la falaise, là où les buissons étaient particulièrement épais, et où, bien dissimulé, il pourrait se mettre à la recherche de l'étranger...

La Marinette et Môssieu le Curé

Le regingôt amoureux qu'elle avait vécu avait rendu un peu d'espoir à Marinette. L'autre soir, le Lucien s'était montré plus ardent qu'il n'avait jamais été, même au début de leur mariage. Plus ardent et plus... imaginatif aussi, ce qui avait été pour son épouse une — très — heureuse surprise. Marinette souriait en se remémorant les détails de la chose et, tout en travaillant, à la ferme ou aux vignes, elle n'arrêtait pas de fredonner des chansonnettes de Lucienne Boyer et d'Éliane Celys, voire de Mademoiselle Mistinguett. Ce changement dans son attitude n'était pas passé inaperçu. La Cadie dardait sur sa bru des regards soupçonneux et Frau Starkenschwanz, tout heureuse de voir son amie aussi ouverte, lui tenait de longues conversations dans son mélange d'allemand et de français.

Quatre jours après le début des vendanges, alors qu'elles revenaient de la coupe, avant les hommes, pour aider la Cadie à préparer le repas du soir, Anne-Marie demanda à son aînée :

— Dis donc, on dirait que ça va mieux, toi. Je me trompe ?

— Ça va mieux, confirma Marinette.

Elle hésita un peu, mais se décida vite :

— Le Lucien et moi, on s'est rabibochés. On a remis ça !

— Raconte ! gloussa Anne-Marie, curieuse.

Ce n'était pas trop des choses qui se racontaient, mais Marinette se sentait le cœur si tant gonflé qu'elle ne demandait qu'à se confier. Et à qui d'autre que sa sœur ? Elle savait qu'Anne-Marie pouvait tout entendre, et qu'elle ne la trahirait jamais. Elle raconta, donc, et, la parole entraînant la parole, en dit même plus qu'une femme convenable ne faisait jamais. Anne-Marie l'écouta, avec de petits hochements de tête approbateurs, et même un ou deux sifflements admiratifs lorsque le récit atteignit certains détails croustillants.

Marinette se tut enfin et, un moment, le silence s'installa entre les deux sœurs.

— C'est pas bien honnête, tout ce que j'ai fait, souffla enfin la jeune femme.

Anne-Marie éclata de rire.

— Quoi, pas honnête ? Parce que tu l'as fait avec la bouche ?

Marinette rougit, baissa la tête et répliqua, plus bas :

— Y a d'ça... Mais aussi ... j't'y ai pas dit... On l'a fait... autrement.

— Autrement ?

— Ben... écoute... c'est pas facile à dire. Le Lucien, il a eu l'idée... il m'a fait retourner et...

— Oh ! J' comprends... Vos l'avez fait par darré !

— Oui... Et ça, c'est pas bien !

Anne-Marie haussa les épaules.

— Ma cocotte, toutes les filles qui veulent arriver propres à leur mariage, c'est comme ça qu'elles le font ! Si t'l'avais fait par darré, quand t'as connu le Lucien, t'aurais pas attendu l'Émilie avant d'être mariée et la Cadie, elle te traiterait pas comme elle te traite aujourd'hui.

Marinette réfléchit un instant. Elle était si naïve, lorsqu'elle avait connu le Lucien. Comment aurait-elle pu songer à ce primitif, mais sans doute efficace, moyen de contraception ?

— Mais toi, t'y fais, par darré ?

— Qu'est-ce tu crois : bien sûr ! Les hommes, c'est des cochons. Y rêvent tous d'y faire, ces sagouins ! Même ceux qu'osent pas en causer.

— Tout de même... c'est pas bien honnête !

Agacée, Anne-Marie appliqua une tape sur l'épaule de sa sœur.

— Tu vas pas t'en afeûtrir ! gronda-t-elle. Si ça te revorche trop, t'auras qu'à aller t'en confesser !

— Me confesser... J'y ai pensé, mais ça, j'oserai jamais y dire au curé !

— Et pourquoi donc ? C'est son travail, au curé, d'y entendre. Et t'en fais pas, va ! C'curé, qu'arrive de chez les sauvages, je suis ben sûre qu'il en a entendu d'autres.

— Mais tu l'as vu ! Il doit être terrible, c't'homme-là !

— Terrible ou pas, c'est qu'un curé, pas l'bon Dieu ! Et c'est l'bon Dieu qui pardonne les péchés. C'est Lui que tu dois craindre, pas ses calotins !

— Tu... tu crois ?

— Ben tiens... Le curé, y va te filer une dizaine de chapelets à réciter... Et pis écoute : qu'est-ce qui est le plus important pour toi ? Réciter des chapelets ou garder ton homme, même si, pour ça, tu dois lui donner ton cul...

Pensive, Marinette considéra la poussière de la route devant ses sabots.

— Toi, quand tu l'fais, tu l'confesses à ton curé, après ?

— Moi, j'me confesse que deux fois l'an : avant la Noël et pour faire mes Pâques... C'est là que j'lui sors tout en bloc, au curé.

— Tu... tu te fiches de moi ?

— Non... Si je me confessais trop souvent, le curé,

y finirait par y prendre du plaisir, et alors c'est lui qui pécherait.

Marinette éclata de rire. Anne-Marie, très satisfaite d'elle-même, continua :

— Et d'abord, une fois, j'y ai même fait avec un curé !

— Quoi ?

— Mais pas celui de ma paroisse... Faut pas exagérer... Eh ben, tu sais... Les curés, y t'le font comme les autres hommes... Juste qu'ils jurent moins le Saint Nom de Not'Seigneur pendant qu'ils jouissent !

Marinette riait si fort qu'elle dut s'arrêter. Sa sœur l'embrassa sur la joue, chaleureuse.

— J'suis tellement contente de te voir rire, ma belle... Mais dis donc, qu'est-ce tu vas faire avec le Maurice ?

Marinette se rembrunit.

— J'vais arrêter. Si le Lucien y sait me donner du sentiment, j'ai pas besoin d'un autre homme que lui.

— Ouais... Et tu lui as dit, au Maurice ?

Marinette secoua la tête.

— Non. J'y ai pas dit...

Elles se remirent en marche. Elles étaient en vue de la ferme quand l'Anne-Marie dit à sa sœur :

— Eh ben, traîne pas trop longtemps. Ces choses-là, y faut jamais les laisser attendre...

Mais Marinette laissa attendre, un peu parce qu'elle redoutait d'affronter son beau-frère, et surtout parce qu'avec tout le travail à la ferme, elle n'avait guère le temps de s'offrir le luxe d'une difficile mise au point. Les vendanges se déroulaient bien, mais le Glaude avait l'œil à tout et, dès que quiconque se laissait aller à lever un peu le nez, il lui tombait dessus à bras raccourcis et le renvoyait au labeur, comme si, de cet instant de paresse, eût pu découler tout le devenir de la récolte et la prospérité de l'exploitation pour la décennie à venir. Même M'sieur Karl n'y coupait pas, quelle que fût l'amitié qui l'unissait à son vieux camarade.

Un matin, le Titisse ne se présenta pas avec les commis. Tout le monde savait que, lors des vendanges, il s'arrangeait pour manquer une fois ou deux : le bougre partait à la braconne. Il arriverait plus tard dans le jour, et se ferait pardonner son absentéisme en exhibant en grand mystère, de sous sa veste, un capucin de huit livres, ou une demi-douzaine de perdreaux, ou bien quelques garennes et une poignée de merles ou de grives. N'empêche... Le Glaude tempêta, sacra, traîna le Seigneur dans la merde et jura qu'il ne reprendrait plus jamais « c'faignant, si y s'avisait de refout'les pieds chez lui » ! La seule qui aurait pu être impressionnée par cette sortie, la Rolande Dupaquier, ne connaissait pas ce rite. Mais, entre son propre travail et la pratique des commis, le soir, elle n'allait pas se casser la tête pour l'absence de son homme et la colère du maître.

Durant ces jours, Marinette évita d'« agacer » son mari, qui était « brâment » trop fatigué pour l'y faire, « davant ou darré », quand ils se retrouvaient dans leur chambre. Mais, le mercredi soir, elle n'y pouvait plus tenir. C'est comme ça : les chèvres et les femmes, quand elles y ont goûté, à leur bouc, elles le redemandent. La Marinette redemanda donc le Lucien. Sans lui refaire le coup de la culotte — Anne-Marie lui avait affirmé qu'il fallait éviter de répéter les mêmes fantaisies une fois qu'elles ont fait leur effet — elle fut suffisamment explicite en allant se mettre au lit en tenue d'Ève et, s'allongeant près de Lucien, en lui posant, câline, sa menotte sur la poitrine.

Elle tomba de haut. Son mari la regarda un instant, puis ses yeux se dérobèrent et il marmonna :

— Non, la Marinette. J'y veux pas... C'est pas l'soir...

Marinette fixa son époux, trop stupéfaite pour ressentir pleinement de frustration — pas encore.

— Mais, Lucien, balbutia-t-elle. Tu... tu...

— J'ai le boyau qu'est tout rebeuillé... et pis j'ai sommeil... On y fera une aut'fois... J'te l'promets !

Lentement, Marinette se dressa dans le lit.

— T'as plus envie de moi, dit-elle, la voix tremblante.

Lucien ne répondit pas. Il continuait de fuir son regard. Un sanglot monta dans la gorge de la jeune femme.

— J'suis plus assez belle pour toi, souffla-t-elle. Tu m'aimes plus...

Lucien s'agita dans le lit.

— Pas maintenant, la Marinette, murmura-t-il. Pas maintenant... Faut pas en causer.

— Pourtant... l'autre soir... j'croyais... que j'te plaisais...

Lucien darda alors vers elle un visage rouge de colère, mais peut-être aussi d'un peu de honte.

— Pas maintenant, j'te dis ! répéta-t-il, grondant.

Marinette fixa un long instant son mari, qui finit par lui tourner le dos. Elle se laissa retomber sur le traversin et y enfouit son visage, pour que l'étoffe de lin boive ses larmes. Une femme de paysan, comme elle, ça ne pleurait pas tout fort.

Le lendemain, au début du tantôt, la Marinette et l'Anne-Marie quittèrent la ferme pour aller à la vigne. Le carré récolté se situait de l'autre côté du village ; elles prirent donc leurs bicyclettes et s'éloignèrent à force de pédale. Alors qu'elles abordaient les premières maisons, Marinette se porta à la hauteur de sa sœur et lui dit :

— Continue toute seule, Anne-Marie. Je vous rejoindrai plus tard à la vigne.

— Mais, s'écria Anne-Marie, abasourdie, qu'est-ce tu veux faire ?

— J't'expliquerai.

— Et qu'est-ce que je vais leur dire, aux autres ?

— T'auras qu'à leur dire que j'suis allée chez mon amant !

— T'es pas un peu folle ! Marinette...

Mais Marinette s'était déjà éloignée. Anne-Marie la suivit des yeux, juchée sur son vélo, et la vit traverser la grand place. Elle se dirigeait droit vers l'église.

— Ah, non de gu ! jura la jeune femme. Elle va l'faire !

Marinette allait le faire, en effet. Elle y avait pensé durant toutes les heures où elle n'avait pas dormi, la nuit précédente, et toute la matinée, et au moment du déjeuner... Elle n'en pouvait plus. Il fallait qu'elle s'ouvre à quelqu'un de ce qui la rongeait, et qui lui gâtait le sang. Et, de quelque façon qu'elle tourne le problème, elle ne pouvait arriver qu'à une seule conclusion. Qui d'autre au village aurait pu l'écouter, que Môssieu le Curé ?

Elle avait donc rassemblé tout son courage et, malgré la peur que lui inspirait le personnage, elle avait décidé d'aller à confesse.

Môssieur le Curé de La Paulée était un personnage hors norme. Surtout pour un ecclésiastique. Imaginez une sorte d'hercule de plus d'un mètre quatre-vingt-dix, et dont le poids devait avoisiner le quintal et quarante ou cinquante livres, graisse — beaucoup — et muscles — encore plus — Le verbe haut, et même tonnant, la barbe embroussaillée et le crâne luisant, il eût plutôt incarné le Père Fouettard qu'un berger rassemblant ses ouailles perdues. Plus tout jeune, il était arrivé au village deux années auparavant, en remplacement de l'excellent abbé Martin, et, de suite, il avait délicieusement terrorisé ses paroissiens — et surtout ses paroissiennes, mais celles-là, elles adoraient se faire bousculer. Ce redoutable personnage portait un nom impossible, et qui trahissait qu'il n'avait rien d'un Bourguignon. Il se nommait en effet Tanguy Kergroac'h et on le disait natif de Quimper, ou de Saint-Brieuc, ou de Brest, voire de Vannes ou de Laval, mais là, ça devenait des suppositions hautement exotiques, car ces patelins, on savait même pas à quel coin de la Bretagne ça correspondait — sauf Mademoiselle Rosette, mais c'était normal, une institutrice, ça sait tout — enfin bref, il était breton, et, dans un sens, ça l'aidait, parce qu'un Breton, ça sait boire, tout comme un Bourguignon. Le jour où, au bistrot, il l'avait haut la main emporté sur le Bernard Tainturier, dans une partie de jeu de dames où les blancs étaient remplacés par des verres de prune et les rouges par de la framboise, et où chaque joueur devait avaler cul sec les pièces qu'il prenait à son adversaire, le tout en deux manches et la belle, chaque Pauléen s'était dit : « Ct'homme-là, c'est quelqu'un ! »

C'était en effet quelqu'un. L'abbé Kergroac'h cachait sous ses dehors tonitruants un passé qui n'avait pas toujours été très drôle. Né d'une famille pauvre comme seules pouvaient être pauvres des familles bretonnes à la fin du XIXe siècle, il avait connu la misère, enfant, et bien failli verser dans la malhonnêteté. Mais il avait eu la révélation de Dieu à temps pour éviter de commettre pire que de simples peccadilles d'adolescent, et, quand il arrivait qu'on le questionne sur les raisons l'ayant incité à entrer au séminaire, il répondait, avec un gros rire : « J'ai eu une crise de foi ! » D'ailleurs on ne lui posait pas souvent des questions. On craignait trop ses éclats de gueule et la façon dont il assenait des coups de poing sur les tables, à en fendre le plateau, lorsqu'il discutait théologie avec l'un ou l'autre fidèle. Il ne s'étendait pas beaucoup non plus sur la façon dont il avait été décoré, pendant la guerre, à force d'aller confesser sous la mitraille les mourants des deux armées, ramenant bon nombre de blessés au passage, les tenant dans ses bras et les protégeant des balles à l'aide de son vaste corps, tout autant que par la grâce de ses prières. Au reste, à ce jeu, il avait gagné un bel éclat de shrapnell dans le poumon, mais ça ne paraissait pas l'amoindrir, allez !

Le gaillard se montrait beaucoup plus volubile pour relater sa carrière de missionnaire, en Afrique, où on l'avait envoyé, au sortir de sa convalescence, sans doute pour qu'il se repose sous un autre soleil que celui de Verdun. Avec une verve qui ne pouvait que séduire les Bourguignons, grands amateurs d'histoires s'il en est, l'abbé Kergoac'h pouvait discourir des heures durant à propos du Congo ou de l'Oubangui-Chari, décrivant les rivières qu'il avait remontées en pirogue, tirant au passage sur les crocodiles mangeurs d'hommes, avant de traverser la jungle en se frayant un passage à coups de machette, suant sang et eau sous son casque colonial et sa soutane, tout ça pour aller évangéliser des Pygmées tout nus, avec des os dans le nez, qui mangeaient du singe, et parfois même leurs semblables, mais qui se prosternaient devant la croix et ne barguignaient pas à considérer le bon père comme l'envoyé du seul Vrai Dieu auprès d'eux. Ledit père était resté une bonne douzaine d'années en Afrique, faisant pénétrer la foi dans les crânes des païens, en leur bottant le cul souvent, mais en se dévouant pour eux corps et âme, à en attraper les fièvres. Une attaque de malaria plus violente que la moyenne, et qui aurait emporté n'importe qui, mais pas lui, avait provoqué son rappel en Europe. Là, sa faconde, son irrespect envers la hiérarchie ecclésiastique, et, il faut bien l'avouer, son penchant pour la dive bouteille et la bagarre, héritage de son enfance, et que son séjour aux colonies n'avait fait que confirmer — dame, là où il fait chaud, on boit et, au fond de la brousse, on trouve plutôt du vin de palme que de l'eau pure — lui avaient barré la route des nominations les plus prestigieuses. Mais l'abbé Kergroac'h s'en fichait. Il n'avait aucune envie de devenir un jour évêque. Il gardait de son passé de missionnaire le goût des aventures humaines simples et des gens que sa terrible gueule suffisait à impressionner. C'était généralement le cas dans les paroisses rurales où il avait été nommé, et La Paulée ne déparait pas à la liste. En fait, ce Breton se plaisait énormément dans son coin de la côte bourguignonne, où il avait fini par se faire des amis : le Glaude Montcharmont, le garde champêtre, Mademoiselle Rosette qui, bien qu'institutrice et secrétaire de mairie républicaine, ne criait pas « croa, croa » sur son passage, et quelques autres qui avaient su discerner, sous ses dehors rébarbatifs, toute l'étendue de sa compassion pour les êtres en général, et ceux qui souffrent en particulier.

Marinette arrêta sa bicyclette devant le porche de la belle petite église romane du village, et jeta un regard empli d'appréhension sur la façade de pierre blonde et l'harmonieux clocher qui la surmontait. Elle se frotta nerveusement les mains l'une contre l'autre et, prenant son souffle, elle poussa la porte de bois cloutée — comme les poignets et les pieds de Notre-Seigneur — et pénétra dans l'édifice sacré. Il y faisait frais, il y faisait silence, il y faisait ombreux et, sans qu'elle sache pourquoi, elle se sentit mieux, tout de suite. Elle s'avança dans l'allée centrale, entre les bancs — ceux des femmes à droite, ceux des hommes à gauche — et alla faire une génuflexion devant l'autel et la grande croix où un Christ polychrome aux couleurs effacés, et dont la facture rappelait, Bourgogne oblige, les sculptures de Jehan de la Huerta, la considérait de ses yeux peints et compatissants, sous la couronne d'épine qui lacérait ses chairs de bois.

Marinette se signa et, discrètement, alla s'asseoir sur le premier des bancs féminins. À cette heure, l'église était déserte, et elle en fut satisfaite. Mais elle ne savait pas quoi faire. Aller frapper à la porte de la sacristie, elle n'oserait jamais. Elle ne venait pas à la messe chaque dimanche — au contraire de la Cadie — et cela aussi, elle se le reprochait. Il y avait tant à faire, à la ferme, y compris pendant le jour du Seigneur. Mais, une fois de plus, elle péchait...

Quelques minutes passèrent. Soudain, avec un grincement discret, la porte de la sacristie s'ouvrit. Sans nul doute Dieu avait averti son pasteur qu'une de ses paroissiennes se trouvait là à l'attendre. L'ogre apparut donc et marcha vers la jeune femme !

La gorge serrée, Marinette vit le formidable curé s'avancer vers elle. Sa bouche se dessécha, mais, lorsque le prêtre s'adressa à elle, la pécheresse fut toute surprise de la douceur de sa voix, si différente des ses grondements d'orage habituels.

— Soyez la bienvenue, ma fille, dit le curé. Que désirez-vous ?

Il parlait bien, Môssieu le Curé. Et son accent était différent de celui de Bourgogne. Marinette n'hésita plus.

— Mon père, dit-elle à mi-voix, je voudrais me confesser.

Le curé fronça imperceptiblement ses sourcils et considéra un instant la jeune femme. Cette dernière redouta qu'il lui réponde que ce n'était pas le jour, ou l'heure, ou... Mais l'abbé Kergroac'h se contenta de lui dire :

— Très bien, ma fille.

Il lui montra le confessionnal, de l'autre côté de la nef. Subitement impatiente de s'y retrouver, Marinette se leva, précédant le curé, et en souleva le rideau. Elle s'agenouilla sur le dur prie-Dieu de bois patiné par des générations de genoux cagneux plus ou moins en danger d'enfer, et attendit que le prêtre vînt prendre sa place. Elle entendit coulisser le volet derrière la grille de bois et distingua vaguement le massif profil de celui devant qui elle allait, dans un instant, mettre son âme à nu.

— Au nom du Père, et du Fils..., marmonna-t-elle en se signant à nouveau...

Pour l'abbé Kergroac'h, la jeune Mme Theuvenot n'était pas une inconnue. Sans doute n'était-elle pas une de ses paroissiennes les plus assidues, mais il n'ignorait pas certaines choses à son propos. Comment aurait-il pu les ignorer, d'ailleurs ? La plupart des bonnes âmes qui s'en venaient à confesse se délectaient à relater, outre leurs propres péchés, ceux des autres, réels ou supposés. Et parmi ces femmes la Cadie n'était pas celle qui avait la langue la moins pointue. À propos de sa bru, elle lui en avait conté ! Le prêtre n'était pas mécontent que ladite bru s'en vienne enfin lui parler. Il pourrait se faire une idée par lui-même de ses qualités ou de ses défauts.

— Amen, murmura l'homme de Dieu, en répons au signe de croix de la Marinette. Puis il ajouta à mi-voix : Récitez votre acte de contrition, ma fille.

Marinette s'exécuta et l'abbé fut surpris de la ferveur avec laquelle la jeune femme prononçait les paroles sacrées. La jeune Mme Theuvenot ne trichait pas. Quelque chose lui pesait réellement sur l'âme. L'ecclésiastique inclina la tête. Cette payse, c'était son rôle de l'aider. D'ailleurs n'était-ce pas le but réel de la confession, et les premiers chrétiens ne se confessaient-ils pas publiquement afin de s'entraider ? Les sanctions divines, songeait le curé, quelle bonne blague !

— De quoi vous accusez-vous, ma fille ? demanda l'abbé.

Il y eut un silence, puis Marinette répondit :

— Je ne suis pas venue à confesse depuis... longtemps.

Dans son réduit, l'abbé Kergroac'h réprima un sourire, que la pécheresse ne pouvait voir. Il savait bien que Mme Theuvenot n'était point venue se confesser depuis son arrivée à La Paulée, et il croyait deviner pourquoi.

— Aviez-vous une raison pour cela, ma fille ?

La réponse fut proférée d'une voix encore plus étouffée, mais sans hésitation, et le curé apprécia la franchise de son ouaille :

— Vous me faisiez peur, mon père...

C'était bien ça ! L'abbé sentit un flot de tendresse lui monter dans la gorge, et répliqua d'un ton d'autant plus bourru :

— Je suis un homme de Dieu, ma fille. Ce n'est pas moi qu'il faut craindre. C'est le courroux du Seigneur. Il n'est pas bon de garder ses péchés pour soi, d'autant que Dieu les voit tous, et les avouer devant son prêtre ne peut vous faire que du bien. Continuez...

Marinette continua, égrenant le chapelet habituel des petites fautes quotidiennes que nul n'évite jamais, sauf à se conduire comme le plus parfait des saints, et encore... Saint Pierre n'était-il pas un pécheur type ? L'abbé Kergroac'h écouta cette litanie avec patience, ne prononçant que de rares paroles, à peine nécessaires pour remettre la jeune femme sur le bon chemin, quand elle s'égarait à des digressions inutiles pour l'essentiel de sa confession. Il devinait que tout cela n'était qu'un préambule. Mme Theuvenot ne se sentait pas encore assez à l'aise avec lui, mais surtout avec elle-même, pour évoquer ce qui, sans doute, lui pesait le plus.

Il y eut un silence. L'abbé attendit quelques instants et demanda :

— Est-ce tout, ma fille ?

La réponse se fit également attendre. Enfin, Marinette Theuvenot soupira :

— Non, mon père.

Elle se tut à nouveau. Le père joignit les mains. On y arrivait. Mais, le silence se prolongeant, l'ecclésiastique comprit qu'il devait pousser la jeune femme à libérer ce qui, apparemment, lui pesait au point qu'elle ne parvenait pas à en parler, quelque envie qu'elle eût de le faire.

— Je suis là pour vous aider, ma fille, dit l'abbé. Je ne suis pas un juge. Le seul véritable juge, c'est le Tout-Puissant, qui vous regarde en ce moment, et je puis vous assurer qu'Il n'est qu'Amour pour Ses créatures, et ne désire que leur pardonner. Aussi ne redoutez rien de Lui... ni de moi. Soulagez-vous de vos péchés. Je vous écoute. Qu'avez-vous à me dire ?

Le prêtre pouvait entendre le souffle précipité de Marinette Theuvenot. Il l'entendit même déglutir puis, enfin, elle parla :

— Mon père... l'autre soir... mon mari... m'a couverte !

Tanguy Kergroac'h arqua ses épais sourcils, et se tourna vers la grille le séparant de sa pénitente.

— Ce n'est pas un péché, ça, ma fille, dit-il. Dans un couple, c'est ne PAS pratiquer l'acte d'amour qui est un péché. Je ne comprends pas pourquoi vous vous en accusez.

— Justement, mon père ! Faut vous dire que... mon Lucien, il n'était plus trop... ardent avec moi...

La voix de la jeune femme avait frémi et l'abbé comprit que Mme Theuvenot était en train de s'ouvrir à lui d'un problème qui, assurément, dépassait le cadre d'une simple histoire de gaudriole. Il se mordilla les lèvres.

— Votre mari vous néglige, ma fille ?

— C'est ça même, monsieur le curé. Y... y me faisait plus rien depuis... longtemps. Alors... alors... j'ai fait des choses pas bien honnêtes... (Elle ajouta précipitamment :) Mais c'était pour... l'agacer ! Seulement pour l'agacer !

— Et... quelles choses avez-vous faites, ma fille ?

— J'ai... j'ai point mis de culotte et... je me suis parfumée... partout... pour l'aguicher !

L'abbé se pencha en avant et porta vivement sa

main droite devant son visage, se frottant avec énergie la bouche et la barbe pour étouffer dans l'œuf la formidable envie de rire qui l'avait pris. Il dut attendre plusieurs secondes pour être sûr que sa voix ne vibrerait pas d'un amusement déplacé.

— Ce ne sont pas de bien grands péchés, ma fille, dit-il, et cela ne doit pas vous tourmenter. Il est de bonne guerre, pour une femme, d'user d'une certaine séduction afin d'éveiller l'intérêt de son époux. Si cela ne devient pas une habitude, on ne peut le qualifier de vice. Poursuivez...

— Eh bien... mon Lucien, ça lui a plu. Alors il m'a couverte... Mais comme ça faisait longtemps... on n'a pas été sages, lui et moi. On a... fait des choses...

« Nous y voilà ! » pensa l'abbé. Cette pauvre femme et son mari s'étaient un peu amusés tous les deux, et la malheureuse s'en culpabilisait au point de venir à confesse. Une sourde rancœur monta, dans l'esprit du prêtre, vis-à-vis de l'intransigeance hypocrite d'une Église à laquelle il appartenait, mais qui brimait les humains en ce qu'ils avaient de plus naturel.

— Ma fille, dit le prêtre, quand deux êtres s'aiment, pourquoi voulez-vous que la sagesse vienne s'en mêler ?

Marinette Theuvenot ne répliqua pas, et l'abbé devina qu'elle n'avait pas compris le sens de sa phrase. Il s'agita sur son banc. Il n'avait guère envie d'entendre des précisions scabreuses sur la façon dont cette femme et son mari avaient fait l'amour. Il n'avait rien d'un voyeur ou d'un pervers et, pour dire le vrai, il se montrait extrêmement timide en face des confidences intimes de ses ouailles. Mais il avait compris que, pour sa pénitente, là se trouvait le nœud du problème. Aussi, prenant sur lui, il étouffa un soupir et murmura :

— Je vous écoute, ma fille.

— Eh bien..., reprit Marinette d'une voix hésitante qui trahissait sa perplexité, je... je veux dire... que mon Lucien... j'y ai fait... par la... bouche... et puis ensuite... on l'a fait par darré !

L'abbé Kergroac'h resta silencieux, en proie à des abîmes de perplexité. Là, c'était vraiment trop pour lui ! Il avait beau, depuis deux ans, essayer de comprendre le patois de ses fidèles, très éloigné de son breton maternel, bien qu'il y eût noté certaines racines familières, origines celtes obligent, « pardaré », il ne comprenait pas. Les seules « Arrée » qu'il connaissait, c'était les monts de son pays. Rien à voir, bien évidement, avec le problème de la jeune Mme Theuvenot.

L'ecclésiastique se racla la gorge. Sa pénitente s'était tue, comme si elle attendait qu'il réagisse à son aveu. Il hésita et grommela :

— Hem... qu'entendez-vous par là, ma fille ?

Cette fois, à son souffle, l'abbé devina que c'était Marinette Theuvenot qui était stupéfaite. Il sentit une bouffée de colère monter en lui, dirigée contre lui-même. C'était stupide ! Et gênant. Pour une simple question de patois, il mettait son interlocutrice dans l'embarras, et Dieu sait s'il détestait cela, au cours d'une confession. Il reprit :

— Je regrette, ma fille, mais... je ne suis pas d'ici, comme vous le savez. Alors, « pardaré », je ne comprends pas. Voulez-vous insinuer que vous avez fait « perdurer » la chose ?

Marinette restant coite, le prêtre, domptant son début d'énervement, insista :

— Je veux dire : ça a duré longtemps, ou quoi ?

— Ben... un p'tit moment, mon père... Mais... c'est pas ça... que... enfin...

Tanguy Kergroac'h n'était pas un homme patient. Nombreux étaient ceux qui, au grand dam de leurs dents parfois, avaient pu s'en rendre compte, aux colonies ou ailleurs. Il ferma un poing aussi gros qu'une tête d'enfant et gronda :

— Si c'est pas ça, c'est quoi alors ? (Il avait failli ajouter : « Nom de Dieu ! »)

— C'est... (la voix de Marinette Theuvenot était mourante.) C'est qu'on l'a fait... comme... ça se... fait pas...

Dans l'entendement de l'abbé, ce fut comme un grand éclaircissement. Se rapprochant à toucher la grille du confessionnal, le prêtre articula, presque aussi bas que sa pénitente :

— Voulez-vous dire, ma fille, que vous pratiquâtes... la sodomie ?

Marinette Theuvenot avala sa salive, ce que le curé perçut nettement, et répondit, d'une voix incertaine :

— Ben ça... je sais pas, mon père... Mais ce que je sais, c'est que le Lucien, y m'a enc... (le reste du mot ne fut qu'un chuchotement à peine audible). Et...

Marinette ne put aller plus loin. Un concert de raclements et de quintes de toux l'avait interrompue. Elle fixa la grille, stupéfaite. Qu'arrivait-il au curé ? Il s'étranglait, ou quoi ? Il avait avalé de travers ? Elle l'entendait qui soufflait et gémissait et prononçait des paroles dans une langue incompréhensible — son patois natal, sûrement — et même, il se frappait la poitrine du poing, et ça résonnait comme sur un tambour. Un soupçon se fit jour en elle. Est-ce qu'il n'était pas en train de rire, par hasard, et qu'il cherche à le dissimuler ? Mais rire de quoi ? De sa sottise de paysanne ? Elle baissa la tête, mortifiée, et attendit que l'orage se calme.

Marinette ne se trompait pas. Ce que l'abbé Kergroac'h tentait de ravaler, c'était le formidable éclat de rire qui avait secoué son immense carcasse à l'audition du fameux mot autour duquel la pauvre jeune femme tournait depuis le début de sa confession et qui, naturellement, écorchait sa bouche de créature bien élevée et de chrétienne. Le prêtre s'en voulait de rire. Ce n'était pas charitable, mais il ne pouvait s'en empêcher. La situation était tellement cocasse ! « Par darré » ! Par derrière... Il aurait dû comprendre, d'autant qu'il l'avait déjà entendue, cette expression. Quel idiot il avait été ! Ça n'avait rien de drôle, pour cette pauvre femme, de devoir avouer cette déviance, et il comprenait son embarras, mais, décidément, il n'y pouvait rien. Il en pleurait à chaudes larmes, jusque dans sa barbe, et ne devait qu'à la vastitude de son poitrail de pouvoir tousser assez fort pour ne pas trahir son hilarité.

Se fustigeant, l'abbé Kergroac'h parvint enfin à juguler ses éclats de rire. Il poussa un profond soupir.

— Monsieur le Curé, entendit-il, venant de l'autre côté de la grille. Est-ce que ça va ?

— Ça... ça va, ma fille, répondit-il, la poitrine encore secouée de soubresauts. Ça... ça m'arrive parfois... Excusez-moi... (Il rassembla tout son courage et poursuivit :) Donc vous avez fait... d'une certaine façon...

Marinette Theuvenot reprit, d'une voix pitoyable :

— Oui, mon père... C'est pas propre... mais... le Lucien voulait et... et moi... j'l'ai laissé y m'faire.

— Oui... oui... Je vois... (L'abbé était lui-même dans un grand embarras, à présent qu'il ne riait plus.) Mais... y avez-vous pris du plaisir, ma fille ?

— Ben... Pas trop au début... mais après... oui... (Elle ajouta, avec une involontaire naïveté, et comme pour s'excuser :) C'était pas pareil !

Tanguy Kergroac'h s'assena un nouveau et violent coup de poing sur les abdominaux, afin d'étouffer dans l'œuf son rire qui prétendait renaître au fond de ses entrailles. Il faudrait qu'il se confesse également, auprès d'un confrère, et le plus tôt possible. C'était vraiment un péché de s'amuser de ce qu'il entendait, même si ce n'était pas volontaire.

— C'est très mal, n'est-ce pas, mon père ? interrogea Marinette Theuvenot, de plus en plus misérable. C'est une grande faute...

— Et où avez-vous pris ça, ma fille ? la coupa d'autant plus sèchement le prêtre qu'il voyait là l'unique façon de se raccrocher à son rôle de confesseur juste et sourcilleux.

Il attendit que s'écoule un instant et, devant le silence, abasourdi de toute évidence, de sa pénitente, il reprit :

— Ce n'est certes pas la bonne manière de pratiquer l'acte, si l'on respecte l'esprit de l'Église, qui entend que ses enfants croissent et se multiplient, mais il ne faut pas vous culpabiliser outre mesure. Ce n'est pas là un péché mortel.

— Vous... vous croyez, monsieur le curé ?

La voix de Marinette Theuvenot avait à tel point reflété d'incrédulité — et de soulagement — que l'abbé en fut ému. Il aurait voulu pouvoir saisir les mains de la jeune femme et les presser entre les siennes pour lui redonner courage.

— Je vous l'affirme, ma fille. Certaines... pratiques, lorsqu'elles ne deviennent pas essentielles à la consommation de l'acte, sont tout à fait tolérables. Il n'est pas nécessaire d'en parler outre mesure. Ces choses-là doivent demeurer votre secret et celui de votre époux... et à la rigueur le mien lorsque vous venez le confesser. Aimez-vous votre mari ?

La réaction de Marinette Theuvenot surprit le prêtre. Il s'était attendu à de véhémentes protestations d'amour de la femme vis-à-vis de son homme, pour justifier la façon dont elle lui avait cédé, mais ce fut d'une voix à nouveau tendue, et sur un débit lent, que la jeune femme répondit :

— Oui, Monsieur le Curé... Je l'aime...

Elle laissa sa voix en suspens, et l'abbé Kergroac'h comprit que sa confession n'était pas achevée...

Marinette ne savait plus quoi penser. Elle avait bien compris que son aveu avait provoqué un effet certain chez Môssieu le Curé, mais ça n'avait pas été la réaction à laquelle elle s'était attendue. Elle s'était préparée à devoir courber les épaules sous les remontrances tonnantes du terrible prêtre, fustigeant son vice et sa débauche et, au lieu de cela, l'abbé lui avait affirmé que ce n'était pas bien grave. Était-il sincère ? Bien sûr que oui, puisque c'était un prêtre, et qu'il n'allait pas lui mentir. Alors... pourquoi cette noirceur s'attachant aux choses de la chair ? Pourquoi ce sentiment de culpabilité qui l'accablait, si ce n'était rien ? Anne-Marie ne se culpabilisait pas non plus. Marinette aurait bien aimé parler d'elle à l'abbé. Mais sa sœur n'apprécierait peut-être pas qu'elle dévoile ses secrets.

La dernière question de l'abbé avait cependant replongé Marinette dans ses tourments. Elle avait répondu... mais elle savait qu'à présent allait venir la partie la plus difficile de sa confession. Bien plus difficile que de révéler les fantaisies érotiques de son époux.

— J'aime mon mari, mon père, répéta-t-elle. Mais... je l'ai trompé.

Le silence qui suivit son aveu lui sembla lourd. Quand le curé parla, ce fut également d'une voix qui n'était plus la même.

— Pourquoi l'avez-vous trompé, ma fille ?

La réponse fusa, que Marinette fut incapable de contenir :

— Il ne s'intéressait plus à moi ! Il ne me touchait plus depuis... si longtemps... (Marinette eut un gros sanglot.) Il ne m'aimait plus.

Elle se mit à pleurer.

Désemparé, l'abbé ne savait comment réagir. Il n'était plus simplement un homme de Dieu. Il était un être humain, témoin de la détresse d'un autre être humain. Et ces êtres humains, il les aimait trop pour se protéger derrière la cuirasse de sa soutane. Aussi fut-ce avec une réelle chaleur dans la voix qu'il répliqua :

— Êtes-vous certaine de cela, ma fille ? Pouvez-vous vous jurer à vous-même que votre époux ne vous aimait plus ?

Une nouvelle fois, Marinette Theuvenot se montra honnête.

— Non, mon père, avoua-t-elle. Je... je ne peux pas... et... en vérité, c'est... pour ça que... je regrette... Oh, mon père... si vous saviez comme je regrette !

La jeune femme pleurait à présent à chaudes larmes.

— Si votre regret est sincère, ma fille, dit le prêtre, votre faute vous sera pardonnée. Certes, vous avez commis l'adultère, qui est un péché mortel, mais il n'est rien que Dieu ne puisse absoudre. Je vous en donne ma parole et ma foi !

L'abbé laissa passer un long instant. Laisser pleurer sa pénitente n'était pas la plus mauvaise thérapie à ses tourments. De fait, lorsqu'elle se calma, ce fut d'une voix plus assurée que la jeune femme poursuivit sa confession :

— Je ne sais pas comment ça s'est fait, mon père. J'étais une honnête femme. Je travaillais à la ferme, sans penser à rien... Vous savez, on ne m'aime pas beaucoup, là-bas. (L'abbé savait.) Alors... j'étais si seule. Un jour... (Elle s'interrompit.) Vous voulez savoir avec qui ?

— Votre confession ne doit engager que vous, ma fille, répliqua l'abbé avec douceur. Il n'est pas utile que vous me révéliez le nom de celui avec qui vous avez péché. Quand cela s'est-il passé ?

— Il y aura bientôt deux ans.

Le curé sourcilla.

— Vous avez attendu bien longtemps avant de

prendre conscience de votre péché, ma fille. Pourquoi ?

— Je... je vous l'ai dit : vous me faisiez peur.

— Est-ce la seule raison ?

Marinette hésita, répondit, plus bas :

— Non, mon père. En vrai... ça ne me faisait pas vergogne, de coucher avec le M... avec un autre homme. Je... ça me donnait... du plaisir, et j'en avais pas trop... Mais, petit à petit... j'y ai réfléchi et... eh ben, j'aime pas ça ! Non ! J'y aime pas... Mon père, je voudrais tellement que ça se soye jamais passé ! Je voudrais tant que ça redevienne comme avant, avec mon Lucien !

— Mais n'est-ce pas revenu, puisque vous avez recouché ensemble ?

— Je sais pas... Non. Je sais pas.

— Comment ça ?

— Hier soir, j'ai voulu y refaire. Mais... le Lucien y m'a repoussée ! Comme avant ! Il... il osait pas me regarder en face. C'était pareil que si... j'avais été une sale bête puante ! Mon père... hier soir, mon homme, je l'ai haï ! Oui... comme je vous le dis : je l'ai haï, le Lucien... Autant que j'l'aime !

L'abbé tombait des nues. La situation de cette femme, en face de lui, était beaucoup plus compliquée qu'il n'avait imaginé. Elle vivait un véritable drame conjugal, et sûrement depuis longtemps.

— Savez-vous pourquoi votre mari vous a repoussée ? demanda-t-il.

— Oui, mon père ! (La voix de Marinette Theuvenot s'était faite âpre, dure.) C'est parce que je lui ai demandé de me défendre contre la Cadie. Il parlera jamais contre elle ! Il préfère me voir malheureuse !

— Comment pouvez-vous le croire, ma fille...

— Je le sais ! La Cadie, elle m'a jamais acceptée à la ferme ! Elle m'en fait voir que vous imaginez pas... Moi, tout ce que je voulais, c'est que Lucien il me montre de la tendresse et qu'il dise à sa mère de pas tant m'endêver. Mais non ! Il le fera jamais... Alors je vais me retrouver toute seule, mon père. Et si je suis toute seule, je recoucherai avec le Maurice, même si j'en ai pas envie !

Atterré, l'abbé Kergroac'h considéra, à travers la grille, le visage penché de Marinette Theuvenot. La jeune femme avait posé ses lèvres sur ses mains jointes, mais ses traits étaient durs, tourmentés.

— Je suis pas une sainte, reprit la pénitente. Moi aussi, je veux en avoir un peu, du bonheur. Quand je l'ai marié, le Lucien, je voulais qu'on ait beaucoup d'enfants, et des beaux gars qui feraient la fierté de la famille. J'ai eu l'Émilie, et ensuite... plus rien. L'autre soir, j'ai cru... qu'y aurait une chance. Mais y avait pas de chance, mon père, et je sais pas si le bon Dieu, Il veut m'en donner une autre !

La voix de Marinette Theuvenot avait à nouveau vibré, mais d'une sourde colère, cette fois. L'abbé hocha silencieusement la tête.

— En voulez-vous à Dieu, ma fille ?

— Oui, mon père. Il est pas juste !

C'était là une affirmation que le bon curé n'était pas loin de partager, après avoir vu tout ce que le monde lui avait offert en spectacle au long de sa vie, mais il ne pouvait évidemment pas l'avouer à sa pénitente. Il répliqua donc :

— Il peut sembler en effet que Dieu n'est pas toujours clément. Mais il ne faut pas que vous en soyez persuadée. Dieu vous met à l'épreuve, et cette épreuve pourra être longue. Ne désespérez cependant pas. Si vous le désirez, je pourrai vous aider à la supporter.

Marinette tourna la tête vers le grillage du confessionnal.

— Comment ?

— Mais... en vous écoutant, et en essayant de vous donner un peu de courage.

Marinette Theuvenot ne dit rien. L'abbé respira un grand coup et se décida :

— Je ne vous infligerai aucune pénitence pour vos péchés, ma fille. Même pour votre adultère. Tout ce que je vous dirai, c'est qu'il faut que vous essayiez de toutes vos forces de résister à la tentation. Ces mots, vous les prononcez chaque jour, quand vous récitez votre Pater... Je veux que vous y réfléchissiez, et que ce ne soit pas que de simples paroles murmurées sans y penser. Je ne vous garantis pas que vous réussirez du premier coup... Mais si vous fautez, je veux que vous reveniez me voir et que vous me parliez. Avez-vous confiance en moi, mon enfant ?

— Je... oui, mon père !

— Je tâcherai de vous aider... de toutes mes forces. Mais c'est vous, madame Theuvenot, et vous seule, qui saurez, si Dieu vous inspire, de quelle façon vous sauver. Est-ce que vous me comprenez ?

Marinette avait à nouveau baissé la tête.

— Je... j'crois bien, mon père.

— J'en suis heureux. De toute manière, ma porte vous est ouverte, comme à chacun de mes paroissiens. À quelque heure du jour ou de la nuit, si vous en ressentez le besoin, je suis prêt à vous écouter. Je ne suis qu'un pécheur, tout comme vous, ma fille, et cela doit vous faire oublier... que vous avez peur de moi, n'est-ce pas ?

Marinette Theuvenot eut une sorte de petit gloussement qui ressemblait à un rire — pas vraiment vaillant.

— Je... j'ai moins peur de vous, mon père, soufflat-elle.

— Voilà qui me fait plaisir. Alors, si vous le voulez, nous allons prier, tous deux, et je vous assure qu'après cela, vous vous sentirez toute propre... *In nomine Patris...*

L'Anne-Marie et le Daniel

Lorsqu'il venait à Vivejoie, le couple Starkenschwanz ne restait pas à la ferme Theuvenot durant toute la durée des vendanges. Certains jours, Karl-Sigfried et son Hildegarde s'absentaient. C'était qu'ils avaient envie de faire un peu de tourisme... et de se reposer des cadences que leur imposait le Glaude.

« Dieu est en France », ont l'habitude de dire les Allemands, et nos deux Bavarois le croyaient fermement. Alors, ils s'en allaient musarder jusqu'à Dijon — où Karl-Sigfried n'omettait jamais d'aller « toucher la chouette », ou bien à Chalon, ou même à Lyon, à moins qu'ils ne préfèrent serpenter sur la route qui traversait les villages de la haute côte, et dont les noms, à eux seuls, vous émoustillent le palais : Rully, Meursault, Puligny, Nuits, Pommard, Chambolle-Musigny, Beaune...

Un qui ragognait autant qu'il pouvait, lorsque les Starkenschwanz s'offraient leur petite détente, c'était le Glaude. Une paire de bras en moins à la vigne et une autre à la ferme, ça se remarquait. Le travail prenait du retard, et ça coûtait des sous ! Des sous qu'il ne pouvait même pas retenir sur la paye de son vieux camarade, puisque celui-ci travaillait chez lui bénévolement, par bonne amitié. Comme lui avait dit une fois Karl-Sigfried en rigolant, mais avec un fond de sérieux qui n'avait pas échappé au vieux :

— Ach, le Glaude ! Ze n'est plus comme en 17 ! Che ne suis plus ton brisonnier !

Évidemment, Karl-Sigfried était libre de déserter en compagnie de sa femme. Alors le Glaude faisait le poing dans sa poche. Mais ça ne l'empêchait pas de grommeler dans sa moustache, avec une parfaite mauvaise foi, contre ces gens « qu'on peut même pas compter dessus » !

Et, de fait, ce jour, alors que les vendanges battaient leur plein, Karl-Sigfried et son épouse avaient décidé de s'en aller faire une balade jusqu'à Vézelay. Ça voulait dire qu'ils ne rentreraient pas avant le lendemain soir. Et on attaquait juste le meilleur carré de vigne de la famille, le fameux clos dit des « Grognards », celui dont le Glaude était le plus fier — et qui rapportait le plus.

C'était sa plus vieille vigne. Les ceps en étaient aussi gros que le bras, et produisaient des raisins incomparables. Le terrain était le meilleur de la commune. Il bénéficiait du plus bel ensoleillement, et la nature du sol procurait aux pièces de vin que le Glaude tirait de ce terroir une saveur subtile, quoique charpentée, avec des arômes de fruit boisés et une robe qui, lorsque le vieux faisait déguster son nectar, dans les foires où il le présentait, tout comme en son cuvage, lorsqu'un client venait acheter à la ferme, l'amenaient à commenter, avec une fierté légitime :

— C't'année, à l'aveugle, y pourrait passer pour un volnay... Grumez-me ça ! Clapez-le et dites-me c'que vous en pensez !

Puis, devant les compliments du dégustateur, il ajoutait, avec son grand sourire chevalin, ses petits yeux couvant le tastevin qu'il élevait dans sa main droite :

— Et pis l'est bien moins cher qu'un volnay...

Argument sans réplique, n'est-ce pas !

Or, donc, les Starkenschwanz étaient partis, et le

Glaude houspillait son monde, famille et commis — encore heureux que le Titisse avait pas foutu l'camp à la braconne ! — et même il avait exigé de la Cadie qu'elle laisse venir l'Anne-Marie et la Marinette pour aider. Y en avait, du raisin ! Pour sûr que la Pomponnette elle allait devoir tirer lourd sur l'chemin du retour.

On entendit soudain le bruit d'une pétarade de moteur, et apparut sur la route la forme empanachée de poussière d'une espèce de centaure à roues, qui avançait à bonne allure. C'était un motocycliste, au guidon de son engin, et il fit un signe, à la vue des vendangeurs qui, tous, s'étaient interrompus dans leur travail, puis se dirigea droit vers eux. Il arrêta son engin — une Monnet-Goyon — et l'appuya contre le vieux murger qui bordait le clos, juste à l'ombre du callâtier. Il en descendit et s'approcha du Glaude, qui, du haut du char à bancs, toisait l'étranger. Mais ni lui ni le vieux n'eurent le temps de proférer une parole. Ce fut le Maurice, lequel coupait en bas de la vigne, qui se mit à beugler :

— Oh, le Daniel ! Mon pays ! Salutas !

— Salut, le Maurice ! répondit Daniel Stablinsky, car c'était lui dont il s'agissait.

— Qu'est-ce t'es venu faire là, sacré Poulouche ?

— Donner la main, mon neveu ! J'ai fini, à Buxy... J'avais pas envie de retourner tout de suite au chantier. Y m'restait des jours Comme tu m'avais expliqué où que se trouvait ta ferme, j'en ai profité pour venir. (Le Polonais reporta son attention sur le Glaude.) Si vous voulez de moi, patron, ajouta-t-il. J'vous ferai ça pour pas cher et j'suis pas un faignant.

Le Glaude examinait le blond, visiblement méfiant.

— D'où qu'vous l'connaissez, l'Maurice ? demanda-t-il.

Daniel Stablinsky eut un grand rire, qui découvrit des dents impeccables, juste qu'il en manquait la pointe d'une, un croc — une canine — résultat d'un match de rugby bien disputé, sans doute. À moins que ce ne fût le résultat de la troisième mi-temps.

— Du poste de police de Buxy ! On y a fait un tour ensemble, la semaine dernière.

— Ah... C'est vous ! grogna le vieux.

Il était visible qu'il aurait bien voulu éconduire l'arrivant. Un copain au Maurice, ça ne devait pas être grand-chose. Mais Karl-Sigfried n'était pas là... Comme s'il avait deviné, le Polonais avisa une sapine remplie de raisin, posée au pied du char à bancs. Sans rien dire, il s'en approcha, et, lentement, il retira sa veste, puis sa chemise. Une musculature imposante apparut, qu'il fit rouler à l'envi. Puis, se penchant sur le récipient, Daniel Stablinsky l'empoigna à pleins bras. Il se pencha, inspira fortement...

Avec un grondement, le Polonais souleva la sapine et se redressa, la portant contre sa poitrine. Son visage était devenu tout rouge, et il serrait ses mâchoires si fort qu'on entendit ses dents grincer. Mais il se força à sourire et, à pas comptés, mais sûrs, il marcha vers l'arrière du char, d'où le Glaude et le Frérot suivaient attentivement son manège. Avec une nouvelle inspiration, le Daniel souleva plus haut sa charge, et la déposa sur le plateau du véhicule.

— Voilà, dit l'homme, la voix quelque peu raccourcie, mais allègre. C'était pas un travail pour deux pépés comme vous, sauf vot'respect !

Il attendit. Le Glaude remuait sa moustache, indécis. Mais il se décida.

— C'est bon ! grogna-t-il. Tu feras le porteur. Mais gare à toi si tu suis pas la cadence. Tu pourras retourner d'où que tu viens !

— Vous en faites pas pour ça !

Avec une mine de vainqueur, Daniel se retourna vers le carré de vigne, d'où le Maurice lui fit un signe de connivence. Le Daniel lui cligna de l'œil, tourna la tête... et découvrit une belle et accorte femme qui le dévisageait sans gêne, et dont les yeux brillaient d'une lueur intéressée et plutôt impertinente. Il lui rendit son regard, pas peu surpris qu'une « fumelle » le fixe d'une telle façon, et bomba le torse. La jeune femme lui adressa un petit sourire.

Sans cesser de dévisager la belle, Daniel alla ramasser une hotte vide, en boucla les sangles sur les épaules. Puis, sans hésiter, il enfila le rang où vendangeait la femme. Cette dernière se redressa en le voyant venir, et souleva le seau qu'elle était en train d'emplir de raisin.

— Bonjour, dit la jeune personne. J'm'appelle Anne-Marie...

Un gaillard capable de vous soulever une sapine pleine, c'est pas rien. Pour Anne-Marie, c'était encore mieux que Johnny Weissmuller, parce que ce gars-là, au moins, il existait pour de bon. Elle pouvait le voir, en chair et en os, qui remontait et descendait les ordons d'une démarche à la fois lente et assurée, qui vous abattait une quantité de travail impressionnante, avec sans seulement l'air de se forcer. Il n'était pas vraiment beau, ce Polonais, avec son visage buriné et ses oreilles en chou-fleur, mais il dégageait une impression de virilité tranquille qui réveillait en elle ses instincts de femme, jamais vraiment assoupis, mais également une émotion différente, à laquelle elle n'était pas accoutumée. À plusieurs reprises, alors qu'elle le suivait des yeux, il s'était tourné vers elle et leurs regards s'étaient croisés. Mais, à part les quelques mots qu'ils avaient échangés lors des présentations, ils ne s'étaient pas parlé de tout le matin. Il ne semblait pas très bavard, ce Daniel, et c'était le Maurice qui causait pour eux deux, d'une façon amusante : on aurait dit qu'il était tout fier de son nouveau copain et il n'arrêtait de le prendre à témoin, au sujet de sa force, de sa façon de travailler, et prétendait qu'un rugbyman comme lui, entre Chalon, Le Creusot et Montchanin, il n'y en avait pas d'autre. Les commis écoutaient et se marraient en douce.

Un peu avant midi, on vit survenir la Cadie, poussant sa charrette. On fit donc la pause. Sans façon, Daniel se mêla aux autres travailleurs. La Cadie l'examina d'un œil suspicieux, mais le Glaude se contenta d'expliquer que c'était « le Daniel, et qu'aujourd'hui, y bossait avec eux tous », alors la vieille ne dit rien, et lui passa, comme aux autres, le litron de rouge et le pain.

Daniel alla s'asseoir sur le murger, en compagnie de Maurice. Anne-Marie hésita un peu, parce qu'il n'était pas d'usage, pour une femme, de déranger des hommes en pleine conversation, mais elle était bien assez grande pour savoir ce qu'elle faisait quand un garçon l'intéressait. Elle fit un petit clin d'œil d'excuse à sa sœur et, tenant sa marande à la main, elle rejoignit les deux camarades.

Elle n'eut pas l'impression que le Maurice était trop heureux de la voir s'amener. Comme si elle le coupait dans une importante discussion qu'il avait avec son pote. Daniel, par contre, lui décocha un large sourire.

— Je dérange ? se moqua-t-elle.

Maurice ne répondit pas, mais Daniel assura que non. Les trois jeunes gens se mirent à bavarder, tout en dévorant à belles dents leur saucisson et leur pain bien croustillant. La discussion roula sur le rugby, bien entendu, domaine où Anne-Marie, de par son intérêt pour les hommes, n'était pas totalement ignare, mais aussi sur la situation internationale. Quand le Daniel apprit, de la bouche du Maurice, que, ces jours, un « Boche » et sa femme demeuraient à la ferme, il se rembrunit.

— J'aime pas ces gens-là, grommela-t-il. T'as qu'à voir ce qu'ils sont en train de faire. Ils ont pris l'Autriche, ils prennent la Tchécoslovaquie... Qu'est-ce que tu crois qu'il va vouloir, après ça, le Hitler ? Eh ben, la Pologne, mon gars... Remarque, moi, j'suis français, j'devrais m'en foutre. Mais la Pologne... ça me reste là, dans le cœur !

Anne-Marie écoutait, et trouvait ce garçon de plus en plus intéressant. Malgré son faciès brutal, il était loin de se montrer sot, et ne parlait pas de la façon fruste de la plupart des campagnards. Elle aurait bien aimé se trouver seule avec lui. Mais Maurice restait là, et elle le sentait jaloux. Elle pouvait comprendre pourquoi, après tout. Son beau-frère n'avait pas d'ami : il n'avait sans doute pas envie qu'elle vienne lui accaparer le seul qu'il avait réussi à se trouver.

C'est bien pourquoi Anne-Marie n'insista pas. Elle acheva de manger, but une bonne gueulée de rouge — il était vraiment bon, le vin du Glaude — et, se relevant, un peu déçue tout de même, elle se rapprocha de sa sœur. Marinette l'accueillit avec un petit sourire et elle lui rendit un noir regard. Mais elle ne fit aucun commentaire, car Émilie avait rejoint sa mère, et, bien que causant avec Jean-Bernard, elle n'avait sûrement pas mis ses oreilles dans sa poche. Ce ne fut que plus tard, alors que les deux adolescents s'étaient éloignés, que la cadette souffla à son aînée :

— Il est pas mal, hein, le Daniel ?

— Mmm... On dirait bien qu'il t'a tapé dans l'œil !

— Dommage que le Maurice, il le lâche pas !

Anne-Marie demeura une seconde silencieuse, puis ajouta, comme pour elle-même :

— Bah, il sera pas toujours avec...

Anne-Marie ne s'était pas trompée en présumant qu'elle avait dérangé son beau-frère dans sa discussion avec Daniel Stablinsky. À peine se fut-elle éloignée que le jeune homme émit un long sifflement excédé.

— J'ai cru qu'elle allait jamais nous lâcher ! grommela-t-il.

Daniel eut un petit rire.

— C'est une sacrée belle fille ! C'est-y toi ou moi qui l'intéressais ?

Maurice ne biaisa pas :

— C'est toi, mon pays, et tu l'sais bien ! J'vais te dire : l'Anne-Marie, j'aurais bien voulu me la mettre au lit, mais ça s'est jamais fait. Et c'est pas plus mal, parce qu'elle et moi, on se comprend bien, et qu'ça serait peut-être pas comme ça si on avait fricoté ensemble. Mais tu peux me croire : c'est une sacré chaude de la motte, la frangine ! Si t'es pas trop pressé de rentrer à Chalon, c'soir, sûr que tu la l'mets autour d'la tige !

— Ça, ça me plairait, j'te dis pas !

— Alors vas-y bien dru... Mais quand tu te la feras, donne z'y du sentiment. Y en a qui disent que c'est une drôlesse, l'Anne-Marie, une pas sérieuse. Moi je dis que c'est une fille qu'a un cœur aussi gros que la futaille que t'as soulevée tout à l'heure, mon pays ! Et pas con, en plus. Alors lui fais pas du chagrin. Ça serait pas chic.

Daniel suivit un moment, du regard, la gracieuse silhouette de la jeune femme.

— Maurice, dit-il, l'Anne-Marie, je voudrais jamais y faire du chagrin. Tu peux me croire.

— Alors ça va... (Maurice hésita une seconde, puis reprit :) J'suis bien content que tu sois venu, le Daniel... Parce que j'ai une chose à te dire.

Daniel fixa son compagnon, fronçant les sourcils.

— Tu veux venir travailler au chantier...

Le Maurice ouvrit de grands yeux.

— Comment que t'as deviné ?

Daniel eut un petit rire.

— J'l'ai su tout de suite, quand on a causé, au poste. Qu'est-ce donc que tu vas continuer à faire, dans ta famille, mon gars ? Rien... J'ai pensé à toi, depuis. C'est pour ça que je suis venu. Pour te dire : y a une place, au Petit Creusot. Un des gars de mon poste qu'est parti à la retraite. Si tu veux, ce soir, j't 'emmène sur la moto, et demain, tu commences.

Le Maurice avait baissé la tête. Il y eut un long silence. Puis le jeune homme reprit, le nez toujours baissé :

— Pas c'soir, Daniel... Je peux pas faire ça au Père. Faut qu'j'attende jusqu'à la fin des vendanges... Que je fasse ma part de travail. Est-ce que ta place elle peut durer jusque-là ?

Daniel eut une très courte hésitation.

— Elle durera, mon gars... Mais j'ai ta parole que tu viendras ?

Maurice jeta un long regard vers son oncle. Le Frérot, accroupi sur le sol, dans l'ombre portée du char, se coupait une tranche de saucisson. Ses mains tremblaient et son regard, vide, ne reflétait que l'abrutissement de la fatigue et de l'alcool.

— Tu l'as, Daniel, souffla-t-il. Bon Dieu, oui ! Tu l'as !

À cet instant précis, Anne-Marie, qui couvait des yeux les deux hommes en pleine discussion, se tourna vers sa sœur et, tout bas, presque à l'oreille, lui murmura :

— Marinette, tu veux que je dise : eh bien, le Maurice, il va s'en aller !

Marinette tressaillit et considéra sa sœur.

— Qu'est-ce que tu racontes ?

Anne-Marie hocha la tête.

— Le Daniel, il est venu le chercher...

— Mais...

— Je te parie, ma vieille. C'est comme ça, et pas autrement...

À son tour, Marinette considéra les deux hommes. Ils s'étaient rapprochés l'un de l'autre et se parlaient à voix basse, comme des conspirateurs. La jeune femme les observa un moment et, sans qu'elle comprenne pourquoi, elle eut la certitude qu'Anne-Marie était dans le vrai.

— Oui, répliqua-t-elle. Tu as raison... Il va partir.

Son regard glissa, et alla se poser sur la Cadie qui, debout derrière le Glaude, servait à boire à son homme. Lucien se trouvait près de son père. À aucun moment, durant la pause, il ne s'était seulement approché de sa femme.

— Il a bien de la chance, poursuivit Marinette, entre ses dents.

Un orage éclata en fin d'après-midi, mais heureusement lointain. Seules de fortes bourrasques de vent et quelques grosses gouttes de pluie vinrent rafraîchir l'atmosphère, qui s'était faite plus lourde au fil des heures. Les vendangeurs étaient en sueur, hommes et femmes, et si énervés qu'à deux ou trois reprises ils s'attrapèrent. Mais c'était toujours comme ça, et nul n'y prêta attention. Enfin, le Glaude signifia que la journée était terminée.

Comme le clos des Grognards était le plus éloigné de la ferme, le vieux consentit à ce que l'équipe monte sur le char pour faire le chemin du retour ; la Pomponnette n'en était pas à ça prêt.

Mais le Daniel déclara :

— Moi, j'ai ma moto ! Y a quelqu'un qui veut venir avec moi ?

Anne-Marie avait, tout au long des heures, attendu quelque chose dans ce genre. Elle répondit vivement, avant tout le monde :

— Moi, Daniel ! Et comme ça, je vous montrerai le chemin !

De larges sourires ironiques se peignirent sur les visages des commis, du Maurice et de Marinette, tandis que le Glaude frougnait le nez. Mais le patriarche n'avait rien à faire de la vertu de la sœur de sa bru, et il se détourna, alors que la jeune femme et le Polonais se dirigeaient vers la Monet-Goyon, toujours appuyée contre le murger.

Daniel Stablinsky tripota un peu son engin, sous le regard intéressé d'Anne-Marie, puis, enjambant la selle, il donna un solide coup de kick et la motocyclette se mit à pétarader. Le Polonais dévisagea sa future passagère.

— Accrochez-vous à moi, dit-il. Ça va aller vite !

Anne-Marie s'installa à califourchon sur le tansad, ramenant soigneusement sa jupe sous ses cuisses, un peu ennuyée que, ce jour, comme à son habitude, elle ne portât pas de culotte. Elle n'aimerait pas devoir traverser La Paulée le cul nu et ses jupons volant au vent. Elle noua ses bras autour de la taille de Daniel, qui démarra et, aussitôt, doublant le char à bancs dans une nuée de poussière et d'applaudissements, prit, à grande vitesse, la direction du bourg.

Le Polonais ralentit à l'entrée dans le village. Anne-Marie, qui s'était collée contre son dos, se redressa et toisa effrontément les badauds qui, sur la place, pidaient dans leur direction. Elle put apercevoir, assis devant le bistrot du Sandrot, le Bernard Tainturier et elle se dit que ses oreilles allaient siffler. Sûr que ce sale con allait encore en raconter sur elle.

Elle rit. Et pourquoi il n'en raconterait pas ? Ce qu'elle s'en fichait !

Daniel ralentit encore et, sans cesser de surveiller la route en coin, tourna la tête vers elle.

— Qu'est-ce qui te fait rigoler, l'Anne-Marie ? demanda-t-il, la tutoyant, à présent qu'ils étaient seuls.

— Rien... Une pensée, comme ça...

— Ah oui... Dis donc, t'es pressée d'arriver chez le Glaude ?

Le cœur d'Anne-Marie fit un petit bond.

— Pas trop...

— On pourrait s'arrêter cinq minutes. Je sais pas

pourquoi, mais... Y me semble que j'ai plein de choses à te dire.

Le cœur d'Anne-Marie battait de plus en plus vite. Elle s'efforça de rire.

— À la sortie du patelin, prends le premier chemin sur ta droite !

Daniel rit à son tour :

— J'allais juste te demander s'il y en avait pas un, par hasard, de chemin.

— Y en a pas qu'un, mais çui-là, il est tranquille. Marche !

Le chemin était une sente à peine carrossable, qui menait au pied de la côte. La Monet-Goyon était une vaillante machine et elle l'escalada, projetant de grandes giclées de terre et de cailloux sur des rangées d'ordons — déjà vendangés, Anne-Marie savait ce qu'elle faisait. Au pied de la falaise s'étendait une végétation drue, formée de taillis au milieu desquels poussaient des noyers et quelques pêchers de vigne et ou éclataient les couleurs rousses et violettes des massifs sauvages de marguerites d'automne. Daniel arrêta sa moto, et Anne-Marie en descendit. Le Polonais descendit à son tour, et cala son engin le repose-pied sur une grosse pierre. Il se tourna vers sa compagne.

Anne-Marie sentait une étrange timidité lui nouer le leutot. Elle ne comprenait pas ce qui lui arrivait. Désemparée, elle fixa son vis-à-vis. Daniel Stablinsky semblait tout aussi hésitant qu'elle. Il la dévorait des yeux, mais ne faisait pas un mouvement. Il restait les bras pendants de chaque côté de sa grande carcasse, un sourire gauche sur ses lèvres. Il eut un geste inattendu. Il porta la main à son crâne et retira son béret.

— Anne-Marie, dit-il enfin, tu... t'es belle !

Anne-Marie se sentit devenir écarlate, tandis qu'un bonheur indescriptible l'envahissait toute. Ce simple compliment l'émouvait comme aucune attention, d'aucun des hommes avec qui elle avait couché, ne l'avait touchée.

— Tu... tu me plais bien aussi, Daniel, murmura-t-elle.

Le Polonais se décida enfin. Il marcha vers elle. Elle le regarda venir. Il lui ouvrit les bras et, obéissant tout simplement, elle s'y blottit. Il les referma sur elle et l'embrassa au-dessus de l'oreille.

— Anne-Marie, chuchota-t-il, je sais pas ce qui m'arrive...

— Je... je ne sais pas non plus, répliqua-t-elle.

En fait, elle le savait. Elle était bel et bien tombée amoureuse, pour la première fois de sa vie, et tout, dans son être, lui criait que Daniel lui rendait ce sentiment.

Un roulement de tonnerre retentit, et les deux jeunes gens tressaillirent. Ils reculèrent légèrement leurs visages et se regardèrent. Daniel eut un petit sourire.

— Ça, c'est un coup de foudre, murmura-t-il.

— Oui... Un vrai coup de foudre...

Il posa sa bouche sur la sienne. Anne-Marie noua ses bras nus derrière sa nuque et lui abandonna ses lèvres. Ils s'embrassèrent longuement, puis, sans se désunir, ils se laissèrent glisser sur l'herbe qui bordait le chemin, épaisse et odorante dans les prémices de l'orage.

Quand ils arrivèrent à la ferme, sous une pluie battante, le char à bancs était déjà là, et les commis s'affairaient à décharger les ballonges. Une bordée de quolibets accueillit les retardataires, mais les deux jeunes gens n'en avaient cure. Ils se regardaient d'une telle façon que les moqueries s'éteignirent d'elles-mêmes et que Marinette, qui s'était avancée sur le pas de la porte, ouvrit une bouche ronde. C'était-y Dieu possible ? L'Anne-Marie, elle aurait pas des fois enfin trouvé son homme ?

Tandis que le Glaude les fusillait du regard, Daniel alla se joindre à l'équipe des travailleurs et Anne-Marie rentra dans la ferme, où la Cadie lui fit ses yeux noirs. Mais la jeune femme ne lui accorda aucune attention et dit :

— Faut que je m'change ! J'suis toute mouillée !

Et elle pouffa de rire. On entendit alors Émilie lui demander :

— Quoi qu't'as fait, tata ? Pourquoi qu't'es toute mouillée ?

Le rire de sa tante redoubla, et Marinette pouffa elle-même, au-dessus des porreaux que sa belle-mère lui avait donné à éplucher. Son sourire s'effaça cependant lorsqu'elle entendit la vieille marmonner entre ses dents, à propos de ces « garces qui font des saletés sous l'toit des honnêtes gens ». Là, ce fut trop. Elle posa sèchement son couteau sur le plateau de la table, si sèchement que l'instrument sonna comme un coup de fouet, et que la Cadie tourna la tête, surprise. Les deux femmes se défièrent du regard et, pour une fois, sans doute parce qu'elle avait lu dans les yeux de sa bru une réelle et froide colère, ce fut la matriarche qui céda et se détourna.

Mais l'engagement n'alla pas plus loin. Émilie était présente, et il ne pouvait être question de se disputer devant elle. Les deux femmes retournèrent à leurs occupations. Mais, avec une amère et prémonitoire jouissance, Marinette songea à la tête que ferait d'ici peu la Cadie, lorsque son bien-aimé Maurice lui annoncerait son départ.

Après la soupe, le Glaude se tourna vers Daniel Stablinsky et lui demanda :

— C'est-y vrai qu'tu dois rentrer à Chalon ce soir, le Daniel ?

Le Polonais haussa ses larges épaules.

— J'devrais... Mais j'peux m'arranger. Pourquoi ?

— Tu travailles dur. Tu pourrais pas rester encore demain, en attendant que le Karl y revienne ?

Daniel s'agita sur son banc et ne put s'empêcher de regarder dans la direction d'Anne-Marie, qui s'était figée, sa cuiller de flan à mi-chemin de sa bouche. Il n'hésita pas longtemps.

— Ça peut se faire, répondit-il.

— Alors j't'y demande...

— Eh ben..., ça marche !

Anne-Marie, qui était devenue toute rouge, acheva vivement de manger. Autour de la tablée, chacun souriait... sauf la Cadie.

— Où qu'y va dormir ? grinça la mémé. Y a plus de place à l'annexe et j'vas tout de même pas y donner la chambre des Boches ! Pis dans le fouanot, y s'passe des choses pas propres ! Y voudra peut-être pas voir ça !

Les commis et le Titisse, et même la Rolande, qui s'affairait à la vaisselle, baissèrent le nez. Mais Daniel ne se démonta pas.

— Vous inquiétez pas, madame Cadie. J'ai toujours ma canadienne sur ma moto ! (devant les mimiques d'incompréhension, il précisa :) Ma TENTE canadienne ! Et ma couvrante. Je vais dresser mon bazar dans un coin du pâquier et je vais y dormir. Ça ne sera pas la première fois, allez !

La Cadie ne dit plus rien et le Glaude, avec un sourire satisfait, tendit la bouteille de goutte au Polonais. Daniel s'en servit une monstrueuse rasade, qu'il torcha d'un seul coup de clapoir, sous les regards admiratifs des commis.

Ces Polaks, tout de même ! C'étaient vraiment des hommes !

Avec mille précautions, Anne-Marie repoussa la couverture. Elle se tourna et fixa Émilie, dont le souffle régulier trahissait qu'elle dormait. Lentement, évitant de trop faire bouger le matelas, la jeune femme se redressa. Le lit était étroit pour deux et elle ne tenait pas à réveiller sa nièce.

Anne-Marie sortit, tout aussi prudemment, un pied hors du lit et, retenant son souffle, se glissa hors de la couche. Elle resta une seconde immobile, surveillant toujours la petite. Puis, en chemise, sans allumer, bien sûr, elle tâtonna pour trouver ses savates. Elle les enfila et s'accorda une seconde pour souffler. Elle était folle ! Mais l'occasion était trop belle pour qu'elle la laisse passer. Et puis elle était sûre que Daniel l'attendait, sous sa « canadienne ». Si elle n'allait pas l'y retrouver, il était bien capable de venir la chercher...

Anne-Marie s'approcha de la porte. Elle posa sa main sur le clenche... Alors, dans son dos, s'éleva la voix d'Émilie, tout ensommeillée.

— Où qu'tu vas, tata ?

Anne-Marie ravala un juron et se retourna vers sa nièce.

— Il... il faut que j'aille au petit coin, grommela-t-elle. La... la potée de la Cadie, elle me pèse...

— Ah bon...

Le « petit coin » se trouvant, comme dans toutes les fermes de la côte, au fond du jardin, c'était évidemment l'excuse la plus plausible qu'Anne-Marie pouvait présenter à sa nièce. Mais, à cet instant, un éclair de l'orage qui continuait de tourner au-dessus de la région, illumina la chambre, à travers les carreaux de la petite fenêtre basse.

— Tu vas te faire tremper ! s'écria Émilie. Prends le pot de chambre...

Anne-Marie ravala un grognement agacé. Quand les choses commençaient à aller de travers...

— J'aime pas faire dans un pot ! T'endêve pas. Je prendrai le parapluie à la Cadie. Rendors-toi !

Anne-Marie sortit de la chambre et suivit rapidement le couloir. C'était la tuile, si la petite ne se rendormait pas tout de suite, parce qu'elle n'avait pas l'intention de rentrer de sitôt. Elle était gentille, l'Émilie, mais c'était encore qu'une gamine. Si elle racontait que sa tante avait découché, la Cadie en ferait toute une histoire. Anne-Marie haussa les épaules. De toute façon, la Cadie la considérait comme une putain... Alors, pourquoi se gêner ?

Anne-Marie traversa la grande salle, décrocha du mur le parapluie noir de la Cadie et, prudemment, fit tourner la clef dans la serrure. Au moment où elle ouvrait la porte, l'horloge sonna un coup. Parfait... À cette heure, les commis et Jean-Bernard devaient dormir à poings fermés, les premiers abrutis de travail, de vin et leurs glandes bien asséchées par la Rolande, et son frère bercé par ses rêves de scoutisme et de vie exaltante.

Anne-Marie ouvrit son parapluie et sortit. Une bourrasque fit voler ses cheveux. Il pleuvait dru, comme l'avait dit Émilie, et elle hésita. Elle eut soudain une idée audacieuse, qui lui amena un sourire sur les lèvres. Elle retira sa chemise, la roula en boule et la coinça derrière un des pots de géranium de la Cadie — mais oui, la vieille, malgré la dureté de son caractère, avait la faiblesse d'aimer les plantes d'agrément. Puis, entièrement nue, mais en savates et se protégeant avec le parapluie, elle se mit à courir pour traverser la cour de la ferme. Elle éclata de rire toute seule, excitée en sentant l'eau ruisseler sur son corps. Si quelqu'un la surprenait, il pourrait croire que c'était la Vouivre en personne qui était sortie du puits pour venir perdre un homme... Après tout, il y avait de ça ! Mais au moins, quand elle rentrerait, elle trouverait sa chemise à peu près sèche pour se recoucher.

Anne-Marie traversa la cour, contourna l'annexe, puis le fouanot, et se retrouva sur la route. Ses savates étaient gorgées d'eau, car, dans le noir, elle ne voyait pas les flaques sur le sol, mais elle se sentait incroyablement équeûbie rien qu'en se disant qu'elle se promenait nue en pleine nature. Jamais de sa vie elle n'avait fait une pareille chose, et n'avait même jamais songé qu'elle pourrait le faire. Mais elle le faisait. Et elle aimait ça !

À la lueur d'un éclair, elle aperçut enfin la forme triangulaire de la tente de Daniel, dans le pré en face de la ferme. Son cœur s'emballa. Elle sauta le fossé et, en quelques foulées, se retrouva devant l'abri. Elle tendit la main, gratta le tissu rugueux, appela à mi-voix :

— Daniel !

Un pan de la tente s'ouvrit aussitôt. Anne-Marie distingua le visage, blafard dans l'obscurité de la nuit, de son ami.

— Viens vite ! dit l'homme.

Anne-Marie replia le parapluie et se glissa sous l'abri. Ses cheveux mouillés lui collaient au visage, sur les épaules, et elle frissonnait de froid... De désir aussi, et de toute sa chair. Une lueur éclaira l'intérieur de la canadienne. Daniel avait allumé une lanterne électrique. Elle put se rendre compte qu'il la dévorait du regard.

— Je savais que tu viendrais, dit gravement le Polonais. Mais que tu viennes... toute nue, c'est encore plus beau. Ou alors, c'est que je suis en train de rêver.

Agenouillée sur le tapis de sol, Anne-Marie ne répondit pas. Elle rendait son regard à son ami. Lui portait un caleçon, mais son torse puissant luisait dans la lumière de la lanterne.

— Tu dois être gelée, ma pauvre chérie...

Anne-Marie frémit au mot tendre. Daniel saisit sa couverture, la lui posa sur les épaules et commença de la frictionner. Elle se laissa faire, heureuse de ces rudes caresses qui lui chauffaient la peau et aiguisaient son envie de l'homme.

Elle fut enfin sèche, sauf ses cheveux. Daniel reposa la couverture. Il effleura sa joue de sa main gauche. De la droite, il se mit à lui caresser le front, son autre joue, son menton, ses doigts frôlèrent légèrement ses lèvres. Il la regardait avec une telle intensité qu'Anne-Marie se sentit fondre.

— Si... tu continues de... me toucher comme ça, murmura-t-elle, je vais dire toutes les bêtises du monde.

— J'ai envie de les entendre.

— C'est vrai ?

— Et comment que c'est vrai ! Dis-les donc !

Pour toute réponse, Anne-Marie lui embrassa la paume de la main. Les caresses de Daniel se firent encore plus tendres.

— Avec toi, dit Anne-Marie, j'ai l'impression d'être propre.

— Mais tu ES propre !

— Daniel... j'étais pas vierge, tu l'as vu... J'ai... eu des hommes...

— Chut !

Daniel attira enfin la jeune femme contre lui.

— Je suis pas puceau non plus ! Mais tout ce qu'il y a eu avant, ça ne compte pas. Nos vies, elles commencent seulement. La tienne et la mienne.

Éperdue, Anne-Marie fixa le rude visage du Polonais.

— Nos vies, Daniel ?

— Si tu le veux bien.

Des larmes se mirent à couler sur les joues d'Anne-Marie.

— Oh oui, je le veux, répondit-elle d'une vois toute trémulante. Je le veux mille et mille fois !

Daniel la serra avec une telle force qu'elle crut qu'il allait lui briser les os. Puis il se mit à l'embrasser comme un fou, sur le front, les paupières, les joues... la bouche enfin. Elle le laissa la renverser sur la couverture humide et, sans que leurs lèvres se séparent, il se coucha sur elle et la prit...

Alors qu'il commençait à bouger à l'intérieur de son corps, Anne-Marie chuchota à son oreille :

— Je voudrais que la foudre tombe sur nous à l'instant et que je meure foudroyée ! Je serais la femme la plus heureuse du monde...

Quand Anne-Marie regagna la ferme, il ne pleuvait plus. La jeune femme récupéra sa chemise et l'endossa, puis pénétra dans le bâtiment. Un coup d'œil à l'horloge lui montra que la petite aiguille approchait du chiffre trois. Elle était restée près de deux heures avec Daniel ! Et encore, elle avait dû faire appel à toute sa volonté pour s'arracher à ses bras ! Mais demain, il y avait du travail, et s'ils ne voulaient pas se traîner dans les ordons...

Tout aussi prudemment qu'elle avait mis pour la quitter, Anne-Marie rejoignit la chambre d'Émilie. La porte grinça légèrement lorsqu'elle la poussa. Elle entra, et fixa la silhouette de sa nièce, immobile sous le drap, couchée en crebillot. Elle sourit. Elle aurait aimé pouvoir lui raconter... Mais raconter quoi ? Que c'était encore meilleur de faire l'amour avec quelqu'un pour qui, précisément, on éprouvait de l'amour ? C'était une vérité qu'Émilie apprendrait par elle-même un jour ou l'autre... En tout cas, elle le lui souhaitait de toutes ses forces.

Anne-Marie se glissa dans le lit. Émilie gémit et se tourna vers elle.

— T'as... été longue, tata..., murmura la fillette. Qu'est-ce t'as fait ?

— Rien... dors, ma belle, répondit Anne-Marie, un peu gênée d'avoir une nouvelle fois réveillé la petite.

Émilie se serra contre elle, et Anne-Marie, tendrement, l'enlaça de son bras. La fillette poussa un soupir et nicha sa tête contre son épaule. Anne-Marie l'embrassa doucement sur le front. Émilie lui sourit, et sa respiration redevint calme.

Anne-Marie ferma les yeux. Était-ce dû au bonheur

qu'elle éprouvait après les longues étreintes dans le bras de Daniel, mais elle ressentait un violent élan d'affection pour sa nièce. Émilie avait encore la douceur d'une petite fille... Plus pour très longtemps, sans doute. Elle aurait treize ans le mois prochain et, de « chtiote chougnouse » elle allait aborder son temps de femme. Rêveuse, Anne-Marie se souvint quand « ça » lui était arrivé... Heureux temps... enfin... pas toujours trop heureux... Pourvu qu'Émilie ne prenne pas le même chemin qu'elle ! Quoique... Finalement son chemin prenait bonne tournure... Elle avait rencontré Daniel... Elle en était amoureuse... Drôle, tout de même... Elle n'avait jamais pensé qu'elle aimerait un Poulouche... Elle...

Elle s'endormit, serrant Émilie tout contre elle, un sourire flottant sur ses lèvres.

L'Émilie

Demain, il allait falloir reprendre l'école. Le mois de septembre se terminait, c'était encore l'été, mais pour Émilie, c'était comme s'il faisait déjà gris. Surtout que les vendanges n'étaient pas achevées et que c'était les plus belles qu'elle avait faites de sa vie. Il s'en manquait de deux ou trois jours, mais ces jours, elle les passerait assise à son pupitre, en face de Mademoiselle Rosette, loin des ordons, loin des merles et des mésanges, loin des poussées de champignons... et loin de Jean-Bernard.

C'était surtout cela qui désolait la fillette. La haute silhouette, le visage enfantin au profil toujours un peu étonné de son camarade, sa main qu'il refermait autour de la sienne, mais surtout le chant de ses paroles lorsqu'il lui confiait ses pensées, ses désirs, ses espoirs... Elle ne cherchait pas à tout comprendre, surtout lorsqu'il lui parlait des mouvements politiques qui appelaient au « réveil de la France ». Il lui suffisait d'écouter et elle était bien... Perdre tout ça pour des histoires de géométrie, d'orthographe et se faire disputer lorsqu'il vous échappait un mot de patois... C 'était trop bête !

« Enfin, se dit la fillette en s'éveillant, ce matin-là. Y reste encore toute une journée ! »

Elle s'assit dans le lit. Anne-Marie avait déjà quitté la chambre. Émilie eut un petit sourire en se souvenant de ce qui s'était passé, deux nuits plus tôt, quand sa tante avait prétexté une soudaine envie de faire caca pour s'absenter en pleine nuit. Avait-elle cru qu'elle serait dupe ? Est-ce qu'elle la prenait pour une toute p'tiote ? Elle avait bien compris que tata voulait aller retrouver son Daniel. Pas si bête... Elle avait regardé par la fenêtre de la chambre. Et qu'est-ce qu'elle avait vu dans la lueur d'un éclair ?... Tata qui traversait le chemin devant la ferme, et elle était toute nue, avec le parapluie de mémé !

Émilie éclata de rire en se souvenant de cette vision fugitive et insolite, qui l'avait stupéfiée. Bien sûr, elle avait déjà vu sa tante en petite tenue quand elle passait sa chemise avant de se coucher auprès d'elle, mais là, c'était autre chose ! Comment Anne-Marie avait-elle eu le culot de se déshabiller tout partout pour courir la campagne ?

Émilie n'avait rien vu d'autre. Elle s'était rallongée, avait essayé de se rendormir. En vain. Un subit énervement, dont elle n'avait pas compris la cause, s'était emparé d'elle. D'étranges visions avaient traversé son esprit, où se mêlaient Jean-Bernard, Anne-Marie, Daniel... elle-même... Une espèce d'insatisfaction sourde avait mordu sa chair, et elle s'était mise à avoir chaud, très chaud... L'atmosphère, lourde d'orage, qui régnait dans la chambre, n'était plus supportable. Elle avait voulu entrouvrir la fenêtre pour avoir un peu d'air, mais il pleuvait à bernansiaud et, souffletée par les rafales, elle avait dû refermer. Elle s'était donc recouchée, baignant dans son jus.

Et tout à coup, sans savoir pourquoi, Émilie s'était souvenue de la Rolande du Titisse Perraudin. Elle l'avait revue, toute nue comme Anne-Marie, qui se faisait couvrir par le Pierrot-la-Fouine. Avec stupeur, elle s'était soudain imaginée à la place de la femme du trimardeur, en train de se faire... couvrir... par Jean-Bernard ! Le souffle coupé, elle avait voulu chasser ces images honteuses. Mais elles s'imposaient à elle avec une telle précision qu'elle s'en était mordu les lèvres à se faire mal !

Ces vilaines pensées avaient torturé la fillette durant de longues minutes, mais le pire était qu' Émilie avait songé à son camarade tourné contre le mur, et qui ne faisait pas pipi. Au comble de l'énervement, elle s'était mise à pleurer dans son traversin, furieuse contre elle-même, mais plus furieuse encore de ne pas comprendre pourquoi. Instinctivement, elle savait qu'elle aurait pu faire quelque chose pour assouvir la tension qui l'habitait, mais elle ignorait quoi. Elle s'en voulut férocement. Anne-Marie avait raison. Elle n'était qu'une gamine ! Une sotte petite gamine !

Émilie avait pleuré durant un long moment. Finalement, elle avait sombré dans un sommeil inquiet, peu profond mais traversé de songes indistincts, un sommeil déplaisant qui n'avait pas résisté au retour — enfin — d'Anne-Marie. Ce ne fut qu'en retrouvant la présence familière de sa tante auprès d'elle, et après qu'elle l'eut embrassée, qu'Émilie avait pu se rendormir vraiment. Elle l'aimait, Anne-Marie... Elle aurait voulu lui ressembler... Peut-être qu'un jour, elle lui confierait son Secret.

Émilie se secoua, chassant ces rêveries qui lui faisaient perdre de précieux instants de son ultime jour de vacances. Elle se leva, écarta ses mèches blondes de devant son nez et sortit de la chambre, ses pieds nus claquant sur les tommettes. Elle avait faim, envie d'un bon bol de lait bien crémeux de la Daudiche — sa préférée des deux vaches — d'une tartine du bon pain de mémé, avec une épaisse couche de beurre tout frais et suintant l'eau.

Émilie déboucha dans la grande salle et se figea, interdite. Mémé et maman se trouvaient là. Mais aussi papa, oncle Maurice, Anne-Marie, pépé Glaude, m'sieur Karl et m'ame Hildegarde... et le Néné Grugeon, et le Cambouis... Ils étaient tout là, et ils écoutaient la Téhessef, qui racontait des choses...

— Maman, j'ai faim..., hasarda la fillette.

Dix têtes se tournèrent vers elle et le même « chut » impérativement proféré lui fit ravaler le reste de sa phrase. Émilie ouvrit de grands yeux et, malgré elle, écouta...

— ... cette nuit-même, à Munich, un accord a été signé entre MM. Édouard Daladier, Neville Chamberlain, le chancelier Hitler et le Duce, M. Benito Mussolini. Cet accord règle le problème des Sudètes. Le président Benes...

— Le Glaude, exulta soudain Karl-Sigfried, che te l'avais bien dit ! Le Führer ne voulait que la paix ! Ach so... la paix, nous l'afons tous ! La paix !

Il riait et applaudissait. Pépé Glaude hochait la tête, la mine incrédule, mémé Cadie avait joint ses mains contre sa poitrine et ses lèvres murmuraient une prière. Quant à maman, elle serrait convulsivement son devanté. Anne-Marie s'essuyait furtivement les yeux. Les hommes riaient, se poussaient du coude.

— Mais qu'est-ce qui se passe ? interrogea timidement Émilie. Expliquez-moi !

— Z'est la paix, meine Liebling ! s'écria Hildegarde Starkenschwanz en s'approchant d'elle et en la serrant dans ses robustes bras. La paix !

Elle sanglotait, tout en lui appliquant de sonores baisers sur les joues. Karl-Sigfried s'approcha à son tour.

— Ja, ma fille, renchérit-il. La France, l'Angleterre, l'Allemagne et l'Italie ont signé un traité, cette nuit, à Munich. À ton âge, on ne s'intéresse pas à ces choses, mais tu dois savoir que nous avons été très près de la guerre.

— Mais y aura pas d'guerre ! ajouta papa Lucien.

— Bon Gu..., souffla le Maurice. J'y ai pourtant cru qu'ça y était, c'te fois !

— Une seule, ça suffit ! grommela le Glaude. Y a eu ben trop d'morts à Verdun et ailleurs. Mon vieux Karl, ton Führer, il est pas fou. Sans vouloir t'vexer, l'Adolf, y sait bien qu'l'armée française, elle est la plus forte du monde. Alors, nous attaquer, y voulait pas... Bon, ben, c'est pas l'tout ! Y est pas l'heure, mais la paix, ça s'arrose. J'm'en vas chercher la goutte ! Cadie, verse-nous l'café... Et pis on ira à la vigne... Parce que l'raisin, lui, y s'fout bien des histoires des pays !

— C'est vrai, ça ! approuva la Cadie.

On arrosa donc la paix, et même Émilie reçut une p'tiote lichette de marc, sur un sucre, ce qui lui parut une saveur étrange au saut du lit. Mais elle se rattrapa un peu plus tard avec le petit déjeuner tant convoité. Alors que les hommes, qu'accompagnait Anne-Marie, partaient à la vigne, sa mère la retint auprès d'elle.

— Faut qu'on voie tes affaires pour demain, dit Marinette.

Les « affaires pour demain », c'était évidemment les affaires d'école. Émilie dut donc subir un long et fastidieux passage en revue de ses chemises, tabliers, chaussures — car Marinette, qui avait de la fierté, refusait que sa fille aille à l'école en sabots —, puis on vérifia pareillement le cartable de cuir patiné, les cahiers, le porte-plume et les plumes Sergent-Major dans le plumier, les crayons, la gomme, les craies, l'ardoise, les buvards...

Stoïque, Émilie attendit que cela se passe. Enfin satisfaite, Marinette la libéra :

— Tu peux t'habiller, dit-elle à sa fille. Mais n'oublie pas d'aller te laver le museau !

Émilie se lava le « museau » et passa une robe bleue. Elle natta ses cheveux et sortit de la ferme.

Elle hésita un court instant et se décida. Elle fila à la grange et y « emprunta » la bicyclette de mémé — après tout, la Cadie ne l'utilisait plus souvent. Elle fixa un grand panier sur le porte-bagages. Pour son dernier jour de vacance, elle n'avait pas l'intention de trimer à la vigne. La ragasse de l'autre nuit, le soleil qui avait suivi, tout ça avait du provoquer une belle pousse de champignons. Dans quelques jours, les Starkenschwanz allaient repartir pour l'Allemagne, et elle ne les reverrait pas avant l'année prochaine. Comme elle les aimait bien et qu'elle savait que m'ame Hildegarde raffolait des girolles, cèpes et autres trompettes, sans négliger pour autant les rosés des prés, les petits-gris et les pieds-de-mouton, elle allait, elle, l'Émilie, lui rapporter de quoi se régaler !

Émilie s'éloigna de la ferme, notant avec un peu d'étonnement que, depuis la dernière fois qu'elle avait chipé la bécane à mémé, elle parvenait à présent à pédaler tout en se tenant assise sur la selle. Elle se trouvait bien un peu à bout de pied à chaque coup de pédale, mais elle se sentit toute fière. Pas de doute, elle avait grandi !

Émilie traversa le village en faisant résonner la sonnette de sa bicyclette. Sur la grand place, elle aperçut soudain Môssieu le Curé devant l'église. Elle ralentit instinctivement, se souvenant qu'elle n'était pas allée confesser ce qu'elle avait surpris dans le fouanot. Elle s'en voulut, mais, vraiment, elle ne s'était pas senti le courage de raconter à cet homme terrible qu'elle avait vu des gens en train de se biquer. Elle se promit de se rattraper une autre fois... quand elle aurait un peu plus de courage. En attendant, elle salua poliment l'abbé, dont le regard s'était attardé sur elle... et fit force de pédale pour quitter ce voisinage dangereux !

Elle prit la route du clos. Trois cents mètres avant d'y arriver, elle emprunta un sentier qui, serpentant à travers les vignes, menait au pied de la côte. Arrivée au bas de la falaise, elle descendit de bicyclette. Elle leva la tête et fixa la paroi, dont la base, tout comme le sommet, disparaissaient sous le foisonnement des broussailles et des rejets de chêne et de foyards. Une coulée s'ouvrait là, au flanc de l'à-pic, dissimulée par une explosion de buis. Émilie traîna sa bicyclette jusque dans cette jungle en miniature, où elle l'y dissimula. Ce n'était pas qu'elle craignît que quelque rôdeur vienne dérober cette antiquité grinçante, mais elle ne tenait pas à la laisser en vue.

Elle décrocha son panier du porte-bagages et, le calant à la saignée de son bras gauche, elle entreprit de gravir la coulée. Les premiers mètres étaient difficiles, mais, aussitôt passé le sommet des baliveaux, la fissure se transformait en un sentier raide, mais tout à fait praticable, et qui menait sur la crête de la falaise, dix mètres plus haut que les vignes. Émilie avait l'habitude de ce passage : c'était son chemin préféré pour rejoindre les bois et ses coins à champignons. Elle l'escalada avec une vivacité de chèvre, prenant seulement garde à ne pas déranger les abeilles qui butinaient les fleurs sauvages. Il était rare qu'elles attaquent, mais il était inutile de les provoquer par mégarde.

Arrivée en haut de la côte, Émilie essuya ses genoux maculés de terre et de gravier. Elle se retourna et embrassa du regard le paysage de vignes qui s'étendait à ses pieds, vaste, harmonieux dans ses primes couleurs annonciatrices de l'automne. Dans une semaine, après que les derniers raisins auraient été vendangés, les pampres se revêtiraient de leur fugitive, mais merveilleuse robe de pourpre, d'émeraude et de jaune, et tout le val chanterait une symphonie de couleurs, au milieu desquelles trancherait, comme un doigt impérieusement pointé vers le ciel, le clocher gris ardoise de l'église de La Paulée. Sur le ressaut, de l'autre côté de la plaine, les forêts arboreraient des dégradés de verts, du plus clair de l'herbe tendre au presque noir des sapins. Mais elle, Émilie, n'aurait plus le loisir de veurder au milieu de cette palette prestigieuse. Elle serait assise sur son banc d'école...

Émilie décida énergiquement de ne pas se laisser envahir par la mélancolie. Elle se détourna et, choisissant avec soin un jeune rejet bien droit, elle le cassa et l'effeuilla. Puis, cinglant l'herbe du bout de son bâton, elle s'enfonça dans le sous-bois, longeant la barre rocheuse. Le sol était encore humide, et les vipères, qui n'aimaient pas trop ça, ne devaient pas y traîner, mais on ne pouvait jamais être sûr de rien, avec ces sales bêtes. Émilie préférait se montrer prudente...

Les bois qui couronnaient la côte, l'adolescente les connaissait sur le bout des doigts bien que ne fût pas trop bien vu qu'une fille les parcoure en tous sens. C'était plutôt un privilège des garçons et, lorsque son ouïe, plus fine que celle d'un renard, en détectait l'approche d'une bande, Émilie se tapissait dans les fourrés, ne tenant pas à endurer les brimades que les jeunes mâles ne manquaient jamais d'infliger à une femelle esseulée surprise sur leur territoire. Elle se montrait si discrète que ces lourdauds n'avaient sûrement même jamais soupçonné sa présence. Lorsqu'ils s'étaient éloignés, elle quittait silencieusement sa cachette et ricanait à leur endroit, se moquant de leur maladresse et de leur sottise. Elle, elle était une vraie fille de la forêt ! Les fourrés, les taillis, les layons et les rus ne la trahiraient jamais !

Émilie marcha durant une bonne vingtaine de minutes, sans hésiter sur son chemin, sautant pardessus des ronciers, contournant des abattis de bois mort, fendant des épaisseurs de fougères. Ses pieds chaussés de sandales ne dérangeaient qu'à peine les herbes et les mousses, et son souffle était plus léger qu'une brise. À aucun moment la moindre brindille ne craqua sous ses pas. C'est ainsi, à son grand plaisir, qu'elle parvint à surprendre un écureuil fort occupé à glaner en vue de l'hiver, et qui ne s'enfuit que lorsqu'elle fut à moins de trois pas de sa belle queue touffue. Il abandonna sa noisette, que la petite ramassa et fit craquer sous ses jeunes dents, avant d'en déguster l'amande, l'œil ironique fixé sur la bestiole qui, grimpée sur la branche d'un hêtre, considérait l'intruse avec indignation.

Continuant sa promenade, Émilie découvrit, dans une flaque de boue, les empreintes laissées par une plus grosse bête. Elle se pencha et les examina avec attention, son cœur se mettant à battre plus vite. Il ne pouvait y avoir d'erreur... La largeur des pinces... les deux marques imprimées en arrière des soles... C'était un sanglier. LE sanglier... Le fameux gros solitaire dont parlait tout le canton, et que nul n'avait pu mettre au bout de son fusil, pas même pépé Glaude. Le Fernand, comme l'avaient baptisé les chasseurs... Eh bien, oui ! C'était le Fernand, passé par là pas plus tard que la nuit précédente, si elle en jugeait à la fraîcheur de sa trace. Mon Dieu... et si elle tombait sur ce monstre ? Que se passerait-il ?

Subitement inquiète, Émilie se redressa et s'éloigna dans la direction opposée à celle qu'indiquaient les traces du cochon. Cinq nouvelles minutes s'écoulèrent, et la petite se rassura. Elle savait bien que les sangliers évitaient soigneusement les humains et que le Fernand ne l'attaquerait jamais délibérément. Mais elle raconterait sa découverte à son pépé. À tous les coups, le Glaude viendrait par ici avec Tambour et prendrait des repères en vue des battues à venir...

Émilie s'arrêta brusquement de marcher, et un sourire s'épanouit sur ses lèvres, tandis qu'elle oubliait instantanément le Fernand, les chasses et les chasseurs..

À ses pieds, s'étalait une large tache de trompettes de la mort. Des trompettes grises... Celles qu'elle préférait !

Sifflotant entre ses dents la chanson *Y a d'la joie*, de ce Charles Trenet dont mémé disait pis que pendre, elle saisit son petit couteau, en déplia la lame et commença sa cueillette.

Émilie passa un bon moment sur sa tache de trompettes. Elle prenait bien garde à ne pas arracher le champignon dans sa totalité, mais à le couper au ras de l'herbe en laissant la racine — bien que Mademoiselle Rosette lui eût appris, en leçon de science, que les champignons n'avaient pas de racine, mais ce que disent les livres, n'est-ce pas ! Elle laissa même intacte une petite partie de la tache, afin de permettre la repousse de l'année prochaine.

Elle considéra avec satisfaction son fond de panier rempli. Ce n'était qu'un début. Cette tache n'était pas très grande, mais elle en connaissait d'autres. Elle comptait bien les explorer toutes...

Ce fut à quoi Émilie s'attacha, fouillant le bois, décrivant un périple qui l'éloignait ou la ramenait vers le bord de la falaise, et qui dura presque trois heures. Lorsqu'elle se retrouva enfin à l'orée de la forêt, elle put entendre le clocher de l'église, au loin en contrebas, qui sonnait les douze coups de midi. Elle s'avança vers le saut de la falaise, entre les fûts vigoureux de plusieurs chênes qui s'élevaient là, dominant l'à-pic de leur ramure qu'agitait un souffle de vent.

Émilie se trouvait juste au-dessus du clos des Grognards, où vendangeaient les siens. Elle les contempla un instant, tout petits à ses pieds, penchés dans les ordons, coupant le raisin et en emplissant les seaux. Puis, amenant sa dextre devant sa bouche, elle emplit ses poumons et se mit à « kiauler ».

L'Émilie et le Jean-Bernard

La kiaule d'Émilie, ce chant de gorge aigu, émis sur trois notes, qui montait et descendait un peu à la façon d'une tyrolienne, roula par-dessus le rebord de la côte et descendit vers la plaine. Il n'était pas fréquent que les filles kiaulassent — si l'on peut employer cette expression —, car c'était une spécialité des garçons, surtout les bergers d'autrefois. Mais c'était le Néné Grugeon qui lui avait appris, et la petite avait tout de suite compris comment placer sa voix dans sa gorge et donner le petit coup de leutot nécessaire afin que sa kiaule porte loin et clair.

De fait, tous les vendangeurs levèrent la tête et regardèrent dans sa direction. Émilie fit de grands gestes, agitant son panier. Elle vit le Glaude lui faire signe de descendre auprès d'eux, mais elle agita ses bras bien largement, en signe de refus, et montra derechef son panier, pour faire comprendre qu'il n'était pas assez rempli et qu'elle devait continuer sa cueillette. Pas si sotte ! Si elle rejoignait l'équipe, à tous les coups pépé Glaude la réquisitionnerait et c'en serait fini de ses ultimes heures de liberté.

Debout sur le plateau du char, son grand-père la considérait, les poings sur les hanches. Il sembla tout à coup à l'adolescente qu'une discussion s'engageait entre le vieux, Anne-Marie, M'sieur Karl et tonton Maurice. Une discussion qui la concernait car, à plusieurs reprises, des mains se tendirent dans sa direction. Au lieu de retourner au bois, elle attendit, curieuse. À son grand étonnement, elle vit tout à coup Jean-Bernard abandonner son ordon et son panier à raisin et, se mettant à courir, remonter toute la vigne jusqu'au pied de la côte, glapissant avec tant d'ardeur qu'il fit s'enfuir, dans leur pré, le Jules et la Julie, bêlant et bondissant comme s'ils avaient eu une armée de loups à leurs trousses.

Là aussi, sur l'arrière de la cadole, une cheminée s'ouvrait au flanc de la falaise. Frémissante de plaisir, Émilie vit son ami l'escalader et, en moins de deux minutes, se retrouver près d'elle, le souffle un peu court, mais la mine radieuse.

— Ça... ça a causé... en bas ! haleta-t-il. Mais y... y z'ont dit que... j'pouvais aller avec toi... parce que... les vendanges sont presque... finies ! Y m'ont donné mon tantôt...

— Chic ! s'écria Émilie. J'suis tellement contente !

— J't'ai apporté d'quoi manger !

Le garçon exhiba dans un mouchoir — propre —, plié en quatre et qu'il avait glissé sous son gilet, un quignon de pain, un peu de saucisson et un fromage sec. À la vue de la nourriture, Émilie se souvint qu'il était midi et qu'elle avait faim. Mais elle n'était pas dupe. Cette marande, c'était le casse-croûte du Jean-Bernard. Elle n'allait pas le lui dévorer sans rien lui laisser.

— Je sais un endroit où il y a des mûres, dit-elle. On mangera là-bas. Viens avec moi !

Les deux adolescents entreprirent de longer l'à-pic. La falaise décrivait une sorte d'éperon qui les dissimula à la vue des vendangeurs. Là, la forêt avait reculé, ménageant en bordure de la côte une étroite étendue de lande rocailleuse, semée de taillis, mais où s'élevaient effectivement de hauts ronciers, pour l'heure croulant sous leurs charges de baies violettes, énormes et gorgées de sucre. En outre, un callâtier se dressait là, qui avait résisté aux vents et qui arborait, au sein de son feuillage, les cosses rondes de noix peut-être pas encore tout à fait à point, mais sûrement déjà consommables.

Un petit ex-voto de pierre avait été édifié au bout de la prairie, et Émilie se signa en marque de respect envers la Vierge. Puis elle se tourna vers Jean-Bernard.

— Là, on sera tranquilles, dit-elle. Personne ne vient jamais.

— Même pour prier ? s'étonna le jeune homme.

— Si, le 15 août. Mais autrement...

Jean-Bernard eut un large sourire. Il retira son gilet, le disposa sur le sol en guise de nappe — il avait de bonnes manières.

— Cueille des mûres, décréta Émilie. Moi, j'vais grimper dans le callâtier !

Elle avait tout naturellement pris la direction des opérations, comme une véritable petite femme. Alors que Jean-Bernard s'affairait devant les ronciers, emplissant de fruits son béret, Émilie grimpa agilement dans le noyer. S'avançant précautionneusement sur les maîtresses branches, évitant de poser ses pieds sur les plus minces, car chacun sait que les branches des callâtiers se brisent comme du verre, elle entreprit de faire tomber sur le sol les fruits qui lui paraissaient les plus appétissants — et qui demeuraient à sa portée. Ce n'était pas chose facile, et elle devait bien caler ses semelles de sandales au creux des fourches, écartant les jambes afin de conserver son équilibre. Mais ce n'était pas la première fois qu'elle s'aventurait ainsi dans les arbres, et elle s'y sentait aussi à l'aise que l'écureuil de tout à l'heure.

— J'ai plein de mûres ! déclara tout à coup Jean-Bernard sans qu'Émilie, perdue dans le feuillage de l'arbre, puisse seulement le voir.

— Alors pose-les et viens ramasser les noix !

— J'y vas !

Émilie continua sa cueillette. Elle pouvait entendre son camarade fouiller dans l'herbe, juste sous elle, à la recherche des noix qu'elle y avait fait tomber. Elle s'avança un peu plus loin sur une branche, s'étirant de tout son long afin d'atteindre un rameau où plusieurs belles coques avaient poussé serré...

Elle se rendit tout à coup compte que Jean-Bernard ne feugnait plus dans l'herbe. Étonnée, elle regarda en contrebas... et vit le visage du garçon tourné vers elle. Jean-Bernard était tout rouge. Il ouvrait de grands yeux, et passait le bout de sa langue sur ses lèvres. Émilie le considéra un instant sans comprendre ce qui le troublait à ce point... avant de réaliser que son ami était tout simplement en train de reluquer sous sa robe, et qu'elle devait lui offrir un spectacle de choix, ses jambes ouvertes.

Émilie ne bougea pas, tandis que la même rougeur que celle de Jean-Bernard envahissait son visage. En une fraction de seconde, toutes ses interrogations, tout son trouble de l'autre nuit lui revinrent, et les songes qu'elle avait faits, et l'énervement qui lui avait taraudé le corps...

Jean-Bernard ne détournait pas le regard, tout comme s'il était fasciné. Mais au bout d'un instant, Émilie se reprit. Un peu tremblante, tâchant de ne pas hâter inconsidérément ses mouvements, elle recula dans l'arbre. Regagnant le tronc, elle commença de descendre. Elle réalisa alors que sa robe, frottant contre l'écorce, lui remontait jusque sous la taille ! Elle ne sut si elle devait en rire ou se mettre en colère. Mais, arrivée à un mètre du sol, elle sauta, et rabattit vivement son vêtement sur ses hanches. Un seul regard en direction de Jean-Bernard lui fit comprendre que son ami n'avait rien perdu de la scène, bien qu'il fît semblant de s'affairer à la quête des noix.

La petite s'approcha de lui, son cœur battant un peu vite, et ce n'était pas dû aux efforts qu'elle avait fournis pour escalader le noyer.

— On en a assez, dit-elle. Viens ! On va marander...

Jean-Bernard interrompit ses recherches et la suivit jusque vers le gilet posé sur l'herbe. Ils s'assirent en tailleur l'un en face de l'autre et, se partageant les provisions, commencèrent à manger, silencieux et sans se quitter du regard.

Émilie se sentait étrangement timide. Elle avait l'impression de ne plus connaître Jean-Bernard... et de ne plus se connaître elle-même. Les bouchées de nourriture gonflaient dans sa gorge et elle avait du mal à les avaler, même les plus petites. Et toujours ces idées, ces images, dans son esprit...

— C'est demain l'école, murmura-t-elle, pour dire quelque chose. C'est pas drôle...

— Non... c'est pas drôle, confirma Jean-Bernard. (Il hésita et ajouta :) Tu sais que j'vais m'en aller, Émilie ?

Émilie ouvrit de grands yeux et recracha une pelure de noix bien amère.

— Tu t'en vas où ?

— Au collège militaire, à Autun.

Émilie ouvrit de grands yeux stupéfaits. Autun ! À l'autre bout du département... Quasiment à l'autre bout du monde.

— Mais pourquoi ? s'exclama-t-elle.

— Parce que c'est là-bas que j'veux étudier. Pour devenir un soldat, un officier, faut faire des écoles comme celles-là.

Émilie sentit des larmes monter dans ses yeux.

— Tu veux devenir un soldat ?

— Oui... Pour servir la France.

C'était dit très simplement, et, sans qu'elle comprenne pourquoi, cela acheva de porter à son comble le désarroi d'Émilie. La petite se retrouva incapable de contenir ses larmes. Elle baissa le nez et se mit à sangloter. Jean-Bernard se précipita vers elle et lui posa ses mains sur les épaules.

— Tu sais, Émilie, dit-il, je serai pensionnaire,

mais on pourra toujours se revoir à Noël, à Pâques... Peut-être même qu'y aura des dimanches où que je rentrerai à Buxy...

Émilie ne répliqua pas et continua de renifler, le nez niché dans la saignée de son coude. Jean-Bernard la secouait doucement par les épaules, comme s'il ne savait que faire, quoi dire. Au bout de quelques instants, il l'attira contre lui. Elle se laissa aller. Il se mit à la bercer contre sa poitrine.

— T'sais, Émilie, souffla-t-il à son oreille, c'est pas parce que je m'en vais que j't'oublierai... J't'oublierai jamais... T'es dans ma tête, et j'ai pas envie que t'en sortes !

Émilie leva le visage et regarda son compagnon. Les yeux de Jean-Bernard étaient limpides, lumineux. Elle les fixa, attendant quelque chose dont elle ignorait la nature. Jean-Bernard se pencha gauchement et effleura ses lèvres de sa bouche. Frémissante, Émilie goûta cette promesse de baiser, son premier, son plus beau.

— T'es tellement belle, Émilie, murmura le garçon, presque extatique. Tellement belle...

Il détourna le regard, revint, se détourna à nouveau, ouvrit la bouche comme s'il voulait parler, secoua la tête de lui-même.

— Qu'est-ce qu'y a, Jean-Bernard ? interrogea Émilie avec une toute petite voix. T'as l'air tout drôle !

— Y a... y a rien...

— Mais si ! J'le vois bien... Tu veux me dire quelque chose... Quoi ?

— C'est... rien !

— Si, c'est quelque chose... Dis-moi z'y ! S'il te plaît...

Jean-Bernard lui jeta un regard si malheureux qu'elle en fut remuée au point que ses larmes revinrent.

— S'il te plaît..., répéta-t-elle.
— Tu... tu me jures... que tu m'en voudras pas ?
— Mais non ! Quoi c'est ?
— Jure !
Émilie leva sa main droite.
— J't'jure ! Alors ?
— Eh ben..., Émilie... Puisque j'dois partir... j'voudrais bien... j'voudrais tellement... T'as juré, hein ! J'voudrais... t'voir toute nue !

Abasourdie, Émilie fixait son camarade. Elle avait du mal à admettre ce qu'elle venait d'entendre. C'était la chose la plus énorme qu'on lui eût jamais dite ! La voir toute nue ! Elle ! Jean-Bernard voulait... Il était devenu fou !
— Te mets pas en colère, gémit le garçon, pitoyable. T'as juré...
Il avait l'air si misérable, malheureux, que l'indignation naissante d'Émilie le céda à un vague sentiment de pitié mêlée de curiosité. Pourquoi son ami voulait-il la voir nue ? Comment pouvait-il désirer une chose pareille ?
Elle baissa la tête, perdue dans ses interrogations. Un long moment passa et elle demanda :
— Pourquoi qu'tu veux me voir... toute nue ?
La réponse fusa, instantanée :
— Parce que t'es la plus belle des plus belles !
Émilie sentit ses joues s'empourprer, mais ne put retenir un sourire.
— J'suis pas si belle que ça, Jean-Bernard. Anne-Marie, elle, elle est belle ! Et maman...
— Ça compte pas ! C'est mes sœurs ! C'est toi qui me plais ! Pas elles !
Malgré elle, Émilie se sentit toute remuée par cette déclaration.
— C'est vrai ? Je te plais ?
— Tu me plais tellement que j'en regarderai jamais une autre !

Jean-Bernard avait parlé avec une gravité inattendue et Émilie releva la tête pour le regarder. Elle n'était pas sûre que son ami tiendrait une telle promesse, mais c'était tellement agréable à entendre.

Elle se racla la gorge.

— Mais... quand c'est que tu voudrais... me voir toute nue ?

— Ben... là ! Maintenant !

Les joues d'Émilie la brûlèrent plus fort encore. Elle n'avait plus du tout envie de se mettre en colère. Ce dont elle avait envie... c'était de faire ce que désirait Jean-Bernard !

— C'est pas possible, articula-t-elle cependant. J'peux pas...

Jean-Bernard ne dit rien. Il continuait de la regarder et ses yeux la transpercèrent. La bouche d'Émilie était si sèche qu'elle ne pouvait avaler. La petite se mordit les lèvres.

— Tourne-toi, alors, dit-elle.

Jean-Bernard obéit, et fit face au vide. Son cœur battant à se rompre, Émilie se leva. Ses mains tremblaient. Très vite, elle dénoua, dans son dos, la ceinture qui attachait sa robe, puis en défit les boutons. Le vêtement chut à ses pieds. Elle n'en portait guère d'autre : sa culotte, ses socquettes...

S'assurant bien que Jean-Bernard ne regardait pas, elle fit glisser la culotte le long de ses jambes, puis, se baissant, elle se déchaussa, enleva les socquettes.

Elle se rassit aussitôt, ses avant-bras croisés devant sa petite poitrine.

— Voilà, dit-elle d'une voix qu'elle ne reconnut pas être la sienne. Tu peux te retourner !

Jean-Bernard pivota lentement sur lui-même, et Émilie crut sentir, charnellement, le poids de son regard lorsque ses yeux se posèrent sur elle. Elle attendit, immobile telle une statue, mais sensible à l'admiration débridée qu'elle pouvait lire dans les yeux de son ami. Ce regard, c'était effectivement un hommage... Subitement, elle se sentit belle... Elle se sentit belle, et stupide de demeurer accroupie, se cachant comme elle pouvait, tout comme si elle était stropiate...

Elle abaissa ses bras le long de son corps et, d'un mouvement lent et délié, elle se leva et s'offrit, sans voile aucun, aux yeux de son compagnon. Des yeux qui chavirèrent. Elle perçut la commotion que le garçon éprouvait à la voir ainsi. Elle retint son souffle. Le regard de Jean-Bernard courait tout le long de son corps, et sa chair en frémissait. Il fixait ses seins... descendait... Elle ferma les yeux. Il la regardait où c'était le plus secret.

Jean-Bernard ne parlait pas. Elle ne parla pas non plus. Elle rouvrit les yeux. Il la regardait toujours, et il souriait. Un doux sourire, qui ne faisait pas peur. Elle eut un soudain frémissement. Ce n'était pas comme lorsque le Pierrot la Fouine la reluquait. Devant lui, sûr que si elle s'était trouvée nue, elle serait morte de honte.

Étrangement, cette pensée la fit se détendre. Ses muscles crispés se relâchèrent et sa posture ne fut plus celle d'un piquet. Elle sourit à son ami.

— C'que t'es belle..., murmura Jean-Bernard. J'peux... j'peux venir près de toi ?

Elle hocha la tête. Il s'approcha d'elle à la toucher... mais ne la toucha pas. Il n'était plus rouge, mais pâle, et un peu de sueur coulait sur son front. Tout à coup, Émilie fut très heureuse de se sentir nue. Il faisait si beau, le soleil lui caressait les épaules et les reins.

— J'peux... te voir... le derrière ? demanda Jean-Bernard.

Émilie eut un petit rire et, sans façon, se retourna pour offrir son côté pile à l'admiration de son ami. Il se passa alors quelque chose d'inattendu. Elle sentit un frôlement, un contact sur ses fesses... Il lui fallut une bonne seconde pour comprendre que c'était Jean-Bernard qui la touchait. Elle se contracta à nouveau, brièvement, mais ne repoussa pas le garçon. C'était si léger, si doux... si agréable, qu'elle se mit à frissonner... De longues secondes coulèrent.

Émilie se retourna brusquement... et Jean-Bernard retira sa main, comme s'il avait peur d'elle. Elle vit alors que, de son autre main, il frottait le devant de son short. Elle fronça les sourcils, se souvenant de l'autre soir...

— Qu'est-ce que tu fais, Jean-Bernard ? demanda-t-elle.

— Je... je...

Il était redevenu écarlate. Il ne faisait plus un mouvement. Émilie se mordit les lèvres, oublieuse de sa nudité, mais dévorée d'une curiosité qu'il n'était pas question, cette fois, de laisser insatisfaite.

— C'est... parce que t'es trop belle, souffla Jean-Bernard. Ça fait... ça... aux garçons.

— Quoi, « ça » ?

— Des choses.

— Quelles choses ?

Jean-Bernard eut un soupir malheureux et, avec des gestes maladroits, il ouvrit sa culotte courte. Avec intérêt, Émilie distingua une grosse bosse sur le devant de son caleçon. Le garçon abaissa le sous-vêtement... Elle comprit alors.

— Ah ! s'exclama-t-elle, c'est comme l'étalon du Paul Denizot quand y voulait couvrir la Pomponnette !

Elle n'était ni choquée ni apeurée. Chevaux, taureaux, le bouc du cousin Jacquotot, le Jules avec la Julie, et même le Tambour quand la Trompette était en chaleur, elle avait maintes fois contemplé le membre du mâle en érection. Elle était seulement un peu étonnée que ça se passe de la même façon chez les garçons.

À son tour, elle se sentit en proie à une soif d'en

voir plus. Elle toisa son compagnon, et le trouva assez ridicule, en chemise, son béret taché de jus de mûre sur la tête, mais sa culotte et son caleçon aux chevilles.

— Déshabille-toi aussi, dit-elle.

— Hein ? s'écria Jean-Bernard. T'es folle !

— Pourquoi ? J'l'ai bien fait, moi ! Alors fais-le ! Tu sais bien qu'il y a personne qui va venir !

— Mais... mais...

Émilie tapa du pied.

— Si tu l'fais pas, j'me rhabille !

En femelle rouée, elle avait trouvé l'argument décisif. Jean-Bernard roula des yeux de chien battu... mais enleva sa chemise — et son béret.

— Tes souliers aussi ! exigea la petite, impitoyable.

Il se pencha et lui obéit. Puis il se redressa, nu comme elle. Elle le regarda, aussi avide qu'il avait pu l'être. Avec l'impudeur de l'innocence, elle fixa sa fameuse chose, qui ressemblait à celle des animaux. Elle se dressait, moins impressionnante que celle de l'étalon, mais tout de même intéressante. Elle eut une envie soudaine, irréfléchie. Elle tendit la main... et la toucha. Elle la trouva dure, et la sentit frémir sous ses doigts. Mais Jean-Bernard fit un petit bond en arrière.

— Qu'est-ce que tu fais, Émilie ! s'exclama-t-il. Faut pas !

Devant le brusque mouvement de son ami, Émilie avait retiré sa main. Elle regarda Jean-Bernard et demanda :

— Pourquoi ? L'autre soir, tu te touchais pas, toi ?

— Mais... moi... c'est pas toi !

Devant cet argument d'une imparable logique, Émilie ne répliqua pas. Elle avait toujours envie de toucher la chose, mais, d'instinct, comprenait qu'il ne fallait pas brusquer son compagnon.

— On s'assied ? proposa-t-elle.

Jean-Bernard acquiesça, et ils s'assirent l'un à côté

de l'autre, sur le gilet du garçon. Leurs hanches se frôlèrent et ils eurent le même frémissement, la même hésitation..., puis s'appuyèrent franchement l'un contre l'autre. Jean-Bernard respirait vite, fort. Il remua durant un petit moment... et entoura les épaules d'Émilie de son bras. La petite se laissa enlacer. Elle baissa les yeux. Toute proche, la chose demeurait dressée, raide. Elle hésita. Sa main frémissait. Elle voulut se dire que non, qu'il ne fallait pas...

Elle toucha, et, à nouveau, Jean-Bernard tressaillit. Mais, cette fois, elle dompta son sursaut de frayeur et même, resserrant ses doigts autour de sa prise, elle la palpa, un peu comme pépé Glaude palpait le cul d'un jeune cochon afin de prévoir s'il allait faire du gras à l'automne. À son grand étonnement, elle sentit le membre durcir encore dans sa main. Folle de curiosité, elle le caressa.

— Émilie, râla Jean-Bernard, arrête... ou bien j'vais juter !

Émilie arrêta, mais sans lâcher sa proie.

— Tu vas... quoi ?

— J'vais... juter !

Émilie n'avait aucune idée de ce que signifiait ce mot. Mais elle n'avait pas l'intention d'arrêter, ça non ! Elle se colla plus étroitement contre son ami. Alors Jean-Bernard eut un nouveau râle et, avec un soupir, il posa sa propre main sur la sienne, et lui imprima un lent mouvement de va-et-vient.

— C'est comme ça qu'y faut faire..., souffla-t-il en l'enlaçant de son bras libre, puis, se laissant aller dans l'herbe, l'entraînant avec lui.

Pensive, Émilie considéra Jean-Bernard. Toujours allongé sur le dos, le garçon soufflait doucement. Il avait les yeux clos, ne faisait pas un mouvement. Quel drôle d'animal que l'homme ! En faisant ce que voulait son ami, Émilie avait pensé que cela répondrait à toutes les interrogations qu'elle s'était posées. Mais en fait, cela n'avait fait qu'en ouvrir d'autres...

Émilie essuya sa main dans l'herbe. Son mouvement fit relever la tête à Jean-Bernard. Le garçon lui sourit. Mais au fond de ses yeux brillait une lueur qu'elle n'y avait encore jamais vue.

— C'était rudement bon ! dit-il.

Étonnée, Émilie le dévisagea.

— C'est quoi, qui était bon ? demanda-t-elle.

— Ben... ce que tu m'as fait.

— Ah ?

— Pour un garçon, c'est bon... Ça fait du bien.

Émilie ne répliqua pas. Elle n'avait aucune idée de ce qui pouvait être « bon » pour un garçon, mais elle était contente d'avoir « fait du bien » à Jean-Bernard. Elle-même, d'avoir touché la chose à son ami, ça l'avait rendue toute bizarre.

— Émilie, dit tout à coup Jean-Bernard, tu me montres ton « frifri » ?...

Émilie arqua les sourcils d'étonnement. Elle et sa maman n'appelaient pas ordinairement pas « cela » un « frifri », mais elle avait parfaitement compris ce que voulait dire son compagnon. Elle rougit et baissa le nez.

— T'es fou ! souffla-t-elle.

— Pourquoi ? T'as bien vu ma quéquette !

Ah... Cela s'appelait donc une quéquette... Voilà qui était intéressant. Émilie hésita. Elle avait honte qu'on lui demande de montrer son frifri, mais cela lui faisait également chaud partout.

— Pourquoi tu veux voir mon frifri ? demanda-t-elle, pour gagner du temps.

— Parce qu'il doit être joli ! Tu sais... j'ai jamais vu le frifri d'une fille. Mais le tien... j'aimerais le voir. Pour ça, oui !

Émilie se mordilla les lèvres... et se redressa. Elle s'assit en face de Jean-Bernard et, posant ses mains sur ses genoux, elle écarta ses cuisses. Jean-Bernard se redressa à son tour, s'appuyant sur un coude. Les joues de l'adolescente se mirent à la chauffer. Une fois de plus, songea-t-elle. Elle n'avait pas souvent rougi autant de fois en une seule journée !

— On voit pas bien, se plaignit Jean-Bernard. Montre-z'y moi mieux que ça.

— Mais comment ?

Jean-Bernard réfléchit un instant. Il se releva et posa une main à la base de son cou.

— Couche-toi sur le dos !

Émilie secoua la tête... mais ne résista pas lorsque Jean-Bernard la fit s'allonger. Elle demeura immobile, en appui sur les coudes, les jambes ouvertes, à demi pliées. Installé en face d'elle, son ami la regardait, les yeux fixes.

— C'que c'est beau ! s'extasia le garçon. C'est comme un fruit ! (Jean-Bernard marqua une infime hésitation). J'peux... j'peux le toucher ?

Émilie ne répondit pas. Jean-Bernard avançait la main, par à-coups... comme s'il craignait d'accomplir un sacrilège. Elle retint son souffle.

Il toucha, juste là où il ne fallait jamais... Ses doigts étaient plus légers que le battement d'ailes d'un papillon. Ils l'effleuraient à peine, elle pouvait les sentir trembler... Émilie regarda son compagnon. Celui-ci se pencha et sa main se fit plus pressante.

Stupéfaite, Émilie ressentit un frisson inconnu, naissant au creux de ses reins, et qui se propageait à tout son corps. Elle ouvrit la bouche pour protester, crier à Jean-Bernard d'arrêter... mais elle n'émit qu'un petit gémissement.

Soudain, une sorte de déchirement la traversa, mais qui n'avait rien de douloureux, bien au contraire. Haletante, Émilie se laissa submerger par cette vague inconnue, délicieuse. Elle s'entendit geindre doucement. Un bourgeon de sensations s'était ouvert en elle, que Jean-Bernard faisait s'épanouir.

Elle cria soudain et son corps se tordit...

Comme elles étaient venues, les sensations qui l'avaient secouée abandonnèrent Émilie. Brisée d'une étrange fatigue, la petite ressentit alors une certaine douleur, là où le doigt de Jean-Bernard appuyait un peu trop fort. Elle se contracta. Comme s'il avait compris ce qu'elle ressentait, le garçon retira sa main.

— Je... j'te demande pardon..., balbutia-t-il.

Émilie le regarda avec étonnement.

— De quoi ?

— Mais... de t'avoir... fait des choses... M'en veux pas !

Émilie secoua la tête.

— J'ai bien aimé... Pourquoi que je t'en voudrais ?

Jean-Bernard la regarda, indécis. Elle lui sourit, avec une certaine philosophie, non dénuée de naïveté. Il lui rendit son sourire.

— Ça m'a fait du bien aussi, assura-t-il. (Il se rembrunit.) Mais y faudra y dire à personne ! (Émilie était bien d'accord là-dessus.) Même au curé (Émilie était encore plus d'accord !) Parce que si quelqu'un le sait..., on pourra plus y refaire !

Émilie se redressa.

— J'y dirai pas ! Tu peux être tranquille. (Elle rougit et ajouta :) Et comme ça on pourra y refaire. (Elle baissa la tête.) Mais quand ?

— Chaque fois qu'on se reverra !

Voilà qui allait très bien à Émilie. Les deux jeunes gens se regardèrent. Quelque chose était passé entre eux, mais ce quelque chose s'était évanoui. Gênée, Émilie se détourna, arracha des brins d'herbe afin de se nettoyer. Jean-Bernard se baissa, saisit ses vêtements. Il s'habilla à la hâte. Une fois propre, Émilie l'imita.

À nouveau vêtus, ils se regardèrent encore. La gêne d'Émilie s'était dissipée, et elle fit un large sourire à son compagnon.

— On continue à chercher des champignons ? suggéra-t-elle.

— Ça, c'est une bonne idée ! répliqua Jean-Bernard avec un rire d'enfant.

Les deux jeunes gens se saisirent par la main, Émilie ramassa son panier, et courant avec allégresse, ils traversèrent la prairie et se fondirent dans le sous-bois.

Un long moment s'écoula, un taillis s'entrouvrit et la silhouette courtaude du Titisse Perraudin apparut. Le trimardeur s'avança dans la prairie, un sourire au coin des lèvres. Il se dirigea à pas lents vers la place où l'herbe, encore foulée, attestait de la présence des deux enfants. Il s'immobilisa et, grimaça en considérant le chiffon d'herbes souillées avec laquelle la gamine s'était nettoyée. Il se pencha, le saisit et se mit à ricaner.

Une sacrée bonne idée qu'il avait eue, ce jour, de préférer la braconne à la vigne ! Et un sacré jeton qu'il s'était payé ! Ah oui... Elle pouvait prendre des airs de mijaurée, la gamine au Lucien et à la Marinette. C'était une foutue salope, et qui prenait bien le chemin de sa tante la putain ! Comment qu'elle l'avait essoré, l'autre grand niais ! Et comment qu'elle lui avait donné sa chatte ! Un moment, il avait espéré qu'ils se décident à baiser pour de bon... ou au moins qu'elle le prenne dans sa bouche. D'accord, ils l'avaient pas fait... Mais tout de même... Il avait pas perdu son temps !

Riant tout seul, le trimardeur s'éloigna le long de la barre. Il se réjouissait déjà de ce qu'il allait pouvoir raconter, ce soir ou bien demain, attablé à la terrasse du bistrot au Sandrot Bergelin...

*

Cette nuit-là, ce fut une étrange sensation d'humidité qui réveilla Émilie. La petite se dressa dans le lit,

et repoussa son drap. À côté d'elle, Anne-Marie poussa un petit gémissement ensommeillé. Mais Émilie ne fit pas attention à elle. Elle regardait, les yeux fixes, la tache sombre qui s'étalait sur le devant de sa chemise de nuit. Une crampe lui traversa le ventre. Elle pensa à Jean-Bernard, à ce qu'ils avaient fait, et une griffe d'épouvante la traversa.

— Tata..., sanglota-t-elle. Tata..., réveille-toi...

Anne-Marie gémit à nouveau. La petite la secoua. La jeune femme se redressa.

— C'qu'y a ? interrogea-t-elle, la voix pâteuse.

— Tata ! Regarde !

Le son de sa voix éveilla tout à fait Anne-Marie, qui tâtonna à la tête du lit pour trouver la poire électrique. La lumière fusa dans la chambre. Émilie montra la tache, d'un doigt qui tremblait. Anne-Marie regarda.

— Ah..., maugréa-t-elle. C'est arrivé...

— Mais... mais..., balbutia Émilie.

— Ben quoi ? La Marinette a bien dû t'en causer, non ? C'est que tu deviens une petite femme, ma belle. Y a pas de quoi t'affoler... Ça t'arrivera maintenant tous les mois.

Émilie referma la bouche. Mais oui... C'était ça. Pourquoi n'y avait-elle pas songé ? Sûrement parce qu'elle ne s'attendait pas à ce que ça se passe de cette manière.

— Lève-toi, lui enjoignit sa tante. Et enlève ta chemise.

Émilie obéit.

— Eh ben... T'en as fait, du propre... grommela Anne-Marie en montrant la large tache rouge qui s'étalait également sur le drap du lit.

— C'est... c'est pas ma faute, murmura la petite.

— Bien sûr que non ! répliqua Anne-Marie en riant, et elle vint lui déposer un baiser sur la joue. Mais y va falloir que j'aille réveiller ta mère.

— Pourquoi ?

— Pour qu'elle te donne des « pataculs », ma belle. Tu vas pas rester comme ça à saigner et salir partout. Profites-en pour te nettoyer... À propos, t'as mal ?

— Pas trop...

Anne-Marie se dirigea vers la porte de la chambre. Au moment où elle allait l'ouvrir, elle s'immobilisa et déclara pensivement :

— N'empêche... C'est une sacrée journée. Ce matin, y a eu la paix, et cette nuit, t'as tes « rassurantes ». C'est quelque chose !

Elle sortit, sous le regard amusé de sa nièce.

« Et si tu savais tout le reste ! » songeait la fillette.

Émilie éclata soudain d'un fou rire que rien ne put contenir : avec le Jean-Bernard, ils avaient fait « ça » devant la statue de la Vierge !

Les Pauléens

Les effluves s'étaient faits de plus en plus précis, et le Tambour ne tenait plus en place dans le chenil. Il veurdait en tout sens, couinant doucement, levant la truffe à la moindre saute de vent lui apportant l'odeur de la fumelle. Les autres chiens observaient le vieux dominant et se tenaient cois, même le Clairon qui, mâle pourtant, se sentait lui-même excité. Mais le jeune chien avait le respect de son aîné, et refrénait ses instincts. C'est que le Tambour, même à neuf ans, avait le croc facile et la mâchoire puissante. Il n'était pas encore l'heure de le supplanter.

La Cadie apparut soudain sur le pas de la porte. Elle tenait la casse. La Trompette, le Clairon et la Musette l'accueillirent en se dressant et en battant l'air de leurs fouets, tandis que le même récri résonnait dans leur gorge. Seul le Tambour ne se mêla pas à l'allégresse générale, et si la Cadie n'avait pas eu l'esprit occupé à la pensée que la petiote était retournée à l'école ce matin même, qu'elle avait ses « affaires » — mon Dieu, mon Dieu, c'était-y donc possible que l'Émilie elle devienne une vraie femme ? Est-ce qu'elle avait seulement besoin de ça ! — et qu'elle avait l'air toute drôle, la mémé se serait méfiée. Mais elle ne fit pas attention à l'attitude réservée du chien et vint ouvrir la porte du chenil. Elle s'avança, posa sa gamelle... et se trouva à moitié renversée par la ruée du Tambour, qui, malin, s'était bien rendu compte qu'elle avait laissé le grillage ouvert.

— L'Tambour ! glapit la vieille femme, R'viens ici tout'suite !

Peine perdue. Le grand chien avait franchi le porche de la ferme, laissée ouverte par l'équipe lorsqu'elle était partie aux vignes, et il filait déjà le long de la route menant au bourg. La Cadie se précipita et l'appela encore, sans espoir aucun, mais mêlant à ses cris de fortes injures patoisantes, le nom du Seigneur et des considérations sur la colère à venir du Glaude, lorsqu'il rentrerait... si c'te vouerie d'bestiau il était pas rentré avant !

— Qu'est-ce qui se passe, la Mère ? interrogea Marinette, qui s'était avancée.

La Cadie lui jeta un regard furieux, mais consentit à répondre :

— L'Tambour l'a foutu l'camp ! Y galope vers l'village !

Marinette haussa les épaules.

— Il a dû sentir une chienne. C'est pas la première fois... Il rentrera bien tout seul quand il aura fait son affaire ! (La Cadie ne répliquant pas, elle ajouta :) Mais si voulez, j'irai faire un tour à bicyclette voir si je le trouve pas.

La Cadie ne répliqua pas et retourna au chenil afin d'y partager la soupe. Marinette secoua la tête et rentra continuer de balayer. Pourquoi s'échinait-elle à faire des avances à cette vieille ronchon ? Ça ne servait à rien..

Le Tambour filait comme le vent. C'était une nouvelle jeunesse qui coulait dans ses veines, et ses rhumatismes étaient bel et bien oubliés. Ah, les femelles et les sangliers, ça vous maintenait faraud n'importe quel chien courant !

En moins de trois minutes, le vieux brave atteignit

les premières maisons de La Paulée. Il avait croisé plusieurs humains sur son chemin, qu'il connaissait et qui l'avaient appelé, mais il n'avait pas daigné leur accorder l'aumône d'un regard. C'étaient des étrangers à sa « meute » et il avait un autre but en tête que se montrer aimable.

Tambour ralentit sa course, et s'arrêta au mitan de la route, pour s'orienter. Ses flancs creux se soulevaient au rythme de sa respiration, mais il ne sentait pas la fatigue. Il leva le nez et huma longuement l'air tiède, son flair effectuant le tri à travers les mille senteurs parasites dégagées par les diverses activités des hommes, à la recherche de la seule qui lui importait. Il la localisa très vite. Il reprit sa course, dévala la rue principale du bourg, déboucha sur la grand place, qu'il coupa en diagonale, évitant d'un vif bond de côté la venue inopinée d'un camion de la Charbonnière de Saône et Loire, et défila devant la terrasse du Sandrot Bergelin, d'où les habitués le regardèrent passer, un sourire aux lèvres et le Pernod à la main — ou l'aligoté.

— Ah ! gloussa l'un d'eux. Y a l'Tambour au Glaude Theuvenot qui s'est forlongé.

— Oui, ajouta un autre. Ça va faire du suif si le vieux l'apprend. Son clébard, il y tient plus qu'à ses fils !

Le Bernard Tainturier, qui se trouvait également là, avait lui aussi suivi la course du vieux limier. Il clapa une gorgée de pinard et grommela :

— C'te charaigne — on ne savait pas s'il parlait du chien ou de son maître, mais il ajouta, entre ses dents —, j'voudrais qu'y s'fasse écrabouiller ! Ça y ferait les pieds, à l'aut'vieux fumier !

Des regards sévères se posèrent sur lui. Il n'était pas dans l'usage des paysans de souhaiter la mort d'un chien — un humain, par contre... Mais le Tainturier n'en était pas à cela près. Il avait la haine trop bien cuite et recuite, et depuis trop longtemps.

— Y faudrait qu'y crèvent tous ! renchérit-il. Ça ferait d'la vermine de moins sur Terre !

Les consommateurs haussèrent les épaules, et la conversation dévia.

Celui qui ne déviait pas — de sa route — par contre, c'était le Tambour. Plus il cavalait et plus l'odeur affriolante de la chienne en chaleur se faisait forte. Son instinct s'en affolait. Un besoin vieux comme la vie échauffait ses os et lui faisait oublier toute prudence. Il passa derrière la mairie-école, sauta par-dessus une palissade, traversa un jardin en faisant s'égailler un troupeau d'oies qu'en temps normal il n'eût point manqué de courser avec un ineffable bonheur, enfila une ruelle... et déboucha enfin dans une courette, en face d'une maison vigneronne. Là, à l'attache, se trouvait l'objet de ses désirs.

C'était la Mirette au Bernard Tainturier !

La Mirette était un grand et beau pointer et d'abord, son vrai nom, c'était pas Mirette. Son vrai nom, le Bernard l'avait prononcé une seule fois, au bourg, le jour où il avait ramené sa chienne de chez l'éleveur, un qu'avait des chiens de race, au nord de Dijon, et tout le monde s'était tellement boyauté que, vexé comme un pou, l'autre avait illico rebaptisé sa bestiole d'un diminutif plus en rapport avec les habitudes paysannes. En réalité, Mirette possédait un blase à tiroir, pire encore que le patronyme de Môssieu le Comte et de tous ses ancêtres réunis, à se pisser partout ! Y avait des « de » à tout bout de champ, avec des noms de lieu bien prétentieux, inconnus de chacun, et qui montraient à l'évidence que les éleveurs, mais aussi ceux qui leur achètent leurs produits, eh ben, c'est tout des gens qui veulent péter plus haut qu'ils ont l'cul !

Ce n'était pas exactement ça. Le Bernard Tainturier, c'était un conneau fini, tout le monde le savait à

La Paulée, mais il avait l'amour du beau chien et sa Mirette, il l'adorait, tout simplement, autant que le Glaude aimait son Tambour. On racontait même qu'il l'aimait plus que sa Lucette, et on ajoutait en ricanant qu'il avait une bonne raison pour ça : une chienne, c'est fidèle, pas comme certaines femmes... En tout cas, il la surveillait drôlement — la Mirette, pas la Lucette — et, à aucun moment, il n'avait accepté qu'un des corniauds du village s'en vienne lui renifler le derrière. Le Bernard prétendait qu'avec sa « lice », il allait un jour monter son propre élevage de chiens d'arrêt, et que, pour ça, il devait garder sa bête pure. Il affirmait que si, par malheur, la Mirette se faisait prendre une fois par un mâle qu'était pas de bon sang, elle n'engendrerait plus jamais que des bâtards. Alors pas de ça, et que les autres chiens se tiennent au large ! Même lorsqu'il partait au perdreau, au lapin ou à la bécasse, le Bernard gardait un œil sur sa bête et l'autre au bout des canons de son fusil. Du coup, il mettait plus souvent à côté, mais lorsqu'il ramenait une pièce que sa chienne avait arrêtée et fait lever juste au bon moment et à la bonne distance, alors là, chez le Sandrot, on en entendait parler pendant des heures, avec exhibition du gibier tué à l'appui et commentaires dithyrambiques sur les qualités inégalées de la Mirette. Les autres chasseurs, qui n'avaient que des notions assez abstraites sur les règlements de leur « art » et la différence entre un chien de « grande quête » et les leurs qui buissonnaient de façon plus prolétarienne, écoutaient en buvant le coup, et se fichaient doucement de ce « Nemrod de la bouse » ainsi que l'avait qualifié un jour de grande colère Mademoiselle Rosette, qui haïssait toute forme de mise à mort d'un animal sauvage. Cette épithète avait été prononcée en grand secret, car l'institutrice n'était pas une personne à se donner en éclats de voix, mais, allez savoir comment, il s'était ébruité. Tout le monde le connaissait... sauf le principal intéressé, bien entendu.

Quoi qu'il en soit, le Tambour se tenait à l'entrée de la courette du Tainturier, immobile, et il fixait la belle chienne qui, au bout de sa chaîne coulissante sur un fil de fer tendu entre deux murs, s'était dressée, frémissante, et lui rendait son regard.

Tambour n'était pas sur son territoire, et il le savait. Il savait également, d'instinct, car les animaux épousent les querelles de leurs maîtres, que ce territoire n'était pas amical. En temps normal, il eût passé son chemin, la queue haute et la truffe indifférente... mais l'affolant parfum que dégageait la Mirette faisait que rien n'était plus normal. Le vieux chien se mit à gémir, hésitant à franchir les derniers mètres le séparant encore de sa conquête...

Conquête, oui, car la Mirette faisait bon accueil à l'étranger. Malgré son âge, le Tambour portait beau et, toute noble pointer qu'elle était, la chienne au Bernard l'avait déjà remarqué, dans son entendement animal, lors de la précédente saison de chasse, quand il leur arrivait de se croiser au creux d'un labour ou au milieu d'une friche. Les chiens ne tombent pas amoureux, dit-on, mais la Mirette n'avait encore jamais été couverte, elle était en pleine période de ses feux, et se languissait du mâle. Aussi, loin de se mettre à aboyer, à montrer les crocs et à se hérisser, comme son devoir de vierge et de bête à l'attache aurait dû l'y inciter, se dressa-t-elle et se mit-elle à battre du fouet, la truffe frémissante et les oreilles dressées.

Il n'en fallait pas plus au Tambour pour qu'il se décide. Il s'avança, à pas lents tout d'abord, puis, devant les signes de bienvenue de la belle, qui sautait sur place et tortillait de la croupe, d'une allure décidée.

Les deux chiens se flairèrent la truffe, agitant

pareillement la queue. Le Tambour était enivré par le parfum de la Mirette. Il se redressait comme un jeunot, et sa moustache se hérissait de bonheur prémonitoire. Il laissa couler son museau en direction de l'arrière-train de la chienne, et la huma avec insistance. Déjà, la Mirette offrait son derrière et, sans pudeur aucune, rabattait son fouet de côté.

Le Tambour ne s'embarrassa pas de préliminaires. La femelle était réceptive, et lui pressé. Il se plaça derrière elle, posa ses pattes de chaque côté de son bassin... et s'accomplit alors l'irréparable que le Bernard Tainturier redoutait tant et tant...

Cet irréparable était, somme toute, naturel, dès lors que se retrouvent un mâle et une femelle poussés par leurs instincts, et il n'y aurait eu que demi mal si les choses s'étaient déroulées sans témoin. Mais un témoin, il y en eut, par un malencontreux hasard. Ce témoin, c'était le Tatave Petitjean, qui rentrait du lopin où, entre deux soins à la vigne, il cultivait quelques rangs de treuffes et des betteraves fourragères. Il n'était pas méchant, le Tatave, mais il n'était pas bien malin, et puis il aimait pas trop le Bernard Tainturier, car le père de ce dernier avait un jour emprunté le percheron à son oncle et l'avait rendu avec la gourme : il avait fallu faire venir le vétérinaire de Buxy et ça avait coûté des sous.

Aussi, lorsque le Tatave jeta machinalement un regard par le portail ouvert de chez le Bernard et qu'il vit les deux chiens collés, il partit d'un grand éclat de rire. Ça, c'était la meilleure ! L'autre gnaulût qui les bassinait à longueur de temps à propos du « pevidrev » d'sa chienne, qui veillait dessus comme si son berlingot ç'avait été le trésor du « roi d'Chine », v'là qu'sa Mirette se f'sait saillir par l'grand corniaud du Glaude ! Y avait une sacré bon Dieu d'justice, en c'monde. Si ç'aurait été un aut'chien, l'aurait été brâment moins bon !

Le Tatave s'attarda un petit moment à contempler les amoureux en train de bien faire. Le Tambour tirait la langue, son cul contre çui de la Mirette, qui geignait comme la sacré bongu d'fumelle qu'elle étot ! Puis, avec un haussement d'épaules, le voyeur s'éloigna. Mais, alors qu'il atteignait les premières maisons du bourg, il continuait de se fendre la pipe.

Le Tatave avait prévu de rentrer tout droit chez lui, parce qu'il avait encore à panser ses vaches, mais, en traversant la place, il ne put s'empêcher de jeter un regard en direction de la terrasse au Sandrot, et qui n'y vit-il pas attablé ? Le Bernard, évidemment, parmi d'autres — dont le Glaude Montcharmont — mais lui seul avait de l'importance. Alors le Tatave changea de direction. L'occasion était trop belle de se foutre un peu de la gueule de ce con !

Tatave Petitjean aborda le petit groupe des consommateurs avec une mine réjouie. Il nota qu'aucun des membres du clan Theuvenot ne se trouvait là, et il le regretta, car, sans affectionner particulièrement la famille du Glaude, ça lui aurait fait plaisir qu'ils le voient bien enfoncer son nez dans sa merde à leur ennemi. Mais comme, de toute façon, on leur rapporterait l'affaire...

Tatave distribua quelques bonjours à la ronde, et alla jusqu'au comptoir pour y réclamer au Sandrot une topette de blanc. Il revint vers les consommateurs, s'appuya au mur, sans s'asseoir, et, avec des frémissements de joie anticipée, il écouta un temps les conversations qui roulaient de table en table, portant principalement sur les événements de Munich et la paix assurée pour des dizaines d'années au moins. Il n'était pas question de lâcher le morceau trop vite. Ce serait encore meilleur bien mijoté... Et puis y fallait laisser au Tambour le temps de bien saillir la Mirette, qu'on soit sûr qu'y aurait des p'tits bâtards et que la chienne soit à jamais gâtée. Oh ! Comme ça lui ferait les pieds, au Tainturier !

Enfin, alors qu'il avait descendu la moitié de la chopine, il se fit une pause dans la conversation. Justement, le Bernard venait de lâcher une bonne couennerie bien sentie, et il se rengorgeait comme un paon, attendant les réactions des autres. Le Tatave se racla la gorge et déclara, d'un air de pas y toucher :

— T'en dis, des choses, l'Bernard. Mais est-ce que t'es t'y seulement capable de garder chez toi ?

Les regards se tournèrent vers lui, chacun se demandant pourquoi le Petitjean avait fait cette déclaration qui ressemblait trait pour trait à une provocation. On pensa à la Lucette, bien sûr. Même le Bernard, qui se renfrogna et darda un œil furieux sur le trublion.

— De quoi qu'tu viens nous faire chier ? gronda Tainturier.

Le sourire du Tatave s'élargit.

— J'dis ça pour te rendre service. C'est pas Dieu possible, mon pauvre Bernard, y sera dit que les Theuvenot y te feront toujours cocu !

Bernard Tainturier blêmit, tandis que des rires fusaient. Très vite, avant que son interlocuteur réplique, Tatave ajouta :

— Ct'e fois, c'est point ta femme. C'est ta chienne !

— Quoi ? hurla Bernard en se levant si brusquement qu'il renversa sa chaise. Qu'est-ce tu racontes, espèce de peugnât ?

Gustave lui adressa un radieux sourire — partiellement édenté.

— J'raconte que le Tambour au Glaude il est dans ta cour en train de faire son affaire à ta Mirette, et qu'ta chienne elle en a les yeux bordés de reconnaissance !

Il y eut un nouvel éclat de rire général. Le Bernard Tainturier semblait comme foudroyé. Il regardait son vis-à-vis plié en deux, qui se tapait sur les cuisses, et ses yeux avaient pris une teinte pâle, décolorée. Un quolibet fusa, puis un autre. En moins de trente secondes, toute la salle se moquait de lui, de sa chienne, de sa femme, de ses cornes...

— Vingt dieux, elle sait c'qu'est bon, ta Mirette !

— T'es sûr qu'ty vas pas faire l'élevage ed' corniauds ?

— Ta femme elle l'aurait pas aidée, des fois ?

Le Bernard se tourna vers ses compères.

— Bande de salauds ! hurla-t-il, d'une voix à tel point stridente que les rires cessèrent, coupés net. Bande de fumiers !

Il avait l'air d'un fou. Il chancelait, et sa main droite se resserrait convulsivement, comme s'il essayait d'étrangler quelqu'un.

— Mirette... ma Mirette..., balbutia-t-il.

Une main se tendit vers lui, présentant un verre.

— Allez, c'est qu'une chienne, dit une voix. Bois un coup...

Le verre fut balayé, l'aligoté éclaboussa le donneur. Bernard brailla derechef :

— J'vais l'crever ! J'vais l'crever !

Il se précipita en bas de la terrasse, renversant une table, bousculant deux consommateurs. On le vit traverser la place en courant, faisant de grands gestes, répétant : « J'vais l'crever ! J'vais l'crever ! » Plus personne ne riait.

Glaude Montcharmont s'avança, secouant la tête. Il se planta devant le Tatave Petitjean.

— Alors toi, grommela-t-il dans sa moustache, t'es vraiment un abruti ! Qui c'est qui va devoir arranger l'coup, maintenant ? Moi, comme toujours... Et avec un con comme le Tainturier...

Tatave ne répliqua pas. Soufflant d'un air écœuré, le garde champêtre descendit les trois marches de la terrasse et marcha vers son vélo. Il prit son temps pour l'enfourcher et, comme à regret, s'éloigna en direction de la maison au Bernard. Certains consommateurs haussèrent les épaules et en revinrent à leur canon. Mais l'atmosphère avait changé, dans le bistrot, et même le Tatave se demanda s'il avait bien fait de ramener sa grande gueule. C'est vrai qu'il était con, l'Bernard... Et mauvais coucheur, avec ça !

Bernard Tainturier ressentait une haine comme il n'en avait jamais connue. Une haine à l'état pur, si haineuse qu'elle lui faisait gonfler le corgnolot, mais lui serrait la poitrine comme si que son cœur il allait se briser en deux. En fait, c'était des décennies de haine paysanne, instinctive, programmée à sa naissance et entretenue au cours des ans. Une haine mythique qui était une façon d'être, de vivre, et qui se cristallisait en cet instant. La Mirette... SA Mirette, souillée par le bâtard du Glaude Theuvenot. Rien ne pouvait être plus pire ! Et, parmi les invocations et les jurons que proférait le Bernard, tout en courant comme un dératé, il y avait une supplique pour que Dieu se matérialise à l'instant, là, devant lui, afin qu'il puisse Lui foutre son poing dans la gueule !

Bernard Tainturier déboucha dans la ruelle qui menait à sa ferme et là, tout à coup, il se calma. Mais son calme était aussi effrayant que sa rage. L'homme se figea, et son visage prit la dureté d'un bloc de granit. Des rigoles de sueur coulaient sur son front et ses joues mal rasées.

— J'vais l'crever..., répéta le paysan, mais à mi-voix, comme pour lui-même.

Il s'avança vers la porte de sa cour, marchant à pas lents et silencieux, tout comme il faisait lorsqu'il voulait approcher un gibier. Restant dans le couvert du mur, il jeta un œil... Un frémissement vengeur le secoua des pieds à la tête, tandis qu'un flot de bile montait dans sa bouche. Il avait pas menti, le Tatave... Le Tambour au Glaude était là, et bien là. Pas encore décollé, l'ordure. Il faisait pas un mouvement, et la Mirette non plus. Cul à cul, ils attendaient que ça passe...

— J'vas t'y faire passer, moi, saloperie..., murmura le Bernard pour lui-même. T'y vas voir !

Il recula et, tout aussi précautionneux, contourna le corps de bâtiment. Il poussa une porte sur l'arrière de sa ferme, entra. Il se trouvait dans un cellier, où étaient rangés ses outils. Son cœur se gonfla d'une sombre allégresse. Ah oui, il allait voir, c'te saleté d'chien ! Et il allait voir aussi, le Glaude ! Et toute sa tribu avec lui ! Ses cons de fils, sa salope de belle-fille, et même que leur mémère Hyéhiette elle s'en étouffe et qu'elle en crève !

Bernard Tainturier referma son poing sur le manche de sa fourche. Il s'avança vers un fenestron bas, qui donnait sur la cour. Les deux chiens étaient toujours là, à moins de trois mètres, et bien trop occupés pour faire attention à lui. Il posa sa main libre sur la clenche de la porte du réduit...

Bernard Tainturier jaillit dans sa cour en poussant un cri vengeur. Le Tambour eut un sursaut et voulut bondir. Mais trop tard ! Empêtré dans son étreinte avec la Mirette, il ne put même pas se reculer. Les dents de la fourche percèrent son flanc et s'enfoncèrent profondément. Le pauvre animal poussa un hurlement et se débattit, entraînant la Mirette, toujours collée à lui, dans ses pitoyables mouvements. Bernard retira son outil sanglant...

Il allait frapper une deuxième fois lorsqu'une poigne solide lui retint la main. Il tourna la tête, vit, tout proche de lui, le visage blême du Glaude Montcharmont.

— Mais t'es pas fou ! hurla le garde. Lâche ça tout d'suite !

Bernard cligna des yeux, halluciné. Il voulut se dégager de l'étreinte du garde champêtre, mais, malgré son âge, le vieux ne lâcha pas prise. Au contraire. Il serra si fort que l'autre grimaça de douleur et dut laisser échapper son arme. L'outil chut à terre, à côté du Tambour qui s'était affalé et qui râlait, tout en essayant de se relever.

Brutalement, le Glaude repoussa Bernard, qui fit deux pas en arrière, se massant le poignet.

— C'te saleté, l'a sauté ma chienne ! râla le paysan, son visage secoué de tics.

— Et alors ? répliqua durement le garde. S'il avait fallu donner des coups d'fourche à tous ceux qu'ont sauté ta femme, la moitié des Pauléens y seraient morts !

Le Bernard ne répliqua pas. Glaude Montcharmont se pencha sur le Tambour. Le chien baignait dans son sang, et sa respiration hachée faisait comme un sifflement. À chaque inspiration, une mousse rose sourdait à ses naseaux.

— Fumier, gronda le garde. T'y as crevé le mou !

Sous le coup, le sexe du chien s'était dégonflé, et la Mirette s'était dégagée de l'étreinte de son compagnon. Sans mot dire, le Bernard l'empoigna par le collier et se mit à la frapper, à coups de poing, sur le haut du crâne, en l'insultant. La chienne hurla et se débattit. D'un bond, Glaude Montcharmont se redressa et assena un formidable coup du plat de la main sur la poitrine du Bernard.

— Tu vas t'arrêter ! cria le vieux. Ou je te promets qu'tu passeras la nuit au poste !

Bernard lâcha sa chienne, qui s'enfuit au bout de sa chaîne. Fixant un moment son vis-à-vis, le paysan se raidit comme un piquet. Mais le Glaude faisait face, les poings sur les hanches, le visage terrible. Alors Tainturier se détourna, pivota sur lui-même et s'en fut jusque dans son cuvage, dont on entendit claquer la porte.

Resté seul, le Glaude se pencha sur le chien immobile. Ses petits yeux étaient brillants.

— Mon pau'vieux, murmura le garde. Mon pauv'vieux chien... Mais qu'est-ce qui t'a pris de vouloir te faire la Mirette à c'beurdal ? Ah... T'as bien gagné ta journée...

Le Tambour avait un œil fixé sur l'homme. Avec une infinie douceur, le Glaude se baissa et, glissant précautionneusement ses mains sous la grande carcasse blessée, il entreprit de la soulever dans ses bras. Tambour geignit.

— J'sais que j'te fais mal, mon chien, poursuivit Glaude. Mais y faut que j'te ramène chez toi... Tiens l'coup, Tambour... Crève pas chez cette charogne. Ça y ferait trop plaisir !

Il serra le chien contre lui, sans se soucier du sang qui macula sa veste et sa belle plaque et marcha vers le portail. Mais, arrivé là, il se retourna et cria, en direction du cuvage :

— J'te jure, salaud, qu't'as pas fini d'en entendre causer ! Parole de Montcharmont !

Il sortit, fit quelques pas dans la ruelle, tenant toujours le Tambour dont la tête ballottait doucement. À ce moment, un bruit de moteur se fit entendre. Le garde se retourna vivement. C'était une camionnette qui arrivait. Sans hésiter le Glaude se planta au milieu de la route. Le véhicule stoppa, et une tête s'encadra à la fenêtre. Un étranger.

— C'qu'y a ? demanda l'homme.

— Vous allez m'emmener chez les Theuvenot, dit le Glaude d'un ton sans réplique. Et vite ! Ça urge !

L'homme fixa le chien ensanglanté, ouvrit la bouche, pour protester bien évidemment. Mais il regarda le Glaude, et ce qu'il dut lire dans ses yeux l'en dissuada.

— Bon... Montez, dit-il. Mais j'sais pas où c'est.

— J'vous guide...

Le Glaude et la Cadie

Elle n'en menait pas large, la Cadie, lorsque parut la Pomponnette tirant le charroi, et qu'entouraient les commis, riant et plaisantant, se réjouissant de ce que les vendanges étaient finies, que le raisin était beau, que le vin serait bon et que le repas de paulée permettrait à chacun de se réjouir, de fêter la paix, de boire à la santé de ceux qui l'avaient signée...

Le char grinça, la Pomponnette s'ébroua, le Glaude jeta un regard machinal vers le chenil...

— Où qu'est le Tambour ? questionna-t-il, d'une voix déjà tranchante.

Les bavardages s'éteignirent comme flamme de chandelle qu'on souffle. La Cadie s'était avancée. Elle voulut parler, mais sa gorge était nouée. Sans qu'elle sache pourquoi, depuis que le Tambour s'était enfui, elle avait été la proie d'un mauvais pressentiment. Des tas d'idées lui avaient tourné dans la cervelle, qu'elle s'était efforcée de repousser, sans y parvenir. Il ne passait pas beaucoup de voitures sur la route. Mais y suffisait d'une...

Désespérée, la vieille voulut répondre, mais rien ne vint. Alors, Marinette vola à son secours...

— Le Père, il s'est ensauvé. Il a profité que la porte était ouverte...

— C'est qui qui l'avait ouverte ? la coupa le vieux avec une violence contenue.

Marinette baissa la tête, et la Cadie se mit à haleter.

— C'est moi, dit alors la voix chevrotante de mémère Hyéhiette qui, malgré sa boiterie, s'était avancée sur le pas de la porte. J'avos voulu leur donner la soupe.

Le Glaude foudroya sa mère, tandis que la Cadie et sa bru échangeaient un regard à la fois surpris, gêné... et angoissé.

— Pourquoi qu't'as fait ça ? cria le Glaude.

La mémère haussa ses frêles épaules.

— J'y sais pas... Pour m'rendre utile... J'fais plus rien... Et pis la Cadie et la Marinette elles ont tant tellement du travail. Alors...

— Alors t'as fait une belle connerie ! glapit son fils en sautant à terre. Quand on sait plus marcher, on reste sur sa chaise !

— C'est vrai, répondit mémère Hyéhiette humblement. J't' demande pardon, mon gars.

Le Glaude ne répliqua pas. Dans un pesant silence, il alla se planter devant la porte du chenil, d'où la Trompette, le Clairon et la Musette le regardèrent en agitant la queue. Mais le vieux ne répondit pas à leurs avances. Un moment, il resta à fixer la niche vide de son brave, comme si, par la seule intensité de son regard, il pouvait faire revenir l'absent, mettant fin à l'angoisse qui, déjà, étendait son aile sur la ferme.

Mais le Tambour n'apparut pas. Le Glaude se retourna brutalement et darda un doigt en direction du char.

— Faut décharger le raisin ! gronda-t-il. On va pas rester plantés comme des potiches ! Y reviendra tout seul, ce grand con ! Y a qu'à pas s'en occuper !

Ils se mirent au travail, mais sans leur jovialité coutumière. Même Karl-Sigfried semblait préoccupé : il ne lâchait plus ses bonnes grosses plaisanteries. Quant au Glaude, il marmonnait des indistincteries dans sa moustache, et son regard flamboyait.

Ils ne travaillaient pas depuis longtemps quand Émilie arriva de l'école. Sa blonde frimousse ne reflétait pas non plus la gaieté, et Marinette, lorsqu'elle s'avança vers sa fille, ne put s'empêcher de lui prodiguer une caresse plus affectueuse qu'à l'ordinaire. Mais la petite la repoussa avec humeur. Depuis la veille et le départ d'Anne-Marie et de Jean-Bernard — et l'arrivée de ses règles —, elle n'était pas à prendre avec des pincettes. Sa mère comprenait : un premier amour — elle avait bien compris les sentiments des deux jeunes gens, allez ! — dont elle se languissait, l'énervement dû à son état...

Émilie nota cependant l'atmosphère lugubre qui régnait à la ferme.

— Qu'est-ce qui arrive ? demanda-t-elle à sa mère, alors que cette dernière lui beurrait une tartine, pour son goûter.

— C'est le Tambour. Il s'est sauvé et il est pas encore rentré.

La fillette fronça le nez, mais ne dit rien. Marinette retourna à son travail...

Quelques minutes s'écoulèrent. On entendit un bruit de moteur, une camionnette inconnue stoppa devant la ferme, et toutes les têtes se tournèrent vers le portail...

Claude Montcharmont descendit de la voiture. Il tenait entre ses bras une grosse et molle masse de poils gris zébrée de rouge...

L'autre Glaude, son homonyme, ne poussa pas un cri, n'émit pas un son. Mais il laissa tomber sur le sol la sapine qu'il tenait entre les mains. Les raisins s'éparpillèrent sans qu'il y prête attention. Il se précipita, bousculant le Lucien et le Maurice sur son passage. Son visage n'avait plus de couleur, et ses yeux avaient disparu au fond de ses orbites. Il esquissa le geste de tendre une main...

— Il est pas mort, dit Montcharmont. Mais il est

pas bien... Non... pas bien du tout. Faut l'emmener chez le vétérinaire ! Tout d'suite !

Le Glaude ne parut pas avoir entendu. Il fixait son vieux camarade, et toute sa carcasse tremblait. On put entendre la Cadie pousser un long gémissement de bête blessée... Et l'on put voir — mais oui — la Marinette se précipiter vers elle et la soutenir par le bras... La vieille ne la repoussa pas.

Le Glaude releva le visage et fixa le garde. Les deux vieux échangèrent un long regard, dans lequel passa tout ce qu'ils pouvaient avoir en commun, et qui allait bien au-delà de la simple compassion. Glaude ouvrit ses bras et, avec une infinie douceur, son homonyme lui tendit son chien. Le Tambour remua faiblement de la queue, lorsqu'il se sentit revenu auprès du seul être qui comptait vraiment pour lui.

— Qu'est-ce qui s'est passé ? murmura le Glaude, d'une voix méconnaissable.

— Écoute, c'est pas le moment...

— J'te demande ce qui s'est passé, nom de Dieu !

Montcharmont se mordit la moustache.

— C'est... le Bernard Tainturier, avoua-t-il de mauvaise grâce. Ton Tambour lui a sauté sa Mirette. Il est devenu comme fou... Il a piqué ton chien à la fourche. Je suis arrivé trop tard pour l'empêcher...

Le Glaude ne dit rien. Son visage ressemblait au masque d'un mort.

— Mais tu vas m'laisser régler ça ! poursuivit vivement le garde. C'est mon affaire... En attendant, j'te dis qu'y faut emmener ton chien à Buxy, chez le vétérinaire.

Karl-Sigfried se précipita.

— Ach, le Glaude, gronda-t-il, che fous emmène ! Gell ! Tout de suite !

Il montrait la BMW. Le Glaude secouait la tête, comme hébétée. L'Allemand le poussa vers la voiture.

— J'vais avec vous, dit Montcharmont, oublieux, pour un temps, de son aversion pour les Prussiens.

Tous trois montèrent dans le cabriolet, le garde aidant le Glaude à installer le plus confortablement possible Tambour, à présent inerte, sur la banquette arrière. Karl-Sigfried démarra sur les chapeaux de roues et prit la direction du bourg — et de Buxy.

Émilie pleurait toutes les larmes de son corps. La Cadie tremblait, soutenue par sa bru.

— Mais quèqu'j'ai fait..., gémit la vieille. Quèqu'j'ai fait...

— Vous n'y pouviez rien, la Mère, la réconforta Marinette. Il voulait tellement sortir...

— J'aurais point dû... Oh non ! J'aurais point dû... J'sus qu'une vieille bête !

Hildegarde s'était approchée elle aussi, et elle posa sa main sur le bras de la mémé.

— Gadie... z'est bas de chance... Z'est comme ça : bas de chance !

Marinette tourna la tête en direction du portail. Mais la camionnette qui avait amené le Montcharmont et le Tambour avait déjà redémarré, son conducteur ne tenant sans doute pas à être mêlé à une sale histoire paysanne.

— Eh ben moi, j'vais au village ! s'écria tout à coup le Maurice. Une saleté comme ça, j'la laisse pas passer ! Le Tainturier, y va comprendre sa douleur, putain de Dieu !

— Je vais avec toi ! déclara Camille.

Le fils du patron dévisagea l'ancien ouvrier.

— C'est bien, dit-il. À deux, on y fera encore mieux !

— Vous serez pas que deux ! s'écria le Néné Grugeon. J'y vas aussi !

— Et moi ! ajouta le Jean-Breule.

Le Camille jeta un regard au Pierrot. Chacun savait que ce dernier n'était pas trop courageux en cas de baston. De fait, La Fouine battit des paupières, peu enthousiasmé à l'idée de faire partie d'une expédition punitive. Mais il grogna cependant :

— Ouais... J'en suis !

— Mais... et l'travail ? voulut alors objecter le Lucien.

— Le travail, pour une fois, il attendra, lui rétorqua Maurice, implacable.

Le Frérot intervint alors. Il n'avait rien dit jusqu'à présent.

— On va s'y mettre, tous les deux, dit-il à son neveu. Laisse aller les hommes. Y a des choses qui doivent êt'faites, ça c'est sûr !

Lucien baissa le nez, piteux. Marinette avait suivi l'échange, et ses lèvres se plissèrent. En disant les « hommes », le Frérot avait sans doute voulu dire les « commis ». Mais le mot « homme » avait pu avoir une autre signification, plus humiliante pour son mari... et pour elle. Sans rien dire, soutenant toujours la Cadie, elle regagna la ferme.

*

Après le travail à la vigne, le Titisse Perraudin n'était pas retourné à la ferme. Sous un quelconque prétexte, il s'était arrêté au village. Le Glaude, qui connaissait l'outil, n'avait rien objecté. Il savait bien que, de toute façon, le trimardeur serait à l'heure pour le repas de paulée — et pour toucher son salaire.

En réalité, le Titisse brûlait d'envie d'aller au bistrot pour y boire un coup... et raconter ce qu'il avait vu, deux jours plus tôt, dans les collines. Il se pointa donc chez le Sandrot et, là, s'étonna un peu de ce qu'il y découvrit : des consommateurs peu bavards, la trogne basse, la mine renfrognée. Ce n'était pas dans les habitudes de la maison. Il s'approcha du Sandrot et questionna :

— C'qu'y a ? Vous en faites, une gueule d'enterrement ! C'est la guerre, ou quoi ?

— Non, répondit le bistrotier. C'est le Tatave qu'a encore raconté des conneries.

Il n'en dit pas plus, et le Titisse n'insista pas. En temps normal, il aurait insisté pour savoir quel genre de conneries le Tatave avait dites, mais il était trop pressé de raconter son histoire. Déjà que, la veille, il n'en avait pas eu l'occasion !

— File-moi un coup de ton côte-de-beaune, dit-il au Sandrot. J'ai soif !

— Dis donc, s'étonna le patron, tu te mets à boire du vin de riche, maintenant ?

— C'est que j'ai queuque chose à fêter, répliqua le Titisse en clignant un œil salace.

Le trimardeur attendit que son verre soit rempli. Il huma le bon vin et en avala une longue gorgée. Le Sandrot attendait, placide.

— Figure-toi, reprit son interlocuteur, haussant la voix de façon à ce que chacun entende, que pas plus tard qu'avant-hier, je m'en suis payé une bonne tranche !

— Ah bon ? s'étonna le patron. En quoi faisant ?

— En allant aux champignons, mon neveu... Mais des champignons, y en avait plus guère. Queuqu'un était passé avant moi. J'y ai suivi ses traces... Alors vous savez quoi que j'ai découvert ?

— Comment tu veux... qu'on sache ? grommela le Tatave Petitjean, qui était là et qui semblait fin bourré.

Le Titisse se retourna, s'appuya au comptoir.

— L'Émilie Theuvenot, mes braves... L'Émilie Theuvenot avec son beuzenot, le Jean-Bernard ! À poil tous les deux ! Et j'vous prie d'croire qu'y s'emmerdaient pas, ces deux p'tits salopiauds ! Ils avaient pas leurs mains dans leurs poches... même qu'y z'avaient pas de poches !

Le Titisse partit d'un grand rire chevalin, tandis

que la même lueur lubrique s'allumait dans les yeux de ses auditeurs. Plusieurs se rapprochèrent.

— Raconte, dit l'un d'eux.

Et le Titisse raconta. En détail... Et même en inventant, afin que ça soye plus croustillant, vingt dieux de vingt dieux... Et en mimant... en commentant... en sous-entendant... Il se tut enfin, très satisfait de lui-même. Il y eut un silence, puis le Tatave demanda :

— Mais alors... y z'ont couché ensemb' ou pas ?

Le Titisse hésita. Comme il aurait aimé couronner son histoire par cette conclusion suprême ! Il biaisa :

— J'peux pas dire... J'ai pas tout vu. Mais comme y z'étaient partis... (Il ricana.) M'est avis que son pucelage, à la gamine, il est bien malade !

Il y eut des rires, mais pas autant que l'espérait le conteur. Le Titisse fronça les sourcils. Il s'apprêtait à en remettre une couche quand une voix se fit entendre, à la porte :

— Fermez vos gueules, tous ! Y a la bande au Glaude Theuvenot qu'arrive !

*

Contre sa poitrine qui le serrait à le faire hurler, le Tambour eut un frémissement. Le Glaude se pencha sur son chien, l'étreignit plus fort.

— Mon Tambour..., chuchota-t-il, suppliant, sa bouche toute proche de l'oreille du vieux chien.

Il aurait tant voulu lui en dire plus, à son compagnon. Lui raconter les chasses qu'ils avaient faites, celles qu'ils feraient tous les deux, cet automne... Le vieux sanglier qu'ils arriveraient enfin à forcer... même pas pour le tirer, mon Dieu, s'il vous plaît... J'le tuerai point, c'cochon, je l'jure, si vous me prenez pas mon Tambour. Dans ses pensées, ses prières, le Glaude retrouvait ce vieux réflexe paysan pour qui tout n'était qu'affaire de traité, même avec Dieu, donnant donnant, le sanglier pour le chien.

Le frémissement du Tambour s'accentua. Ses pattes arrière esquissèrent comme un mouvement de galop.

Du siège avant, où il était assis, Montcharmont se pencha vers son homonyme.

— Mon vieux Glaude..., dit-il, tout bas. Mon pauvre vieux... J'suis tellement désolé.

Le Glaude leva un visage hébété vers le garde. Ses mains noueuses flattèrent le museau hérissé de sang séché du chien.

— L'est passé..., dit le vieil homme, d'une drôle de voix qui ne chevrotait pas encore, mais qui n'était déjà plus la sienne. L' Tambour... l'est... l'est mort !

Karl-Sigfried avait entendu.

— Arschloch ! jura-t-il en allemand.

Il leva le pied, freina, arrêta la BMW sur le bord de la route. Il se retourna lui aussi.

On ne voyait que la casquette crasseuse du Glaude. Le visage du vieillard disparaissait dans la rude toison du chien mort...

Un long instant, le Glaude demeura immobile, étreignant son Tambour. Ses épaules tressautaient. Karl et le garde champêtre le regardaient, silencieux. Tous deux avaient esquissé le même geste vers leur ami, mais ce geste avait avorté. À quoi bon ? Qu'auraient-ils pu faire, ou dire, devant ce désespoir muet, qui ne s'encombrait d'aucune affectation, d'aucun mot, d'aucun cri. Juste deux vieilles mains tavelées qui pressaient l'encolure flasque du chien, comme si elles voulaient lui imposer un nouveau souffle de vie...

Enfin, le Glaude releva le nez. Ses yeux étaient secs, mais vides de toute lueur, effrayants à force de fixité.

— C'est pas la peine d'continuer jusqu'à Buxy, dit le vieux. On rentre !

Karl-Sigfried ouvrit la bouche pour parler, mais

Glaude Montcharmont lui posa une main sur le genou, retenant ses paroles. L'Allemand fixa le garde champêtre. Ce dernier se contenta de secouer lentement, silencieusement, la tête. Alors, étouffant un soupir, le Bavarois se retourna et, passant la première, fit faire demi-tour à la BMW.

Ils reprirent lentement le chemin du bourg, de la ferme...

— Karl, dit tout à coup le Glaude, tu feras un détour par le vicinal, avant La Paulée. J'tiens pas à traverser l'village...

— Jawohl ! répondit l'Allemand. Che comprends...

On entendit le ronflement caractéristique du moteur de la BMW et les conversations, déjà languissantes, s'éteignirent dans la grande salle. Marinette porta un regard vers l'horloge, mais chacun avait compris. Karl et les deux Glaude étaient déjà de retour. Ils n'étaient pas allés jusqu'à Buxy...

Émilie poussa un petit gémissement et enfouit son visage dans les livres que sa mère et elle étaient en train de recouvrir de gros papier épais. La Cadie, devant sa cuisinière, se ratatina au point, tout soudain, de ressembler à mémère Hyéhiette. Hildegarde se tamponna les lèvres avec son impeccable petit mouchoir de dentelle...

Les portières claquèrent. Un long moment s'écoula, la porte s'ouvrit et Karl-Sigfried entra, suivit de Glaude Montcharmont, qui baissait la tête. Les femmes les regardèrent, muettes. Karl eut un geste d'impuissance. En habitué de la maison, il se laissa tomber assis sur le bout du banc, attrapa la bouteille qui trônait sur la desserte. Silencieuse, la Cadie apporta deux verres. L'Allemand les emplit jusqu'à ras bord, en tendit un au garde champêtre. Sans mot dire, sans trinquer, les deux hommes les vidèrent d'une seule et même lampée. La Cadie resservit. Mais, cette fois, le garde et l'Allemand demeurèrent immobiles, fixant pareillement le plateau de bois patiné de la table.

— Où... qu'est le Père ? demanda timidement Marinette.

Karl-Sigfried détourna les yeux. Hildegarde s'approcha de lui et il appuya son front contre le giron de sa femme.

Ce fut Glaude Montcharmont qui répondit :

— Il a dit comme ça qu'y voulait enterrer son Tambour tout d'suite...

— Il... il est mort... Tambour ? questionna Émilie d'une toute petite voix.

— Oui, ma petiote... On a pas eu l'temps d'arriver à Buxy...

Émilie se cacha le visage dans ses mains. La Cadie se dirigea vers la porte.

— Non, Cadie, l'empêcha le garde. J'crois qu'y vaut mieux qu'il soit tout seul pour faire ça... Sers plutôt la soupe. C'est l'heure.

Tout naturellement, en l'absence du vieux, c'était Claude, un ancien lui aussi, qui prenait la direction des opérations, et nul ne s'en choqua, bien qu'il ne fût pas chez lui. De même, il questionna :

— Où qu'y sont tous passés, les hommes ?

— Le Lucien est au cuvage, répondit Marinette. Les autres... sont descendus au village.

Claude Montcharmont se redressa, comme piqué par une guêpe.

— Quoi qu'tu dis ? Y sont descendus au village ?

— Oui...

— Nom de Dieu de nom de Dieu...

Le garde se tourna vers Karl-Sigfried.

— M'sieur Karl, demanda-t-il, est-ce que vous pouvez m'emmener tout de suite à la Paulée ? Sûr que ces gnaûlus, y vont vouloir tuer le Bernard Tainturier ! Faut qu'j'empêche ça !

*

Le Glaude ne regagna la ferme que longtemps après. Bien plus longtemps qu'il ne lui aurait fallu pour simplement enterrer un chien. Il était crotté des pieds à la tête, et Marinette trouva qu'il avait vieilli de dix années en une heure. Sans un mot, le vieux alla s'asseoir en bout de table, les épaules voûtées. Également silencieuse, la Cadie lui apporta une assiettée de soupe. Et dire, songea sa bru, que tout avait été préparé pour le repas de paulée...

Le Glaude avala quelques cuillerées de soupe, sans paraître se rendre compte de ce qu'il faisait. Mais, tout à coup, il repoussa son assiette.

— J'ai pas faim..., souffla-t-il.

Il regarda tout autour de lui, et ne parut même pas remarquer l'absence des commis et de Maurice. Lucien, qui se tenait à l'autre extrémité de la table, ne dit rien. Il n'avait du reste pas prononcé un mot depuis qu'il était rentré du cuvage. Le Frérot, lui, s'était retiré dans sa chambre, en compagnie d'une bouteille... Marinette se leva, s'approcha de sa fille.

— Il est l'heure d'aller te coucher, Émilie, dit-elle.

La fillette leva des yeux étonnés vers sa mère. Marinette fronça les sourcils.

— D'ailleurs, ton père et moi allons nous coucher aussi.

— Et moi, auzzi ! ajouta Hildegarde.

Lucien s'était redressé. Alors que l'opulente Bavaroise se retirait, il interrogea sa femme du regard. Marinette avait le visage durci, impérieux. Alors il secoua la tête et, traînant les pieds, se leva et se dirigea vers le couloir.

— Bonne nuit, le Père, dit-il. Bonne nuit, la Mère...

Ni le Glaude ni la Cadie ne répliquèrent. Marinette poussa son époux et sa fille hors de la grande salle...

Un moment s'écoula, empli du tic-tac sonore de

l'horloge. La Cadie se tenait debout, à côté de son époux recroquevillé sur sa chaise.

— Donne-moi la goutte..., siffla le vieux.

La Cadie obéit. Le Glaude se servit un plein verre d'alcool, l'avala d'un trait.

— T'sais, Glaude, dit la vieille femme, c'est pas mémère Hyéhiette qu'a laissé la porte du chenil ouverte. C'était moi...

Le Glaude ne parut pas avoir entendu. Mais il se replia un peu plus sur lui-même. Un nouvel instant de silence s'écoula, et le vieux murmura :

— L'pire, c'est que j'l'ai traité de « grand con » alors qu'y l'était en train d'crever...

Alors seulement, le flot de larmes que le Glaude contenait depuis la venue du garde champêtre parvint à jaillir, rompant les digues de dureté paysanne qui enveloppaient le cœur du vieil homme. Le patriarche émit un râle et porta ses mains à son visage, tandis que des sanglots inextinguibles secouaient sa carcasse.

— Mon Tambour..., haleta le vieux. Mon chien... J'y aurai jamais cru... Non... j'y aurais jamais cru que... que...

Il ne put en dire plus, tant il pleurait. De grosses larmes coulaient le long de son nez, allaient se perdre dans sa moustache, et il se frappait le front de ses deux poings serrés.

— Si qu'un cochon l'avait... décousu..., poursuivit-il entre deux hoquets..., ça... ça y était déjà arrivé... Y s'en était sorti... Mais ça... ça...

La Cadie pleurait également, mais en silence, et elle se tordait les mains devant le désespoir de son mari. Elle aurait préféré des cris, des reproches pour sa sottise, plutôt que cette détresse, ce chagrin qu'aucune réserve, aucune maîtrise de soi ne parvenaient à refréner. Avait-elle seulement jamais vu le Glaude chialer comme ça, pire qu'un enfant ? Jamais, pour sûr. Le Glaude, c'était pas quelqu'un à se lamenter. Comme elle, d'ailleurs. Mais ce soir...

La Cadie fit un pas vers son mari et lui posa sa main toute sèche sur l'épaule.

— J't'aime, mon Glaude, souffla-t-elle, très bas. J't'aime... tout comme au premier moment d'not'mariage... T'm'as donné la plus belle vie que j'pouvais rêver. J'y changerai rien... Rien de rien... Mais si j'pouvais la donner pour le Tambour, j'y ferais... J'te jure que j'y ferais !

Le Glaude leva la tête vers sa femme, s'essuya les yeux, et regarda longuement le visage ridé penché vers lui. Il saisit la main posée sur son épaule, la serra.

— Dis point de couenneries, répliqua-t-il. Ta vie... pour celle du Tambour... La Cadie, t'es folle !

La vieille ne dit rien. Le Glaude donnait de petits à-coups sur sa main, comme pour appuyer ses paroles.

— Y était qu'un chien... Toi, t'es ma femme, la Cadie... Moi aussi, j't'aime tout comme au premier moment... J'voudrais jamais t'perdre ! Dis point des choses pareilles. L'Tambour, ça me brise le cœur qui soit mort, mais si toi tu passais... Alors là, j'en mourrais pour de bon... Ça j'le sais ! Alors dis jamais rien comme ça ! Jamais, t'y entends...

La Cadie ne répliqua pas. Le Glaude fit alors une chose qu'il n'avait plus fait depuis des années. Il se leva, attira sa femme contre lui et l'embrassa sur la bouche.

Les commis et les Pauléens

Quand ils les virent débouler sur la place du village, les clients du café comprirent que ça allait chauffer. Ils étaient quatre de front, le Maurice, le Cambouis, le Néné et le Jean-Breule. La Fouine, et ça n'étonna personne, marchait un peu en retrait, mais du même pas que ses acolytes. Ils ne parlaient pas, regardaient fixement devant eux. Les quelques villageois qu'ils avaient croisés s'étaient prudemment écartés de leur chemin. Qu'est-ce qu'il leur prenait, aux Theuvenot ? On ne leur avait jamais vu tirer une pareille gueule, même lorsque, bien beurrés, ils cherchaient la bagarre au cours d'un bal...

Les cinq hommes s'arrêtèrent devant la fontaine et dardèrent leurs regards en direction de la terrasse du bistrot, où la petite foule des habitués se rassemblait. Ils ne prononcèrent pas un mot, mais Maurice fit un signe de tête au Néné. Grugeon s'avança. Le visage de bois, il passa en revue les consommateurs silencieux. Il se souleva même sur la pointe des sabots pour lorgner les deux ou trois qui étaient restés à l'intérieur de l'établissement. Il dévisagea le Sandrot, derrière son comptoir — sans se douter que ce dernier avait refermé son poing droit sur son nerf de bœuf, des fois que ces beurdins décident de rentrer chez lui en force. Il aperçut le Titisse, nota confusément le mouvement de recul du trimardeur. « Qu'est-ce qu'y s'reproche, l'apôtre ? » Mais l'heure n'était pas aux interrogations...

René se retourna vers ses compères.

— L'est pas là, grommela-t-il.

— La charaigne doit être dans sa carrée, glapit la Fouine.

— Ben, on va aller voir, décida Maurice.

Les cinq hommes longèrent l'esplanade du monument aux morts, abordèrent la rue qui descendait vers la ferme du Tainturier...

Sur la terrasse du Sandrot, après un pesant silence, c'était maintenant le charivari. Chacun y allait de son couplet :

— Eh ben, y sont drôlement remontés, les Theuvenot ! grommela le Paul Chantrault. Mais j'les comprends ! Si le Bernard y m'avait piqué à la fourche mon Suppositoire, j'l'aurais aussi mauvaise !

— Y peuvent bien l'tuer, renchérit le père Raffin.

— Faut les suivre, dit à son tour le Dédé Bessonnard.

Tout le monde acquiesça... Il faut dire que le Dédé Bessonnard, c'était un peu le sage du village. Bressan, mais adopté Pauléen — ce qui était exceptionnel, et la marque de ses indiscutables qualités d'homme —, lorsqu'il balançait une phrase en public, on l'écoutait, car ce qu'il racontait était en général plutôt sensé. Les premiers consommateurs se décidèrent, et descendirent les marches de la terrasse. Les autres suivirent, et le cortège prit à son tour la direction de la ferme au Bernard.

Le Sandrot Bergelin n'était pas sorti sur sa terrasse, lui. Un patron de bistrot, ça ne quitte pas facilement son comptoir. Mais lorsqu'il vit son établissement déserté par ses clients, il appela sa femme :

— Guitte, dit-il, tiens la boutique un moment. J'vais leur filer le train, à tous ces zouaves !

Marguerite Bergelin apparut à la porte de la remise, d'où elle avait suivi toute la scène. C'était une robuste quadragénaire à la mine d'ordinaire enluminée, mais, pour l'heure, plutôt défaite et pâlotte.

— Attends, Sandre, dit-elle, tu vas pas les rejoindre, tout de même ?

— Ben si ! Tu crois pas que j'vais manquer ça !

La Guitte fronça le nez.

— Tout ce que tu peux faire, c'est attraper un mauvais coup ! T'en mêle donc pas !

— T'inquiète ! C'est tout de même pas à la guerre, que j'vais !

Sandrot Bergelin jeta un regard circulaire sur son établissement déserté, se rendit compte qu'il ne restait qu'un seul consommateur : le Titisse, presque recroquevillé devant sa topette de côte-de-beaune.

— Ben alors, clama le bistrotier d'une voix forte. T'y vas pas, toi ?

L'autre fronça le nez.

— Que non ! Tout ça, c'est pas mes oignons. J'ai affaire aut'part... Qu'y s'débrouillent entre eux !

Sandrot Bergelin considéra le Bressan d'un œil froid.

— Mmouais..., lâcha-t-il. Après les saloperies qu't'as balancées sur le compte de l'Émilie, je comprends qu'tu veuilles pas te retrouver devant les Theuvenot... Surtout en ce moment. Mais bon, c'est ton problème... Oublie quand même pas d'payer ta chopine avant de partir !

Sans rien ajouter, le cafetier tourna le dos au vagabond, sortit, et, allongeant le pas, se hâta de rejoindre ses compatriotes, dont la foule s'augmentait des passants qui, découvrant ce singulier cortège, et questionnant leurs concitoyens, apprenaient ce qui s'était passé et décidaient de voir comment les choses allaient tourner.

Maurice fixa le portail de la maison au Bernard et ralentit le pas. Le flot de rage qui l'animait était si violent qu'il lui serrait la gorge à lui faire mal. Le cadet Theuvenot ne s'était jamais beaucoup intéressé aux chiens du Père, car la chasse, ça n'était pas sa passion, et le Tambour, une caresse par-ci par-là, c'était bien toutes les amabilités qu'il lui prodiguait. Mais l'agression qu'avait subie le vieux chien, ça, ça ne pouvait pas passer ! C'était tout le clan que Tainturier avait agressé. Le coup de fourche, Maurice le ressentait comme s'il avait été blessé lui-même. Alors le Bernard, il allait payer une bonne fois, que les comptes soient apurés entre les deux familles, que des décennies de haine, de médisances, de calomnies et de perfidies se résolvent une bonne fois.

Camille se tenait à la droite du fils de son patron, un peu en retrait. Les deux hommes échangèrent un regard. L'ancien PLM avait le visage dur. Une drôle de complicité les réunissait, eux qui n'avaient pourtant pas l'habitude de se témoigner de grands serments d'amitié. D'ailleurs étaient-il réellement amis ? Peut-être pas. Mais là, ils étaient côte à côte et aucun des deux n'aurait voulu manquer à son compagnon.

Maurice franchit le porche de la ferme, les poings serrés. Il entendit des cris. Des cris de femme. Il fronça les sourcils, s'avança, découvrit la Lucette qui cognait à la porte du cuvage et appelait son mari, d'une voix affolée, entrecoupée de sanglots :

— Bernard, ouvre-moi ! J't'en prie ! Reste pas là-d'dans ! Mais qu'est-ce t'as fait, mon Dieu ? Qu'est-ce t'as fait... J't'en prie, ouvre-moi !

À l'intrusion des Theuvenot, la Mirette, toujours à l'attache — et peu rancunière — se mit à aboyer. Lucette se retourna, comme piquée par une vipère, et aperçut les arrivants. Elle eut un haut-le-corps et, d'un mouvement instinctif, se plaqua le dos à la porte du cuvage, écartant les bras, comme pour faire de son corps un rempart — bien fragile — face à la colère des cinq hommes.

— Non ! glapit-elle. Non ! Je vous en prie ! (Elle se mit à pleurer.) Je vous en supplie !

Ni Maurice ni ses compères ne ralentirent leur pas, ne marquèrent même d'hésitation. Gémissante, Lucette se précipita vers le premier d'entre eux — Maurice. Elle posa ses mains à plat sur sa poitrine, implora son ancien amant :

— Maurice..., s'il te plaît... Tu peux pas faire ça... Arrête !

D'un mouvement dénué de brutalité, mais implacable, le cadet Theuvenot l'écarta. Lucette hoqueta, se rabattit sur Camille.

— L'Cambouis... Écoute-moi... Le Bernard, il est dev'nu fou ! Y sait pas c'qu'il a fait... Il a beau être con, c'est mon mari, tout de même ! Cassez-lui pas la gueule ! Vous êtes cinq ! Il est tout seul... S'il te plaît... Au nom de c'qu'y a eu entre nous... Si t'm'aimes encore un tout p'tit peu, arrête ça !

Camille dévisagea son ancienne amie en clignant les paupières, manifestement ébranlé par ses supplications. Ce fut d'une voix plate, gênée, qu'il répliqua :

— Vas-t'en, Lucette... C'est pas une histoire pour une femme.

Lucette gémit à nouveau.

— Camille, c'est pas possible... Tu m'écoutes pas ! C'est mon mari !

— Laisse-moi. Faut qu'on l'fasse...

Lucette recula, de la haine dans le regard.

— T'es pas meilleur que les autres ! siffla-t-elle. T'es un fumier ! J'aurais jamais dû coucher avec toi !

Lucette sanglotait, se tordait les mains. Comme Maurice, Camille la poussa de côté. Désespérée, Lucette regarda autour d'elle à la recherche d'un impossible secours. Elle aperçut les Pauléens, qui s'attroupaient à l'entrée de la ferme, mais sans oser

— ou vouloir — rentrer dans la cour. Elle se précipita vers eux.

— Vous allez pas les laisser faire ! cria-t-elle. Empêchez-les ! C'est des bêtes ! Y vont le tuer, l'Bernard ! Aidez-moi !

Personne ne bougea. Les villageois ne semblaient même pas l'avoir entendue. Ils considéraient les Theuvenot qui se tenaient devant la porte du cuvage. Entre deux sanglots, Lucette empoigna l'un d'eux par le devant de sa chemise — c'était le Roland Paqueriaud, un qui tapait souvent le carton avec son homme.

— Fais quèque chose, Roland, implora-t-elle. J't'en supplie ! L'Bernard...

— Ton Bernard, le coupa le Pauléen, il a foutu la merde. Il récolte, maintenant !

Lucette se mordit les lèvres jusqu'au sang. Elle considéra, en dernier ressort, celui qu'elle pensait le plus sensé de l'assemblée.

— Dédé, Dédé, cria-t-elle, j'te demande d'y aller ! Fais-le... Fais-le... Pas pour le Bernard ! Pour moi, Dédé !

Dédé Bessonard se mordit les lèvres, manifestement gêné qu'elle s'en prenne ainsi à lui, et fixa le bout de ses sabots. Il ne pipa mot.

— Laisse-nous voir, la Lucette ! gronda alors un autre Pauléen. Ça sera pas un mal que ton mari, pour une fois, y s'prenne une raclée !

— Ouais, ajouta un troisième. Depuis l'temps qu'il la ramène. C'coup-ci, il est allé trop loin ! Piquer un chien... Non mais !

Se rendant compte qu'elle était seule, Lucette enfouit son visage dans ses mains. Elle allait reprendre ses suppliques quand l'écho d'un coup sourd lui fit ravaler ses paroles. Elle se retourna, hébétée.

C'était Maurice qui cognait contre la porte du cuvage...

Le clan ne s'était pas attendu à ce que la porte fût ouverte. Par le fait, elle était close. Mais, dans l'état de colère où les gars se trouvaient, ce ne pouvait être un obstacle.

— L'blaireau est au terrier, gronda le Jean-Breule.

— Ouais, opina Maurice. On va l'débusquer ! (Le cadet Theuvenot tourna la tête.) Pierrot, sa remise à outils est là derrière. Vas-y jeter un œil. C'est bien l'diable si tu trouves pas d'quoi faire sauter cette putain de porte !

La Fouine obtempéra, évitant d'écouter les cris de la Lucette, qui le menaçait, le suppliait, lui interdisait l'accès à la maison. Il pénétra dans la remise en revint quelques instants plus tard, portant une masse.

— J'crois que ça va le faire, dit-il.

— Donne, lui intima Maurice.

Le commis lui passa l'outil. Maurice l'assura entre ses poings. Mais il ne frappa pas immédiatement.

— Tainturier, brailla-t-il, je te donne dix secondes pour ouvrir ! Si tu l'fais, j'te jure que toi et moi, on s'expliquera d'homme à homme, et qu'les autres, y s'en mêleront pas... Mais si tu nous forces à faire les méchants, alors t'as pas fini de l'regretter ! On va tous te péter la gueule, et pas qu'un peu !

Maurice se tut. Il n'y eut aucune réaction. Alors, lentement, le jeune homme se mit à égrener :

— Un... deux... trois... quatre... cinq... six... sept... huit... neuf...

Il retint sa voix un peu plus longtemps avant d'énoncer le « dix » fatidique. Il échangea un nouveau regard avec Camille, qui inclina la tête en signe d'assentiment. Sans rien ajouter, le cadet assena un coup précis, violent, sur la volumineuse serrure. Il y eut un tintement de métal fracassé. Maurice redoubla son coup, avec un « han » de bûcheron, frappant droit cette fois. Le bois — du chägne pourtant, et d'une belle épaisseur — céda avec un craquement. Maurice jeta la masse et, d'un coup de pied, balaya ce qui restait de la porte. Le battant alla claquer contre la muraille.

Précédant les commis, Maurice pénétra dans le cuvage.

Une chiche lumière, parcimonieusement diffusée à travers le verre sale d'une lampe à pétrole, éclairait le lieu. On devinait l'alignement des tonneaux et des fûts, calés sur un sol inégal de terre battue maculée de salpêtre, dégageant une odeur de moisissure, de fraîcheur et de moût. Devant un foudre, une table était disposée, un banc et une chaise. De vieux instruments de vigneron, accrochés à la muraille, racontaient une sorte d'historique professionnel désuet. Tout un côté de la longue salle était occupé par les bouteilles empilées, aux goulots poussiéreux...

Maurice fit quelques pas, sans regarder le décor qui l'entourait, familier au point que, pour un peu, il aurait pu se croire chez son père.

Il ne voyait que le Tainturier, avachi sur le sol, et qui pleurait. Autour de lui, des litrons vides trahissaient l'occupation à laquelle il s'était livré après s'être retiré en son sanctuaire...

Silencieux, Maurice s'approcha de son ennemi. Derrière lui, Camille, puis les commis, pénétrèrent à leur tour dans la cave. Le Bernard les fixait, ses petits yeux n'arrêtant pas de papilloter, sa carcasse agitée de tremblements convulsifs. Il laissa échapper la chopine qu'il serrait contre lui.

Le cadet Theuvenot s'immobilisa. Il se sentait à la fois surpris et désarmé. Il ne s'était pas attendu à se trouver en face d'un type fin soûl, qui le fixait de cet air hébété. Quels que fussent ses défauts, le Bernard n'était pas un manchot et il s'était préparé à une vraie bagarre où il avait des chances d'y laisser lui-même des plumes. Mais là... De contempler son ennemi à terre, ça lui coupait presque la colère. Il hésita, tourna la tête. Camille fixait également Bernard, et Maurice sentit que son compagnon était tout aussi désemparé que lui.

— J'suis un fu... mier..., balbutia à cet instant Bernard, d'une voix à peine compréhensible. Oh... vingt dieux..., j'suis un vrai... fumier...

Tout en parlant, l'ivrogne tâtonnait, à la recherche de sa bouteille. La retrouvant, il la porta à sa bouche. Du vin dégoulina de chaque côté de sa moustache.

— J'aurais point... dû..., éructa-t-il entre deux hoquets. J'regrette...

Maurice et Camille étaient silencieux. Au bout de longues secondes, le commis secoua la tête, l'air dégoûté. À ce moment, Bernard se releva péniblement. Ses deux mains crochèrent le rebord de la table, lui assurant un équilibre précaire.

— J'y ai pas compris... sur l'coup... c'que j'y faisais... à vot'chien... L'Maurice... j'suis un sa... salaud ! O l'a... l'a... couiné... J'l'entends encore... C'est dans ma tête ! C'est... pas Dieu possible... qu'j'ai fait... c'te saloperie !

Les sanglots lui étouffaient la voix.

Maurice avait envie de vomir... De dégoût. De honte. De haine... Une haine qui se cristallisait contre l'immensité de la connerie humaine... Une telle veulerie l'écœurait. Cogner ce sac à vinasse, ce n'était même plus pensable !

— T'es un homme ! hurla le cadet Theuvenot, tentant de se raccrocher à sa rogne. Alors arrête de chialer et regarde-moi en face ! C'est droit sur tes pattes, que j'veux te voir ! Tu m'dégoûtes ! T'entends... Tu m'dégoûtes ! T'es une gonzesse !

Soufflant et gémissant, ses yeux papillottant de plus belle, Tainturier s'efforça de prendre appui sur la table. Péniblement, il se redressa. De la bave coula sur son menton. Il fixa successivement chacun de ses cinq opposants.

— Vous... vous allez m'tuer..., râla-t-il. J'sais... qu'vous allez m'tuer !

Maurice haussa les épaules... Il voulut répondre à l'ivrogne que non, qu'ils en avaient bien eu envie, oh, ça oui, mais qu'à présent, il les débectait, voilà tout, et qu'une larve dans son genre, ça ne valait pas la peine qu'on se salisse les mains à taper dessus...

Mais il n'en eut pas le temps.

Avec un hurlement de terreur et de rage, Bernard Tainturier avait arraché une vieille faucille du mur, où elle était accrochée, et se précipitait sur lui. Le fer rouillé siffla, et Maurice n'eut que le réflexe de faire un bond en arrière. La lame l'eût proprement égorgé... En reculant, il bouscula Camille, qui poussa un juron. L'instant d'après, Bernard se ruait vers la porte défoncée de son cuvage, faisant des moulinets avec son arme improvisée. Mais Pierrot la Fouine tendit son pied...

Bernard Tainturier chut lourdement sur le sol, laissant échapper la faucille.

— Saloperie d'treue ! gronda le Pierrot.

Le commis leva le pied, cogna l'ivrogne au flanc. Le Jean-Breule se pencha, agrippa l'homme par son col de veste, le souleva. Néné Grugeon frappa, au visage...

— Non ! hurla alors Camille. Pas de ça ! On n'est pas des bouchers ! Merde !

L'ancien ouvrier se précipita. Avec un temps de retard, Maurice l'imita.

— L'a raison, l'Cambouis ! cria le cadet Theuvenot. On n'est pas des bêtes !

Grommelant, furieux de se voir dessaisis de leur proie, les commis cessèrent de cogner. Néné et Lazare soutenaient chacun par un bras Bernard Tainturier dont la tête roulait d'un côté et de l'autre.

Un pas en arrière, Pierrot fixa le Grand, l'œil mauvais. Déjà prêt à exploser, Camille réagit vivement.

— Qu'est-ce qu'y a, Pierre ? gronda-t-il. T'es pas heureux ?

Il était très rare que le Cambouis appelle son collègue par son vrai prénom. C'était toujours pour des choses sérieuses. La Fouine détourna aussitôt le regard.

— On le sort de là ! décida Maurice.

Tous quittèrent le cuvage, les Theuvenot traînant le Tainturier...

Les Pauléens s'étaient avancés, en entendant les échos assourdis de l'échange qui avait eu lieu à l'intérieur du cuvage.

— C'est sa fête, au Bernard, dit tout à coup l'un d'entre eux, d'une voix qui résonna plutôt sombre.

Nul ne répliqua.

— On peut quand même pas les laisser l'tuer..., grommela enfin Sandrot Bergelin, qui se sentait peut-être plus honteux que les autres après avoir repoussé les suppliques de la Lucette — laquelle avait entre-temps disparu.

— Penses-tu qu'y vont l'tuer..., répliqua le Paul Chantrault d'une voix pas très affirmée.

À ce moment, les commis apparurent à la porte du cuvage, traînant le Bernard hors de son refuge. Les murmures cessèrent. Tainturier ne se défendait pas. Il ressemblait à un pantin disloqué. Maurice Theuvenot et l'Cambouis sortirent à leur tour de la cave.

— Putain... Ils l'ont déjà tué ! s'exclama un des spectateurs.

— T'es con ! riposta Paquériaud. Ils lui ont seulement caressé les côtes... (Il fit un pas en avant pour mieux voir.) Un peu la gueule, aussi ! (Il y eut quelques rires.)

— Et maintenant... vous croyez qu'ils vont se calmer ?

— Je sais pas, soupira Sandrot. Mais si j'étais la Lucette, j'me ferais du souci...

C'était bien plus que du souci, que la pauvre femme se faisait pour son mari ! Elle avait beau le faire cocu comme c'était pas permis et lui dire plus souvent des rudesses que des amabilités, c'était son homme ! Et son homme, elle y tenait. Mais qu'est-ce qu'elle pouvait faire ? Même le Maurice et le Cambouis, qui avaient plus de raisons que les autres d'écouter ses prières, l'avaient repoussée. Quant aux Pauléens, c'étaient des lâches, des trouilloux, et ils allaient sûrement pas aider Bernard. Déjà qu'ils l'aimaient pas beaucoup !

Alors qui ? Qui pourrait l'aider ? Elle avait cherché dans sa tête. Le garde champêtre, elle savait qu'on l'avait vu dans la voiture des Boches, avec le Glaude Theuvenot, même qu'ils filaient comme des fous en direction de Buxy. Une seule alternative lui était venue à l'esprit... Mais oui, bien sûr ! Môssieu le Curé ! Lui, il pourrait empêcher le drame !

C'est pourquoi Lucette avait quitté la cour de la ferme et, pendant que les Pauléens se pressaient devant le portail, elle s'était faufilée à travers leurs rangs puis, à toutes jambes malgré ses rondeurs, elle avait remonté la rue qui donnait sur la grand place, et traversé cette dernière pour rallier l'église.

À bout de souffle, Lucette pénétra dans l'édifice. Avec un regard de bête traquée, la malheureuse regarda autour d'elle. La nef était déserte, et le silence lui sembla si pesant qu'elle crut en défaillir. Elle dut s'appuyer contre un des piliers massifs. Elle inspira et appela, chevrotante :

— Mô... môssieu le Curé !

Il n'y eut pas de réaction. Les jambes tremblantes, Lucette se dirigea vers le côté de l'église, là où s'ouvrait la porte de la sacristie. Elle appela à nouveau, sanglotant de pitoyable façon :

— Môssieu le Curé ! S'il vous plaît... vous êtes là ?

La porte s'ouvrit enfin et l'abbé apparut, immense dans sa soutane, la barbe en bataille..., une serviette de table encore glissée à son cou. Dans un coin de son entendement, Lucette devina qu'elle dérangeait l'homme de Dieu au beau milieu de son repas, mais elle était trop bouleversée pour s'en émouvoir.

— Que se passe-t-il, ma fille ? grommela l'ecclésiastique. (Il allait ajouter quelque chose, mais, se rendant compte de l'état d'agitation de la femme, il alla vers elle et la saisit par le bras.) Ça ne va pas, madame Tainturier ?

— Mon père, gémit la pauvre femme. C'est... mon mari... J'vous en supplie ! Venez... Venez vite ! Les Theuvenot... y... y vont l'tuer !

Tanguy Kergroac'h ouvrit grand les yeux, et resserra son étreinte sur le bras de Lucette.

— Qu'est-ce que vous me chantez là ? Les Theuvenot veulent tuer votre mari ?

— Oui... J'vous en conjure, mon père... Le Bernard il... il a piqué à la fourche... le Tambour du Glaude, qui couvrait la Mirette... Alors... Le Maurice... et les commis, ils sont à la ferme... Y vont tuer l'Bernard, si vous v'nez pas... pour les arrêter ! Oh, mon Dieu, mon père... Venez ! Venez vite !

L'abbé Kergroac'h sembla une seconde pétrifié, comme incapable de réagir. Puis, d'un mouvement qui eût fait s'écrouler les colonnes du temple, il arracha sa serviette de son col.

— Mil c'hast ! jura-t-il en breton.

Il se précipita au pas de course le long de la nef, se mouvant si rapidement, malgré sa masse imposante, que Lucette resta sur place, équeûbie par sa vivacité. Elle se mit elle-même à courir, sortit de l'église... et faillit renverser un cycliste, qui passait à cet instant, en bas du porche. Elle poussa un cri, trébucha, s'étala dans la poussière. Tout étourdie, elle demeura un instant immobile. Elle sentit des mains qui se posaient sur elle, la secouaient, entendit une voix de femme, angoissée.

— Ça va ? Vous ne vous êtes pas fait mal ? Ça va ?

Lucette Tainturier tourna la tête, les idées en désordre et les coudes saignants. Elle cligna des yeux, reconnaissant Mademoiselle Rosette, l'institutrice. Penchée sur elle, la jeune femme la fixait, toute pâle.

— Vous êtes arrivée si vite, continua l'enseignante. Je n'ai pas pu vous éviter... Vous êtes sûre que ça va ?

— Mon mari..., murmura Lucette pour l'institutrice, comme elle l'avait dit au curé. Mon mari... les Theuvenot vont le tuer !

— Quoi ? glapit Rosette.

— Le Maurice est arrivé... avec les commis... pour tuer l'Bernard !

Rosette roulait des yeux abasourdis. Elle avait un peu plus blêmi.

— Est-ce que... Cam... M. Lachazé est avec eux ? questionna-t-elle.

— Oui... ils y sont tous et...

Lucette Tainturier ne put achever sa phrase. Rosette l'avait lâchée et, relevant sa bicyclette, elle l'avait enfourchée et filait à force de pédales dans la même direction que l'abbé Kergroac'h.

Pour la première fois de sa vie à l'occasion d'une baston, Maurice se sentait dépassé par les événements et ne savait que faire. À côté de lui, Camille apparaissait tout aussi désemparé. Ni l'un ni l'autre ne parvenaient à calmer le Néné, le Jean-Breule et La Fouine qui s'étaient remis à dérouiller Bernard Tainturier. On aurait dit que leurs compagnons étaient devenus fous. Ils cognaient avec une férocité que les deux hommes ne leur connaissaient pas. Proférant de sourdes injures, ils se passaient le Bernard comme ils auraient fait d'un sac de sable. Le malheureux titubait, assommé sous la grêle de coups, incapable de se défendre. Lorsqu'il semblait sur le point de s'effondrer, l'un ou l'autre le redressait d'un coup de pied ou de poing et l'offrait à son voisin, qui continuait le travail de démolition. Le visage de Bernard n'était plus qu'une bosselure sanglante, l'homme avait craché ses dents de devant, et son œil gauche était complètement fermé.

La foule des Pauléens s'était rapprochée, sans intervenir pour autant, mais deux ou trois cris hostiles en avaient jailli :

— Vous êtes complètement dingues... Vous allez l'tuer... Tout ça pour un chien...

Maurice échangea un regard avec Camille. L'ancien cheminot secoua la tête.

— C'est pas possible ! Ils vont vraiment le tuer !

— T'as raison ! Ils ont cramé une soupape ! Tant pis, on leur rentre dedans, à eux !

Les deux hommes s'avancèrent vers les commis. Mais, à cet instant, une sorte d'ouragan fendit les rangs des Pauléens, avec une telle force qu'il en renversa plusieurs sur le sol. Maurice tourna la tête... pour découvrir l'immense silhouette de l'abbé Kergroac'h qui, à sa manière, se frayait un passage au milieu des rangs de ses ouailles. Il ouvrit une bouche ronde, ébahi de découvrir la fureur du curé. Camille s'était lui-même immobilisé, et semblait tout aussi stupéfait.

L'ecclésiastique dépassa les villageois et se figea, découvrant la scène qui se déroulait dans la cour de la ferme.

— Foutre bleu ! jura-t-il, levant ses énormes poings à hauteur de ses épaules. Lâchez cet homme, bande de païens !

Mais les commis n'entendaient pas. Tout à leur fureur, ils continuaient de cogner. Le Néné et le Jean-Breule maintenaient Tainturier par les bras, l'empêchant de s'effondrer, tandis que La Fouine, entre deux jurons, lui décochait une série de coups à l'estomac. Soudain, le commis recula d'un pas et, prenant son élan, assena un coup de genou dans les parties de Bernard, qui gueula comme un cochon sous le couteau.

— Arrêtez, bande de cons ! hurla Camille. Vous êtes fous !

Il voulut foncer sur ses compères... mais n'en eut pas le temps. Il sentit sa tête exploser et, tournoyant sur lui-même, il heurta si rudement le mur de la ferme qu'il en resta le souffle coupé. Les yeux embués de larmes, il devina plus qu'il ne vit Maurice qui se tenait les balloches, plié en deux.

L'abbé Kergroac'h était entré dans la danse...

Dieu sait qu'il y rentra bien, l'ancien missionnaire, sans trop chercher à séparer le bon grain de l'ivraie et d'une façon qui le rajeunissait fortement, en le ramenant à des années d'avant le séminaire, durant lesquelles, jeune homme, il n'était pas le moins batailleur dans sa Cornouaille natale, pays de teigneux réputés devant les mânes celtiques ! Braillant un curieux sabir, mélange de bas breton, de latin et de français — et qui lui permettait peut-être de s'excuser auprès de Dieu du péché de violence dont il se rendait coupable —, il se débarrassa effectivement de Camille et de Maurice, puis il aligna la Fouine d'un formidable direct du gauche. Les mâchoires du Pierrot claquèrent l'une contre l'autre et le commis s'effondra, étendu pour le compte.

Le colosse fit ensuite face au Néné et au Jean-Breule, les dominant de toute sa masse sacrée, sa croix se soulevant sur sa poitrine de taureau.

— Mes frères, tonna l'ecclésiastique, si vous ne lâchez pas immédiatement ce malheureux, je vous garantis, au nom du Seigneur, que vous ne vous réveillerez pas avant demain matin !

Fut-ce l'effet de ces paroles menaçantes, de la colère qui grondait dans la voix de l'abbé... ou la vision de ses poings menaçants, mais les commis obtempérèrent. Avec une douceur surprenante, ils déposèrent leur victime sur le sol. Tainturier y demeura, immobile, les bras en croix... ce qui était à tout prendre normal, puisqu' il se trouvait aux pieds d'un prêtre.

Camille se détacha du mur. L'abbé darda vers lui un regard fulminant. Le Cambouis leva les mains en signe de paix... Un cri, poussé par une voix de femme, le fit alors se retourner... et il aperçut Rosette... L'institutrice avait elle aussi dépassé le groupe des Pauléens, et se tenait au milieu de la cour, livide, raide comme une statue, ses mains jointes devant sa bouche. Ses yeux ne fixaient pas Bernard, ou l'abbé Kergroac'h, ou Maurice, ou les commis... Non... Ruisselants de larmes, ils étaient braqués sur lui.

Un froid mortel envahit le cœur de Camille qui, à l'instant, oublia tout ce qui n'était pas ce regard empli de désespoir, d'incrédulité et d'horreur. Il n'y eut plus de bagarre, de règlement de compte, de vengeance... de haine... Rien que ces yeux tant aimés, qui le considéraient comme s'ils ne l'avaient jamais vu...

Sans se soucier des villageois, Camille courut vers la jeune femme. Lorsqu'il lui prit les mains, il la sentit qui tremblait. Il voulut parler, mais sa gorge était nouée, et il ne put que secouer la tête. Au bout de quelques instants, cependant, il fit un énorme effort et articula :

— Rosette... je t'en prie... Rosette, écoute-moi... C'était pas... c'que tu crois... ma Rosette... J'te jure...

D'un sursaut, l'institutrice s'arracha à son étreinte. Elle pleurait toujours.

— Co... comment as-tu pu faire ça ? murmura-t-elle. Vous... vous étiez comme des bêtes ! Vous alliez tuer ce pauvre homme ! Et toi... toi... tu étais avec eux ! (Sa voix monta dans les aigus.) Je... je ne veux plus te revoir ! Jamais !

Ce fut comme si la foudre avait frappé Camille. L'ancien ouvrier resta paralysé, la bouche à demi ouverte, sa poitrine serrée comme dans un étau. Rosette essuya ses larmes d'une main tremblante. Hébété le Cambouis la vit faire un pas en arrière, tourner les talons, amorcer un second pas en direction du portail, un troisième... Alors il cria, si fort que tous les Pauléens — lesquels, la bagarre terminée, s'étaient enfin aventurés dans la cour — se retournèrent d'un bloc.

— Rosette ! Attends !... T'en vas pas ! Rosette... (Il marqua une infime hésitation et ajouta, d'une voix méconnaissable :) Rosette... si tu m'quittes, j'en crèverai !

L'institutrice se figea, le dos toujours tourné. En une seule enjambée, Camille la rejoignit. Il lui posa ses larges et rudes pognes sur les épaules... et la sentit qui se raidissait à nouveau.

— C'est vrai, dit-il avec une humilité dont il ne se souvenait pas d'avoir fait preuve devant quiconque, au long de sa vie. C'est vrai..., j'suis un salaud... J'suis un couillon aussi, pour avoir agi comme ça ! Mais c'qu'il a fait, le Bernard... planter un chien à coups de fourche... T'es pas d'ici, Rosette ! T'es de la ville... pas de la terre ! Tu peux pas comprendre... Un paysan, faire ça... C'est pour ça qu'on est descendus, les cinq. C'est vrai qu'on voulait le cogner, le Tainturier, pour lui apprendre à vivre... Les trois autres, ils sont devenus fous ! T'as raison, c'est des bêtes. Mais, je te jure, Rosette, que je voulais pas ce qui est arrivé... Le Maurice et moi, on a pas compris... On cherchait à arrêter l'bordel quand le curé est arrivé ! Il a fait le travail à notre place, même qu'y nous a cognés au passage... Rosette... faut que tu me croies ! Tu peux demander au Maurice, il te dira la même chose que moi... Vas-y ! Demandes-y !

Rosette demeurait immobile, et tournait toujours le dos à son ami. Un épais silence pesait sur la cour de la ferme. Les Pauléens contemplaient la scène, oublieux de Bernard Tainturier et de ses avanies. Une seconde silhouette féminine apparut, à laquelle nul ne prêta attention. C'était Lucette. Elle se précipita vers son mari qui, reprenant conscience, remuait faiblement, au pied de l'abreuvoir.

— Rosette, reprit Camille, je t'aime... Je t'aime tellement que j'crois bien que c'est moi qui ai inventé l'amour, le jour où je t'ai vue pour la première fois... Au nom de cet amour, je te supplie de me croire... Au nom même de Dieu, en qui je crois pourtant pas... je te demande de m'écouter... Rosette... ma Rosette... Crois-moi..., je regrette ! Je regrette à en crever... Je te promets que je me battrai plus... Ah ça oui ! J'te le promets !

Camille attendit, la tête basse, le cœur déchiré... et parfaitement indifférent au fait que les villageois étaient les témoins — très intéressés — de sa déclaration publique — et pathétique. Devant lui, Rosette se tenait toujours droite et raide, immobile. D'interminables secondes s'écoulèrent et, enfin, elle fit demi-tour, se tourna vers lui. Son visage, si doux d'ordinaire, était défait, bouleversé. Dans un élan qu'il était bien incapable de contenir, Camille étreignit la jeune femme.

— Je te jure, reprit-il, plus bas. T'entends... Je te jure que je ne me battrai plus...

— Tais-toi, coupa l'institutrice, d'une voix blanche. Ne promets pas ce que tu ne saurais pas tenir... Je sais quel homme tu es, Camille. Je sais quelle violence tu possèdes en toi... Mais je te crois... j'ai besoin de réfléchir à... à tout ça. Laisse-moi ! Je veux rentrer chez moi... seule.

Camille baissa la tête. Un goût de fiel lui emplissait

la bouche, mais il ne chercha pas à discuter. Il lâcha son amie.

— Je comprends, dit-il… et je te demande pardon, Rosette. Mille fois !

Rosette hocha la tête d'un air lointain, renfermé, qui lui fit plus mal que ne l'auraient fait les plus cinglants reproches. Il la regarda faire demi-tour et quitter la ferme. Il entendit le cliquetis de la chaîne de sa bicyclette, alors qu'elle s'éloignait…

À cet instant retentit l'écho d'un coup de klaxon frénétique, suivi d'un crissement de freins maltraités. Tout à son émoi, ce fut à peine si Camille y prêta attention. Levant cependant la tête, il reconnut la BMW de M'sieur Karl, garée devant la ferme. L'Allemand en descendit, mais le Glaude Montcharmont avait été encore plus preste. Il se tenait dans l'encadrement du portail, les poings sur les hanches, et secouait la tête d'un air d'incrédulité… Un sentiment d'accablement pesant sur ses épaules, Camille fit alors demi-tour… et aperçut la petite foule des Pauléens qui le fixaient, silencieux. Il serra les dents.

— Ben quoi ? gronda-t-il. Vous avez jamais rien vu ?

Il n'eut pas le temps d'en dire plus. Le garde champêtre s'était avancé, sa moustache toute hérissée, son visage furibard. Il dépassa Camille, et se planta à quelques pas de ses compatriotes, l'œil noir.

— Eh ben, vous pouvez être fiers de vous, tous autant que vous êtes ! gronda-t-il.

Personne ne répliqua. Maurice et les trois commis s'étaient repliés vers la porte du cuvage, Pierrot la Fouine massant doucement ses mâchoires endolories. Le garde détourna un bref instant son regard vers le Cambouis. Ce dernier restait planté au mitan de la cour, la mine d'un qui supporte toute la misère du monde à lui seul. Montcharmont fit un pas vers

Bernard Tainturier. Complètement démoli, soutenu par sa Lucette en pleurs, ce dernier geignait convulsivement. « La plus belle tête au carré que j'aie jamais vue », songea le garde.

— Vous êtes une sacrée bande de berdins ! cracha le vieil homme, à l'adresse des Theuvenot. Mais qu'est-ce qui vous a pris de l'amocher comme ça, le Tainturier ? Une vraie boucherie ! Je devrais vous coffrer ! Un petit séjour en cabane à Buxy, ça vous remettrait les idées en place !

— Mais, m'sieur Montcharmont..., voulut protester le Jean-Breule. Il a...

— Ta gueule, Lazare ! le coupa le garde d'un ton vibrant qui trahissait toute l'étendue de sa colère. C'est vrai que le Bernard il a agi comme le dernier des salopards, mais il méritait tout de même pas ça !

Le garde avisa l'abbé Kergroac'h, qui continuait de tenir en respect les Pauléens. Les deux hommes échangèrent un regard.

— C'est vous qu'avez arrêté ça, Môssieu l'abbé, j'en suis sûr ?

— L'œuvre de Dieu est une œuvre de paix, répondit l'ecclésiastique, sans que l'on puisse deviner, à sa voix, s'il plaisantait ou pas. Disons que j'ai été, durant un instant... le bras de Notre-Seigneur !

— Ses poings, plutôt, émit une voix, dans la foule, ce qui entraîna quelques petits rires — pas trop fiers.

— Et ça vous fait marrer ! rugit Montcharmont. Mais vous valez pas mieux que les autres, tous autant que vous êtes ! Et c'est pas dit que la taule elle en attend pas, parmi vous, autant qu'elle attend les Theuvenot ! Non-assistance à personne en danger, ça vous dit rien ? Parce que si l'autre, là (il désignait Bernard Tainturier qui commençait enfin à remuer, dans les bras de Lucette), il décide de porter plainte, ça va barder pour vous tous ! Les gendarmes y vont venir et je serai bien forcé de dire ce que j'ai vu, quand ils poseront des questions...

Un silence consterné s'était abattu sur les Pauléens. Du regard, Glaude Montcharmont les considéra, l'un après l'autre.

— Y en a pas un de vous qui est intervenu ! Vous avez été pire que des loups... Le mieux que vous avez à faire, dans les jours à venir, c'est de filer doux et de pas faire les imbéciles ! De toute façon, je vous aurai à l'œil, ça, je vous le promets ! Et gare au premier qui voudra jouer les marioles !

La foule écoutait la semonce, tête basse. Camille rejoignit Maurice, et les deux hommes échangèrent un regard écœuré. Ce fut à eux que Glaude Montcharmont s'adressa alors.

— Et maintenant, les Theuvenot, vous allez rentrer chez vous ! Un de ces jours, j'irai voir le Glaude. On aura pas mal de choses à discuter, lui et moi, et j'pense pas qu'y sera fier de son équipe... et de toi, Maurice. Allez... Filez !

D'un pas mal assuré, les cinq hommes se dirigèrent vers le portail, évitant le regard de M'sieur Karl. La foule commença à se disperser... mais l'air matois qu'affichaient certains indiquait bien qu'on aurait pas fini d'en causer, de cette histoire. Ou plutôt de CES histoires... Parce que le coup de la déclaration d'amour publique du Cambouis et de mademoiselle l'institutrice, ça, c'était du bon. Du bon qui allait faire jaser dans les chamières. Ah oui, en vérité, pour une soirée intéressante, ç'avait été une soirée intéressante... même si elle se terminait par une engueulade !

Au moment où il passait devant lui, l'abbé Kergroac'h fit un pas en direction de Camille. L'ancien cheminot se figea, toute son aversion pour les curés le faisant se hérisser intérieurement. Mais, à son grand étonnement, l'ecclésiastique lui parla sans dureté excessive.

— Est-ce vrai que vous désiriez arrêter ce pugilat ? interrogea le prêtre, sans ajouter « mon fils », ce que l'ancien cheminot apprécia.

— Ouais, répondit Camille, rogue. Mais ça n'empêche pas, m'sieur le curé. On a déconné, tous les cinq, et c'est tant mieux que vous soyez arrivé... Votre baffe, je l'ai méritée. Parole...

À cet instant, Camille aperçut le Tatave Petitjean. Un reste de sa rancœur le reprit. Il apostropha le paysan :

— On peut dire que t'en as fait de belles, toi ! gronda-t-il. Pourquoi qu't'as pas fermé ta gueule ?

Le Tatave se raidit. Il répliqua, et sa voix, encore empâtée, trahit que n'étaient pas dissipées les vapeurs du vin ingurgité chez le Sandrot.

— Eh... On vous a pas d'mandé de venir y faire la peau... au Bernard. Et d'abord, les Theuvenot, quand on sait... c'qui s'passe chez vous, on vient pas la ramener !

Entendant cela, Maurice tourna vivement la tête.

— Et qu'est-ce qui se passe chez nous ? riposta-t-il, à nouveau agressif.

Le Tatave ricana.

— Y se passe qu'c'est une... maison close, vot'fouanot, avec la putain au Titisse ! Et si y avait qu'elle...

— Qu'est-ce tu racontes, pauvre poivrot !

Les Pauléens faisaient des signes désespérés au Tatave pour qu'il se taise, mais l'ivrogne était lancé.

— Y s'passe aussi qu'ta nièce, l'Émilie, c'est une ch'tite salope ! Demandes-y donc, au Titisse, comment qu'il l'a vue qui s'biquait avec le Jean-Bernard, au-dessus d'vot'clos ! Elle prend le même chemin qu'sa tante, et...

Tatave Petijean n'en dit pas plus. L'abbé Kergroac'h s'était avancé vers lui et, d'une seule gifle assenée en pleine face, venait de le mettre KO !

— Pardonnez-moi, Seigneur, murmura l'ecclésiastique en se penchant sur sa victime. Mais, des fois, il n'y a vraiment que ce genre de moyen pour les faire tenir tranquille... Amen !

Le Charles et le Titisse

Il avait eu beau le pister comme une bête des bois, il n'avait pas réussi à le coincer, le Titisse, et Charles Roberjot en ressentait une sacrée frustration. C'est qu'il était méfiant, le foutu ventre-jaune. Il savait, au moins aussi bien que lui, se forlonger dans les forêts en s'arrangeant pour revenir sur ses brisées, laisser de fausses voies et, en fin de compte, disparaître au creux d'une combe pour réapparaître, innocent et très satisfait de lui-même, au bourg, ou bien chez son patron. Dans un sens, Charles admirait son habileté « professionnelle » en véritable connaisseur. Ce gaillard, tout Bressan qu'il fût, était de sa race. Si seulement ils étaient nés du même côté de la Saône, ils auraient pu s'entendre — sur le dos du Glaude Montcharmont, bien entendu. C'était du reste la seule consolation qu'en ressentait le Charles : le garde champêtre ne faisait pas mieux que lui !

Il faut dire qu'il ne veurdait pas tous les jours dans les collines, le Titisse. Il s'arrangeait pour travailler à la vigne, chez les Theuvenot et Charles, qui s'était établi un point d'observation sur le rebord de la côte, où il passait chaque matin, pouvait le voir arpenter les ordons, le sécateur à la main, remplissant honnêtement son panier, et plaisantant avec les autres vendangeurs. Le salaud ! Pour sûr qu'il s'en allait à la braconne lorsque lui-même, à bout de patience, abandonnait son affût ! Tant et si bien qu'à la fin des vendanges, Charles s'était plus ou moins résigné à ce que l'étranger échappe à sa colère. Y a des fois où le bon Dieu Il est pas juste, chacun sait ça !

Le Charles s'était donc rendu chez le Sandrot pour y noyer sa rancœur. Découvrant que le Glaude Montcharmont était là, il s'était fait discret, allant s'installer dans un coin de la salle, avec sa chopine, buvant seul et observant les autres consommateurs, sans se mêler des conversations.

Charles Roberjot avait donc été le témoin de tous les événements qui s'étaient déroulés en cette fin d'après-midi : l'arrivée du Tatave annonçant à la cantonade que le Tambour du Glaude Theuvenot se faisait la Mirette du Bernard Tainturier, le départ en trombe de ce dernier, fou de rage... Roberjot avait secoué la tête sans sourire. Quel crétin, ce Tatave, d'aller rapporter une chose pareille ! S'il avait été moitié moins con, il aurait bien dû penser que ça ne pourrait que semer la merde parmi deux familles qui se haïssaient déjà... Mais après tout... C'était pas ses affaires...

Un moment après, Charles avait eu un petit coup au cœur en voyant arriver le Titisse Perraudin. Pas possible que c'gnaulûs s'amène comme ça, la gueule enfarinée, au bistrot, pour se foutre de sa poire ! Ce sale Bressan, c't'étranger... Charles avait fusillé son ennemi du regard, mais ce dernier n'avait pas fait attention à lui. Peut-être même qu'il l'avait pas vu ! Il paraissait brâment excité... Il avait réclamé à boire au Sandrot, et puis...

Comme les autres consommateurs, Charles Roberjot avait entendu le trimardeur raconter l'affaire à l'Émilie Theuvenot avec son beuzenot de Jean-Bernard. Il en avait éprouvé des sentiments mitigés. De prime abord, c'était une belle histoire de cul bien graveleuse, propre à faire rigoler les mâles du village, toujours prompts à s'exciter la braguette en découvrant les fredaines de leurs contemporains. Mais en vrai, Charles n'avait pas ri, et ne s'était pas senti trop excité en imaginant la mignonne à poil dans les collines en train de... C'est que l'Émilie Theuvenot, c'était encore une gamine, une petiote, son copain guère plus, et Charles Roberjot, s'il possédait moult défauts, n'était pas pervers au point de se monter le bourrichon sur des histoires d'enfants. Ça non, alors ! Il ressentit plutôt de l'indignation envers ce fumier de vagabond qui osait dégoiser sur la propre petite-fille de son patron. D'abord et d'une, pour sûr que les gamins ils en avaient pas fait autant que ce dégueulasse il racontait ! Ensuite de quel droit il venait rapporter, l'autre ? Il était même pas d'ici !

Charles s'était demandé s'il n'allait pas profiter des couenneries que proférait son ennemi pour se lever et le prendre à partie, invoquer la solidarité pauléenne et entraîner les autres consommateurs à régler son compte au bavard. Mais, avant qu'il ne se décide à intervenir, le clan Theuvenot avait été signalé en train de s'amener. Comme chacun, Charles était sorti sur la terrasse du bistrot. Il avait vu les commis, à la tête desquels marchait le Maurice, traverser la place et se diriger vers la ferme au Bernard Tainturier. Charles s'était mordu les lèvres, comprenant qu'il allait y avoir du grabuge. À tous les coups, c'était la suite des imbécillités que le Tatave avait sorties. Y avait du sérieux dans l'air.

Après un instant de flottement, la plupart des consommateurs — et même le Sandrot — avaient déserté le bistrot pour suivre — à petite distance — les Theuvenot. Charles avait failli se joindre à eux, mais il s'était tout à coup rendu compte que le Titisse dégageait les lieux et, contournant le café par l'arrière, filait vers les collines. Son sang n'avait fait qu'un tour. Ce salopard, après avoir bien sali l'Émilie, comprenait qu'il avait eu la langue trop longue, et se rendant compte que les commis de son patron étaient plutôt énervés, mettait les voiles...

Charles eut un ricanement. C'était l'occasion qu'il attendait !

Le Charles sortit donc, après avoir attendu quelques instants. Il émit un sifflement léger et Trouduc arriva, tout frétillant. Le brave animal avait l'habitude, lorsque son maître s'attardait au bistrot, de s'adonner à quelque occupation canine, mais il ne demeurait jamais bien loin, et rappliquait toujours au premier rappel, des fois qu'on s'en aille à la chasse...

Ce soir, c'était un autre genre de chasse. Alors que le soir tombait, Charles laissa le Titisse l'entraîner au-delà des plus hautes maisons de La Paulée, là où la lisière de la forêt descendait au plus près de la côte, prélude aux vastes étendues boisées menant au bassin du Creusot. Le braconnier apprécia. Le Titisse ne choisissait pas la ligne la plus droite, ou la plus simple, pour se forlonger. Comme un vieux sanglier, il menait la chasse sur une mauvaise voie. Il ne se rabattrait sur sa vraie ligne de fuite qu'après avoir multiplié les fausses pistes... C'était bien pensé. Seulement lui aussi, il avait la ruse. Lui aussi connaissait les habitudes du gibier. Il ne se laisserait pas avoir.

Charles suivit un long moment le Titisse, prenant bien garde à se dissimuler dans les buissons ou derrière les rangs de baliveaux lorsque l'autre, méfiant, jetait quelque regard par-dessus son épaule. C'est ainsi qu'il vit le trimardeur s'engager dans un chemin que bornait une pierre levée, alors que le soleil était couché depuis un bon moment à présent. En forêt, il faisait déjà nuit.

— Attends un peu, Trouduc, ordonna le braconnier à mi-voix.

Le chien s'immobilisa, tout contre la jambe de son maître. Charles Roberjot demeura un instant à suçoter sa moustache, observant la sente par où avait disparu le trimardeur. Il hocha deux fois la tête, et se fendit d'un petit sourire. Puis, franchissant le fossé qui longeait le chemin, d'un bond allègre démentant sa boiterie, il s'engagea dans le sous-bois même.

Il allait avoir une drôle de surprise, le Titisse, au débouché de la route...

Une bonne heure s'écoula, durant laquelle le braconnier, précédé de Trouduc, s'enfonça dans la forêt, escaladant des pentes parfois raides, avant de redescendre à travers des combes obscures, serpentant au milieu de massifs de fougères, longeant des rus tortueux, enjambant des troncs abattus couverts de mousse. Il allait sans hésiter, en parfait homme des bois. Trouduc folâtrait devant lui, attentif aux effluves champêtres — ce qui devait agréablement le changer des remugles de son domicile habituel.

Soudain, alors que la nuit était à présent pleinement installée, le chien s'arrêta, truffe au vent.

— Du calme, murmura Roberjot entre ses dents. C'est peut-être ben le Titisse !

Le braconnier s'avança à pas de loup, en direction d'une clairière entourée d'épais fourrés, et qu'un reste de clarté rendait discernable à travers la pénombre. Il eut alors une grande surprise. Ce n'était pas le Titisse, mais bel et bien... le Fernand, ce fameux sanglier qui faisait rêver tous les chasseurs du canton — lui comme les autres. L'énorme animal ne l'avait pas éventé, ni entendu venir, et le Charles s'en vota moralement des félicitations, tout en rageant tout bas, d'une rage qu'il ne se souvenait pas avoir jamais connue de sa vie. C'était point possible ! Ce foutu cochon, combien de fois qu'il l'avait pas pisté, traqué, suivi ? À quelle stratégie n'avait-il pas réfléchi des dizaines et des dizaines de fois pour établir LE plan qui lui permettrait de le surprendre ? Et toujours pour rentrer chez lui bredouille, crotté, épuisé, frustré, la cartouchière remplie et la besace vide... Et voilà que ce soir, le Fernand, il le découvrait en train de se soulager une démangeaison en grattant sa couenne contre un tronc de chêne, à pas dix mètres, à découvert, lui présentant son meilleur profil, juste placé pour recevoir la décharge de plomb... mais lui, Charles Roberjot, dit Charlot-la-Braconne, *il n'avait pas emporté son fusil !*

L'espace d'un instant, Charles Roberjot crut qu'il allait en étouffer de colère impuissante, et il se demanda même s'il n'allait pas courir sus au sanglier armé de son seul couleau... Puis, d'une façon qui l'étonna lui-même, ce fut le sentiment exactement inverse qui le submergea. Stupéfait, il se sentit soulevé d'un extraordinaire élan de sympathie, presque d'affection, pour le solitaire qui continuait de se gratter en grommelant de sourdes imprécations porcines. Le braconnier demeura équeûbi, heureux de se rendre compte que le brave sauvait sa peau, que la chance était pour lui, ce soir. Mais pour lui aussi, sacré nom de Dieu ! Car c'était une belle et bonne chance, que d'avoir pu surprendre cette bête en plein cœur de son territoire, et de la contempler ainsi, magnifique et sauvage dans cette nuit d'automne, inconsciente de sa présence. Combien, à La Paulée, pouvaient se vanter d'un tel exploit ? Un exploit qui valait bien autant qu'un coup de fusil et une mise à mort.

Trouduc tremblait de tout son corps, appuyé contre le mollet de son maître, mais, bien dressé, il n'émettait même pas un gémissement. Roberjot se pencha doucement et le flatta, pour le calmer. Le chien était tout hérissé, mais, obéissant, il s'assit. Charles sourit, songeant au Glaude Montcharmont et à la discussion qu'ils avaient eue, tous les deux, quelques jours plus tôt. Oh, comme il aimerait lui raconter ce qui était en train de se passer. Juste pour voir la bobine du vieux... Mais pour sûr le garde ne le croirait pas. D'ailleurs personne ne le croirait. Alors, le mieux, ce serait qu'il garde ça pour lui. Dans le fond, le Fernand lui appartiendrait encore un peu plus...

De longues minutes passèrent. Enfin, bien qu'il fût au vent et très occupé à se débarrasser de ses parasites, le sanglier leva sa hure et huma longuement l'air nocturne. Charles sourit. Le bestiau avait noté quelque chose d'anormal. Sacrebleu, il y avait mis le temps !

— Poum, murmura le braconnier dans sa moustache. C'est comme si que j't'avais eu, mon tout beau !

Il n'avait pas parlé bien fort. Mais le résultat fut immédiat. Le Fernand grogna... et puis ce fut comme s'il n'avait jamais été présent. Il s'évanouit dans l'obscurité de la nuit, et il ne subsista plus, de son passage, que le tronc clair de l'arbre écorcé contre lequel l'animal avait frotté ses soies.

Charles sortit de son buisson et s'avança jusqu'à la place où s'était tenu le cochon. Il se pencha, sa main alla fouiller les ronces... et ramena un bouquet de poils raides et drus. Le braconnier les porta à ses narines, les renifla longuement, puis les rangea dans sa poche de veste, comme une précieuse relique. Il adressa un signe de main à la forêt, comme pour la saluer, siffla Trouduc et reprit sa quête...

Charles marcha encore une bonne heure, traversa une corne de forêt, et déboucha sur un chemin encaissé. Il s'arrêta, écouta. Trouduc émit un grognement, et le braconnier se rejeta derrière le tronc d'un chêne, son cœur battant plus vite, tandis qu'une sombre satisfaction le submergeait. Il avait bien calculé son coup ! Personne pouvait mieux connaître la forêt que lui ! Et en tout cas pas un gars d'empi, un ventre-jaune ! Ah, ça non !

La silhouette qu'il attendait se matérialisa, au

coude du chemin qu'il surplombait. Charles attendit une seconde... et bondit à découvert, serrant fortement sa canne de cornouiller dans son poing. Il leva les bras.

— Alors, gronda-t-il, qu'est-qu'tu fais là, le Titisse ?

Le trimardeur s'était immobilisé. À pas lents, Charles s'avança.

— J'crois pas qu'on vendange dans c'coin-là, grinça-t-il. Tu te s'rais pas trompé d'chemin, des fois ?

Le visage du Titisse était blafard, dans la lueur de la lune qui se levait.

— Qu'est-ce que ça peut t'foutre ? gronda le Bressan, d'une voix qui se voulait agressive, mais qui ne sonnait pas des mieux assurées.

— C'que ça m'fout, gronda Charles, c'est déjà que j'aime pas qu'tu viennes me voler mon gibier ! Et pis j'aime pas, mais alors encore moins, qu't'ailles raconter des saletés sur une gamine !

— Mais...

— Ferme ta gueule, le Titisse, ou bien tu pourrais tâter d'ma canne ! J'étais chez le Sandrot, quand qu't'as causé, et j'te dis qu't'es un beau fumier ! Pace que même si c'est vrai qu'la petiote elle s'est biquée avec l'aut'beuzenot, eh ben, c'est pas des choses qu'on va dégoiser quand on est un homme qui s'respecte ! Surtout venant de toi, que tout le pays y sait qu'tu fais le maquereau avec la pouffiasse qu't'as ramenée... Alors j'ai qu'un conseil à te donner : c'est de te tirer vite fait ! Autrement, j'te promets que j'te file un coup de trique en pleine gueule que t'auras même pas le temps de sortir ton couteau comme t'as la sale habitude de faire !

Le Titisse avait baissé la tête. Roberjot serra plus fort sa canne. À côté de lui, Trouduc grondait et montrait les dents.

— J'sais c'que j'ai vu..., essaya de protester le trimardeur.

— Moi, j'veux pas l'savoir. Alors, t'as compris ou pas ?

Haineusement, Titisse dévisageait son interlocuteur. Il ne payait pas trop de mine, Charles Roberjot, mais sa voix vibrait d'une telle résolution que le trimardeur recula.

— C'est bon, c'est bon..., grommela le vagabond. De toute façon, je m'en allais. Alors c'est pas la peine d'en faire toute cette histoire ! Laisse-moi passer et on en causera plus.

Charles fit un pas de côté, sans abaisser sa canne.

— Sûr qu'on en causera plus, grinça le braconnier. Pac'que si tu t'avises de remettre les pieds dans l'coin, j'te fais ton affaire ! Tu piges ?

Le Titisse grommela quelque chose d'indistinct, passa devant son interlocuteur et se hâta le long du chemin.

Roberjot suivit des yeux son ennemi retraitant piteusement. Il se sentait presque aussi heureux que pendant le moment sacré où il avait pu contempler le Fernand dans sa bauge. Ce gars d'empi ! Il avait vu de quel bois ils se chauffaient ceux de riaume ! Sûr qu'on le verrait plus avant longtemps de ce côté-ci de la Saône ! Bon débarras !

Le braconnier se mit à rire. Quel dommage que le Glaude Montcharmont n'ait pas été là pour voir ça ! Dans le fond, c'était comme si lui, Charles Roberjot, avait, pendant un moment, été le dépositaire de son autorité ! Y avait d'quoi se sentir fier !

Avec au cœur la satisfaction du devoir accompli, Charles se détourna, rentra à nouveau dans la forêt, et prit tranquillement le chemin de sa hutte. Mais la soirée de devait pas s'arrêter là. Une heure plus tard, le Trouduc se mit à gronder, planté devant un buisson. Roberjot s'approcha... et découvrit un beau lapin qui remuait encore, à demi étranglé dans un collet. Le braconnier se pencha et assomma l'animal d'un bon coup de poing derrière les oreilles, après quoi il le fourra dans sa carnassière.

Ironie de l'histoire : ce n'était pas lui qui avait posé le collet. C'était un de ceux du Titisse !

L'Émilie

Misérable, le cœur gros, Émilie pénétra dans la cour de l'école. Il avait fallu toute l'énergie de sa mère, et même quelques paroles autoritaires bien senties, pour la décider à y aller. La petite aurait voulu demeurer à la ferme, y vivre son chagrin après la mort de Tambour, mais Marinette s'était montrée inflexible... Et après tout, songeait l'enfant, elle avait peut-être eu raison. À voir la tête de mémé Cadie, lorsqu'elle était allée prendre son petit déjeuner auprès de son aïeule, la journée serait pour sûr sinistre. À l'école, au moins, elle aurait de quoi distraire ses pensées.

Il ne faisait guère beau. D'un pas traînant, elle se dirigea vers le préau. Elle se rendit alors compte que tous les regards, de tous les autres écoliers, des plus petits aux plus grands, étaient braqués sur elle. Elle s'arrêta net, ne comprenant pas les raisons d'une telle attitude. Il y avait de l'hostilité, dans ces yeux, mais également autre chose, de plus sournois, qui la mit mal à l'aise.

Elle s'approcha de sa meilleure amie, Nicole Chabert, la fille de Mélanie, la coiffeuse. L'autre la regarda survenir sans marquer le moindre plaisir.

— Qu'est-ce qui se passe ? questionna Émilie. J'vous ai vendu des poires qui voulaient pas cuire ?

La Nicole la fixa, l'air revêche.

— Y z'en ont fait de belles, les gars d'chez toi ! répliqua-t-elle. Tu peux faire la fière !

Émilie ne faisait aucunement la fière, et cette attaque la déconcerta. Elle n'avait pas idée de ce qu'avaient pu faire les gars « d'chez elle ». Elle se souvenait seulement, de façon assez vague, de les avoir entendus qui rentraient, tard dans la nuit, à la ferme.

— Ben, qu'est-ce qu'y z'ont fait ? demanda-t-elle.

Ce fut un des garçons, le Jean Taillefer, qui répondit :

— Y z'ont à moitié tué le Bernard Tainturier ! C'est des vrais brutes ! Mon père, y dit comme ça qu'vous méritez tous la taule, les Theuvenot !

Émilie détestait Jean Taillefer. C'était un garçon qu'avait de mauvaises manières, toujours à raconter des messes basses et à dire des cochonneries. Elle riposta :

— Le Bernard Tainturier, c'est bien fait pour lui ! Il a tué not'chien !

— Bon débarras ! Une carne pareille !

Quoi qu'elle en eût, Émilie ne put empêcher des larmes de lui monter aux yeux. L'autre s'en aperçut, qui se mit à ricaner et en rajouta :

— Vot'chien, y courait toujours sur les brisées des autres. Y a longtemps qu'on aurait dû y tirer un coup d'fusil !

Rageuse, Émilie fit un pas vers le garçon. Mais celui-ci était bien plus grand et plus fort qu'elle, et ne s'en laissa pas conter.

— Et si y avait seulement qu'vot'putain de cabot, ajouta-t-il d'une voix emplie de sous-entendus.

Des rires fusèrent, qui achevèrent de désarçonner Émilie. La fillette fixa les visages de ses camarades, les trouva changés. Elle avait du mal à les reconnaître. Ils sourdaient l'hostilité. Elle hésita, ne sachant comment riposter. Jamais encore elle ne s'était trouvée en position de devoir faire face à autant d'ennemis.

À ce moment, Mademoiselle Rosette apparut, et se mit à sonner véhémentement de la cloche. Un peu soulagée, mais toujours aussi sombre, Émilie alla se mettre en rang... remarquant que Nicole allait se placer auprès de Solange Chantrault pour éviter de se retrouver à côté d'elle. Elle serra les dents, farouchement déterminée à ne pas laisser voir son chagrin. En plus, elle avait mal au ventre. Mémère Hyéhiette n'était pas réveillée lorsqu'elle était partie pour l'école. Elle n'avait donc pas pu lui concocter une de ses tisanes... Si elle devait avoir mal comme ça tous les mois... Elle préférait l'époque où elle était petite fille !

Les écoliers entrèrent et gagnèrent leurs places. Mademoiselle Rosette entra à leur suite, et rejoignit son pupitre, sur l'estrade. Mais elle demeura debout, fixant ses élèves. Émilie la fixa également et fut surprise de lui découvrir un visage défait, pâle, des traits tirés qui la vieillissaient. Ses yeux étaient cernés, et deux petites rides encadraient les commissures de ses lèvres.

Soudain, avant qu'elle prenne la parole, Nicole Chabert leva la main. Émilie se tourna à demi vers sa voisine de banc. Elle avait peur de deviner les paroles que sa camarade allait prononcer.

— Oui, Nicole ? dit Mademoiselle Rosette. Qu'y a-t-il ?

— Est-ce que je peux changer de place, mademoiselle ? D'ici, je vois pas bien au tableau !

Émilie baissa la tête, les yeux brûlants. Elle entendit plusieurs élèves ricaner, chuchoter...

— Silence ! clama Mademoiselle Rosette, d'une voix que nul ne lui connaissait, et qui fit cesser net les chuchotis. Nicole Chabert, je crois savoir que tu es à cette place depuis trois ans, et tu ne t'es jamais plainte de ne pas voir le tableau. Est-ce que cela veut dire que ta vue a subitement baissé ?

La Nicole ne pipa mot, mais rougit, impitoyablement décortiquée par le regard de la maîtresse.

— Nous verrons cela, reprit Mademoiselle Rosette. En attendant, nous allons commencer la classe par un peu de morale... Comme vous le savez tous, il s'est passé hier, au village, quelque chose de très grave. Je veux que chacun d'entre vous y réfléchisse.

L'institutrice se tourna vers le tableau noir, saisit un bâton de craie, et se mit à écrire, usant d'une calligraphie parfaite, à la fluide limpidité, la phrase suivante : « La colère est mauvaise conseillère. »

Alors qu'un silence de mort régnait dans la salle de classe, elle se retourna, essuya ses mains maculées de poudre de craie à un chiffon et dit :

— Qui peut me commenter cette maxime ?

Le silence persista un long instant, puis on entendit la voix ricanante du Jean Taillefer, qui croyait murmurer pour son voisin, mais cela porta bien au-delà de ce qu'il aurait voulu :

— En tout cas, pas c'te salope d'Émilie Theuvenot !

Mademoiselle Rosette parut se statufier. Et puis, brusquement, elle fit quelque chose qu'elle n'avait encore jamais fait, depuis treize années qu'elle enseignait à La Paulée. Elle descendit de son pupitre, se dirigea droit vers le gamin et, sèchement, le gifla sur les deux joues.

— On ne dit pas « c'te », grinça-t-elle à l'endroit du garçon pétrifié de surprise. Tu resteras en retenue après la classe et tu me copieras cent fois la liste des articles démonstratifs !

Elle retourna à son pupitre, et laissa peser un lourd et noir regard sur sa classe figée.

— Je vous écoute, dit-elle. Qui parle le premier ? (Devant le silence persistant, elle darda un doigt en direction de Nicole.) Toi, Nicole Chabert... Je t'écoute !

Émilie suivit à peine la classe. Elle était trop bouleversée par ce qui venait de se produire. Recroquevillée sur son banc, les yeux fixes, elle avait l'impression que le cauchemar se poursuivait. Jean-Bernard parti, son malaise physique, le Tambour tué... et maintenant elle-même mise à l'index, humiliée, traitée d'un nom qu'elle ne voulait même pas répéter dans sa tête. Que se passait-il ? Pourquoi son monde avait-il basculé ? Pourquoi Mademoiselle Rosette, malgré l'application qu'elle mettait à faire son cours, se montrait-il si nerveuse, agressive envers sa classe ? Et ces regards, qu'elle sentait peser sur elle...

L'heure de la récréation arriva. Elle n'avait aucune envie de se retrouver sous le préau en compagnie de ses camarades. Elle n'osa cependant pas inventer un quelconque prétexte pour demander à l'institutrice de rester dans la salle de classe. Elle pressentait qu'elle serait mal reçue...

Émilie s'en alla donc dans la cour, le pas traînant, la mine morose. Instruite par l'expérience, elle n'essaya pas de se mêler aux autres enfants. Même les plus petits, ceux qui suivaient la classe assis autour de leur table ovale, la dévisageaient d'un drôle d'air. Elle se retira au contraire dans le coin le plus éloigné de la cour, derrière la cabane des toilettes — mais pas trop près quand même à cause des odeurs. Là, appuyée contre le mur d'enceinte de l'école, elle attendit, les yeux baissés, que sonne la cloche annonçant le retour en classe.

Soudain, elle perçut une présence. Elle releva la tête... et aperçut le Jean Taillefer en compagnie de trois autres garçons. Tous quatre la regardaient, silencieux, et la mine qu'ils faisaient, sans qu'elle sache pourquoi, fit couler une onde glacée dans les veines de la fillette...

La bouche tremblante, le ventre plus douloureux encore qu'en début de journée, Émilie fixa les garçons. Aucun d'entre eux ne parlait, et ce fut ce silence, plus que tout le reste, qui acheva de terroriser la fillette.

— Qu'est-ce... que vous me voulez ? demanda-t-elle, la voix tremblante. Laissez-moi tranquille !

Jean Taillefer ricana et fit un pas vers elle.

— T'es contente, de m'avoir fait punir, hein, saleté ? gronda-t-il.

Émilie voulut protester, arguer qu'elle n'y était pour rien, que si le Jean n'avait pas causé — pardon, « parlé » — il n'aurait pas été puni... Mais elle sentit la vanité de ses protestations. Une bouffée de colère monta en elle, plus forte que sa peur. Elle rendit son regard au garçon et riposta :

— Ouais ! Aussi contente que toi d'savoir que le Tambour, il est mort !

Jean Taillefer ne devait pas s'attendre à ce qu'elle se rebiffe, car il en resta un instant muet. Il devint tout rouge et se rapprocha encore d'Émilie, les poings serrés. La petite jeta un regard éperdu en direction du préau. Elle se rendit compte alors que les autres enfants étaient tous très occupés, tournaient le dos à la scène, discutaient entre eux... Elle se mit à trembler. Aurait-elle le temps de bondir, de se sauver jusqu'en la salle de classe ? Pourquoi Mademoiselle Rosette n'apparaissait-elle pas ?

Devinant ses pensées, pressentant qu'elle voulait s'enfuir, les quatre garçons se rapprochèrent, la cernant.

— Et quand t'as biqué avec le Jean-Bernard Gautheron, t'étais aussi contente, sale putain ? lui cracha Jean, en pleine figure.

Éberluée, ses yeux s'écarquillant de stupeur, Émilie fixa le garçon. Celui-ci se mit à ricaner.

— Pas la peine de faire cette gueule ! « On » vous a vus, sur les teuhs, en train de vous envoyer en l'air ! Il t'a bien sautée, ton berdin ?

Folle de rage et de honte, Émilie se mit à pleurer. Ce n'était pas possible ! Elle était vraiment en train de faire un cauchemar ! On ne pouvait pas lui dire une chose pareille !

— Oh, la chougnouse ! se moqua l'un des garçons.

— Une chougnouse qui couche, c'est une treue ! reprit le Jean. T'es une treue, l'Émilie ! Une sale treue !

Émilie poussa un cri de fureur. Sa main droite se détendit, les ongles en avant. Jean Taillefer recula, une joue zébrée de quatre lardes parallèles. Mais les trois autres garçons se jetèrent sur Émilie, la saisirent sous les bras, domptant ses soubresauts de chat sauvage. La petite était trop en rage pour seulement songer à hurler, à appeler au secours. Elle tentait vainement de décocher des coups de pied au Jean, qui s'était reculé et essuyait son visage rougi de sang.

— Sale pute ! jura le garçon. Sale garce de pute... (Il adressa un signe à ses acolytes.) Emmenez-la derrière les chiottes !

Les garçons entraînèrent Émilie, qui se débattait toujours. La petite sentit soudain qu'on lui enfonçait quelque chose dans la bouche : un mouchoir, sale, qui lui donna la nausée. Alors seulement elle essaya de crier, mais en vain.

Jean Taillefer s'approcha à nouveau d'elle.

— Tu vas payer, l'Émilie ! gronda-t-il. Ça, je te jure que tu vas payer !

Il leva la main et lui assena une telle gifle qu'Émilie en tituba. Elle se fût effondrée si les autres garçons ne l'avaient pas soutenue.

— Ça, c'est pour la première claque que m'a flanquée l'autre salope ! gronda Jean.

Il avait cogné si fort qu'Émilie était à moitié assommée. Elle avait cru que sa pommette éclatait sous l'impact. Son œil droit était à demi fermé. Les garçons qui la tenaient gloussaient de rire. Prenant bien son temps, savourant son plaisir, Jean Taillefer leva à nouveau la main.

— Et maintenant, tu vas comprendre, dit-il, d'une voix où vibrait une jubilation débridée. Quand j'en aurai fini avec toi, même ton beuzenot y voudra plus te regarder !

— Dis donc, Jean, suggéra alors un des garçons, après, on lui chipera sa culotte, à cette pute !

Ces dernières paroles, plus encore que l'épouvante, la rage et la douleur fouettèrent le sang d'Émilie, lui donnant un surcroît d'énergie... Elle se tordit et rua avec une telle sauvagerie que son talon atteignit, juste au bon endroit, un de ses tortionnaires. Le garçon poussa un hurlement de douleur et la lâcha. Émilie en profita. Elle se dégagea de l'étreinte d'un second garçon, recracha son bâillon. Cette fois, elle mordit à pleines dents le gras de l'épaule la plus proche de sa bouche. Un nouveau cri retentit. Elle frappa alors, des poings, des pieds. Et surtout, elle hurla, de toute la force de ses poumons.

Elle distingua le visage furieux de Jean Taillefer. Elle haletait, sanglotait, mais, adossée à la cloison de planches des toilettes, elle fit face aux garçons, toutes griffes dehors. Échevelée, blême, elle devait avoir l'air particulièrement redoutable, car aucun des quatre bravaches ne tenta de s'avancer.

Un léger raclement de gorge se fit entendre, et les cinq protagonistes de la scène tournèrent la tête. Ils découvrirent un des petits, qui les regardait, sans comprendre, tout en se rajustant. Émilie comprit, en un éclair, que le gamin devait se trouver aux cabinets, pendant que le Jean et ses acolytes tentaient de la brutaliser.

— Qu'est-ce vous faites ? demanda le petit.

— Va chercher Mademoiselle Rosette ! cria Émilie. Va vite !

Le garçonnet ne bougea pas. Jean Taillefer gronda :

— File, espèce de merdeux ! Ou je te casse la tête !

Grosse erreur. Le petit devait être impressionnable. Au lieu de filer, il se mit à pousser des cris perçants, si aigus qu'ils vrillèrent littéralement les oreilles d'Émilie. Jean Taillefer poussa un juron, comprenant que son coup était raté. Déjà l'un de ses compères avait décampé.

— Saleté ! jeta-t-il à Émilie. Tu perds rien pour attendre ! (Il ajouta, pour le petit :) Et toi non plus, espèce de merde !

Les garçons filèrent. Émilie s'adossa aux latrines, toute tremblante. Une silhouette apparut alors, à l'angle de l'édicule : Mademoiselle Rosette, tout essoufflée, la peau très blanche.

— Émilie, s'exclama-t-elle, qu'est-ce qui s'est passé ?

Émilie poussa un faible cri, et se précipita, en pleurs, dans les bras de la maîtresse d'école.

— Ma... ma... demoiselle..., articula-t-elle, avec mille difficultés. Ils... ils m'ont... battue !

Elle ne put en dire plus. Rosette referma ses bras sur elle.

— Oui... oui, Émilie, murmura-t-elle, d'une voix si lasse qu'elle ressemblait à celle d'une vieille femme. Je sais... je sais ce qu'ils t'ont fait... et ce qu'ils auraient bien voulu te faire.

Émilie claquait des dents, et tout son corps était secoué comme par des décharges électriques. Elle entendit, dans un rêve, les propres sanglots de Mademoiselle Rosette.

— Mon Dieu... mon Dieu, murmurait la maîtresse comme pour elle-même, pourquoi donc les humains veulent-ils faire de ce monde un enfer ?

*

Les hommes étaient au travail au cuvage — sauf le Titisse Perraudin, mais son absence n'avait pas paru étonner le Maurice et les commis. Quant à la Cadie, elle se fichait complètement de savoir où se trouvait le trimardeur. La Cadie n'avait que de l'amertume, de l'émotion et du chagrin au fond du cœur. L'instant de tendresse de la veille au soir, avec le Glaude, la rebeuillait encore. Pourquoi donc, avec l'âge, avaient-ils perdu l'habitude de se dire des gentillesses, de se biser et de montrer qu'ils s'aimaient toujours ? Ben oui... le travail à la ferme... Allez donc vous faire des goguenettes quand un orage de grêle, éclatant sur la vigne dix jours avant les vendanges, vous détruit les trois quarts de la récolte, ou bien quand la vache met bas un veau mort-né ou que les lapins crèvent du gros ventre...

Pourtant, le travail, c'était encore la meilleure façon de point penser... À dix heures, la Cadie se tourna vers Marinette.

— J'vais au lavoir, dit-elle à sa bru. Les Boches y repartent demain, faut que leurs affaires, elles soyent propres !

Marinette considéra sa belle-mère avec un étonnement certain. Il n'était pas dans les habitudes de la vieille dame de lui rapporter ce qu'elle avait l'intention de faire.

— Vous ne voulez pas que j'y aille à votre place, la Mère ? proposa-t-elle.

— Non... Occupez-vous plutôt des fromages. Y a le lait à présurer.

— Comme vous voulez.

La Cadie sortit et Marinette haussa les épaules. Après tout, il était peut-être normal que sa belle-mère veuille se retrouver un peu seule.

Poussant sa brouette, la Cadie arriva au lavoir. Elle y découvrit Raymonde Taillefer, la mère de l'Angèle et du Jeannot, en compagnie de Sidonie Petitjean, la femme au Tatave, de Mauricette Bergelin et de la Jacqueline Raquillot. Elle en fut contrariée. Elle aurait préféré ne rencontrer personne, ce matin. Elle ne se sentait pas le courage de faire la causette. Mais il était trop tard pour reculer. Les quatre commères avaient interrompu leur bavardage, et la regardaient survenir, la couvant avec des regards mitigés, mélange de gourmandise, d'hostilité et de sournoiserie. Mais la Cadie avait le caractère assez bien trempé pour ne pas craindre d'affronter des payses, si jamais ces dernières la cherchaient. Aussi les salua-t-elle sobrement et s'installa-t-elle au bord de la pierre du lavoir, disposant le savon et le battoir à côté d'elle, puis saisissant une chemise et la faisant tremper.

Elle commença sa lessive, affectant de ne pas se préoccuper des regards posés sur elle. Au bout de quelques instants, les quatre femmes se remirent à leur travail... et à leur bavardage, sur un ton soigneusement étudié afin qu'elle n'en perde miette.

La Cadie demeura impassible, alors que les quatre langues déversaient leur fiel à propos du passage à tabac du Bernard Tainturier. Sans aucun état d'âme, la mémé apprit ainsi que son Maurice et les commis s'étaient conduits comme de véritables fauves, des barbares, des brutes, qu'ils avaient tout cassé chez le Bernard, qu'ils avaient brisé férocement chacun des os du malheureux et que si Mademoiselle Rosette, Môssieu le Curé et le Glaude Montcharmont n'étaient pas intervenus à temps, ils lui en auraient à coup sûr brisé encore d'autres — que Dieu n'avait apparemment pas songé à inclure dans le squelette des humains.

Les commentaires sur les agissements du clan se poursuivirent durant un bon moment, sans que la Cadie réagisse. Avec amertume, la mémé songeait que, jusqu'à la veille, le Bernard Tainturier n'était guère aimé des Pauléens, mais, qu'à présent, il passait pour une malheureuse victime. C'était tout juste si on ne le parait pas de toutes les vertus. À sa colère s'ajouta un brin de perplexité. Pourquoi cet acharnement contre sa famille ? Ce n'était pas la première fois que des paysans s'attrapaient, parfois même avec une réelle sauvagerie, et ça ne faisait pas jaser de cette façon. Il devait y avoir autre chose. Mais quoi ? Elle n'allait pas s'abaisser à questionner les quatre harpies, mais elle aurait bien aimé comprendre...

Il y eut enfin comme une pause dans les commérages des quatre femmes. Pendant un temps, on put croire qu'elles n'allaient plus se consacrer qu'à leur lessive. Mais, tout à coup, la Raymonde reprit, pour la Sidonie :

— Faut dire que dans certaines familles, le vice il est collé à la peau !

— Ouais, riposta l'autre bonne femme. Et d'puis l'enfance !

Là, pour la Cadie, ce fut trop. La mémé reposa son battoir et tourna la tête vers les commères :

— Bon, gronda-t-elle, vous en avez assez dit comme ça. Qu'est-ce que vous avez sur l'cœur ?

Ses compagnes de lessive n'attendaient évidemment que cette réaction de sa part. La Jacqueline Racquillot la toisa et répliqua d'un ton sarcastique.

— Oh, mais on sait d'quoi qu'on cause !

La Cadie la fusilla du regard.

— Mais moi, justement, j'sais pas ! Alors si vous avez quelque chose à m'dire en face, c'est le moment. Parce que les hypocrisies comme vous dégoisez depuis tout à l'heure, c'est rien que des mensonges et les raconter, eh ben, ça vous fait puer d'la gueule !

Les commères blêmirent devant l'attaque de la mémé. La Cadie attendit, renfrognée, les yeux durs, sans la moindre crainte apparente de se voir seule contre quatre.

— On pue p'têt'd'la gueule, gronda la Raymonde Taillefer, mais dans nos familles, on a d'la vertu !

La Cadie éclata d'un rire méchant. La Raymonde ! Venir dire une chose pareille !

— Ah oui, se moqua la vieille. Surtout avec ton Angèle qu'a autant d'courailloux que l'curé peut en bénir !

Raymonde Taillefer devint toute rouge.

— Elle a peut-être des courailloux, mais c'est d'son âge ! Pas comme une que j'connais...

— Et on peut savoir de qui tu causes ?

La commère ricana et donna du coude à la Sidonie, qui pouffa à son tour.

— Parce que t'y sais pas ? se moqua la Jacqueline Racquillot.

La Cadie se sentit tout à coup mal à l'aise, et redouta un nouveau coup dur. Elle réalisait que ses compagnes l'avaient menée juste là où elles voulaient, mais n'en comprenait pas encore la raison.

— Et qu'est-ce que j'devrais savoir ? grommela-t-elle.

Les quatre femmes se mirent à rire, dégoulinantes de la même perfidie.

— Eh ben, qu'ta p'tite-fille, l'Émilie, c'est la dernière des salopes ! répondit Sidonie.

La Cadie eut l'impression que son cœur s'arrêtait de battre. Tout son sang s'était retiré de ses veines. Mais elle demeura d'un calme statuaire. Elle se contenta de fixer ses opposantes, dont les rires cessèrent vite, devant la dureté de son regard.

— Pas la peine d' faire tes gros yeux ! gronda nerveusement la Raymonde. T'auras qu'à demander au Titisse c'qu'il a vu, au-dessus de vot' clos !

— Même que c'était honteux ! ajouta Sidonie.

— Mais vous pensez, continua Mauricette — qui pourtant n'était pas la plus médisante des quatre —, avec une tante qu'est déjà putain, elle a d'qui tenir, l'Émilie !

La Cadie se leva lentement, frêle silhouette vêtue de noir, à la rude tignasse blanche tirée en chignon, aux mains pareilles à des serres, refermées sur le manche du battoir. Ce fut sans doute cette étreinte qui fit peur aux quatre laveuses. Le clan Theuvenot avait déjà mis à mal le Bernard... Qui pouvait savoir de quoi était capable la vieille ?

— Nous, on fait que te rapporter ! s'écria la Raymonde. Faut point t'mettre dans un état pareil, la Cadie !

— C'est le Titisse qu'a raconté !

— Et c'était peut-être des menteries... T'sais comment y sont, ces veurdailloux...

Lentement, Cadie contourna le lavoir et s'approcha des femmes blêmissantes.

— Qu'est-ce qu'il a vu, le Titisse ? demanda-t-elle, d'une voix qui tremblait — autant que sa main serrant le battoir.

— Ben... Écoute, Cadie...

— Qu'est-ce qu'il a vu ? hurla la vieille.

Les commères échangèrent un regard. Puis, d'un air parfaitement apitoyé et hypocrite, la Raymonde répondit :

— Ma pauvre Cadie... ce qu'il a vu... eh ben... ah, pour sûr qu'c'est un grand malheur... une honte...

— Cause, bordel de Dieu ! hurla la mémé qui, pourtant, de sa vie, en femme pieuse, n'avait jamais employé une telle expression ordurière salissant le Nom du Seigneur.

La Raymonde recula, impressionnée par la colère de l'aïeule. Mais puisqu'elle avait commencé de répandre son fiel...

— Ben... Il a vu... Il a vu... l'Émilie et le Jean-Bernard... qui s'biquaient !

La Cadie chancela. Ses doigts se relâchèrent. Le battoir chut sur le dallage mouillé. Un instant, la vieille crut qu'elle allait choir, elle aussi. Mais elle demeura debout, s'appuyant seulement, de la hanche, contre la margelle du lavoir. Les commères comprirent qu'elle était sonnée et, toute peur les quittant alors, reprirent leur propos apitoyés, mais se régalant jusqu'à la moelle :

— Ma pauvre Cadie... y est ben pas drôle à entendre, un malheur comme ça !

— Mais qu'est-ce tu veux, y en a, elles ont ça dans la peau...

— Et pis l'Jean-Bernard, ça serait point étonnant qu'il aurait d'jà vu sa sœur l'faire...

— L'Émilie... qui sait s'il l'a pas forcée... au moins au début... pac'qu'à douze ans... on connaît pas ces choses.

— Ou alors c'est qu'on a vraiment du vice !

La Cadie poussa enfin le cri qui lui taraudait la poitrine. Un long cri de souffrance et de haine, qui interrompit la litanie mielleuse des quatre femmes. La vieille chancela, tourna sur elle-même, portant ses mains à son visage. Elle fit deux pas... s'effondra à genoux.

— Émilie..., balbutia-t-il, d'une voix à peine audible. Ma... ma p'tiote... C'est pas vrai... Non ! C'est pas vrai...

Elle émettait des sanglots secs, sans larmes. Elle ne sentit pas les mains des sournoises qui se pressaient autour d'elle, n'entendit pas les voix qui s'exclamaient avec une fausse compassion. Mais, tout aussi soudainement qu'elle s'était effondrée, elle se redressa et repoussa les commères. Elle leur fit face à nouveau.

— Sales denrées ! gronda-t-elle à leur endroit. Foutues treues !

Les quatre femmes eurent le même haut-le-corps vertueux et se mirent à piailler.

— Comment qu'elle nous cause, cette vieille chouette !

— On est là à s'préoccuper d'son malheur et elle nous insulte !

— C'est pas étonnant ! Fais du bien à quelqu'un...

— Pas étonnant si les Theuvenot, c'est tous des brutes !

— Et des putains !

Mais la Cadie ne les écoutait même pas. Elle repoussa sèchement la Raymonde, si sèchement que la commère bascula le cul dans le lavoir. Il y eut une grande éclaboussure, des cris d'orfraie, mais la Cadie n'y prêta aucune attention. Abandonnant linge, savon, battoir et brouette, elle s'enfuit, le plus vite qu'elle pouvait clopiner, en direction de la ferme. Les Pauléennes la regardèrent faire retraite.

— Pour sûr qu'elle va en crever d'honte ! siffla la Raymonde se relevant, toute dégoulinante.

— Penses-tu, soupira Sidonie. La mauvaise herbe, ça a la vie dure !

*

Mademoiselle Rosette avait examiné la joue d'Émilie, déjà enflée, et lui avait même fait ouvrir la bouche pour regarder ses dents. Une canine de lait, quelque peu tardive, n'avait pas résisté à la gifle de Jean Taillefer, mais toutes les autres étaient intactes..

— Ça ne sera rien, avait soupiré l'institutrice, avant d'ajouter : tu vas avoir un bel œil au beurre noir !

Elle avait voulu se redresser. Émilie s'était accrochée à elle, désespérément.

— Ma... demoiselle, avait-elle gémi. J'ai... j'ai fait quelque chose de sale !

L'institutrice la dévisagea longuement.

— À ton âge, répliqua-t-elle, on ne fait jamais rien de sale. On ne fait que des étourderies.

Stupéfaite, Émilie dévisagea la jeune femme. Rosette n'avait plus sa mine fatiguée, terreuse. Elle semblait pourtant meurtrie, tout comme elle, mais ses yeux avaient repris leur limpidité.

— Si ! balbutia la petite. Avec Jean-Bernard, j'ai...

— Tais-toi, Émilie... Je te dis... non... je t'affirme, que tu n'as rien fait de « sale », comme tu le crois. Tu as fait quelque chose... que chaque femme fait un jour. Tu l'as seulement fait trop tôt... beaucoup trop tôt. Mais ce qui est fait est fait, et tu n'y changeras plus rien. Ce qu'il ne faut pas, c'est que tu te croies mauvaise ou perverse. Maintenant, réponds-moi en toute sincérité. Jean-Bernard et toi, avez-vous commis... l'irréparable ?

Émilie dévisagea la maîtresse, éberluée.

— L'irréparable ? C'est quoi, Mademoiselle ?

— Eh bien... c'est... Tu ne me comprends pas ? Vraiment ?

Émilie fronça les sourcils... et devint soudainement écarlate.

— Oh non, mademoiselle ! s'écria-t-elle. Oh non ! Ça... On ne l'a pas fait ! Oh...

Elle se cacha le visage entre les mains et se mit à sangloter :

— On l'a pas fait... on l'a pas fait... Je vous jure... on l'a pas fait !

Rosette soupira, profondément soulagée. Elle caressa la blonde chevelure de la fillette.

— Alors sois rassurée, Émilie. Il n'y a que demimal, et tu n'es pas sale du tout. Ce sont les autres, qui sont sales... Ceux qui te jugent et racontent des fables sans rien savoir de la vérité... Des garçons comme Jean Taillefer... Ils ne sont que haine et sottise... Hélas, ma petite Émilie, tu t'apercevras en grandissant que, parmi tous les gens que tu pourras rencontrer dans ta vie, la plupart seront comme lui... Tu viens de recevoir ta première blessure de femme. Tu en recevras d'autres... Heureusement, tu connaîtras des bonheurs qui les adouciront. Je t'en donne ma parole.

Émilie écoutait, le visage ruisselant de larmes et, malgré sa peine, elle ressentait une sorte de baume coulant en elle. De toute la force de son cœur, elle voulait croire Mademoiselle Rosette. Cette dernière lui essuya les larmes sur ses joues. Elle le fit très doucement, mais la fillette ne put s'empêcher de tressaillir. Elle avait très mal à la mâchoire.

— Tu vas rentrer chez toi, dit Rosette. Et demain, tu ne viendras pas à l'école. Nous nous reverrons jeudi... comme d'habitude. Entendu ?

Malgré elle, Émilie ne put s'empêcher de couler un regard en direction des autres enfants qui, regroupés de l'autre côté de la cour, contemplaient avidement la scène.

— N'aie pas peur, reprit Rosette d'une voix durcie. Ceux qui t'ont fait du mal, je m'en charge. C'est mon rôle. Viens..., nous allons chercher tes affaires, et puis tu rentreras...

Émilie reprit le chemin de la ferme, le pas pressé, la mine basse, avec au cœur un sentiment de faute, mais, pour dire le vrai, plus vif de savoir qu'elle manquait la classe que du souvenir de ses fredaines avec Jean-Bernard. Jamais encore elle n'avait fait l'école buissonnière et, même avec l'aval de Mademoiselle Rosette, elle se sentait effroyablement coupable. Mais elle était soulagée de ne plus devoir, pour ce jour, supporter les regards de ses camarades, entendre leurs méchancetés, subir leurs brimades. Mademoiselle avait dit vrai : elle venait de recevoir une blessure si profonde qu'elle savait ne jamais pouvoir l'oublier. Le mal resterait en elle, bien après que la douleur qui lui taraudait la joie se serait évanouie...

Émilie ne mit pas beaucoup de temps pour couvrir la distance séparant le bourg du hameau. Mais elle ralentit le pas en approchant de la ferme. Qu'allait-elle pouvoir raconter ? Elle ne tenait pas à révéler que Jean Taillefer l'avait battue. Dans l'état d'énervement où se trouvaient les siens, cela ne ferait qu'aggraver les choses. Elle haussa les épaules. Elle raconterait qu'elle s'était cognée en jouant... Le temps que les choses se tassent... Elle faisait confiance à Mademoiselle Rosette. Pour ce qu'elle avait pu en juger ce matin, toute la classe devait être en train de passer un sale quart d'heure. Quand elle retournerait à l'école, plus personne n'oserait s'en prendre à elle. On ne parlerait plus de tout ça...

Émilie franchit le portail de la ferme... et entendit alors de longs hurlements de souffrance. Son sang se glaça. C'était mémé Cadie qui pleurait !

Les Theuvenot

Comme dans un rêve — un cauchemar, plutôt — la Cadie avait regagné la ferme. Titubante, sans voir devant elle, au point qu'elle avait failli se faire accrocher par la voiture de Madame la Comtesse, en promenade de par les routes. Elle ne s'en était même pas aperçue, pas plus qu'elle avait entendu le coup de trompe rageur d'Alfred, le chauffeur.

La première personne à la voir, lorsqu'elle pénétra dans la cour de la ferme, fut Hildegarde. L'Allemande leva les yeux en l'entendant survenir, eut un haut-le-corps et se précipita vers elle.

— Gadie, s'écria la Bavaroise, was ist los ? Gu'est-ze gu-il y a ?

La Cadie ne répondit pas. Elle sanglotait, se tordait les mains, et des larmes coulaient sur son visage devenu crayeux. Affolée, Hildegarde appela, en direction de la maison :

— Marinette ! Marinette ! La Gadie elle est pas pien !

Marinette parut sur le pas de la porte, ses manches retroussées sur ses bras tachés de lait. Elle avisa sa belle-mère effondrée entre les bras d'Hildegarde, et se précipita à son tour.

— La Mère, s'enquit-elle. Ça ne va pas ?

La Cadie la regarda, tout comme si elle ne le reconnaissait pas, et eut une réaction violente. Elle la repoussa, alors que la jeune femme voulait la saisir par le bras :

— Ah vous, ne me touchez pas ! gronda la vieille. Le malheur... le malheur... sur not'famille... il est arrivé par vot'faute !

Abasourdie, Marinette dévisagea la vieille femme. La Cadie semblait comme folle et la dévisageait avec haine. Les hommes étaient apparus à la porte du cuvage, attirés par les cris de l'aïeule. Ils regardaient la scène avec le même ahurissement.

— Qu'est-ce que je vous ai encore fait ? grommela Marinette.

La Cadie ne lui répondit pas, mais se mit à pleurer, poussant des gémissements aigus et répétant, comme pour elle-même : « Le malheur... le malheur... »

Marinette s'alarma devant cette attitude incompréhensible. Alors que le Glaude et ses deux fils s'en venaient, elle secoua la vieille dame par l'épaule :

— Mais qu'est-ce qu'il y a, Cadie ? Répondez-moi !

— E... Émilie..., balbutia la grand-mère. Émilie...

Marinette sentit un coup de poignard de terreur lui déchirer la poitrine.

— Émilie ? cria-t-elle. Il lui est arrivé quelque chose ? Parlez ! Parlez, bon sang !

La Cadie secoua la tête.

C'est cet instant précis qu'une robe bleue apparut dans l'encadrement du porche. C'était Émilie...

La petite contempla un instant les siens, sans comprendre. Elle pouvait voir sa mémé prostrée entre les bras de m'ame Hildegarde, sa maman auprès d'elles deux, pépé, oncle Maurice et son papa à l'arrière-plan et, se tenant à la porte du cuvage, les commis et le Frérot. Elle en oublia sa douleur à la joue, l'humiliation qu'elle avait subie, son chagrin. Elle courut vers les femmes en criant :

— Mémé ! Mémé ! Qu'est-ce que t'as ?

En l'entendant crier, la Cadie tressaillit, s'arracha à

l'étreinte d'Hildegarde et se redressa. Son visage se convulsa. Émilie s'arrêta net, foudroyée par le regard perçant de sa grand-mère. Jamais encore son aïeule ne l'avait fixée de telle façon. Émilie songea — et le mot, dans sa tête, la fit rougir de honte — qu'elle n'était que de la merde. Rien que de la merde...

Marinette poussa un cri, oublieuse des piaillements de sa belle-mère, et courut vers sa fille. Elle tendit ses mains vers elle, mais n'osa pas la toucher. D'un index tremblant, elle montra sa joue :

— Émilie, murmura-t-elle, qu'est-ce qui t'est... arrivé ?

Émilie cligna les yeux. Marinette la prit contre elle, effleura son visage tuméfié.

— Émilie, insista-t-elle, dis-moi...

— Je... je m'suis... cognée, répondit la fillette, qui continuait de fixer sa grand-mère.

— Émilie...

Un grondement soudain coupa la parole à la jeune femme. Marinette voulut se retourner, mais se sentit bousculée au point d'en tomber sur les genoux. Affolée, elle vit la Cadie se planter devant sa petite-fille.

— Qu'est-ce t'as fait avec l'Jean-Bernard, spèce de p'tite PUTAIN ? hurla la grand-mère. Hein ? Qu'est-ce t'as fait ... *avec... l'frère d'ta mère ?* (La grand-mère n'avait apparemment pas pu prononcer le mot « oncle ».)

Émilie ouvrit la bouche, sans que le moindre son en sorte. Son visage était devenu aussi blanc que celui de sa grand-mère. Elle se mit à trembler. Marinette se releva d'un bond et la saisit par les épaules, dévisageant sa belle-mère avec un mélange de stupeur et de haine.

— Qu'est-ce que vous avez osé lui dire ? siffla-t-elle. Comment vous l'avez traitée...

— Et comment que j'la traiterais autrement ? C'est une... une...

La Cadie se remit à pleurer, et pointa un doigt accusateur vers la fillette titubante.

— L'a... l'a... fait..., l'a biqué... avec le Jean-Bernard..., râla-t-elle, comme à l'agonie. On... les a vus... Mon Dieu, mon Dieu... Qué vergogne ! Elle a fait ça... avec *un d'sa famille* !

Complètement abasourdie, Marinette baissa les yeux vers sa fille. La petite secouait la tête, convulsivement, et, de sa poitrine, s'échappaient de faibles râles. Instinctivement, Marinette la serra contre elle.

— Vous êtes folle ! cria-t-elle à sa belle-mère. Vous êtes complètement folle !

Par le fait, la Cadie semblait frappée de démence. La mémé n'écoutait pas sa bru, et répétait, alors que les hommes s'étaient approchés, la mine défaite :

— Elle est déshonorée ! C't'une honte ! Tout l'village y l'sait... L'a couché avec l'Jean-Bernard... On va nous montrer du doigt... La famille... la famille...

— Taisez-vous ! hurla Marinette sans le moindre succès.

La jeune femme saisit sa fille par les épaules, la força à la regarder. Mais la petite semblait comme fascinée par l'attitude de sa grand-mère, et ses yeux y revenaient sans cesse, tandis qu'elle claquait des dents et que tout son corps était secoué de tremblements.

— Émilie, dit Marinette d'une voix qu'elle s'efforçait de maîtriser, qu'est-ce que c'est que cette histoire ? Est-ce que tu as... qu'est-ce... Tu as fait quelque chose... avec Jean-Bernard ?

Livide, la fillette fixa sa mère. Ses yeux étaient perdus de larmes, chavirés. Marinette sentit son sang se retirer de ses veines.

— É... Émilie..., c'est pas vrai..., murmura-t-elle. Dis-moi que ce n'est pas vrai...

Émilie était incapable de proférer une parole. Elle

se contenta de secouer faiblement la tête. Un sanglot monta dans la gorge de sa mère.

— Mon Émilie..., non ! gémit la jeune femme. Oh non... je ne veux pas...

— Et comment qu'vous voulez pas ? hurla la Cadie, perdant toute mesure. Comment qu'vous voulez pas, avec une tante qu'est une putain ! Et vous, qu'avez été engrossée avant vot'mariage ! L'a eu l'bel exemple, vot'fille... Ah oui ! On peut l'dire ! Elle prend l'bon chemin... Elle commence tôt ! Et avec... avec...

— Maman..., gémit alors, enfin, Émilie, en se cachant contre la poitrine de sa mère. Maman...

La Cadie continuait de hurler. Le Glaude s'était approché d'elle et tentait de lui prendre le bras, mais elle le repoussa...

En d'autres circonstances, Marinette n'aurait sans doute pas perdu son sang-froid. Mais elle était elle-même à bout de nerfs, taraudée par l'angoisse de son ménage qui partait à vau-l'eau, par le sentiment de sa propre faute avec le Maurice et par les brimades qu'elle subissait depuis treize années. Qu'on lui mène la vie dure, qu'on ne lui manifeste aucun égard, qu'on la traite en esclave, elle réalisa tout à coup qu'elle n'en pouvait plus. Qu'on s'en prenne, de surcroît, à sa fille, quoi que la petite ait pu faire, et même si, au fond d'elle-même, elle comprenait que sa belle-mère n'était pas dans son état normal, voilà qui faisait déborder le vase. La jeune femme serra plus fort Émilie entre ses bras et riposta, rageuse :

— Fermez vot'gueule, spèce de vieille taupe ! Dites encore un mot et j'vous arrache la langue !

Il y eut un tressaillement général et même la Cadie en stoppa ses cris. Mais ce fut Marinette qui prit le relais :

— J'en ai soupé, de vous ! gronda-t-elle. J'en ai soupé, des Theuvenot ! Vieille garce ! Vous osez traiter vot'petite-fille de putain ! Vous devriez avoir la bouche qui vous pèle pour dire une pareille saleté ! Mais tout c'que vous savez cracher, c'est des méchancetés ! Vous avez pas d'cœur ! Vous êtes dure comme une pierre, vous êtes mauvaise et moi, j'en ai assez ! J'peux plus vous voir ! Vous m'entendez... J'peux plus vous voir !

Marinette se tourna vers son mari.

— Lucien, gronda-t-elle, tu vas dire quelque chose, oui ? C'est l'moment !

Lucien était livide. Il esquissa un geste.

— Marinette..., écoute..., marmonna-t-il.

Serrant toujours sa fille contre elle, Marinette fit deux pas vers son époux, se planta face à lui.

— Lucien, pendant treize ans, ta mère m'a insultée, humiliée, détestée... J'ai tout accepté parce que je t'aimais... Aujourd'hui, c'est à ta fille qu'elle s'en prend... Alors, elle, tu vas la défendre !

Lucien avalait sa salive, sous le regard farouche de sa femme. Il baissa les yeux.

— C'est pas si grave..., dit-il à mi-voix. Tout ça... c'est que des mots... T'énerve pas...

Marinette fit un pas en arrière, toisant son époux avec un si évident mépris que les autres hommes en baissèrent la tête. On put même entendre le Camille qui soufflait entre ses dents, d'un air dégoûté.

— Je ne m'énerve pas, Lucien, répliqua la jeune femme. J'suis calme...

Elle fixa les commis. Leur mine lui révéla tout à coup qu'ils savaient... Oui... Ils savaient.

— Qu'est-ce que vous connaissez de cette histoire, vous autres ? interrogea-t-elle sèchement.

Les employés ne répondirent pas. Au bout de longues secondes, ce fut Maurice qui parla, regardant sa belle-sœur bien en face.

— C'est le Titisse Perraudin qu'a raconté... des choses, dit-il. Comme quoi qu'il aurait vu... l'Émilie et l'Jean-Bernard, sur les teuhs... On voulait pas t'en causer... parce que... c'est même pas sûr qu'c'est vrai...

— Si c'est pas vrai, s'égosilla alors la Cadie, pourquoi qu'tout l'village y l'raconte ?

Marinette ne prêta pas attention à l'intervention de sa belle-mère. Son visage était si dur qu'il en était devenu méconnaissable.

— Je ferai la peau de c'fumier, siffla-t-elle.

— Sûrement pas, riposta Maurice. Le Titisse, j'en fais MON affaire. Tu t'en occupes pas !

Marinette cilla, comme si elle découvrait soudain son beau-frère sous un jour nouveau. Puis elle baissa les yeux vers sa fille. Doucement, elle demanda, effleurant du doigt l'ecchymose qui marbrait la joue de l'enfant :

— C'est à l'école qu'on t'a battue, n'est-ce pas, ma chérie ?

Émilie acquiesça. Son visage était inondé de larmes. Ses yeux oscillaient de sa maman à sa grand-mère, qui s'était détournée et sanglotait, sa figure appuyée contre l'épaule d'un Glaude blême, effondré, comme elle ne l'avait jamais vu auparavant, et qui faisait penser à un mort.

— Viens avec moi, Émilie, dit Marinette. Faut que je te soigne.

Elle entraîna sa fille, passant devant Hildegarde qui pleurait elle aussi. Mémère Hyéhiette se tenait dans l'encadrement de la porte, toute rabougrie, et recula pour leur laisser le passage. Mais, au moment où elles allaient franchir le seuil, Émilie se retourna et cria, d'une voix déchirante :

— Mémé ! Mémé... S'il te plaît..., j't'aime !

La Cadie ne réagit pas, et les pleurs de la fillette se transformèrent en hurlements de désespoir. Marinette s'essuya les yeux.

— Viens..., ma chérie, gémit la jeune femme. Viens vite...

Elles pénétrèrent dans la grande salle. Marinette

alla quérir de l'eau tiède, un linge, et entreprit de bassiner délicatement le visage de sa fille.

— Maman... maman... pour... pourquoi... mémé... elle m'aime plus ? hoqueta la fillette.

— Elle n'a jamais aimé personne ! répondit rageusement la jeune femme. Juste son chien !

Elle eut conscience, à l'instant, de l'injustice de ses paroles. Bien sûr que la Cadie aimait... comme n'importe quelle créature humaine. Mais Marinette était trop en colère pour se montrer juste. Il lui suffisait de contempler sa fille, en proie au plus absolu désespoir, pour que sa fureur l'emporte sur toute velléité de raisonnement.

Durant un long moment, Marinette soigna et cajola Émilie. Il lui semblait que jamais sa fille ne parviendrait à surmonter sa crise de larmes. Elle en ressentit de l'effroi. Est-ce que ça ne pouvait pas lui faire du mal, de pleurer autant ? Elle avait beau lui parler, la consoler, Émilie pleurait, et pleurait encore, et pleurait toujours.

Au bout d'interminables minutes, ses larmes se tarirent enfin. Mais la poitrine de la petite demeura secouée de sanglots convulsifs et ses yeux reflétaient de l'égarement.

Marinette renonça à questionner sa fille. Bien qu'elle fût effondrée à la pensée que sa petite, à moins de treize ans, pouvait avoir fait l'amour avec Jean-Bernard, elle ne pouvait pas le croire. Elle voulait entendre la version des faits de sa fille, non pas les cris d'hystérie de la Cadie... ou les ragots que colporteraient les Pauléens. Mais elle se doutait que si elle se mettait à la questionner, Émilie repartirait dans son désespoir. Il valait mieux attendre et revenir sur le sujet lorsque sa fille aurait pris le dessus.

— Maintenant, dit Marinette à Émilie, tu vas te coucher et dormir...

— Maman...

— Je le veux, ma chérie. Après ce que tu as subi, le

mieux, c'est que tu te reposes... Je vais demander à mémère Hyéhiette de te faire une tisane.

Émilie acquiesça. Elle titubait et, de fait, l'émotion l'avait brisée. Elle se laissa docilement mener dans sa chambre, déshabiller comme si elle avait été une toute petite fille. Marinette la lava soigneusement, la garnit elle-même d'une « patacul » propre et l'habilla d'une chemise qui sentait le camphre. Puis elle la coucha, remonta le drap sur sa poitrine. Émilie suivait chacun de ses gestes.

Marinette se pencha et l'embrassa sur le front.

— Tu es ma fille chérie, lui souffla-t-elle, et je sais, moi, ta maman, que tu n'as rien fait de mal.

— Maman... à l'école...

— Chut... Ne t'occupe pas de l'école... Ne t'occupe de rien. Je reviens avec la tisane.

Marinette sortit de la chambre de sa fille. Le visage dur, elle regarda un instant mémère Hyéhiette qui sanglotait, effondrée sur sa chaise. Elle s'approcha de l'ancêtre.

— Mémère, demanda-t-elle d'une voix détimbrée à force de froideur, vous pouvez faire une tisane à dormir pour l'Émilie ?

— Voui... voui... ben sûr, répondit la mémère, toute tremblante, en se levant et en clopinant vers l'armoire où elle rangeait ses encolpions, mais elle ajouta : Marinette..., va pas faire une bêtise... J't'en prie...

Marinette fixa mémère Hyéhiette sans répondre. La vieille confectionna la décoction. La jeune femme attendit, sans rien dire, qu'elle eût achevée, et retourna porter le breuvage à sa fille. Mais elle trouva Émilie endormie. Elle déposa le bol fumant sur sa table de nuit, ressortit sans faire de bruit.

Marinette se sentait d'un calme glacé, mais qui n'atténuait en rien sa colère et ses meurtrissures. Elle sortit de la ferme, jeta un regard à la fois détaché et féroce en direction de sa belle-mère, qui pleurait toujours, dans les bras du Glaude. Lucien se tenait auprès d'eux, et esquissa un geste dans sa direction. Mais Marinette ne parut pas même le voir. Elle se dirigea vers le cuvage.

Elle y trouva les commis, en compagnie de Maurice. Les hommes ne travaillaient pas, mais parlaient à voix basse, regroupés devant le pressoir, et leur discussion paraissait tendue. Maurice affirmait des choses fortes, mais à mi-voix, et semblait aux prises avec Camille. En arrière-plan, le Frérot tétait une chopine. Elle s'avança.

— Maurice, je peux te parler ?

Maurice tourna la tête vers elle, surpris. Il s'approcha.

— Marinette, tu vas pas...

— Viens dehors !

Les deux jeunes gens sortirent du cuvage. Marinette entraîna son beau-frère derrière le chenil.

— Qu'est-ce qu'y a..., commença Maurice.

— Tu vas partir, n'est-ce pas ? coupa Marinette.

Maurice ouvrit de grands yeux et rougit.

— Comment tu peux penser...

— Je ne suis pas idiote ! Ton ami Daniel est venu te chercher, pas vrai ?

Maurice baissa la tête.

— C'est vrai... J'en ai marre, de la ferme... J'en ai marre d'être rien, ici. Faut comprendre...

— Oh, j'comprends, va ! (Marinette avait eu un rire méchant, empli d'amertume.) Je comprends si bien que je te demande de partir avec toi.

Maurice ouvrit une bouche ronde... d'où ne sortit aucun son. Marinette poursuivit, de plus en plus dure :

— Moi non plus, je ne suis rien, ici ! Je suis même encore moins que toi ! La Cadie, elle me hait, et j'en peux plus ! J'en peux plus, tu comprends... Alors, après ce qui vient de se passer, je veux m'en aller moi aussi, avec ma fille...

— Mais..., balbutia Maurice. Et le Lucien...

La bouche de Marinette se plissa de mépris.

— Le Lucien, c'est pas un homme ! gronda la jeune femme. Qu'y m'ait jamais défendue, j'avais l'habitude. Mais qu'il ait pas défendu sa fille...

Marinette saisit son beau-frère par le poignet.

— Maurice, je sais pas bien ce que tu as l'intention de faire quand tu seras parti, mais moi, c'est décidé. Alors tu te décides aussi : si tu me prends avec toi, t'auras une femme pour s'occuper de tes affaires. Mais si tu m'prends pas, alors on partira chacun de not'côté.

Maurice paraissait totalement dépassé. Avec une sorte de résignation, il dit :

— Mais, Marinette, t'es pas amoureuse de moi...

— Il est pas question d'amour, répliqua Marinette, tranchante. Faut pas t'faire des idées. C'est juste qu'à deux, ça sera plus facile... juste ça !

Maurice secoua la tête.

— J'peux pas te répondre comme ça, Marinette, dit-il. Pas maintenant...

— Quand ?

Les traits de Maurice se durcirent.

— Faut d'abord qu'j'aille rendre une visite au Titisse, répondit-il. Ça oui ! Y faut !

Marinette cligna les paupières.

— Oui, dit-elle. Y faut... Quand qu't'y vas ?

— Tout d'suite... C'est d'ça qu'on causait, avec les commis. L'Cambouis y voulait venir avec moi. Mais j'ai pas voulu. C'est une affaire qui regarde qu'la famille !

Marinette approuva de la tête.

— T'as raison. Rien qu'la famille... Mais, Maurice, j'veux pas qu'tu l'tues ! J'veux pas qu'on te coupe la tête !

Maurice eut un petit rire.

— Tu peux être tranquille. J'ai point l'intention d'le tuer, c'salaud ! Mais j'vais y causer du pays, espère un peu !

Marinette sourit, haineuse. Mais elle reprit tout aussitôt sa mine farouche.

— Bon, dit-elle, j'attendrai ce soir que tu reviennes. Mais là, faudra que tu me donnes ta réponse. Parce que, de toute façon, moi et l'Émilie, on sera parties demain ! Pour toujours...

Maurice regarda sa belle-sœur qui retournait vers la ferme, la tête haute, raidie dans son chagrin et son amertume de mère. Il soupira. Il ne comprenait pas... Il ne comprenait pas ce qui avait pu se passer, en si peu de jours. Ces drames, ces chagrins, ces haines. Sa mère... Évidemment que la Cadie ne pensait pas un mot de tout ce qu'elle avait dit à sa petite-fille, pourtant elle l'avait dit, et le jeune homme sentait que quelque chose d'irréparable venait de s'accomplir. Il se sentait lui-même emporté, comme par le flot d'un torrent. La vie du clan basculait. Il s'était passé plus de malheurs, en moins de deux semaines, qu'en deux siècles de vie dans le domaine. Et son propre départ... Un drame, un déchirement s'ajoutant aux autres...

Maurice se secoua. À ce moment, il croisa le regard de son frère. Il détourna les yeux, à la fois honteux de la faiblesse de son aîné et furieux de le mépriser, malgré l'amour fraternel qu'il lui portait. Rageur aussi, à la pensée qu'il allait lui voler sa femme. La voler pour de bon... Mais non... il n'était pas question qu'il revienne sur sa décision. Il fallait qu'il parte. Avec Marinette. La vie — leur vie à tous deux — n'était plus possible entre ces murs suitants de rancœur, de non-dits, de jalousie, de résignation... Maurice avait soif de vivre, soif d'exister, d'être lui-même. Il n'étancherait cette soif qu'à partir de l'instant où il s'éloignerait de La Paulée, de la ferme... et des siens.

Quant à Marinette... eh bien, sans doute ne mesurait-il pas vraiment — et elle non plus — ce qu'entraînerait leur vie commune — avec Émilie — loin du bourg, mais ils auraient le temps de voir, de juger... de s'y faire...

Maurice coupa volontairement court à ces spéculations. Il avait plus urgent à faire. Il inspira un bon coup et se dirigea lui aussi vers la ferme. Il y pénétra. Marinette n'était pas en vue, et il présuma qu'elle devait se trouver dans sa chambre, pour y préparer des affaires. Il traversa la grande salle.

— Maurice, haleta mémère Hyéhiette, de sa chaise, Maurice, mon gars...

— Laisse-moi, mémère, la coupa le jeune homme. C'est pas le moment !

Il suivit le couloir, sortit par-derrière. Il avisa la Rolande Dupaquier qui curait un abreuvoir. Il eut un rictus. Il s'était bien attendu à la trouver là. Il s'approcha d'elle. Elle le regarda venir sans marquer de surprise ou d'intérêt. Il la saisit par le bras, la releva, sans brutalité inutile.

— La Rolande, dit-il gravement, ton homme, il est parti.

La femme ne répliqua pas, se contentant de fixer le jeune homme de son regard morne.

— Il a fait des saletés, continua Maurice, et je dois m'expliquer avec lui pour ça. Tu vas me dire où il se cache.

Rolande secoua la tête. Maurice serra plus fort son bras.

— Je veux pas te faire de mal, Rolande. Du mal, t'en as assez eu, dans ta vie. Mais si tu me dis pas, je te jure que je te cognerai... Ça oui, j'te jure !

Il lui promena sa main calleuse sous le nez, et une lueur de crainte s'alluma dans les yeux de la femme.

— Tu... tu vas l'tuer, l'Titisse ? gémit la Rolande.

Maurice dissimula un sourire haineux. Oh, l'envie ne lui en manquait pas ! Mais il était d'accord avec

Marinette. Il n'allait pas risquer de se faire couper la tête à cause de cette ordure.

— Mais non, j'vais pas l'tuer ! grogna-t-il. Et j'vais te dire..., je vais même y rapporter l'argent qu'il a gagné ici. Mais je te promets que les saloperies qu'il a dites sur la petiote, il va les regretter... (Il secoua sèchement le bras de la femme.) Et maintenant décide-toi ! Tu me dis ou je te dérouille !

Rolande baissa la tête, résignée.

— Ben oui, j'sais où il est..., maugréa-t-elle.

— Où ça ?

Rolande leva son visage vers celui du jeune homme.

— J'vais avec toi, le Maurice, dit-elle. J'te guiderai... si tu me donnes les sous à moi !

Maurice fixa la femme, incapable de dissimuler le sentiment de dégoût qui l'envahissait sur l'instant. Fulgura dans son esprit un souvenir du catéchisme... Judas vendant le Christ pour trente deniers... Mais il songea à ce que le trimardeur faisait subir à cette malheureuse et jugea qu'après tout, c'était un prêté pour un rendu. Il mit sa main à sa poche, en sortit des billets froissés. Il les fourra dans le giron de Rolande.

— Voilà, gronda-t-il. Y a largement le compte. On y va, maintenant !

La Rolande acquiesça. Sans la lâcher, Maurice l'entraîna vers la Renault. Au moment où il y faisait monter la femme, il vit survenir Camille.

— Maurice, cria l'Cambouis, t'es vraiment sûr que tu veux pas qu'je vienne ?

Maurice secoua lentement la tête.

— Non, Camille, répondit-il, appelant le commis par son nom, ce qui ne lui arrivait pas souvent. Je dois l'faire tout seul. Mais je te remercie...

Camille était grave.

— Comme tu voudras... (Camille hésita, se décida.) Maurice, faut que je te dise...

— Quoi donc ?

— Quand tu rentreras... je serai parti.

Maurice eut une ombre de sourire.

— Toi aussi ?

Camille ne répliqua pas. Les deux hommes se fixèrent longuement. Maurice tendit sa main. Camille la serra.

— Eh bien, bonne chance à toi, Camille, dit Maurice.

— Et à toi, mon vieux...

— T'en fais pas... J'tiens le bon bout !

Camille hocha la tête, lâcha la main de son compagnon, se dirigea vers l'avant de la voiture.

— J'te donne un coup d'manivelle ! dit-il.

— Marche !

Le moteur démarra au quart de tour et Maurice soupira. Il savait travailler, l'Cambouis ! lui aussi, il allait manquer, à la ferme. Ma foi... c'était comme ça... Sans rien ajouter, il passa la première et la Renault s'ébranla.

— Alors ? questionna sèchement le jeune homme, tournant la tête vers sa passagère. Où qu'il est, le Titisse ?

— À La Chapelle-Thècle. L'a une cadole, là-bas...

Maurice hocha la tête.

— Ouais, grommela-t-il. J'aurais dû m'en douter...

Le Maurice

Les paysages de la Bresse étaient bien différents de ceux de la côte, mais le Maurice s'en fichait. Il ne les voyait même pas. Les yeux fixés sur le ruban de bitume poussiéreux et, semé çà et là, le tas de chognes écrasées, il ne pensait qu'à une seule chose : retrouver le Titisse, et qu'importait le décor qui encadrerait ces retrouvailles. À l'intérieur de la Renault, l'atmosphère était pesante. La Rolande n'avait pas prononcé un seul mot depuis qu'ils avaient quitté la ferme, et c'était tant mieux. Il n'avait aucune envie de lui faire la conversation. À deux reprises, du coin de l'œil, Maurice avait vu la femme qui comptait l'argent qu'il lui avait donné. Sûrement que cette pauvresse n'en avait jamais eu autant de sa vie. En fait, Maurice ne savait même pas combien de billets il avait filés à la compagne au Titisse. De cela aussi, il se fichait. Il en aurait donné plus encore, et tout de sa poche...

La Renault avait franchi la Saône par le pont Saint-Laurent de Chalon, et, depuis, elle filait vers l'est, s'enfonçant dans le pays des maïs et des poulets. Le pays des « ventres-jaunes », comme les qualifiaient les gens de l'autre rive du fleuve. Depuis toujours, un antagonisme farouche existait entre les deux peuples, qui remontait sans doute à l'époque où les uns étaient sujets d'Empire et les autres féaux du roi de France. Quand il songeait à cela, Maurice ne s'étonnait plus que le Titisse ait pu dégoiser sur sa nièce. Tous ces gens n'étaient que fausseté, avarice, calomnie et bêtise... Bien entendu, les Bressans affirmaient les mêmes choses à propos de leurs voisins d'outre-Saône, et les uns et les autres avaient raison. Ces deux mondes paysans se ressemblaient comme des frères, et c'était une raison de plus pour qu'ils se haïssent.

Enfin, devant son capot, Le Maurice put apercevoir la borne Michelin sur laquelle était inscrit le nom du village : « La Chapelle-Thècle ». Il ralentit légèrement et tourna un visage interrogateur, mais impérieux, vers sa passagère. La Rolande avait repris sa mine fermée, indifférente, mais elle marmonna :

— C'est d'l'aut'côté du patelin.

Maurice traversa donc la bourgade, avec beaucoup plus de discrétion que lorsqu'il traversait La Paulée. Le village était calme. C'est qu'en ce pays, on ne cultivait pas la vigne, et qu'on ignorait la fébrile activité des vendanges et des jours qui suivent, quand tout un chacun, sur la côte, se bouscule aux cuvages pour presser le raisin et en mettre le jus en fermentation. Ici, on s'apprêtait à couper le maïs. C'était quand même moins noble, comme tâche !

— Alors ? interrogea à nouveau le jeune homme.

La Rolande montra une corne de bois qui s'étendait, à environ un kilomètre au-delà des dernières maisons.

— C'est là-bas.

Maurice fronça les sourcils. Ce n'était pas vraiment étonnant qu'un vagabond plus ou moins — plutôt plus que moins — braconnier habite dans un bois. Il ne manquait pas de vieilles baraques construites là, dans les temps anciens, et qui servaient autrefois d'abris lors des chasses seigneuriales. La plupart étaient en ruine, mais cela ne devait pas beaucoup gêner un homme comme le Titisse. Au fond, c'était même plutôt mieux. Comme ça, ils pourraient s'expliquer sans témoins.

— Y a un chemin plus loin, précisa la Rolande.

Maurice découvrit en effet, à environ quatre cents mètres, une sente semée d'ornières qui s'enfonçait entre les champs de maïs et se dirigeait vers le bois. Il y engagea prudemment la Renault. La vieille bagnole sembla, durant un moment, sur le point de se désintégrer, mais elle était vaillante et résista. Bondissant de nid de poule en flaque de boue, secouant ses passagers comme des pruniers, elle atteignit la lisière. Là, le chemin se transformait en un layon, bien trop étroit pour qu'un véhicule y circule. Maurice coupa le moteur, ouvrit sa portière.

— C'est loin ? demanda-t-il.

— Pas trop. Faut marcher...

Maurice réprima un haussement d'épaules. Bien sûr qu'ils n'allaient pas voler ! Il descendit de voiture, fit signe à la Rolande de le suivre.

— Et fais pas l'idiote ! grommela-t-il. Si t'essayes de te sauver, gare à toi !

Rolande opina, la tête basse. Maurice s'engagea dans le chemin, marchant silencieusement. Son cœur s'était mis à battre plus vite. Il avait l'impression de participer à une chasse, lui qui n'était pourtant pas très porté sur cette activité. Par association de pensée, il songea au Tambour. À coup sûr, c'était le chagrin dû à la mort du vieux chien qui avait provoqué la crise de la Cadie. Mais de toute façon, ça couvait. Il s'étonnait même que la Marinette ne se soit pas heurtée plus tôt à sa belle-mère. Faut croire qu'elle l'aimait, son Lucien ! Et lui, est-ce qu'elle l'aimerait un jour ? Il se mordilla les lèvres. C'était bien le moment de se faire des idées ! Qu'est-ce que ça pouvait fiche ? L'important, pour eux deux, c'était de pouvoir respirer loin de l'atmosphère du clan. Par contre, y avait un sacré problème : l'Émilie... Comment prendrait-elle de voir son oncle et sa mère se mettre en ménage ? Bon Dieu, ça n'allait pas être facile...

— Là... la cadole ! dit Rolande, le distrayant de ses interrogations.

Maurice fronça les sourcils et distingua, par le fait, à travers un foisonnement de baliveaux, l'angle d'un toit à demi effondré, aux tuiles brisées et disjointes, disparaissant presque sous les assauts de pousses de lierre.

Le jeune homme hésita. Sa première impulsion était d'approcher la masure en demeurant à couvert, pour surprendre le Titisse. Mais, à bien y réfléchir, ce n'était pas une bonne idée. Il était évident que le trimardeur avait entendu la Renault qui approchait, et, en bon braco, il devait être sur ses gardes. Sans doute même était-il en train d'épier les arrivants. Si lui, Maurice, s'approchait en cauteleux, l'autre comprendrait qu'il n'avait pas bonnes intentions, et il filerait aussi sec. Il valait donc mieux qu'il s'en vienne à découvert, franchement, et trouvant prétexte qu'il lui apportait ses sous. Faire comme si... Seulement ensuite lui péter la gueule !

Le Maurice s'avança donc vers la hutte, en levant le bras droit et en appelant :

— Ho, le Titisse ! T'as fichu l'camp comme un voleur, hier ! Qu'est-ce qui t'a pris ? C'est moi, l'Maurice ! J'te ramène ta Rolande et pis ta paye !

Il n'y eut aucune réaction. Maurice s'immobilisa, fronçant les sourcils. Se pourrait-il que le trimardeur ne fût pas là ? Ou bien la Rolande lui avait-elle monté un bateau ? Il coula un regard dans la direction de la femme. Passive comme à son habitude, cette dernière attendait, les bras ballants. Irrité, Maurice songea que les vaches du Glaude avaient plus de personnalité que cette payse... Il eut hâte d'en avoir fini et de retourner à la ferme chercher la Marinette, et puis, pfuittt, du vent !

— Le Titisse ! répéta-t-il. Où qu'tu t'caches ?

Il reprit son avance, à travers les taillis. Il traversa le rideau d'arbustes, et déboucha sur la clairière sommairement dégagée où se dressait la cadole du Titisse. La masure était effectivement en ruine, mais son toit avait été plus ou moins rafistolé à l'aide de papier goudronné et de vieilles tôles, et un pan de mur qui menaçait de s'effondrer était étançonné de planches et de troncs de pin plantés dans le sol. Dans un coin, un tas d'ordures s'élevait, et un corbeau s'y régalait, qui darda un regard suspicieux sur l'intrus, avant de prendre son vol en croassant avec colère. De grandes gerbes de panais et d'orties poussaient autour de la hutte, ménageant un étroit passage, par où le Maurice s'engagea.

Le jeune homme fit cinq pas... et entendit alors, dans son dos, un double déclic qu'il reconnut sans peine.

C'était celui des chiens d'un fusil qu'on armait...

Maurice resta une seconde figé. Il sentit tous ses muscles qui se contractaient et une vague glacée l'envahit. Mais il se maîtrisa et, lentement, pivota sur lui-même.

Le Titisse se tenait à trois mètres de lui, et dirigeait droit vers son visage les deux canons d'une antique pétoire à cheminée —, antique certes, mais tout à fait capable, à cette distance, de lui faire sauter la tête.

Maurice prit un temps pour essayer de surmonter son émoi et articula, d'une voix qu'il s'efforça d'affermir, mais dont il n'aima pas le tremblement :

— Eh ben, l'Titisse... Qu'est-ce qui te prend ? T'es devenu fou ?

Le trimardeur ne répliqua pas et Maurice avala sa salive. Les deux trous noirs, en face de lui, ne tremblaient pas et, plus en arrière, le visage du Titisse, un œil fermé, était un masque de dureté.

— J't'apporte ta paye..., reprit Maurice. Pourquoi

qu'tu me braques ce flingot sur la gueule ? Baisse ça...

Il voulut esquisser un geste...

— Bouge pas ! gronda le trimardeur. Ou j'te fais éclater l'creutôt !

Maurice se figea. Plus que la peur, c'était la colère qui bouillonnait en lui. Une fois de plus, il avait agi comme un imbécile, sans réfléchir. Il aurait dû penser que le Titisse pouvait posséder une arme et qu'il n'hésiterait pas à s'en servir pour se défendre. Si le trimardeur avait fichu le camp de La Paulée la veille, après le passage à tabac du Bernard Tainturier, c'est qu'il avait compris que ça barderait aussi pour lui, une fois que le clan apprendrait ce qu'il avait raconté sur Émilie. Il s'était donc tenu sur ses gardes... et lui, Maurice, la tronche enfarinée, était venu se prendre dans son piège.

— Mais t'es fou, de me menacer, objecta pourtant le jeune homme. J'te dis...

— Ta gueule !

Maurice se tint coi. Le Titisse eut un ricanement.

— Tu m'prends pour un con ? siffla-t-il. Tu crois qu'j'ai pas compris pourquoi tu viens chez moi ? T'veux m'faire la peau... Mais t'as pas d'bol ! C'est moi qui vais t'faire la tienne, connard ! Et pis on entendra plus jamais parler d'toi !

Un flux glacé courut le long de l'échine de Maurice.

— Tu vas pas faire l'con, Titisse, dit-il. Si tu m'flingues, les gendarmes y vont t'arrêter et on t'coupera la tête !

— Pace que tu crois qu'y vont te r'trouver, les gendarmes ? Elle est grande, la forêt ! Et y a un bel étang au milieu. T'iras y engraisser les canards !

— On sait que je suis venu t'voir... On t'posera des questions...

— Qu'on m'en pose ! J'sais comment qu'ça s'passe ! Si on retrouve pas d'corps, y a pas d'preuve...

Maurice secoua la tête. Il ne parvenait pas à y croire... Ce n'était pas possible. Il n'allait pas finir comme ça, abattu par un braconnier, au cœur d'un bois qui ne se trouvait même pas dans son pays !

— Mais moi, j'voulais juste t'causer, essaya-t-il de plaider. Ce que t'as raconté sur l'Émilie...

— Ton Émilie, c't'une salope ! Si ç'avait été qu'de moi, l'aut'jour, sur les teuhs, j'me la serais farcie par tous les...

— Fumier...

Maurice avait fait un pas. Mais le fusil se releva, et le jeune homme crut que ça y était. Il ferma les yeux, attendant le bruit de la détonation, qui serait le dernier qu'il entendrait...

Au lieu de cela, ce fut le bruit mat d'un coup, qui parvint à ses oreilles, puis celui d'un corps qui s'effondrait.

Hébété, tremblant, Maurice ouvrit les yeux... et vit la Rolande qui se tenait au-dessus du corps allongé de son compagnon, une longue bûche de chêne à la main...

— C'est bien fait, dit la femme. J'aurais dû t'y faire plus tôt !

Il fallut de longues secondes à Maurice pour comprendre ce qui venait de se produire. Vivant ! Il était vivant... Et le Titisse gisait à ses pieds, le visage dans l'herbe, les bras en croix...

Le jeune homme se précipita, arracha le fusil de la main droite du gisant, l'ouvrit fébrilement, et retira les cartouches des canons. Du neuf grains... Il frémit... Si l'autre avait tiré, même les gendarmes n'auraient plus pu le reconnaître !

Maurice jeta l'arme dans les fourrés et se pencha sur le Titisse. Une tache de sang marbrait le col de sa chemise, sa nuque et la base de ses cheveux.

— Putain, souffla le jeune homme en relevant la tête vers la Rolande. Tu l'as pas loupé, l'ordure !

La Rolande haussa les épaules. Sans douceur, Maurice retourna le corps, écarta la veste crasseuse du trimardeur, ouvrit sa chemise, glissa sa main sur le torse poilu. Quelques secondes passèrent. Il hocha la tête.

— Il vit, grogna-t-il. Son cœur y bat encore... Mais pour sûr qu'y vas rester dans le sirop un bon moment... (Il eut un petit rire nerveux.) Ç'aurait pas été plus mal que tu l'estourbisses pour de bon, mais on aurait pu avoir des ennuis. C'est mieux comme ça...

Maurice se releva, considéra le corps immobile. Il regarda à nouveau la Rolande.

— Sacré Dieu, dit-il, je te remercierai jamais assez d'l'avoir cogné, c't'enfant d'putain. Tu m'as sauvé la vie !

La Rolande ne répliqua pas. Elle ne semblait même pas avoir entendu.

— C'est pour ça que j'suis content que tu l'aies point tué, reprit le jeune homme. Ça m'aurait fait mal l'idée qu't'ailles en prison... (Il marqua un temps.) Qu'est-ce que tu vas faire, maintenant ?

Rolande le regarda et haussa les épaules de nouveau.

— J'sais pas...

Maurice se mordit les lèvres. Une idée se faisait jour en lui. Il allait partir. La Marinette aussi. Et l'Cambouis. L'allait manquer de bras, le Père. Et la Rolande, c'était pas une feignasse. Et pis elle lui avait sauvé la mise. Il n'allait pas l'abandonner comme ça, et qu'elle retourne à sa vie d'avant.

— Moi, j'sais... Tu vas retourner à la ferme et t'y travailleras. Tu seras bien, personne te fera plus jamais d'saletés. Bien sûr, les commis, ils coucheront avec toi... Mais y sont gentils, dans l'fond. Ils te protégeront. Peut-même que tu finiras par en aimer un... T'es d'accord ?

La Rolande eut l'air surpris. Elle réfléchit un instant, puis acquiesça et jeta son gourdin. Maurice montra la hutte du trimardeur.

— T'as des affaires à toi, là-dedans ?

— Non. J'ai rien...

— Alors y a pas à attendre. On s'en va...

La Rolande hocha la tête et se détourna. Sans un regard pour le Titisse, elle suivit Maurice jusqu'à la Renault. Ils y montèrent. Le jeune homme démarra et fit marche arrière pour tourner le long de la lisière du bois. Ils cahotèrent jusqu'à la route, Maurice accéléra.

— Et voilà, marmonna-t-il.

— Voilà quoi ? demanda Rolande.

Maurice eut un sourire. Il se sentait mieux qu'il s'était senti depuis longtemps, même si, en son cœur, bien des appréhensions, bien des doutes persistaient, dont il savait qu'ils ne se dissiperaient pas de sitôt. Mais qu'importait. Une nouvelle vie s'offrait à lui. Il avait hâte de se l'empoigner. Et puis il aurait la Marinette, l'Émilie, le Daniel...

Oui... Il était grand temps...

— Voilà que j'me sens un autre homme, répondit-il à la Rolande.

Fin du livre premier

Glossaire

A

Afeûtri : mou, sans force.
Affûtiau : vêtement.
Aller en champ les vaches : mener les vaches au pré.
Andain : rang d'herbe fauché.
Argonnier : vagabond, étranger (péjoratif).
Arrié : en train de.
Arteute : crétin.
Avaloir : pièce du harnais d'un cheval de trait.

B

Baliveaux : taillis.
Ballonge : cuve ovale pour recueillir la vendange (idem : *sapine*).
Barguigner : ergoter.
Barrault : barril.
Benatton (ou *banneton*) : gros panier à vendange.
Bernansiaud : en quantité (*pleuvoir à bernansiaud* : pleuvoir à verse).
Berdin, beurdal : simple d'esprit.
Bête rousse : sanglier d'un an.
Beugneur : bagarreur.
Beurouette : brouette.
Bersaudes : grattons de porc.
Beûtiau : bête, brutal.
Beuzenot : sot, bête.

Biaude : blouse.
Biquer (se) : faire l'amour.
Bique : chevreuil.
Boerbeux : boueux.
Boquin : lièvre, mais aussi le bouc.
Borger : boire inconsidérément.
Botteler : lier en gerbes.
Bourguignon salé : Bourguignon issu de moult générations de Bourguignons, et farouchement attaché à son terroir.
Brailles : pantalon.
Brâment : vraiment.

C

Caberlot : cerveau.
Cadole : hutte bâtie au milieu de la vigne, en pierre sèche dans le sud de la Bourgogne, en maçonnerie plus au nord.
Callâtier : noyer.
Canis : pièce ou demeure de petit dimension, sale et inconfortable (idem : *taborgniau*).
Cartouche de neuf grains : chevrotine.
Casse : casserole.
Certif : certificat d'études.
Châgne : chêne.
Charaigne : charogne.
Chaûdi : troublé.
Chogne : bouse de vache.
Chougnerie : pleurnicherie.
Chougnouse : pleurnicheuse (par extension : fille).
Claque-bitou : fromage blanc à la crème.
Cleûques : couvercles.
Côte : ligne de crêtes et de falaises, parallèles à la Saône, où se développe la vigne.
Coquelle : cocotte en fonte (idem : *guindrôle*).
Cordelle : amarre servant à tirer les chalands à partir du chemin de hâlage.
Corgnolot : gorge.
Cotti : côte de porc salée.
Couché en crebillot : couché en chien de fusil.

Couennerie : connerie.
Courailloux : amoureux, coureur.
Courre : chasse au chien courant.
Couvrante : couverture.
Creutôt (creuteu) : crâne.
Cuvage : bâtiment ou cave où l'on travaille le raisin.

D

Darré : derrière.
Débuché : fuite du gibier.
Dégniâpé : abîmé.
Devanté : tablier, souvent bleu, avec une bavette.
Divertissouère : le sexe des femmes (qui divertit).
Douze : le fusil de calibre douze, omniprésent dans chaque ferme.
Dreumer : dormir.

E

Écagnarts : courbatures.
Échalle : échelle.
Égrappé : eau-de-vie distillée à partir du vin, et non du moult de raisin.
Emblavement : champ de blé.
Embringuer : entraîner dans une aventure.
Encolpions : décoctions, tisanes, remèdes de bonne femme.
Endêver : ennuyer.
Envoyer aux pelotes : envoyer se faire voir.
Équeûbi : mal à l'aise.
Eurtault : orteil.

F

Faire vergogne : avoir honte.
Faviaux : haricots, fèves.
Feugner : fouiller.
Feuillette : fût d'une demi-pièce (114 litres).

Folie (en) : en chaleur.
Forlonger : prendre de l'avance, s'enfuir.
Fouanot : fenil.
Fricassée de museau : embrassade.
Frigoler : frire.
Frougner : froncer (le nez ou le museau).

G

Garaille (en) : en désordre.
Gaudes : bouillie de maïs.
Gaûmer : mijoter.
Gaûlis : sous-bois touffu.
Gigouiller : remuer.
Gnaulûs : gars (péjoratif).
Gnouferies : grognements.
Goguenette : gentillesse.
Goner : vêtir, ou patrouiller dans un marécage.
Gouri : cochon.
Grumer : goûter en faisant rouler sur la langue.
Gruyotte : repas de chasse fait avec des abats de sanglier.
Gueulôt : gorge.

H

Harbe : herbe.

J

Jigouaigneur : garçon peu sérieux.
Jigouaigneries : gentillesses, caresses.

K

Kiauler : s'appeler entre bergers.

L

Leutot : la luette, le gosier.
Lichette : petite quantité.

M

Marande : repas.
Mou : poumon.
Mouille : marécage.
Murger : mur de pierre sèche.

O

Ordons : rangs de vigne.

P

Pâquier : pré communal.
Patacul : serviette périodique.
Patience : plaque de bois percée d'un trou pour laisser passer le bouton de la vareuse.
Pedzouille : paysan.
Peuh : laid.
Peugnât : vaurien (idem : *vaunéant*).
Peutrôt : romanichel, personne du voyage (dialectal bressan).
Piarre : Pierre (nom propre).
Pider : épier.
Pignolos : petits chardons.
Pinces : sabots fendus du sanglier, du chevreuil et du cerf.
Platières : lavandières (péjoratif).
Porreaux : poireaux.
Présurer : séparer le petit-lait de la pâte pour faire le fromage.

Q

Queuches : cuisses.
Queulôt : dernier-né.

R

Ragasse : forte averse.
Ragogner : grommeler.
Raqueulôt : rat-fruitier, par extension : garçon de peu de valeur.
Rassurantes : règles.
Rebeuillé : remué.
Récri : aboiement du chien courant sur la trace du gibier.
Regingôt : supplément gastronomique ou amoureux.
Requinquer : revigorer.
Revorcher : retourner, se sentir mal à l'aise.
Riaume : France (de royaume de France).
Rogôme : arôme.

S

Scala : cinéma de Chalon-sur-Saône avant guerre.
Site-te : assieds-toi.
Soue : souille.
Stropiat : estropié, boiteux.
Suites : testicules du sanglier.

T

Taborgniau : local insalubre (péjoratif).
Tantôt : après-midi.
Teuhs : saillies rocheuses à flanc de colline.
Topette : petite bouteille de 48 centilitres.
Traignâs : traînards, paresseux.
Trajer : se promener, errer (idem : *veurder*).
Trappon : trappe.
Trébeuler : boiter.

Trémulante : tremblante.
Trempusse : petit déjeuner à base d'eau-de-vie et de pain.
Treue : truie.
Treuffes : pommes de terre.
Tuss : tais-toi.

U

Ugène : Eugène.

V

Vautrait : grand chien courant.
Ventre-jaune : Bressan, mangeur de farine de maïs.
Veurdailloux : vagabond.
Veurder : vagabonder.
Voix de rogomme : voix rauque et cassée.
Vouerie : saleté.
Vouivre : déesse des eaux souterraines, symbolisée par une vipère (celtique).

Table

Cet ouvrage a été composé par
Graphic Hainaut (59163 Condé-sur-l'Escaut)

Achevé d'imprimer en août 2003
sur les presses numériques de Bookpole
BP 12 - ZI Route d'Étampes - 45330 Malesherbes
http://www.bookpole.com

N° d'édition : 19676 – N° d'impression : G03/02739L
Dépôt légal : septembre 2002

Imprimé en France